# 大匠师

一

## 京门禁地

**C|S** 湖南文艺出版社
HUNAN LITERATURE AND ART PUBLISHING HOUSE

博集天卷
CS·BOOKY

# 目录

楔子 _001

大匠师

京门禁地

大匠师

京门禁地

大匠师
㋤㋨㋬㋞

# 楔子

　　建安十五年，曹操命三国时期叱咤风云的能工巧匠马钧为其修建铜雀台。四年后，铜雀台修建过半，铜雀、金虎、冰井三台已初具规模。

　　一日曹操与马钧行于建筑现场。曹操仰望宏伟壮阔的铜雀台，做了一件奇怪的事。他从铜雀台至南面金虎台再到北面冰井台，沿着三台之中宽窄不同的两桥，默数了120步。四下观望之后，又重新开始，如此往复了三次。最后，他停下来，表情凝重，面带杀气，将目光停留在铜雀台中间那阁道式浮桥上。

　　曹操问：“德衡，施，则三台相通；废，则中央悬绝。你可是此意？”

　　马钧一边点头称是，一边拱手作揖，额上却已有微汗。

　　曹操冷哼了一声，又问：“德衡，自古台式建筑始于周，成长于春秋战国。你觉得吾之铜雀台，是否能集台式建筑之大成，登峰造极？”

　　马钧深吸一口气，毕恭毕敬地答道：“丞相，在德衡眼中，精可更精，并无登峰造极可言。有形之类，大必起于小；行久之物，族必起于少。天下难事必作于易，天下大事必作于细。"

"哦？"曹操意味深长地看了马钧一眼，幽幽地说，"你所言在理！不过，我更怕是'不矜细行，终累大德。为山九仞，功亏一篑'。你是当世之大匠师，技巧工艺无人能敌，又可知其中道理？"

马钧头上的汗珠已经变得豆粒大，慢慢顺着面颊流下，表情却始终没有变化，大义凛然地又对曹操深鞠一躬："德衡谢丞相之立身劝诫。"

"那你为何要改我的设计？"曹操此刻已然暴怒，横眉冷目瞪着马钧。一手指向修建至二层楼阁尚未完工的铜雀台，一手紧握拳头，似乎下一刻就要冲出拳头打在马钧脸上。

马钧威严镇定，毕恭毕敬地回答："丞相，《诗经·大雅》中云'经始灵台，经之营之。庶民攻之，不日成之'。周文王建筑周朝第一高台，用以祭祀、朝聘诸侯、观天象，以及推演周易。灵台集天下之灵性，奠华夏子孙之根基。丞相建铜雀台，也是民心所向，天下之愿，德衡不敢有功亏一篑之怠慢，更不敢改丞相之设计和创意。德衡对修建铜雀台，向来精雕细镂，一丝不苟！请丞相明察！"

"哦？"曹操怒气未消，脸上杀意更重，"你说周天子之灵台，却可知操建铜雀台何意？"

"回丞相，自周之后，匠师一直用体积巨大的夯土台建宏伟宫室，真实作用是防洪水猛兽和军事攻击，更深的寓意是营造受命于天的神圣。德衡妄加猜测，丞相发现铜雀是天命，营造铜雀台亦是顺应天命，此乃天下苍生之万幸！"

马钧的话，并没有改变两人之间剑拔弩张的气氛。曹操和马钧竟都暗自握紧了拳头。

"嗯，我忍辱负重，心系天下苍生。天命如此，你又何忧？素闻大匠师马钧可通晓天地之道理，窥探天下之玄机，你觉得我因此而不敢动你？"曹操怒目看向马钧，"速改回吾之铜雀台设计，可饶你今日不死。若有下次，必车裂凌迟，满门抄斩！"

"德衡遵命！"马钧再次对曹操拱手鞠躬，低着头，脸上隐藏的表情却带着某种深不可测的坚毅和勇敢……

# 第一章

## 失踪

惜雪刚要把黄金凫雁放回去，突然手上一热，
有东西顺着凫雁那被截断的脖子流下来，她凑过去仔细闻了闻，
这一次绝对不是铁红色装饰粉的味道，而是人血！
惜雪吓得手一抖，更多人血从黄金凫雁的脖子里
流了出来……

表面上，这是北京城里再普通不过的小地下室……

赵惜雪永远忘不了那个改变自己命运的夏日午后。她记得那天的阳光格外明媚，光线照进地下室里，把那些雕刻机、修边机、台钻等木作的专业工具魔术般染上了好看的金边。小屋里泛起的细小木屑欢愉地舞蹈着，好闻的木香四处弥漫。

惜雪身穿黑皮围裙，头戴彩色包头帽，正专注地在工作台上做着木工活。她的身形瘦小匀称，手臂的肌肉却格外结实，脖子下方的一条彩色小龙文身惊艳得恰到好处。

那小龙文身并不是普通常见的图案，小龙张牙舞爪，栩栩如生，两只眼睛却是不同的颜色和形态。身上的鳞片五彩斑斓，颜色排列却极其古怪，不符合正常的美感，似乎有某种寓意。这是惜雪的爷爷在她4岁的时候找人文上去的。这只长相奇怪的小龙，跟着她一起长大，随她皮肤的变化而渐变着自己的形态。此时此刻，这条小龙也跟随着惜雪在台间忙碌，随着惜雪动作的变化，时而变换身体的长短，时而改变脸上的神情，好似活了一般。

斧砍木料，铅笔画边，正专注忙碌着的惜雪突然停了下来。她拿掉架在眼眶上的木工专用放大镜，绯红的脸庞上满是汗珠。她轻轻蹭了下高挺的鼻梁，抬起头有些愠怒地看向了门口。

门开了，一高一矮进来的两个男人面带出乎意料的神情。

矮的那个年纪很老，弯腰驼背，满脸的皱纹几乎掩盖了他所有的情绪。一双锐利的眼睛却十分灵活，目光如正在捕食动物的猎鹰，让人不寒而栗。

高个儿的年轻人叫李文轩，儒雅温和，玉树临风。

此刻，他有点惊讶地微张着嘴巴：

"惜雪？以后要用我的工作室，你先告诉我一声！"李文轩盯着木作基台上的东西，脸色有些阴晴不定，半晌才强挤出一个微笑。

惜雪扫兴地摘下包头帽，瀑布般黑亮的秀发肆无忌惮地垂下来，她歪起脑袋，毫不在意地拿出一根牙签叼在嘴里，清脆地大声说："李文轩，你又找了哪个不开眼的买家来买你的仿品了？"

李文轩的脸上露出更多的不快，他干咳一声，用手向屋里让了让矮个儿的老人。

"韩老，这是我的未婚妻赵惜雪。她是大工匠世家出身，从小就被她爷爷宠到天上去了，说话大大咧咧，没轻没重，您千万别介意啊。"

那位韩老把眼睛眯起来，嘴角上的一堆褶子慢慢凑成个弧形，嘴里露出参差不齐的牙齿，还没说话就先猛咳了半天。

"未婚妻？胡扯！你怎么能娶到这么好的女孩儿？你命里没有！"

李文轩也不介意，赔着笑拉过凳子扶韩老坐下，韩老喘了一会儿，慢慢说道："闲话少说，给我看看你仿的那个黄金凫雁吧！只要我看好了，价格你来开！"

惜雪一口吐出嘴里的牙签，错愕地看着老人。

李文轩虽说是"木工爱好者"论坛上赫赫有名的人物，也常用自己做的小仿品和木作手艺赚钱，但毕竟不算什么名家，这个买家出手如此阔绰，难道是老糊涂了？

李文轩面露喜色，不敢怠慢，走到墙边按下开关，墙面开始水平向左缓缓挪动，露出里面网格状的铁柜，铁柜上摆着的琳琅满目的工艺品都出自李文轩之手。他好像突然想到了什么，掸了掸刚刚落在整洁的旧西装上的木屑，扭头对韩老毕恭毕敬地说："韩老，其实我有个仿故宫十六罗汉屏风微雕，一直在网上排名第一，比我刚贴出来的那个黄金凫雁更精致。那是乾隆年间的国宝……"

"你懂什么是国宝？"韩老不客气地打断了李文轩，"国宝跟古建筑一样，只存在于历史中，它是不可复制的过去，也是无法仿造的未来。"

惜雪心里纳闷这老头儿虽喘得厉害，但说话间气息浮动过于频繁，好像故意为之。再看看他的手，也不似年过古稀的老人那般萎缩干枯，手背上老化的青筋都很少。

李文轩被韩老毫不客气地掰折面子，心里更加不快。他扭头没好气地对惜雪说："还不倒茶啊！"

惜雪吐了下舌头，给韩老倒上一杯上好的普洱。端茶的时候，她意外发现韩老那冷若冰霜的眼睛一直在观察自己脖子上那一条歪着眼睛的小龙，眼神中似乎暗藏着杀机。看到这，惜雪手中的茶杯不禁一抖。

韩老又堆出一脸微笑的褶子，终于把眼睛转向铁柜右上角处那个木头做的雁，慢悠悠地说："你们可知道，这黄金凫雁的来历？它本是秦始皇陵中的第八大珍宝。《三辅故事》里，楚霸王项羽入关后，曾率30万大军盗掘秦陵。挖掘至深处，一只金雁从墓中飞出，一直朝南，斗转星移，历经千年也没有在世间再次落脚。项羽挖掘秦始皇陵的计划，意外因为这一只金雁而中断。秦始皇陵不但当年没有被项羽打开，至今也没有被任何人打开过。谁都不知道这突然飞出的黄金凫雁，到底藏着秦始皇陵那个绝世建筑怎样的千古之谜。"

韩老又把目光扫向了惜雪，似乎在暗自等待着她的反应。

惜雪直起身，双手抱在胸前，嫣然一笑。

"老爷子，黄金凫雁真的再没出现过吗？我可听说，三国宝鼎元年，在日南做太守的张善得到一只别人送来的凫雁，从金雁上的文字判断，那物件正是出自始皇陵的黄金凫雁。"

"那是这宝贝最后一次出现在史书典籍之中。不过，三国的张善得到的那个不是真的，因为那个不会飞。"韩老对着惜雪点点头继续说，"小丫头，好造化！"

　　李文轩见韩老眼中有了笑意，立刻抓住时机说："是啊韩老，惜雪她满腹经纶，论建筑、木匠以及历史奇闻，整个北京城都没几个人能说得过她！您知道她的爷爷是谁吗？"

　　惜雪似乎不想让李文轩继续说下去，打断了他的话，对韩老说："您干吗介意那东西会不会飞？飞不飞，不过是一些机关设置而已！早在春秋时期，木匠的祖师爷鲁班就已造出木雁，可在空中飞翔至宋城，能飞又有什么稀奇？"

　　"你竟连黄金凫雁中的玄机都不懂？"韩老看着惜雪脖子上的小龙，有些错愕，似乎此刻突然没了耐心，扭头问李文轩，"所以，你这黄金凫雁也是不会飞的？"

　　"这……"李文轩抹了一下额头上的汗，"老爷子，我这仿品栩栩如生，但要说有祖师爷鲁班那巧夺天工的本事，那不可能！"

　　"哼！"韩老听到这里，脸色骤变，"所谓仿品，有神似和形似，如果不能神似，我要它做什么？不会飞的仿品有什么意思？我要会飞的黄金凫雁！"说罢，他突然站了起来，迈步就要离开。

　　李文轩急了，双手小心翼翼地捧下黄金凫雁，送到韩老面前："韩老，所谓仿品，主要价值在观赏而不是跟原作完全一样。您要能飞的仿品又是干吗？这精致的黄金凫雁花了我500多个日夜，每一处细节都精雕细琢，浸透了我的全部心血。您只须仔细瞧瞧，就能辨……"

　　韩老只是瞥了一眼他手中的黄金凫雁，就又十分坚决地哆哆嗦嗦向外走，一边走一边说："年轻人，你别当我是个老眼昏花的无用之人，想当年我也跟你一样满腔热血。时间是匠人的一个难得的神器，你知道神在什么地方吗？"韩老又用满脸褶子堆出一个皮笑肉不笑的表情："你的凫雁左脚有硬伤，这是你的遗憾吧？"

　　韩老说完这句，李文轩表情大异，惜雪也知道他在做这个黄金凫雁的时候出的小事故，左脚多削了一下，跟右脚是不完全一样的。虽然无伤大雅，但是这老头儿只是一瞥，就洞察到这么细微的一笔，着实让人惊讶，他确实不是一般人。

韩老走到门口，又扭头看了惜雪一眼说："丫头，一世斧头三年刨，你这把东阳木雕斧可跟不了你一辈子！还有……"他目光变得有些混沌。"我略懂一些周易和相术，我看你要有大灾了，就跟那个秦始皇陵中失传已久的黄金凫雁有关，很可能还会牵连你的家人。我劝你一句，这段时间与黄金凫雁这四个字相关的事情，还是别掺和了，有多远就躲多远吧！"

"您怎么初次见面就连威胁带诅咒的？"韩老提到家人，惜雪脸上又露出愠怒。

韩老头也不回地扬长而去，嘴里还小声嘟囔着："黄金凫雁如果真的再次出现，别说你们，更多的地方，都要有大祸发生。"

李文轩急忙在后面追，惜雪却突然盯着地上蹲了下来。阳光下的木屑中，老人留下的脚印有些奇怪，她的脸上露出吃惊的神色。

李文轩很快回来了，满脸怒容地对惜雪抱怨说："好不容易盼来了个金主，你三句话就给我搅黄了！惜雪，我不像你，你嘴里含着金汤匙长大，你是京派泰山北斗的孙女，你可以不食人间烟火，可是，你知道我现在有多需要钱吗？我没日没夜地做这些东西，维护网站上的形象，到底是为了什么？在我的生命中，没有一分钟能跟你一样，为了玩、为了理想和所谓的信念活着，你懂吗？"

惜雪看着李文轩沮丧的表情，想说韩老并不是因为自己的风凉话，是因为他的仿品不会飞才不买的，话到嘴边，又咽了回去。惜雪特别相信"一物降一物"这句话。虽然自己被娇惯长大，但自从8岁认识李文轩开始，所有的耐心和忍耐，都毫无保留地给了他。李文轩可以激发出她内心深处的温柔和宽容，使她变得温和顺从。

李文轩并没有放过已经对他妥协了一次的赵惜雪，继续狠狠地说："10年前，我二叔被倒下的土墙砸倒，医院说他的头骨碎了，需要几万块钱治病。二叔说没钱，就在医院简单处理了一下，回家等死。我看着他悲惨地躺在床上慢慢闭上眼睛，却无能为力。你知道什么叫无能为力吗？你知道我现在多需要钱吗？贫穷，是你永远都想不到的绝望！"

惜雪知道，李文轩的父亲最近得了重病，放疗、化疗，使得他家里的钱袋子好似破了大窟窿，怎么补也补不完。李文轩更是为此没日没夜地工作，把小地下室变成了赚钱的工作室。惜雪这次过来，其实也是想要帮李文轩做个小活赚点儿小钱。

她看李文轩还在气头上，也不愿多解释，扯开了话题："文轩，这个韩老，让我想起爷爷曾给我讲过的一个人，我要去问问爷爷。"

"什么人？"李文轩突然着急地问。

"等我确认清楚了再说。对了，晚上7点的订婚宴，你别迟到了。"

"究竟是什么人啊？"李文轩又着急地追问了一句，可是惜雪矫捷的身影已经消失在门口。

李文轩叹了口气，安静地坐在韩老刚才坐过的地方。他的眼睛直勾勾地看着墙面，脸上的表情却在奇怪地变化着，先是眉头紧锁，之后慢慢地，有一丝诡异的浅浅的笑容慢慢荡漾开来……

晚上7点，李文轩失约了。订婚宴的饭局过了10分钟，他的手机却一直打不通。

惜雪的妈妈尴尬地笑着问李文轩的妈妈："是不是文轩后悔了？"

李文轩的妈妈一直面色焦虑，听到这话慌忙站了起来，说："文轩从来都是一诺千金、一言九鼎的孩子。我想他肯定是出事了！"说罢就要离席去工作室找李文轩问个究竟。

惜雪的妈妈给惜雪使了个眼色，惜雪起身陪同前往。

待两人赶到地下室的时候，同时大吃了一惊。

地下室的小门虚掩，门缝里一片漆黑。惜雪暗叫一声不好，走上前去，飞起一脚踹开了门。

　　地下室里的电灯开关失灵了，惜雪打开手机的手电筒功能，光束下，地下室里一片狼藉。李文轩那些珍贵的木作工具东倒西歪，木块也扔了满地。

　　惜雪把光柱打到藏有作品的那面假墙上，李文轩的妈妈立刻尖叫了一声，捂着嘴巴跑了出去。

　　假墙上竟画着一个血人！

　　那不是普通的血人。血人的眼球瞪出了眼眶，眼神惊悚而恐怖，嘴却张得很大，在展示着一个神秘而得意的笑容；血人的一只手握拳跃跃欲试，另一只手藏在了身体的后面；他下巴微微上扬，弯腰驼背，却仰着脑袋。

　　整个血人的形象异常诡异，且这血人似乎刚画上去不久，仍有血顺着血人的轮廓线慢慢流下来。

　　惜雪走上前去，小心翼翼地摸了一下血人身上的红色血迹，放到鼻子下闻了闻。她凭经验很快确认这是木工修复的颜料，也就是铁红色装饰粉，并不是人血。她戴上木作手套，在假墙边按了下开关，假墙开了，满柜子的东西仍留在原处，但几乎被砸了个稀巴烂，只有一个柜格空了，上面放了一张纸。

　　惜雪拿起纸仔细端详，纸上画了一幅画，非常奇怪的简略画。画的主体是一只麒麟，却长着一张女人脸，麒麟身上还画着六个东西，看不清楚是什么，好似麒麟被这六个东西在纠缠和控制。

　　这是哪门子奇怪的画！

　　惜雪将纸放回空格，突然想起这是下午韩老要看的那个黄金凫雁所在的地方，连忙把黄金凫雁扒拉出来，却发现它的左脚已烂，脑袋也分了家。

　　惜雪刚要把黄金凫雁放回去，突然手上一热，有东西顺着凫雁那被截断的脖子流下来，她凑过去仔细闻了闻，这一次绝对不是铁红色装饰粉的味道，而是人血！惜雪吓得手一抖，更多人血从黄金凫雁的脖子里流了出来……


　　李文轩已经失踪10天了。

　　黄金凫雁里的大剂量血液与李文轩的相匹配，而他现在生死未卜。针对这个离奇的绑架案，警察进行了大面积的排查，却始终没有进展。木工爱好者论坛炸开了锅，因为李文轩的妈妈把失踪现场的照片偷偷发到了网上寻求帮助。李文轩的粉丝们也自发组织了全网范围内的线索调查，但一点儿也没有起色。

大家都有些绝望了，但惜雪没有。她坚信李文轩没死，就在某个地方等着她去救他。她整日把自己关在房间里，盯着贴满了各种照片的线索墙反复研究。

最让惜雪头疼的是犯罪动机。谁会绑架李文轩呢？他不但心灵手巧，而且生活工作中人缘极好，他又能得罪谁？

惜雪最先怀疑的人，是韩老。他一定不是普通的买家那么简单。而且，他的左脚和右脚留在木屑上的脚印不对称。爷爷说匠人圈里确实有个神人，腿有点儿瘸，神龙见首不见尾，总是在某些大事件的节骨眼出现！不过按那人的年纪，现在应该100多岁了。

惜雪在公安局里描述了韩老的样貌，但警察没找到这个人存在的任何痕迹，甚至没查到李文轩跟韩老是怎么沟通的，以至于惜雪再提起他，警察看她的眼神都是异样的。

如果不是这个诡异的韩老，又会是谁呢？

惜雪看着照片墙上那张血人照片，心想哪怕是一根头发，或者一颗钉子，也要追查到底。

惜雪移动自己的位置再细看，突然发现那血人身体的角度有点不对劲。血人弯腰驼背、仰着脑袋，这个姿势，难道是在对着观者鞠躬吗？惜雪陷入了沉思。

突然肩膀被人从身后狠狠一拍。一个虎背熊腰、人高马大的胖子，正嬉皮笑脸地看着惜雪。这人正是惜雪的高中同学吕泽洋。这段时间以来，他以害怕惜雪轻生为由，几乎每晚都来惜雪家里报到。

惜雪早就见怪不怪了，因为从高中开始，吕泽洋就喜欢黏着她和她爷爷。吕泽洋是真不喜欢回家，他见到后妈和他那两个没事喜欢尖叫的姐姐，以及他爸那一张永恒不变的苦瓜脸，就头疼，他更愿意待在惜雪家蹭吃蹭喝，宛如家人。

"丫头，你可吓死胖爷我了。"吕泽洋捂着胸口，一副东施效颦的中年妇女模样，"我进来你都不知道，叫你几声也不答应，我还以为你灵魂出窍了呢！"胖子一屁股坐到惜雪的椅子上，用手拨弄着电脑鼠标，胡乱看着屏幕上的帖子，叹着气说："10天了，已经错过救援的黄金72小时，说真的，凶多吉少了！丫头，你也有个心理准备吧！"胖子没听到惜雪的动静，扭头看了她一眼，一个哆嗦，差点儿从椅子上摔下去。

"你，李文轩附身了吗？"

胖子对面的惜雪，脸上是无比狰狞的面容，嘴巴夸张地笑着，面对着胖子藏起右手，鞠着躬。

胖子叫起来的时候，惜雪恢复了常态。

"胖子，我刚才那样，你的第一感觉是什么？"

"嗯，感觉……"胖子的大胖屁股在椅子上扭动了一会儿，为掩饰刚才的胆小失态，他故作帅气地举起右手做了个开枪的姿势，"你右手藏着一把枪，你鞠躬我得回礼，趁我一低头，你突然把右手举起来对着我，啪，一枪崩碎了我的脑壳。"

"嗯！"惜雪自言自语地说，"这血人身上藏着很多信息，最厉害的不是左手的拳头，而是隐藏着的右手，眼神中的邪恶代表左手的拳头，嘴巴的笑意代表右手隐藏着的秘密。意思好像在说，看懂我，就能知道李文轩的下落。"

"丫头，'屋脊小兽'是你的网名？"吕泽洋一边听着惜雪的话，一边快速地滑动鼠标，"你把你刚才说的这些想法都发到木工网上了？"

"什么？"惜雪冲过来，赫然看到木工爱好者论坛上一个网名为"屋脊小兽"的写的一篇文章的右边已经有了个"火"的标记，发布时间刚一小时，回复已经上千，文章题目是《李文轩失踪案现场解密》。

惜雪连忙把胖子从椅子上拉下来，着急地坐在电脑前翻看起来。

屋脊小兽发表的文章，第一段是对血人的分析，与惜雪刚才所说的如出一辙。文章认为这是一个有预谋的绑架案，原因就在于这血人的暗示。如果李文轩被谋杀了，凶手绝对没有必要费尽周折画个奇怪的血人，这血人身上矛盾的信息背后，一定隐藏着某个线索。

文章的第二段，是从专业的角度，大篇幅讲述地下室里被损坏的开关。文章列举出20种损坏开关的方法，指出失踪现场的开关不是凶手损坏的，是李文轩故意为之。因为从损伤的缺口和使用的工具判断，损坏开关的工具就在现场。

屋脊小兽用一个红圈勾出满地狼藉的工具中的一个，接着是一个李文轩现场制作机关烟灰盒的视频链接。

这段视频被网友称为经典，视频中的李文轩经过画线、夹背锯锯切、凿子修剔、锤敲榫卯、刨侧边等多个步骤制作机关。视频中也有大量使用这个工具进行凿子修剔的特写，李文轩用这个工具在最后收尾的时候刻意留有三个并排小凹槽。他还详细示范了这三个凹槽会在以后修理的时候发挥意想不到的便捷作用。这个细节被网友评论为李文轩式留白。

屋脊小兽切换回开关页，三个并排小凹槽虽然细小，但被他放大之后清晰可见。李文轩不但用现场的这个工具亲自损坏了开关，还在开关上暗藏了李文轩式伏笔，告诉别人这开关是他损坏的。

屋脊小兽的文章写到这里戛然而止，后面洪水一般的回复一发而不可收。惜雪一直看到最后，胖子又拍了一下她的肩膀。

"赵大匠师再厉害，却不如一个屋脊小兽啊。你就没发现被损坏的开关上的三个凹槽！"

惜雪没理他，顺着屋脊小兽的思路凝神沉思。

李文轩为什么要自己破坏开关呢？地下室有窗户、有月光，即使破坏开关，也不能保证屋里一片漆黑。一个小小的地下室，他也无处可藏，难道他是要藏什么东西？

不对，如果凶手在现场，他是不可能当着凶手的面藏东西的，如果凶手不在现场，他也不知道凶手会来，那他又为什么会做这个动作？

如果他破坏开关是有意为之，只有一个可能，他不是要藏什么东西，而是要留下潜在的线索。在那样匆忙的情况下，破坏开关可以留下什么线索呢？问题不在开关上，而是破坏开关这个动作所产生的结果。

惜雪突然站起来，关掉了灯。胖子又蹦了起来。

"你又干什么？"

"胖子，"惜雪压低声音说了句，"过来抓我。"

"你这样，我不太习惯。"胖子又捂住了胸口，不好意思地低下了头。

"少废话！再不过来我喊非礼了！"

"你，算你狠！"胖子被迫向惜雪冲过来，惜雪一边躲一边顺势推倒了身旁的椅子、柜子、小提琴琴架，当走到自己做的工艺品旁时，心里一紧，没舍得推。惜雪猛地停住，打开了灯。

"胖子！我知道李文轩留给我们的线索在哪里了。就在这张照片上！"惜雪径直走到照片墙前，一把扯下地下室现场那满地工具的照片。

"什么意思？"胖子着急地凑过来看。

"你看，在地下室里，曾经有过争斗。但是一个追，一个躲，通常是躲的人拉下身边的东西去挡追的人的攻击，对不对？"

"对，刚才我就想，我得找利器，拿起来砸你的脑袋。"

"但是，躲的人对重的东西是不会费劲去碰的，对吗？"

"当然！"

"所以这地上的工具一定是李文轩故意弄的。刚才我躲你的时候，不舍得推倒我做的那些工艺品。李文轩视这些陪伴他多年的工具如生命，每一寸的机械调整都精心到极致。这工具并不轻，在地下室里，用推倒工具来防御攻击的可能性能有多大？"

"那不对！性命攸关的时候，推倒手边的工具去挡凶手，这是下意识的行为！"胖子反驳说，紧接着又马上摇了摇头，"不，工具太重，不如拿现场的斧子、刨子来抵抗靠谱啊。"

"如果这工具不是用来抵御凶手的，而李文轩又特别珍惜这些工具，不到万不得已是绝对不会轻易去损坏它们的，那么就只剩下一个可能了。"惜雪又关掉了灯，拿出手电筒，把手电筒的光束从窗边照到脚下，又从脚下扫回去，"胖子，你发现了什么？"

"你的手电筒好像聚光灯一样，让这些倒在地上的东西，在黑暗中一件一件暴露在眼前。"

"这不是因为没有灯，我进入现场的时候必然要做的事情嘛。"

"你的意思是，李文轩是特意把开关弄坏，把现场摆成这样，就是为了让你用手电筒一件一件地照下去？"胖子拿过手电筒，也学着惜雪刚才的样子照了一遍，"他有病啊？"

惜雪拍了一下胖子的后脑勺，说："我在看现场的时候，为了什么都不错过，就是这样看的。李文轩损坏开关，是因为他知道耽误了我们的饭局，我一定会过来找他，也知道我会这么看一遍。所以他一边对抗，一边把这些心爱的东西费劲推翻，让凶手误以为他在躲避，其实他在留下顺序！这才是他损坏开关的真正原因。因为只有这样，我才能关注到顺序。"

惜雪又打开灯，胖子看着一地的东西，恍然大悟。

"如果灯是亮的，那么所有东西尽收眼底，的确想象不到顺序。"

"我也是刚想到。"惜雪有些沮丧地说，"要不是屋脊小兽暴露出开关的事情。"

"可这顺序能干什么？"

"顺序，对匠人来说是像坐标一样重要的东西。做一个东西，先要下哪一斧，从哪个方位开始下，都不能差之分毫。现在这些已有工具的顺序，已经大致指明了这是做什么东西用的顺序了。"

"李文轩留下这个暗示，是要暗中告诉你，他的绑架事件跟这个东西有关？到底是什么东西的顺序？"

惜雪没回答胖子，她又坐到电脑前，淡淡地说了句："屋脊小兽回来了，他已经锁定了绑架李文轩的凶手！"

"什么？我们才发现李文轩的暗示，他竟连凶手都给找出来了？"胖子连忙冲过来看。在帖子的回复中，屋脊小兽先贴出了一张照片，这是一本悬疑小说，名叫《死亡游戏》。

紧接着，他又贴出了第二张照片，是这本书的一部分内容。

在书中，作者详细描述了凶手杀人后在尸体上留下的图案。关于那个图案的描述，与假墙上的血人如出一辙！

"这血人还是有出处的啊！"胖子倒吸了一口冷气。

屋脊小兽在帖子里继续写道，当他看到地下室现场的血人照片，立刻就想到了这本书。书的内容是凶手开启的一个死亡游戏。游戏的内容很简单，凶手在生活中发现比自己厉害的人，藏起他们，折磨他们，直到他们服输后残忍地杀死他们！死者身上都会有血人的标记，用意是表达凶手对死者的悲悯和庆幸自己的绝对胜利的复杂情绪。

屋脊小兽写到这里，网络已经沸腾了，网友的回复更是五花八门：

"一定是有人看过这本书，嫉妒李文轩的匠艺和才华，才模仿了《死亡游戏》，绑架了他！"

"李文轩知道这个规则吗？希望他坚持住不要服输，服输就死定了！"

"也许绑架者就在这里偷偷看着我们聊天，也许就是屋脊小兽！"

此刻的惜雪已经坐不住了。如果这屋脊小兽误打误撞猜对了绑架李文轩的人和他的动机，那么李文轩此刻不是正在遭受折磨，就是已经死了。

惜雪开始紧张地在房间里踱步，头上大汗淋漓，胖子又喊："丫头，快过来看！"

帖子中的屋脊小兽又发言了。

这次，他只是发布了一个链接，什么都没说。但是这个链接已然炸开了锅。

这是一个网名为"小乐"的网友曾发布的请教木作工艺的小视频。小乐在视频下备注了一句话："请教各位大侠！我做了一个微小的飞翔器触发机关，怎么才能保障这里的内部联动装置不受飞翔器的触发开关干扰？"下面回复的人并不多，也并没有李文轩的参与。

惜雪点开视频。里面是这个名叫小乐的手和他的作品，他正指向令他困惑的开关装置。两人把视频从头看到尾，忽地站了起来。视频中那没有露脸的小乐的手旁边摆放的一本书，正是屋脊小兽之前分析的那本《死亡游戏》。

"我来挖出这个小乐！"

胖子连忙噼里啪啦敲打着键盘，进入小乐的所有帖子，寻找着他的信息，同时在QQ上找到一个黑客帮忙。很快，黑客发回了多个IP地址和一个居住地址。

惜雪拿过地址，手在微微抖着，同时，示意胖子赶紧报警。

这个小乐身边有《死亡游戏》，他很可能就是在李文轩地下室里画出血人的那个凶手。小乐请教的是黄金凫雁内的一个机栝。李文轩留下的顺序线索，也正是制作黄金凫雁的顺序。一切焦点都集中在这个被屋脊小兽扒出来的小乐身上。

如果是他绑架了李文轩，如果他此刻正在无情地折磨着李文轩，如果李文轩服输了……

惜雪不敢继续想下去了。

李文轩在那么关键的时刻给自己留下了线索，把她当成救命的最后一根稻草，对她如此地信任和期待，可是她怎么才想到呢！

这时，胖子已完成了与警察的沟通。他放下电话，搓着手掌对惜雪说："他们说明天早上就过去！还批评我使用了黑客……"

胖子还没说完，就见惜雪从柜子里拿出背包，麻利地绑起飘逸的长发，戴上鸭舌小帽就要出门。

"你干什么？自古都是英雄救美女，没有美女救英雄的！万一那小乐真的是个穷凶极恶的杀人犯，你这不就是自投罗网吗？"

"警察不出动，是因为没人报警！"

"什么，你想以身犯险促使警察现在就出动？你不要这么任性，你以为你有两下跆拳道功夫，就能打得过小乐这个血人狂魔？哎！丫头，你等等……"

惜雪在胖子的唠叨声中，已经头也不回地大踏步走到门外，边走边说："放心！这个小乐家是个四合院，我对那边很熟。我就去看看环境。"

　　"拉倒吧，就你那不达目的不罢休的脾气，就你这种不可一世的个人英雄主义者，你会只是看看环境那么简单吗？我胖爷就是被你这样从小骗到胖的！"胖子脸上的表情十分焦虑，脑袋上也开始冒出汗。不想惜雪扭头看他的时候，脸上竟泪光闪烁。

　　"吕泽洋，别的不用多说，如果出事的是我，你会坐在这里吗？"

　　惜雪说完，飞奔离开了愣住神的胖子，下楼启动了车子。刚要开走的时候，胖子呼哧呼哧地拉开车门坐上了副驾驶，手抖得系了半天安全带也没有系上。

　　"胖子，他是杀人狂魔！你要一起去？"惜雪抹了一下眼角的泪痕，扬起眉毛看着吕泽洋。

　　"我是不敢去啊！"胖子哭丧着脸咧着嘴说，"可眼看着你一个人去，那还叫男人？更何况，我，我……"吕泽洋没说下去。惜雪一脚油门，风驰电掣般向小乐所在的地址奔去……

第二章

# 京派四合院的"眼睛"

四合院，虽然属于居住建筑，却蕴含深刻的中国传统文化内涵。

一方小院，极其讲究。从择地、定位，到斗拱、横梁，

每个建筑每个尺寸，从门到窗，从对联门幅到屋内摆设，

每个细节每处装饰，都暗藏着门道和文化。

惜雪和胖子开车到小乐家所在的胡同时，已是晚上10点多。

胖子一路问惜雪包里装的是什么，有没有枪，李文轩的黄金凫雁到底有个什么故事，怎么小乐会问关于黄金凫雁开关的事。

惜雪却沉默地一直想着韩老临走前对她的警告，韩老让她离与黄金凫雁有关的事远一点儿，否则会牵连到她的家人。可他说的是自己会有大难，不是李文轩啊。

每次等红灯的时候，惜雪都低头刷着帖子。

在屋脊小兽发出那个暴露小乐的链接之后，热心的网友又扒出了很多信息。比如小乐的真名叫乐正夕，也是工匠圈里一个不知名的小工匠，似乎还是从外地来北京的。再比如，这乐正夕勤奋好学，经常把学习过程中遇到的一些困惑发到网上寻求意见，而且涉猎范围非常广泛。

惜雪停车后，拿出背包，翻出了一个眼镜戴在头上。

胖子看到眼镜，忍不住激动起来："丫头，你这副眼镜，我以前只在网上见过，今天第一次看到真的。不愧是全球屈指可数的大建筑公司，你们公司的技术设备简直太帅了……"

"乐正夕！"惜雪突然对着胖子身后喊了一声，吓得胖子一个趔趄。惜雪伸手给他脑门儿一个弹指，弹得他捂着头龇牙咧嘴。

"胆子这么小还在这儿胡咧咧。回车上等我！"

胖子偷偷从捂着脸的手指缝里看了一眼惜雪的表情，咧嘴笑着说："胆小是条件反射。关键时刻，我还是会不顾一切堵住那小乐的枪口，帮你杀出一条血路，让你成功逃走的！"

"丧气！你就不能想着旗开得胜啊！"惜雪身手矫捷地闪进狭小的胡同口，胖子连忙紧跟在后。

10点多的胡同里，已经很少有人走动了。这里是古建筑保护区，胡同里并排的都是小四合院。惜雪把脚步放慢，假装漫不经心地找着乐正夕家的门牌号码。胡同虽然入口狭小，向深处却是越来越宽敞。北京城曾经拆过一段时间的古建筑，现在这样的四合院群落已经不多见了。那些古迹斑驳的院墙，历经数百年，沧桑而孤独。

惜雪看胖子紧张地四处张望，为了缓解他的情绪，突然问："胖子，你知道四合院这个建筑，有什么玄机吗？"

"你这是侮辱我！从小我就随你和咱爷爷走南闯北，怎么也算半个匠人，你竟然问我这么幼稚的问题！你们京派建筑的历史有3000余年。除皇宫、皇陵、寺庙、衙门之外，最典型的代表就是四合院。这四合院的门道大了去了，整个四合院，内含古人的无穷智慧和一整套阴阳五行理论！这也是千年来中国建筑历史不断发展变化，各类特色建筑层出不穷，四合院却一直坚挺而又神秘地存在于京派建筑主流中的原因。"

"云开间阖三千丈，雾暗楼台百万家。"惜雪一边警惕地看着四周，一边低声吟诵，"四合院，虽然属于居住建筑，却蕴含深刻的中国传统文化内涵。一方小院，极其讲究。从择地、定位，到斗拱、横梁，每个建筑每个尺寸，从门到窗，从对联门幅到屋内摆设，每个细节每处装饰，都暗藏着门道和文化。如果不是我们京派匠人修复的四合院，就总会觉得形似神离，少了很多东西。"

"丫头！这就叫隔行如隔山！要说我送快餐，路怎么走最快，谁也比不过我。这经验就是学问！而咱爷爷，京派匠人的教父，一直都是让所有人敬仰的对象。近水楼台先得月，工匠圈里的事又有谁懂得比你多呢！"

这次惜雪没有接茬儿。其实，爷爷虽然是京派匠人中的泰山北斗，但是他让惜雪从小就明白了人外有人，山外有山的道理。

在中国古建筑的工匠圈里，除了京派，还存在另外三大门派。

建筑，考虑最多的元素是本地降水、日照气候。所以长久以来都会根据当地风土人情而形成不同风格的民居，各大门派也主要以区域来划分。

京派，可以说是中国最古老最神秘的建筑门派。京派建筑里以四合院最为典型。皇宫、皇陵、寺庙等很多典型台式建筑都属于京派。

苏派，也就是久负盛名的缔造了故宫建筑传奇的香山帮。史书上曾有"江南木工巧匠皆出于香山"一说，从匠心独运的苏州古典园林到气势恢宏的皇家宫殿，数百年来，苏州香山帮匠人的精湛技艺也是代代相传。苏派建筑，讲究的是物小景大，房景相容，移步易景。

闽派，建筑风格流行于闽南地区，其中土楼是最为鲜明的代表。土楼是一种供众家居住，且具有防御性能的民居建筑。结构上以厚实的夯土墙承重，内部为木构架，以穿斗式结构为主。楼内生产、生活、防卫设施齐全，是中国传统民居建筑的独特类型。源于古代中原夯土版筑建筑工艺技术，宋元时期即已出现，明清时期趋于鼎盛，延续至今。

徽派，是汉族传统建筑中最重要的流派。总体布局上，依山就势，构思精巧，自然得体；在平面布局上规模灵活，变幻无穷；在空间结构和利用上，造型丰富，讲究韵律美，以马头墙、小青瓦最具特色。明清时期，徽派的东阳帮工匠按东阳民居建筑的基本模式建造了大量的徽州民居，并由此形成了独特的地域文化。

四大门派分别有自己与众不同的技术绝活，派别规矩和匠人组织，也都有自己独特之处。京派圈里的匠人对这些门派讳莫如深，就连爷爷都很少提及。他们各修各的古建，各建各的园林，各做各的传承。

就算惜雪是近水楼台，也只是对京派的事情了解多一些，对那些浩瀚的中国古代建筑知识，也不过是一知半解，管中窥豹。

惜雪沉默的时候，两人已走到胡同尽头。

明亮的月光下，惜雪一眼就看到了那个门牌，心立刻提到了嗓子眼儿。

让她大失所望的是，这个小四合院，破败不堪，墙上长满青苔，院墙靠近西南角处开了个门洞，门洞墙上还做了个普通的元宝脊小屋顶当装饰。

"嗯？是这个吗？"胖子看到惜雪的神情，也跟着紧张起来，看了一会儿，他突然放心地摇晃起了大胖脑袋，"惜雪，咱来错地方了。你看这门外大锁上的灰尘和门上的蜘蛛网都成什么样了，我看那小乐根本就不住这里。"

胖子扭身就要离开，惜雪却拉住他，一动不动地看着这个似无人迹的四合院院墙，表情有些惊讶："胖子，有蹊跷！这四合院的'眼睛'有问题。"

惜雪的眼光毕竟跟胖子不同。她是京派匠师赵振兴的孙女，见过的京派四合院数不胜数，从她的知识积累来看，这绝对不是个正常的四合院！

在京派匠人口中，四合院的门又被称为"眼睛"。所谓四合院的第一层门道，都在这"眼睛"上。

四合院的大门跟楼房不同。楼房都是千篇一律，而四合院的大门好像是人的脸，千人千面。在过去讲究门第，我们耳熟能详的成语门可罗雀、门户之争，都源于这一个"门"字。正常的一道门，不但可以判断出这户人家的身份地位，还能判断出学识文化、主人性格、家境等很多潜在的东西。这也是惜雪要过来一探究竟的原因。

不过眼前的这"眼睛"，问题太明显！

这四合院的门，竟然开在整个院落的西南角。可京派四合院，应用的是北方的建筑体系，讲究的是"坎宅巽门"。这是所谓的八卦方位，"坎"为正北，在五行之中属水，一般建正房，坐北朝南，现实意义是防火。"巽"为东南，在五行之中为风，在东南方向开门，象征财源不竭，金钱流畅，进出顺利，平安吉祥。

"如做坎宅，必开巽门。"这是京派四合院最基本的规矩。可是乐正夕家的门，怎么开在了西南方位？西南在八卦中为坤，地的意思，也为母，代表万物之灵气，也代表阴柔的事物。这对宅邸来说似乎阴气加重，诸多不利。

惜雪从背包里拿出手电筒，照了照眼前那小门楼上灰木大门的尘土，她慢慢从西南角踱到小四合院本应建门的东南角。往返了几次，仔细观察墙脚下的土地痕迹，又蹲下从地上扒下几块泥土在手中拿捏琢磨，然后抬头看了看院墙的高度，倒吸了一口凉气。

胖子见状连忙凑过来轻声问："丫头，你的表情怎么越来越惊悚？这门究竟有什么问题？"

惜雪站起身来，拍了拍手上的泥土，低声对胖子说："中国建筑，向来等级森严，各种建筑单体按主人的不同身份和等级分成不同级别的形制。比如广亮大门上有门灯，下有懒凳。这是官宦宅邸常用的大门形式。从最高等级向下分别是王府大门、广亮大门、金柱大门、蛮子门、如意门和城垣式门（城垣式门最普遍、最常见的形式是小门楼），它们分别有自己不同的设计和结构。大门的设计主要跟中柱、金柱、檐柱这三根柱子有关系。

"建筑物最外侧的柱子是檐柱，正中间支撑屋脊的柱子叫中柱。檐柱和中柱之间是金柱。广亮大门是门扇装在中柱之间。金柱大门则是把门扇装在金柱上的。蛮子门往下，就是装在檐柱上了。"

"你看整体的院墙比例和结构，还有在东南角的这个曾经是外金柱的痕迹。"惜雪把手电筒打在院墙东南角斑驳的墙壁上，"从整个院落结构来看，这里不但应该有一根外金柱，还应该有一扇金柱大门。"

"什么？这么烂的四合院，怎么可能有金柱大门呢？那是地位显赫的人家才能有的。还有，这里明明是砖头，照我看顶多是个小如意门。我看你是怀疑那个小乐，所以才看哪里都觉得有问题。"

"胖子，这门被改过！按照过去老北京的建筑习惯，如果官宦人家宅邸卖给平民，平民为表示地位谦卑，都会将门给改掉。门框前移，用砖遮挡门框，改成如意门！"

"冠冕堂皇的金柱大门改成小家碧玉的如意门？"胖子看了一眼西南角的

小门楼，"然后又去西南角改成那比如意门还次的小门楼？"

"所以说奇怪呢！把门开在西南角，可是京派匠人的大忌。这四合院的'眼睛'暗藏了太多的玄机。如果这真是小乐的家，那就更有问题了。"

惜雪用手电筒仔细照着斑驳古老的院墙，全神贯注，如置无人之地。突然，她得意地打了个响指。

"你过来看看这儿，门扇外侧的吊顶曾经是额枋之间的垫板，这里还有垫板上带着包袱的苏式彩画的残留。"惜雪用手电筒一一定位着自己说的地方，胖子惊讶得目瞪口呆。

那院墙上的确依稀存在着新旧砖混合的痕迹，曾经浅浅的苏式彩画如今已经斑驳到只剩星星点点的颜色，但就是那一点儿残存的颜色，也没有逃过惜雪的眼睛，强光下犹如暗藏在破砖乱瓦之中的宝藏，闪动着奇异的、神秘的光芒。

胖子看着倒吸了一口凉气，说："如果这里真的曾经把金柱大门改成如意门，后来又把这东南角的如意门堵上，去西南角开了个小门楼，那么这户人家究竟是经历了怎样的世道变迁，才低调成这样呢？"

"不只是世道变迁，这四合院还邪得很！"

惜雪说完从包里拿出一根尖头硬器来，对着院墙上的某个砖头狠狠插进去。咯噔一声，那砖头应声松动，惜雪伸手抓住砖头利落地往外一拔，将其扔在地上。砖头里露出一个幽深恐怖的黑洞。

惜雪从包里拿出探测仪小心放进黑洞中，打开平板电脑，屏幕上清晰显示了被小小探测仪器照亮的内壁。

那是本应在原大门两侧的内壁面梁柱，这种壁面被京派工匠称为"邱门"。京派四合院的邱门有两种，软心邱门和硬心邱门。所谓软心邱门，就是墙面抹灰，素白，或者堆砌浮雕花纹。小的邱门主要雕刻花、鸟、竹、石，大的邱门常常可以画一些故事，比如"渔樵耕读""松下问童子""孟母三迁"。甚至有的人家使用黑白两种灰膏刻塑成半立体图案。硬心邱门，说的是那种暴露砖墙面的，通常用的是大块的正方形方砖45度角斜砌，这是水磨砖墙的形式，缝直且细，墙面光滑。

从屏幕上可看出，这原来的大门用的是硬心邱门。这四合院果然是经过改装，隐藏了曾经是大门的痕迹。

胖子看着图像连连咋舌，惜雪继续操控着探测仪器。屏幕上慢慢出现了硬心邱门上方的情况，这一下连惜雪也惊讶得"啊"了一声。

在这内部藏着的檐柱上方，有两根横木位于其下。上面的那根是檐檩，下面的是额枋。只有比金柱大门还厉害的广亮大门上，才会有这样的两根横木。

不但如此，在这个大门内，额枋与檐柱的夹角，竟然还设置了雀替。广亮大门上通常有个习俗，会在额枋与檐柱之间的夹角，设置一些花牙子等通透的隔断，隔断装在门洞上，做成雀替的模样，但并不是真正的雀替。因为虽然广亮大门是七品官以上的人家才能用的，而雀替这个"眼睛"的建筑细节，一般都被无可争议地应用于宫廷建筑上。

"这里怎么可能有宫廷建筑最高等级的大门的建筑坐标，这不是谋反吗？"惜雪看到暗藏着的真正皇家建筑才能有的雀替，再也忍不住了，"这里蹊跷太多，李文轩很可能就被关在里面，我要进去看看。胖子，你在外面给我把风，我要是半小时后还没出来，你就报警！"

她从背包中拿出一套金属棍，熟练地连续掰了几下，组合成简易的云梯，向墙头一扔，云梯顶端的金属爪抓住墙头，精致的金属梯垂了下来。

这一下吓坏了胖子，也没工夫夸惜雪公司的设备牛了，他一边摇晃着脑袋看着左右，一边扶着晃晃悠悠的金属梯子，压低了声音说："丫头，你疯了？这四合院问题这么大，阴气这么重，还有可能是个杀人狂魔的家，你不要命了？"

"你不是说没人吗？"惜雪抓住金属梯就要向上爬，此刻脖子上的小龙已经因为她的热血沸腾变了颜色。

胖子看了一眼她的脖子，深深叹了口气，无奈地摇了一下大胖脑袋："唉，没戏了！你的小龙又变颜色了。你决定的事，没人能拦得住。"

惜雪对胖子安慰地嫣然一笑，已经翻身爬上了金属梯。

"胖子，这里看起来是被京派匠人的巧手神功精心掩饰过，而且这人的匠艺不在咱爷爷之下。现在里面没人，我一定要进去看看，也许能找到文轩。你在这儿给我放哨。"

惜雪说话间已爬到墙头，她戴上头顶别着的红外眼镜向里面瞄了一圈，一个翻身就消失在胖子的视线中。

胖子看着金属梯，瞪圆了眼，好像要吃了这玩意儿似的，嘴里嘀咕着："文轩，文轩，文轩！"叨咕了一会儿，他又深深叹了口气，改成念叨："惜雪！惜雪！惜雪！"他一边念叨，一边扭着大胖屁股爬上金属梯。摇头晃脑地小声说："话说回来，你要没这股子初生牛犊不怕虎的劲，胖爷我还真不一定待见你呢！"

胖子爬上墙头的时候，惜雪早已站在小四合院的正中了。

奇怪的是，一向身手矫捷的惜雪，此时却纹丝不动。月光下凹凸有致的身体犹如画在四合院中的二维剪影，影子格外恐怖。

胖子只觉头皮发麻，一边收回墙外的金属扶梯扔进墙内，一边扭动着屁股，蹑手蹑脚地爬下墙头，四下看了看没人，略微放下心来。

这小四合院里面跟大门外面一样落满灰尘。

东南角正对着墙面的是一个巨大的石头影壁，残破不堪。两边是东西厢房，门上是金玉龙凤锁。挨着小门楼的是倒座房，从里面看，倒座从东南角一直延伸到西南角，别说门洞了，连门都没有。

也许惜雪猜对了，那西南角的小门楼是个假门。要不是两人从墙上跳下来，根本就找不到能真正进出四合院的门。

小四合院里的北房门虚掩着，风吹得古门发出嘎吱嘎吱的怪叫声，皎洁的月光下隐约可见那屋里摆放着的祖宗牌位。

胖子正打算小心翼翼地向惜雪靠过去。一直没动的惜雪突然举起右手，对他做了一个手势。先是一整个拳头，接着是大拇指和小手指，然后是一根食指。胖子一看这手势便知道这是危险不要靠近的意思。

　　京派匠人有固定的手势语，通常用在大型建筑物修复的时候。比如在高处修复屋檐的匠人如果打起这手势，下面修复的人就会立刻远离屋檐附近，因为不是横梁有断裂危险，就是有物体坠落的可能。施工现场通常有很多杂音，手势是最好的沟通方式，清楚有效。这也是京派的传承，胖子从小跟惜雪和她爷爷到处玩耍，耳濡目染也知道这些手势的意思。

　　胖子在墙角下细着嗓子问："惜雪，这里看起来很久都没人住了，危险是什么意思？活人的危险还是死人的危险？你为什么站在那儿不动？"说到这儿，胖子看了一眼堂屋里那阴森的牌位，顿时感觉身后冷风阵阵。

　　牌位后面嘎吱一声脆响，胖子连忙又哆嗦着问："丫头，这……这里是阴宅，有……有……有鬼吧？"

　　惜雪终于扭过头来，月光下胖子看到她无比紧张的面容，更是感觉大事不好，几乎要一屁股坐到地上。

　　"胖子，这小院里比外面还蹊跷，你千万别走动，去外面等我。"惜雪小心翼翼地从背包里掏出四个胖子没有见过的机器设备，熟练地用手在平板电脑上滑动，很快，那四个小机器设备亮起了灯。似乎已经完成了与平板电脑的无线连接。

　　"机关？这破四合院里能有什么机关？"胖子仔细地看着四周，突然又听到那牌位旁边传来一声轻微的鬼魅一般的咳嗽声。这下他忍不住了，也忘了惜雪的警告，几乎是下意识地拔腿就跑，狂奔几步到了惜雪身边，一手拉住她的胳膊，嘴里还嘟囔着："丫头，别怕，我保护你啊！"

　　惜雪气急败坏地瞪了一眼胖子，紧张地看向他刚才跑过来的地方，跟刚才一样静止了半天，发现并没有什么变化，才舒了口气。伸出一只手弹了胖子脑袋一下，胖子也顾不得脑袋了，两眼紧张地盯着声音传来的方向，说："我说，你怎么可以如此淡定，难道你没听到鬼在咳嗽？"

　　的确，胖子眼中的惜雪，虽然表情紧张，却没有一丝恐惧，眉宇之间竟暗藏着一种难以掩盖的英雄气概，让他想起了美国漫威漫画中的超级英雄。

　　惜雪吸了一下鼻子，没理胖子，将刚才启动的那四个小机器轻轻扔向四合院里东南西北四个角落。那四个小机器，发出微弱暗淡的长长的红光，跟微型机关手电筒一样，在四个角落里缓慢而匀速地转动着。同时，惜雪的平板电脑上，显示出了一些网格状的线条，里面有一些复杂难懂的小坐标，看得胖子一脸蒙。

过了一刻钟，惜雪眉头紧锁，席地而坐，把还在运算着什么的平板电脑放在腿上。

胖子也跟着坐了下来。但是他如坐针毡，用肩膀拱了拱惜雪，央求着说："惜雪，你在玩什么呢？胖爷我还是有点儿心虚，咱回去吧，白天再来。"

"回不去了。"惜雪哼了一声。胖子觉得莫名其妙，看了一眼身后不远处那破旧的院墙，又看了看四个角落里的设备。

"回不去？难不成，我们周围密布着地雷，我们俩已经身处雷区了？"

"差不多！"惜雪点点头。胖子"啊"了一声，抖着手看着已经没了信号的手机，伸手又要去掏惜雪的看，被惜雪一巴掌打掉。"你忘了？我的手机谁都不能碰！"

"我就想看看是不是也没信号，这里怎么可能没信号呢？鬼也与时俱进懂得屏蔽现代人的求救信号了？"胖子哭丧着脸，表情夸张而惊悚。

"你不是最喜欢《盗墓笔记》里的胖爷吗？怎么到真格的了就怂成这样？"惜雪叹了口气，突然轻声念道，"行云破风平地起，动山布阵逆乾坤！"

"干吗？这句是符咒？你还会捉鬼？"

惜雪拍了胖子的后脑勺一下，胖子却紧紧搂住惜雪的胳膊，哆嗦着死活不松开。惜雪又拍了拍胖子厚实的肩膀，男人样地搂住他的大胖身体。

"这是爷爷一本笔记上的话。那是本自古传承下来的笔记，前面部分还是用古文写的，爷爷说是本秘籍，叫《京派秘传》。其实他也没给我看过几眼，这句话的意思是，京派匠人应该遵循老祖宗的千年古法进行建造活动。换句话说，一旦某个建筑破了古法，不按规矩做事，那一定是极凶险的事。我刚才确实大意了，一心想着文轩，只顾进来瞧个究竟。胖子，你看看这里！"

惜雪用脚小心翼翼地拨动了一下草皮，胖子一眼看到里面纵横交错的钢丝，密密麻麻如蜘蛛网一样遍布在草皮之下。

"这……这是什么？是爷爷说的那种京派机关吗？"胖子听爷爷讲过京派机关多存在于京派匠人建造的陵墓体系之中，自从看过盗墓的书后，胖子对爷爷曾说过的京派机关，更是深信不疑。他看到惜雪对他点了点头，身上的肉颤成一团。

"丫头，我们还可以喊吧？我们现在就喊吧！"胖子紧张地看着四周邻居的黑漆漆的小院，安慰着自己说，"没事，没事，我嗓门可大了！"

"喊？这里就好像捕兽的陷阱，你要喊来猎人？！"惜雪有些恼怒地瞪了胖子一眼，胖子整个身体几乎都贴在惜雪的身上了："那……那怎么办？"

"我这里，有一个好消息，一个坏消息。"

"坏消息是我们迷路了，好消息是牛粪有的是！"胖子带着哭声说。

"好消息是我略懂京派机关。"

"那不早说，走，回家！等等，略懂，是坏消息吗？"

"坏消息是我们已经触发了草地上的机关了。"

胖子听到这句，身体又是一震，手机扑通掉在布满钢丝的草地上。他愧疚难当又无比紧张地盯着地上的手机，像看着随时会被触发的定时炸弹一样。

"不要捡！"惜雪又看了一眼腿上的平板电脑，泰然自若地说，"胖子，司马迁的《史记》中有一句话叫'究天人之际，通古今之变，成一家之言'，你知道是什么意思吗？"

胖子摇着脑袋，用力呼吸了一下，控制着自己惊恐的情绪，由于呼吸得过猛，他开始头晕，又捂住脑袋。

"胖子！"惜雪异常冷静地拍了拍即将崩溃的胖子，"任何一个建筑中，都包含着文化、历史、科技、艺术，任何一个建筑都是一部立体完整的书。京派建筑的历史绵延3000多年，宫殿、寺庙、陵墓、宅邸几种建筑各具特色。地上建筑讲究的是结构、雕饰、彩绘，地下建筑讲究的是风水、理法、机栝。"

"你究竟要说什么？"胖子满脸惊慌和恐惧地问。

　　惜雪握住胖子冰凉的手，继续讲："爷爷说过，京派机关，是京派匠人的绝活，神秘莫测的机栝保护了很多陵墓，至今没有被猖狂的盗墓者进入和盗掘。京派机关，也有完整的理论体系，早在春秋战国时期，木匠的祖师爷鲁班本人就是机栝设计的大师。一直发展到现在，两千年间机栝的技术不断发展，无人能敌。如果这京派四合院的建筑里使用的是京派机栝，那么就我们这点儿京派建筑的知识，还真的是自身难保了！"

　　胖子张了半天嘴，也没发出声音来。半晌，他猛吸了一口气说："那么，既然已经到了如此境地，我有件事，必……必须告诉你……"

　　"留着一会儿说吧。"惜雪的脸上露出一丝恶作剧般顽皮的微笑。她用手翻弄着草地中的暗线，一本正经起来。

　　"我们身边的这个，应该属于线类机关。在京派机关之中，线类机关，大概有两种。一种是立发式的机栝，就是碰上就触发。比如陵墓里的自来石上的机关。另一种是迟反式的机栝，碰上的时候不反应，离开的时候反应。最典型的代表是金刚墙上的机栝。现在我们触发的时候并没有反应，所以这些钢线应该就是迟反式的，也就是在我们离开的时候才会触发。"

　　胖子听到这儿，突然屁股不再胡乱扭动，整个人坐得僵直，生怕自己触发了迟反式机关。惜雪看着他的样子，扑哧一笑，继续说："你这坐姿比军训时候还好呢！胖子，还有一个问题，你注意到这小院里的影壁了吗？影壁下面的底座好像宫殿、宝塔的地基一样深深连接到地下。影壁的顶部是马鞍脊，这些还算是符合京派匠人的古法。但是这影壁心又大大地怪异了。"

　　"什么？我们踩了地雷还不算最倒霉？影壁心又是什么鬼？"此刻胖子连脖子都不敢动弹一下，眼睛瞥向惜雪哆嗦着问。

　　"影壁心本来分为硬心和软心两种。硬心影壁，就是使用水磨的斧刃方砖，按照45度角形式，在影壁上对缝斜砌镶嵌，但是花纹与图案有许多种变化。软心影壁，是用白色抹灰的壁心，中间露出砖雕图案或者汉字。你看这个影壁心，如果它出自京派工匠之手，那这京派工匠肯定是神经错乱了。因为那根本不是硬心做法，也不是软心做法。

"还有，一般的影壁心虽然内容五花八门，但基本都是钩子莲、凤凰牡丹、荷叶莲花、松竹梅岁寒三友等等。常用的汉字，也就是迪吉、迎祥、鸿喜等词。你再看这个影壁心！"

惜雪仍坐在地上，举手将手电筒的灯光打到影壁上，胖子听得入神，扭头向影壁看过去，又是"妈呀"了一声："丫头，这影壁上的图案，这……这不是爷爷说过的那幅逆天的《麒麟戏春图》吗？"

"不错！正是！"惜雪点了点头，脖子上的小歪龙文身又变红了。

《麒麟戏春图》，也许知道的人并不多，但是在京派匠师圈里却众所周知，那可是在京派历史上曾掀起轩然大波的大事件。

说到这风波的起源，不得不提及唐朝艺术工匠世家——阎氏家族。自北周时起，阎氏家族世代高贵，属于历史学家所说的"关陇集团"的一分子。

到了唐太宗时期，阎氏家族出了个光宗耀祖的人物，阎立德。他不但是久负盛名的大工匠，还是著名的画家。阎立德当时主要负责兴建宫室、陵墓，主持修建翠微宫、玉华宫以及献陵（高祖李渊墓）、昭陵（太宗李世民与文德皇后合葬墓）等重大工程，深得太宗赞许和重用，曾官至工部尚书。

这《麒麟戏春图》，与阎立德的工匠技艺并没太大关系，却与他的画艺有关。阎立德不但匠艺了得，对绘画的造诣也颇深，曾主持设计帝后所用服饰。贞观三年（629年），东蛮谢元深到长安朝觐，阎立德奉诏画《王会图》记其事，以歌颂唐帝国的强大兴盛和与边远民族的友好关系。他还画过《古帝王图》《文成公主降番图》，后者形象地记录了贞观十五年太宗命文成公主赴吐蕃与松赞干布联姻这一重大历史事件。他的绘画以人物、树石、鸟兽见长，李嗣真在《续画品录》中称其画为上品。后世之人对其画作珍品甚为珍视。

到北宋年间，宋徽宗不但本人是著名画家，生平也喜欢收藏画作。一日，蔡京投其所好，敬上阎立德坊间流转的画作真迹《麒麟戏春图》。

这画作上的麒麟，四蹄生风，收臀耸腰，尾巴上翘，鬃毛飘拂，目嗔口张，还被精巧地饰以犀角、宝珠、古钱、珊瑚。麒麟腾云驾雾，脚下是万里辽阔的江山。宋徽宗大喜，遂将之精心收藏。

后来，宋徽宗成了金国的阶下囚，珍藏的画作也被金国发现，包括这一幅《麒麟戏春图》。阎立德是京派技艺高超的大匠师，他的画作也是远近闻名，金人无比敬仰。但是，仔细膜拜这幅画以后，金人都开始嘲笑起宋徽宗来。因为这麒麟脚下的万里江山，竟然暗自形成了一条龙的形状，而那麒麟威风凛凛的脚下，正是隐藏在山河之间的巨大龙头。原来麒麟戏的不是春，而是九五至尊的龙，这是大不敬的画意，怎么可能出自精通风水之学，一直在为皇族服务，还修建了著名皇陵的阎立德之手呢？

宋徽宗又气又恼，怎奈人为刀俎，己为鱼肉。无可奈何之下要撕了画作，却被金人中一名学识渊博的军师拦下，那军师说了一句震惊全场的话。他说这画作的确为京派大匠师阎立德所作，而画作上除了完全不合规矩的麒麟踏龙头，还藏有更多的秘密。

全场一片哗然，有人反驳说这等大逆不道的画作，根本不可能是阎立德所作。也有人说阎立德可不是一般人，既然画出这样一幅逆天画作，那么就应该继续仔细研究画作里面藏着的秘密！

《麒麟戏春图》保留了下来，金人却始终没有找到这麒麟踏龙头的奥妙，而这极其不符合风水学，可能会惹得人神共怒的画作，也慢慢淡出了人们的视线。也许因为阎立德是京派大匠师的缘故，此画在京派匠人中却是耳熟能详，广为流传。

京派匠人都对此画的意图讳莫如深，就连画的最终去向也莫衷一是。麒麟影壁后来也很少被用于京派匠人修建的普通人家之中。

"用麒麟踏龙头做影壁，把门开在阴气很重的西南角。这是要惹得人神共愤啊？"胖子脸上的表情已经惊讶到夸张的程度。

"爷爷曾说，《麒麟戏春图》中暗藏玄机，每一寸山水中都藏有机关陷阱和启动办法，这是能推翻一个朝代、毁灭一个国家的一张图，这是一张真正的机关图！至于这张机关图是什么用意，龙是什么麒麟又是什么，阎立德为什么会画出这么一张怪异的机关图来，爷爷也没说。"

　　说完了这句，惜雪收起平板电脑，竟然在腰板挺直纹丝不动的胖子身旁，大大咧咧地站了起来。在胖子惊愕的目光下她又在草地中肆意地行走了几步，胖子刚要发问，四合院正房那边祖宗灵牌的后面，又传来咯噔一声……

第三章

# 伪装的三进四合院

惜雪顺着胖子的目光回看过去，也是吓得退了一步，
那黑胡桃大柜子的门缝之间，赫然藏着一只活动着的人眼，
这眼睛不小，布满血丝，正从柜门里向外偷窥，
与惜雪对上之后，突然就一动不动了。

"走，过去看看！"惜雪毫无顾忌地大踏步向四合院正北的那古怪的堂屋走去。

"你，迟反式机关，这？"胖子有些犹豫地站起来，活动着自己僵麻的手脚，突然大喊一声，"好啊，你个臭丫头，真是坏透了！你耍我！是不是平板电脑早就证明这里没事了？"胖子嘴上放松，行动却仍不敢怠慢。他履着惜雪的脚印一步一步地跟到她身边。

惜雪看着胖子的模样，咯咯一笑，一把推开了刚才传来响动的堂屋。之后，两人都愣住了。

这里面跟外面简直是截然相反的两个世界。

堂屋里干净整洁，所有的东西，都摆放得错落有致，有一种近乎完美的工整。

惜雪看着那祖宗灵堂上的灵位，上面写着"韩墨"两个字，想到再也找不到踪迹的韩老，他也姓韩，心里一紧。

堂屋内的家具很少，只有一个堂桌，两把堂椅，东西两侧摆放着高至横梁的黑胡桃柜子，都挂着金玉龙凤锁。堂桌的后面是八扇屏风，屏风上是简单的斜纹图案，上面写着"福禄寿喜，四季平安"。

惜雪绕着堂桌小心翼翼地走动了几步，这堂桌上摆放着一只茶壶和六只小茶杯，从每个角度看都是近乎完美的构图。她心生奇怪，走上前去拿起茶壶，向着地上倒出几滴凉茶，她把茶壶凑近鼻子闻了闻余香，然后将茶壶放回原处。接着又去抚摸黑胡桃的明式座椅，上面被擦得油光发亮，没有一丝灰尘。

"茶还是温的。"

"刚才有人在这儿？"

"嗯，你看这里干净得简直可以用一尘不染来形容，不可能没人住。而且我估计这人还有洁癖。还有，这堂桌上茶杯和茶壶之间的角度完美，摆放的时候应该是转着圈，用逐一构图式做的，也就是从每个角度看过去，都符合一种结构美学。这本是苏派匠人的习惯，只是这人做这件事的态度实在有点儿奇怪。"

"哪里奇怪？"

"好像有一种很难得的心境。不好说，我道行不够，品不出来。对苏派，我也不是很懂。"

惜雪所说的"品"，其实也是京派匠人的行话。一手触摸草木金石，一手直抵宋元明清。匠人能从家具和摆放的物件中品出其中的态度甚至背后的故事来，这是一种特殊的本领。每件老家具、老木作、老建筑，一个屋檐、一根额枋，小到细节，大到整体，在平常人的眼中，是没有生命的东西，而在匠人的眼中，却能看出鲜活的与众不同的意义来。

制造家具的匠人们，在生活和工作中，慢慢对作品融入了自己的情感，渗透着自己的审美、品格和意志，他们是用自己的修养与眼光去看待生活和工作，用自己的全部理解滋润手中的物件，使它们焕发出独特的光彩，并且不知不觉注入自己的思想痕迹。这份匠人之间息息相通的领悟，就是"品"。

惜雪以匠人的眼光，看着这似乎是匠人做出来的细节，心里有些异样的感觉。胖子却打断她的思绪说："我看这茶杯也是很蹊跷，电视剧里的机关通常都在茶杯上。就这么一转……"胖子用手碰了一下茶杯，没承想那堂桌很小，下面的茶盘也不稳，突然茶壶倒了，胖子想要抓住，因为太紧张，一下带掉了茶杯，一声清脆的响声，茶杯落地摔成了碎片。

惜雪瞪了眼胖子，对他挥了挥拳头。两人戳在那儿竖着耳朵等了半天，没听到什么动静。

胖子跟犯了错的小学生一样，耸了耸肩膀。惜雪突然举起右手做了个噤声的手势，警惕地在堂屋内转了一圈。

"惜雪，我闯祸啦？"

惜雪警觉地看向四周，说："胖子，我觉得这里还有什么不对劲的地方！"

惜雪绕到屏风那儿仔细端详，又摸了摸屏风后面的墙，看了看屏风上下，突然表情严肃起来。"胖子，刚才那院里的机关的确是假的，但是这儿……"惜雪又仔细看了一眼两边的柜子，"这儿根本就不是正屋！"

"啊？北房是正屋，这不是天经地义吗？怎么这里不是正屋？"

惜雪没有回答胖子，突然跑了出去，她十分自信地对着刚才东厢房门上的那把金玉龙凤锁，轻轻鼓捣了一下，那锁年久失修，吧嗒一声就被弄开了。惜雪打开锁，小心翼翼地推开门。胖子大惊失色，还没来得及说话，又被惜雪手电筒灯光下的情景吓得差点儿背过气去。

这东厢房根本就不是一间房！屋里的另外三面墙都没有了，放眼望过去，里面破壁残垣，乱砖碎瓦，看起来好不悲凉。

"还真是阴宅啊！"胖子看着满屋碎瓦片，半天吐出了一句话。

"我们被障眼法骗了。这四合院本应该是个大三进，这里本来也不是东厢房，刚才正堂的那间屋子更不是北房，而是大三进院的垂花门！"

什么是大三进，大三进院的垂花门又是什么？为什么这小四合院的结构竟然能骗过京派匠人世家出身的惜雪？

这整件事，还要从京派四合院的形态说起。

京派四合院按照建筑的形态可以分很多种，一进四合院、二进四合院、三进四合院……依次往上，越富丽堂皇，进数越多。

口字形的四合院是一进院落，也是最简单的四合院。结构特点是一进门就能看到口字结构，正南是倒座，也就是他们刚才进来的小门楼的方位。正北是正房，东西有厢房。这小四合院，从外表来看，完全符合一进院落的结构设计，所以把惜雪这种行家里手都给骗了。

日字形的四合院是二进院落。

目字形的四合院是三进院落，也就是惜雪刚才猜测的这里的真实结构。

唐朝至清朝，四合院在每个朝代都有所不同。唐代前窄后方，宋代廊院渐少，元代到达顶峰，明清逐步完善。明清时期，最标准的四合院结构就是三进院落。因为这种布局合理、紧凑，所以民间也大量采用。三进四合院，顾名思义，是要经过三个院子，才能到达四合院最里面的后罩房，这三个院子，分别是外院、内院和后院。

惜雪之所以看出这不是一进院，而是三进院，这个房间不是正堂，而是垂花门改装的，主要有三个原因。

第一是因为这房里的檐柱。垂花门的檐柱不落地，距离地面一尺多长，垂吊于屋檐下，最下面的柱头，做成吊挂形式，有圆有方。两个不落地的檐柱之间，是镂空的木雕装饰，正因为这个原因，才会被称为垂花门。

这里虽然被伪装成正屋，但是下面的两根檐柱没有改变不落地的形态，那镂空木雕在门槛的后面隐藏得虽然精巧，却哪里逃得过惜雪的眼睛！

第二个原因，是这伪装的小屋里灵堂后面的屏门。垂花门屋顶下的空间，通常都有一房间那么大。垂花门内有屏门，通常是6扇或者8扇，与垂花门组合在一起，像极了一个房间。通常，垂花门在南侧，屏门在北侧。

一般情况下，屏门是不开的，这样来到四合院前院的人，因为有屏门遮挡，看不到内院的情况，所以具有很好的私密性。只有重要客人到来时，才会打开屏门，这样贵宾可以长驱直入，显示出主人的热情和对客人的尊敬。屏门可以拆卸下来，所以家里有喜事或丧事，花轿、棺材，都方便进出。

外行看热闹，内行看门道。这里的屏门虽然被伪装成屏风，并且惟妙惟肖，但毕竟与屏风还是有差距的，屏门后面的墙壁砖，也比外墙的要新一些，根本就不是同一时间所建。这又怎么能瞒得过深谙京派四合院建构的匠人！

第三，是抄手游廊。通常来说，垂花门左右两侧的宽敞空间，就是通往与垂花门形成一体的抄手游廊。刚才惜雪敲了敲柜体，已经听出里面空荡荡的声音，就知道这跟东厢房那个假面子没里子的设计如出一辙，何况还用了一样的金玉龙凤锁。

惜雪讲完后，却没听到胖子的回应。回头一看，胖子正站在她的身后对她挤眉弄眼，脸色惨白。

惜雪顺着胖子的目光回看过去，也是吓得退了一步，那黑胡桃大柜子的门缝之间，赫然藏着一只活动着的人眼，这眼睛不小，布满血丝，正从柜门里向外偷窥，与惜雪对上之后，突然就一动不动了。

"这……"惜雪深吸了一口气，半天没说出一句话来，走过去飞起一脚，正踹在那柜门上。咣当一声，虚掩的金玉龙凤锁掉在地上，柜门被踹开，原来这柜门是假的，里面并不是柜子，而是黑暗的走廊，黑色的影子忽地在走廊里一闪，消失不见了。

"你……你等一下……"惜雪话没说完，就毫不犹豫地往柜门里一跳，向着黑影狂追而去。

"血人狂魔，丫头，你追他干吗？"胖子话音刚落，惜雪已经跑远。胖子看了看阴森恐怖的灵牌，突然听到前方传来清脆的铃铛声和惜雪"啊呀"一声尖叫，他对着黑暗大喊了一声"丫头"，空洞的黑暗中开始铃铛声大作，之后便再也听不到惜雪的回应。胖子无可奈何地跺了下脚，也跟着冲进了黑暗的游廊。

柜子后面这黑洞洞的走廊，正是惜雪刚才看破了门道的，四合院的垂花门连接着的抄手游廊。

胖子很快追上了惜雪，原来刚才惜雪的一声尖叫是因为绊了脚。两人在黑暗的抄手游廊里狂奔，黑影子遍寻不见，头顶不断传来叮叮当当恐怖的铃铛声。跑了10分钟，惜雪突然停下，胖子喘着气说："这哪里是三进四合院，这简直就是故宫，怎么这么大啊！"

"胖子，这抄手游廊中有诈！这是刚才绊了我一下的那块地砖。"

"我们又跑回来了？"胖子眼睛瞪得溜圆，惊愕万分地盯着惜雪，"小门楼是假的，外院是伪装的，影壁是机关图，抄手游廊里面还有诈！"

"这应该是回字廊，可是我们跑了10分钟，这回廊的长度已远远超过了四合院所能有的了。"

"是鬼打墙？怎么跑周围的情景都不变的那种？刚才那只眼睛，是鬼眼？"

"不是鬼眼，是李文轩的。我跟他相识这么久，绝对不会认错，所以我才追进来。"

"李文轩的眼睛？"胖子在惜雪面前来回踱着脚步，"李文轩被血人狂魔乐正夕关在这里，难道是被关在这个长廊里？他还能随便走动？"胖子拍了脑门儿一下，哭丧着脸说："我知道了，这是永远走不到尽头的长廊。现在我们跟他一样，成了血人狂魔掌中疲于奔命的'小老鼠'了。最最恐怖的是，这里竟然没有吃的，也没有喝的！丫头，这是世界上最残酷的死法了！"

惜雪没理胖子，蹲下来仔细观察游廊下方的细节，又抬头看了看头顶那些古色古香挂满游廊顶部的怪异的铃铛。

小四合院的游廊并不大，一米宽，一人高，房顶是鞍子脊。游廊的柱间下部，有三四十厘米高的栏杆，栏杆的上部，是12—15厘米的木板，可以作为坐凳使用。从这些细节来看，这应该属于四合院中的回字廊。

回廊的形态是东西厢房和正房的前面都有檐廊形成一个回合。回廊与东西厢房和正房之间的建筑搭配，更是高低错落、颜色鲜明，这是京派匠人最愿意去设计和建筑的一种结构。

不过眼前这个回廊，已经做了精心的改动。本来应该镂空观雨望星的部分，现在全部被一面墙壁封死。而刚才进入游廊的柜门，在两人跑进回廊以后就消失不见了。也就是说，有人把本来应该是景观非常好的回廊，改成了上下左右呈封闭结构的诡异万分的回廊。

惜雪慢慢走到抄手游廊靠房屋一侧的那面墙壁，用手轻轻抚摸墙上的花窗。心里奇怪着，既然游廊两边用墙壁封死，为什么依然保留了传统的花窗设计呢？

花窗，是抄手游廊装饰结构中的重头戏。明清之后的京派匠人，都喜欢在墙面上设置不透明的花窗。

花窗里面，其实也是墙面，外面装的是玻璃，玻璃上面画花，玻璃外围也有一到两寸宽的木边作为装饰。如果把成功的园林作品比喻成一首好诗，花窗则好比是它的名言警句。

随着中国传统居住文化的发展达到鼎盛，住宅与园林融为一体，花窗以其独特的作用更多地显现在京派建筑中。北京的北海、颐和园等很多古迹的长廊中至今仍保留着花窗的精彩之作。

花窗的外形分类很多，历史故事、花鸟虫鱼、神仙戏曲、博古杂宝。青铜、古玉、陶瓷、象玉、犀角等，都是博古题材；八吉祥、暗八仙等都属杂宝题材。在门窗装饰题材中，博古杂宝的题材雅而不俗，平易近人，也常常被应用于花窗。

此刻惜雪眼前的花窗，正是博古杂宝的题材。而这上面所谓的古和宝，却是惜雪闻所未闻，见所未见的。

胖子也没工夫去看惜雪到底在研究什么，他似乎一直在找出去的方法，郁闷地向地上吐了一口唾沫。

"干吗？"惜雪瞪了一眼胖子。

"烦！你发现没有，这里跟那个假的正房一样，地上特别干净。就连刚才在我们脑袋顶上不断响动的铃铛，都擦得一尘不染。这变态怎么能干净到这种令人发指的程度呢？我看着就气，想吐！"

"胖子，我知道诈在哪儿了。还真是稀奇！"惜雪很快发现了端倪，用手摸着花窗图案自信地说。

"什么？"胖子凑了过来端详了半天，摇了摇脑袋，"这画的不就是个瓶子吗，有什么稀奇的？"

"你仔细看花瓶里的纹路图案，看到什么了？"惜雪拿起手电筒照着那花瓶上蜿蜒封闭的曲线图案。

"嗯！"胖子认真地琢磨了一下，举起手对着那上面浅浅的曲线比画了半天。

"这……这是手势？"

"阴阳顺逆妙难穷，二至还归一九宫。若能了达阴阳理，天地都来一掌中。"

"什么？你念的是什么？"

"胖子，这是《后天掌诀》里的奇门九遁，也写在爷爷那本《京派秘传》中。"

"奇门九遁？"胖子瞪着圆眼错愕地看着惜雪。

"对！说来遗憾，我妈妈虽然也是大建筑师，却不知道曾经跟爷爷闹过什么样的矛盾，两人简直可以说是水火不相容。我越想解开他们之间的心结，越适得其反。妈妈总对我说，爷爷那套京派的东西老到掉牙，与现在社会格格不入。无论从材料上还是技术上，古代建筑都不能与现代建筑同日而语。而且，妈妈说爷爷那些古法奇邪得很，涉足者一定会走火入魔。反过来，爷爷说妈妈是井底之蛙，杞人忧天。就这样，现代建筑的技术与京派古法的传承之间的对抗在我家被两人给无限地放大！妈妈从来不允许我去碰爷爷那些古法典籍，也不允许我在家里做木工活。为了家庭和睦，爷爷只能偷偷教我。就因为这样，那本《京派秘传》我看的时间太少，也就知道个皮毛。不过，我还是记得一些的。这曲线与爷爷那本《京派秘传》里的图案如出一辙，就是奇门九遁。这花窗里用了虚实结合的画法，虚的反而是外面那博古杂宝的宝贝，实的是这隐藏在宝贝里的花纹脉络和曲线。

"胖子，这里的每一条曲线，都是一个奇门九遁的手势阵法。只是不懂这个的人，是绝对看不出来的。正是因为这些曲线，我刚才看这些博古杂宝，才会觉得这么怪异。这《后天掌诀》的手印本来分九种，天、地、人、风、云、龙、虎、神、鬼，每一种手印都有一种不同的含义。而这花窗上的博古杂宝内暗藏的纹路，却有点儿让我看不明白。"

"天、地、人、风、云、龙、虎、神、鬼，我在书里也看到过。丫头，你说的这些，难道是奇门遁甲？"胖子倒吸了一口凉气，趴在花窗上看着那虚线的走向。

"难怪我们走不出去，奇门遁甲，可是非常高深的学问啊！能真正懂得它的人，世间寥寥无几。如果这里真的用了奇门遁甲，那我们今天可是真的死定了！"

"嗯！看来我低估了这里，没想到抄手游廊之中竟有奇门遁甲！"

"丫头，咱们爷爷有没有跟你说过，这奇门遁甲到底是什么？"

惜雪对胖子摇了摇头。

其实，她也只是知道奇门遁甲是根据具体时日，以六仪、三奇、八门、九星排局及特殊的格局来占卜和预测社会和自然世界的。奇门遁甲中的"奇"是指三奇，即"乙、丙、丁"；"门"是指八门，即"开、休、生、伤、杜、景、死、惊"；"甲"最尊贵而不显露，"六甲"常隐藏于"戊、己、庚、辛、壬、癸"这"六仪"之内，三奇、六仪分布九宫，而"甲"不独占一宫，故名"遁甲"。

惜雪曾听爷爷说过，奇门遁甲的本质就是一门高等天文物理学，它揭示的其实是太阳系八大行星和地球磁场的作用。奇门遁甲的发展凝结了中国古代社会精英认识自然、改造自然的智慧！从周朝到春秋战国，奇门遁甲与河图、洛书、伏羲八卦一样，是一门古人研发出来的超乎自然的智慧。

惜雪抬头向檐顶那里仔细看去，透过屋脊的缝隙看到，点点星空在头顶璀璨闪烁。她不禁说道："胖子，我们终究是低估了对手。也许今晚我们的到来，早被血人狂魔给预测到了！"

"丫头，我听说奇门遁甲八门循环往复，一旦选错遁入死门，不可往生。是不是我们现在就只有死路一条了？"此刻的胖子已经恐惧到近乎绝望的程度，迫不及待地看着惜雪严肃的脸。

"别急，我先'沉淀'一下，想想办法。"此刻的惜雪仍十分淡定，年纪轻轻竟然表现出了临危不乱的大将之风，她不慌不忙地找了一个位置站稳，微微闭上了眼睛。"沉淀"，也是京派匠人的行话。想要成为一名真正的匠人，

第一课要学的，就是"沉淀"。其实，能够在凡尘俗世复杂纷乱的环境当中，随时随地沉下心来，是一种很难的本事。

惜雪小时候，爷爷为了教会她"沉淀"的功夫，经常拉她去早市，在吵嚷的叫卖环境中，让她读一段文字，记住内容，准确无误地复述给他。如果她成功了，爷爷就会给她买一串糖葫芦。

然而，这是多么困难的事情！最初的一年，惜雪几乎连糖葫芦的影儿都没看到过。跟达·芬奇画鸡蛋一样，爷爷一边教她锻炼心境的办法，一边持续不断地训练。小时候的惜雪，为了糖葫芦拼命练习"沉淀"，三年下来，她终于练得了可以迅速沉下心境的本事。然而，这只是作为京派匠人特有的技能之一，也就是一个入门的基本功而已。

爷爷还对惜雪说，能够"沉淀"下来，不只是匠技上的成就，这就跟功夫片里学会了一种特别厉害的剑法秘籍一样，不经意间会发现更多意想不到的收获，让她受益终身。

到现在为止，这"沉淀"的意义和力量，惜雪也只是管中窥豹。不过只要她想，就能在任何地方任何环境中静下心来。她觉得自己"沉淀"的时候，智商都会迅速提升到不可思议的程度，甚至能窥探到宇宙中暗藏的玄机。

惜雪闭上眼睛，感觉自己已经飘到四合院的上方。头顶的星空、身边的游廊、整个四合院奇怪的方位和结构，尽收眼底。

天圆地方，满天星辰为"奇"，游廊为"八门"，六甲旬首遁入六仪，怎么才能变死门为生门？刚才跑出来的那个柜门，以及李文轩能消失到哪里去？

惜雪感觉自己正在从高处俯瞰小四合院，又开始重新游历这里。小门楼、东西厢房后的断壁残垣、布满假机关的外院、怪异的游廊，所有的地方都发生了改变，只有一个地方没有改变！惜雪慢慢在心中定位到那个影壁。

别的东西都改头换面了，怎么就影壁只是改了心？难道这影壁，在这四合院里，有特殊的地位和作用？为什么影壁的心要换成《麒麟戏春图》呢？

"我知道了！"惜雪突然睁开眼睛，"相由心生！影壁是最核心的角色。虽然他们把其他地方改得面目全非，但是心没有变。这是一颗跳动着的《麒麟戏春图》的心脏的四合院，这是我见过的最厉害的四合院！"

"有办法出去了？这里距离食街不远，咱们去吃麻辣小龙虾压压惊！"胖子听到惜雪这话来了精神，仿佛垂死的人发现了救命的稻草。

"胖子，刚才我统统想错了。这上面奇门遁甲的后天掌诀图太明显，而且顺序乱七八糟，没有明确的意义。这花窗的奇门遁甲图案，跟外院草地上遍布的机关以及只有门的东厢房一样，只是一个摆设，吓唬人玩的。这是为了把我们往奇门遁甲的概念上引，让我们以为误入死门，逃不出去，败给上古最高深的学问。其实这只是个障眼法，根本不是什么奇门遁甲！真正的学问，都在那影壁上！"

"你的意思，这里也是花架子？但是我们确实遇到了诡异万分的鬼打墙啊！"

惜雪点点头，环顾了一下四周，最后把目光停留在游廊顶部的一块青砖之上。她目不转睛地盯了一会儿青砖，拍了拍双手，自信地说："胖子，我有办法对付这'鬼打墙'了，但是我需要站高一点儿。"

没等胖子反应过来，惜雪突然用嘴巴叼起手电筒，一个翻身骑到胖子的脖子上。胖子"哎哟"一声大喊，晃晃悠悠半天才站稳脚步，嘴里抱怨着："你怎么还是跟小时候一样，野小子一个，太野蛮了！"

"别废话，快向前走一步！"惜雪将手电筒照向游廊顶部的鞍子脊，在那密不透风的土墙和屋脊交界处仔细寻找着什么，她刚才看向的那块普通的不起眼的青砖，没有任何异样地在近乎同样的高度正对着她。

胖子扛着惜雪，满脸狐疑又小心谨慎地移动着小碎步，小声嘟囔着问："丫头，这次你又错了怎么办？奇门遁甲万一是真的怎么办？死在奇门遁甲之下的人都可惨了，不是脑袋搬家，就是浑身被暗器扎得跟刺猬一样……"

"就是它了！"惜雪打断胖子，果断地说，"你去双手扶住墙站稳了，我现在要站在你肩膀上。爷爷总说我的眼神不够犀利，他说匠师的眼睛是神器，哪里歪了一度，哪里的砖铺斜了一点儿，哪里的木头空心了一层，都能一眼看出来。他要知道今天我看出来了这个，估计能高兴得喝上一整瓶二锅头！"

　　惜雪一边说着，一边灵巧地从胖子的肩膀上站了起来，因为练跆拳道和传统武术的缘故，她的整个动作一气呵成，就好像一只灵活的小猴子。惜雪一手抓住鞍子脊跟墙体交界处的小木梁，另一只手摸着墙体花窗上木梁下两厘米处那块被自己看上的青砖。因为叼着手电筒，她嘴里含混地问："准备好了吗？"

　　胖子还没应答，只听咔嗒一声，惜雪便将眼前的那块青砖干脆利落地向里一推。

　　这小小的果断一推之后，整个游廊中所有的铃铛都开始响动起来，叮叮当当的铃声在这幽暗恐惧的空间大作，与此同时，铃铛声中还夹杂着另一种奇怪的声音，并由弱渐强，越来越响……

# 第四章

# 韩老的身份

从进入小四合院开始，虽然险象环生，异象频出，
但是因为她深深了解传统建筑文化，没有觉得有什么可怕。
甚至在游廊中发现奇门遁甲，她也觉得其实就是一噱头。
可是，现在，这个韩墨，灵堂上那个老人，他的照片
出现在她眼前的时候，她突然觉得后背发凉。

　　然而，抄手游廊之中诡异的变化才刚刚开始。随着惜雪按下那一块青砖，整个花窗墙面的石砖都开始噼里啪啦地陆续变化起来。

　　先是那青砖下面的另一块石砖缓慢地凸出，紧接着是凸出来的石砖下面的那块凹进，然后是垂直方向的一整列青砖，跟多米诺骨牌一样变化到最底端。这一整列的青砖交替地凹陷和凸起，形成有规律的凸凹间隔。刚才那诡异的噼啪声就是它们的变形产生的。

　　等到那青砖下方这一条线全部变形结束，更可怕的变形开始了。刚才变形过的那一竖列青砖，又开始向左右两个方向发生有规律的变形。

　　每次变形，都向左右两边同时扩展一条青砖的宽度。也就是说，一整列垂直的青砖同时发生凹凸间隔的变形，然后继续向左右两边扩展。除了花窗那边的墙壁发生变化，另一边的墙和游廊顶部并没有变。每次扩展到花窗的位置，整个花窗都无一例外地向内部深深凹陷进去，严丝合缝地消失在墙壁里，跟那黑柜门一样诡异地消失了。

　　这噼里啪啦的变形，有序地由近及远扩散，很快就到了惜雪和胖子的视野之外，但是，可以推演出整个游廊都在按照这个规律变化着。此时的胖子已经吓得手足无措，惜雪翻身从他脖子上跳下来，也有些紧张地看着周围出人意料的情况。

　　"这就是你所谓的破解的办法吗？我看，倒像是中了招！"胖子恐惧得左顾右盼，突然想到了什么，鼻子一酸，一行热泪流下来。他扭身紧紧抱住了惜雪的身体。"丫头，我不想死！我还这么年轻，我还想……还想和……和你……"胖子一句话没说出来，突然看到不远处的墙壁上，缓慢地推出了一个巨大的黑漆漆的东西，猛地一怔，"丫头，那个难道是我们刚才进来的黑柜门？"

两人迅速跑到黑柜门前，这黑柜门牢牢地镶嵌于花窗墙中。惜雪摇了摇头："这柜门本来应该垂直于花窗墙，可现在怎么平行地贴着花窗墙呢？"

"这时候了，你还想那么多？它好不容易出现了，就是我们的造化。此刻不逃，更待何时啊？"胖子说完对着黑柜门抬起了腿，但他没敢像惜雪一样踢向柜门，只是虚张声势地比画了一下。

惜雪扭头看了看身后那已经变化完成的砖墙，若有所思地说："按照方位判断，打开柜门应该是垂花门对着的那个外院吧。"

"那就是出去的方向了。别磨叽了，踢！"胖子又伸腿对着黑柜门比画了一下，出乎意料地，黑柜门竟然开了。与此同时，一根棍子迎面冲着胖子飞来，惜雪忙喊了声"有机关"，快速把胖子扯向一旁。

棍子斜擦着胖子的耳朵飞过去，后面还带着水珠，咣当一声落在胖子脚下。两人定睛一看，大吃一惊，那似乎不是什么机关，而是一根拖把。

"女巫才骑拖把呢！难不成这里是欧洲鬼系？"胖子挠了挠脑袋，四下观望了一会儿，"算了，管他是西方鬼还是中国鬼，毕竟我们已经走出游廊迷宫，可以回家了！"

"回家？你高兴得太早了！"惜雪只是目光一扫，就得出了与胖子截然不同的结论，"这里不是外院，而是内院。我们不是出去了，而是进到四合院中最核心的内院了。"

"怎么可能？你又搞错了吧，大匠师？花窗墙应该是对着外院的，怎么又变成对着内院的了？我们刚才跑的时候，花窗墙不是一直都在我们的右首吗？"

惜雪撇了撇嘴叹了口气说："可能是这墙在我们跑的时候，也被逆转了！如果我们一直向着一个方向跑，花窗墙的确是在我们的右首。但是在那个游廊封闭的空间里，花窗墙和砖墙偷偷转换了方位。原来花窗墙的地方变成了砖墙，而原来砖墙的地方，那些花窗慢慢地被推了出来。其实，这也是障眼法，说透了也很简单，两边的墙被修建成完全一样的，都有花窗，只是一边的花窗暗藏于墙体之中。所以刚才砖墙发生变化的时候，花窗没有跟着变化，而是整齐地缩进墙体内。那游廊里的铃铛，也许就是为了掩饰这花窗和墙壁发生变化的声音而设计的。我们刚才跑的时候，铃铛掩盖了花窗被推出时的声音，所以我们完全忽略了花窗墙已经变化，这才又中了套，把'进院'当成了'出院'。"

胖子听得发晕，只听懂了又中了圈套，便扯开嗓子大喊："救命！报警！鬼啊！"他的声音回荡在空洞黑暗的空间，似乎周围的几个院子都是空的，并没有人。这四合院在胡同的最里面，现在是深夜，外面更是少有人至。

惜雪并没有太内疚，她安慰地拍了拍胖子的肩膀："别怕，我们还是有收获的。你想到没有，为什么刚才袭击你的，是一个拖把？为什么不是砖头、茶杯，或者其他的东西？"

"我怎么知道！我说，你这丫头，你怎么可以那么淡定，假装没事一样？你难道就不为你刚才自信满满地触发机关，害我们走进更深的陷阱而跟我道个歉？"

惜雪没理会胖子的牢骚，却给他认真分析起自己的推理来："刚才那个垂花门改造的假正堂里一尘不染，游廊里的铃铛也都没有灰尘。现在，我们眼前的院子也是这样。我打赌这里一定有人住，就是我推测的那个有洁癖的人。你再看这里的脚印。"惜雪指着内院的草地，上面依稀可见徘徊的脚步痕迹和微微折断仍藕断丝连的草茎，"我想这位有洁癖的人，已经拿着拖把，在这儿徘徊了很久。他能听到我们在游廊里的对话，也能听到你往地上吐口水的声音。你随便吐口水，对于一般人来说，也许没什么，但是对于有洁癖的人来说，可能是个灾难。这就是拖把的来头！"

胖子捡起拖把，看了看上面还没干的水渍，觉得惜雪的分析很有道理。他四下看了看，说："那这个洁癖怪人，现在藏哪儿去了呢？"

"哪儿都有可能。"惜雪双手抱在胸前，一边认真打量着内院的环境，一边思索着脑子里爷爷教授过的京派四合院的那些知识。

在京派四合院的体系之中，内院本来是四合院的主体，是四合院建筑的核心，也是家庭生活的主要场所。

京派建筑强调功能性和赏鉴性并重。当观者站在四合院的内院中环顾四周，会感觉廊庭曲折，有露有藏，也许正如古语中的"庭院深深深几许"一样。

虽然外院和门口存在着各种不靠谱和不合常理的现象，但是惜雪眼前的内院布局是规规矩矩的，切实回归到京派建筑的特点和轨道上来了。

这内院的西北角有个假山，假山上有长流水，在碧绿的叶子下掩映如画。院子的正屋前，种着两棵丁香和几株垂丝海棠，院墙旁是高大的杏树和石榴树。

现存的北京四合院中，也总能看到这样相似的风景。

四合院里多种植古老的槐树和石榴。石榴多子，寓意人丁兴旺。老北京有句俗话："天棚、鱼缸、石榴树、老爷、肥狗、胖丫头。"说的就是四合院的内院中的这些软文化。

这内院的正北方是正房，东西两侧是厢房。整体看起来结构规矩，建筑更是遵循了古法，正房的开间和高度大于东西厢房。

院里的正房有三组对开大门，正房的两侧有耳房，尺寸略小，前墙比正房向后退缩。屋顶的高度较矮，一般来说，进深也会小于正房。

如今，这小四合院中的几间耳房的建筑也中规中矩，且都房门紧闭。惜雪仔细观察了一圈，又向前迈了一步。此刻抄手游廊那边噼里啪啦的变化还没有结束，因为这个游廊的设计是建在东西厢房和正房的后面，所以他们也看不清楚那后面究竟还在变化着什么。

"丫头，看了半天，这次你又看中了哪块砖头？我说这次你可不能一言堂了啊，要民主投票，通过后再进行操作！"胖子被惜雪刚才触发机关的行为吓成了惊弓之鸟，脚下紧紧跟随，不敢离开惜雪半步，似乎随时准备阻拦她的突然行动。

惜雪对胖子点点头，最终把目光落在正房左侧的耳房门前。一时间心下骇然，这中规中矩的内院结构，怎么又奇怪了？眼前的这个是很奇怪的耳房结构啊！

四合院的耳房，一般只有两种。一种是在正房的两侧各有一间，这样的叫"明三暗五"。也就是看上去三间房，实际加上两侧的耳房，有五间之多。另一种是"明三暗七"。也就是左右两侧各有两间耳房。再没有第三种结构设计，而为什么这里偏偏蹦出了一个"明三暗八"的耳房设计呢？

惜雪小心翼翼地踱步到正房左侧那个多出来的耳房前面，这间小小的耳房隐藏在院子的角落，设计和结构虽然与整体风格相得益彰，但是从用工和材料上看属于新建，设计者很有心，把一些想法融入了建筑细节之中。这些想法有的别具匠心，有的略显稚嫩，但通通没有逃过惜雪的眼睛。

很快，惜雪又被一处细节吸引了。她抬起头眯着眼，看着耳房上方一处奇怪的露檐。

露檐和封檐不同，两者通常被分别应用在建筑中。露檐是墙快堆砌到屋檐的时候，不再向上堆砌，所以在屋檐的下方就露出了一小部分墙面里面的木头结构。封檐相反，墙会一直堆砌到屋檐下。而这耳房上方的部分，却是一半露檐，一半封檐。

惜雪突然停止了观察，双手抱回胸前，脸上露出些许得意的神色。此刻的她，似乎又打定了什么主意，扭头看向胖子，轮廓分明的脸蛋上，又露出了一丝顽皮的笑意，月光下显得更加惊艳。她清了清嗓子，大声说："胖子，你知道吗？老四合院通常都是木架，砖墙只是起维护的作用。木架非常坚固，砖其实就是摆设了，所以，才会有'墙倒屋不塌'的老话。"

"啊？"胖子莫名其妙地看着惜雪，不知她在这时候给自己讲这些事情干吗。

惜雪却对他眨了眨眼，精致的下巴向着那奇怪的耳房轻轻努了一下。

"胖子，你还记得吗？在山西的时候，爷爷修复那个老四合院，要拆掉一个耳房，他用了什么办法？"

"哦！那次啊！记得记得。"胖子突然明白了惜雪的用意，也提高了嗓门说，"真厉害啊！就那么轻轻一下，整个耳房就稀里哗啦地倒了。要说蛇打七寸，木架结构也有自己的几何弱点！爷爷管那种拆房子的方法叫什么来着，那个'神奇的魔术师之肘'是什么来着？"

"斗拱！"惜雪对胖子微微点了点头，眨了一下眼，右手偷偷做出了一个"OK"的动作。两人这种天衣无缝的默契从小就有，胖子配合着惜雪一边嚷嚷，一边偷偷向耳房的门口张望。

"胖子，我看这耳房是新建的，结构上还有点儿意思，尤其是那个露檐。反正这里好像根本没人住，不如我们来一下子，看看它会不会倒，怎么样？"

"哇！你要用这个啊，这可太厉害了！这就是你们公司传说中的那个……"胖子已经编不下去了，惜雪连忙接着说："对，咱们开始吧！"

"你劲小，我来吧！"胖子弄出窸窸窣窣的声音，一边看着耳房的屋门，一边大喊了一声，"我来了啊！"

与此同时，那耳房的门，咣当一声开了。

门口有个清瘦英俊的男孩儿，眼睛清澈透亮，头发齐肩，看年纪跟惜雪差不太多。

这个犹如不食人间烟火的神仙一样的冷峻少年，身穿干净整洁的蓝色工作服，眼睛正一眨不眨地看着惜雪。他此刻的表情很是复杂，好似被惜雪好看的脸庞迷住，又好像有一种被无端戏弄的愤怒；好似对惜雪有一种莫名其妙的尊敬，又好像有一种不服不屑的嘲讽。这复杂的情绪在他脸上不停地变换着，看得惜雪也是愣了一下神。

但是，当惜雪看到他跟视频中一样的手的时候，脸色立刻变了。

"你是乐正夕？！"

"你就是血，血，血……"胖子"血"了半天，也没把"血人狂魔"四个字说全。一时间两边的气氛变得剑拔弩张，空气中弥漫着一触即发的火药味。

男孩儿却是镇定地点了点头："我是乐正夕，你们又是谁？夜闯民宅，打了我的茶杯，朝我的游廊吐口水，现在还要拆了我的房！"

他又把眼光落回到惜雪身上问道："你是不是京派匠师赵振兴的孙女？只有他有那本《京派秘传》。"

胖子见乐正夕目光落在惜雪身上的时候，眼中有一种天然纯净的喜欢，心里变得不爽，对他吼了起来："夜闯民宅当然不对，但你这也算民宅？你的门为什么开在了西南角？那可是'鬼位'，一般都用青龙白虎中的白虎镇守的位置。你用垂花门做了个假的正房，伪装成一进式的四合院又是为什么？还有，你的影壁上还雕刻了《麒麟戏春图》！你这四合院里，处处有诈，险象环生，这也能算作普通民宅？"

这一下乐正夕看胖子的眼神也变得有些崇敬了："你知道《麒麟戏春图》？难道你的师父也是京派匠师？"

胖子瞄到了乐正夕眼中一闪而过的激动，看着他弱不禁风人畜无害的模样，心里笃定他跟惜雪是找错了血人狂魔，于是对他挺直了腰板又起了腰："嗯！我看你的样子，也就是个匠人中刚入门的学徒吧？你搞了这么复杂的四合院，可是为了做什么见不得人的勾当的？我告诉你，我们可报警了，坦白从宽，抗拒从严，你赶紧从实招来！"

乐正夕看胖子这副模样，鼻子里哼了一声："从今晚6点开始，我这院里的网络、手机突然都没信号了，莫名其妙地有不对劲的响声，我还想报警呢！这么说我还要谢谢你帮我报警了！"

所有的事情都没有按照预想的方向发展，而是变得云谲波诡起来。此刻惜雪的心里也充满疑惑，刚才在抄手游廊中惊鸿一瞥的李文轩的眼睛，难道是自己的错觉？

她不耐烦地打断胖子和乐正夕的争吵："乐正夕，你认识李文轩这个人吗？"

"李文轩？"乐正夕有点儿错愕地看着胖子和惜雪，"你们还是进来说吧！"他伸手对惜雪和胖子做了个礼让的动作。

在胖子看来，这个礼让的动作多少带着点儿惊悚的味道，他拉住惜雪的胳膊小声说："丫头，你有没有想过他们是团伙作案？这家伙看起来童叟无欺，但是难免房间里有别的危险……我看我们还是不要进去的好。"

"同意！"惜雪爽快地点点头，"你留在外面等我。"说罢，她毫不畏惧地跟随乐正夕走进了那个从四合院的建筑结构上来说，生生多出来的奇怪的耳房。

胖子龇牙咧嘴地跟了进去。两人一踏进门口，再次被眼前的情景震惊了。这多出来的耳房之中，竟然充满了神奇的建筑美学。

小屋面积不大，却有一种难得的古色古香。屋里方砖铺地，墙面顶棚都是别具一格的白纸裱糊。白纸裱糊是京派匠人的传统手艺，到现今几乎失传了。

柴桑的《燕京杂记》就记载过："京师房舍，墙壁窗牖俱以白纸裱之……不善裱者辄有绉纹。京师裱糊匠甚属巧妙，平直光滑，仰视如板壁横悬。"真正的匠人完成的白纸裱糊，四壁有如白色的提花府绸，有泛光花纹。比我们现在的壁纸艺术，要高出不知多少倍。

惜雪看着眼前这裱糊的杰作，不禁暗暗吃惊，这在京派也是难得一见的四白到底的绝活。他的房间是新修的，那么这杰作的作者是谁呢？

这白纸裱糊所需要的耐心，绝对超过木作工艺，才能把这四壁裱糊得精致如缎子，没有一丝一毫的褶皱。此刻的惜雪，已感到了这耳房中裱糊匠人的一颗出人意料的强大匠心！

不但白纸裱糊令人瞠目结舌，这屋里的家具和布局更让人拍案叫绝。屋里从窗上的支摘窗到房梁，几乎都是一水儿的上好花梨，且从工艺到颜色都搭配得非常好。半扇精致镂空屏风分离了床和屋外的小客厅。小客厅里面摆放着小堂桌和明式高背椅，靠墙是镂空古董架，靠门是个小条案，上面也摆满了别致独特的木作雕刻。

这些家具摆设，使观者每走一步看到的整体结构仿佛都是完美的图案，这一点像极了那假堂屋中摆放的茶具。"移步易景"也是一种高超的建筑工艺。这方法的目标是无论观赏者身在何处，眼前的布局都是完美的画一般的意境。这似乎是苏派设计的理念。

布局之外，再说巧夺天工的细节。不说那条案和古董架上的木作雕刻，就连那木作床头的云海雕花，都仿佛将那床真的置身于海天一色，令人有身临其境之感。海水涌动的床头雕刻上，奔腾的浪花有气势且不张扬，每一处浪花的细节，溅出的水量、方向、角度都各不相同，搭配在一起又相得益彰，构图完美又诠释得恰到好处。这简直就是杰出的艺术品，甚至可比凡·高的《星月夜》，达·芬奇的《蒙娜丽莎的微笑》！

惜雪和胖子都看得呆若木鸡，乐正夕若无其事地用堂桌上叠成四方形的方巾，掸了掸两个高背座椅上的灰尘，示意他俩坐下。

"不知道这耳房的装饰和家具的打造，出自哪位高人？"惜雪半天才恍过神来，轻轻问。

"过奖了，是我。"乐正夕冷冷地回答，又接着说，"今天6点的时候，我也看了那个帖子。后来没网了，就没跟进。我根本不认识李文轩，也不知道他的那个地下室。那天晚上，我一直在跟朋友吃饭。我朋友，还有整个餐厅的人，都可以为我做不在场证明！"乐正夕郑重其事地说："信不信随你们！我根本就不是什么血人狂魔，也没绑架李文轩。那个屋脊小兽是有意把矛头指向我！"

惜雪有些失望，一路排除千难万险来到这里，找到乐正夕后，事情竟变成了这样！

"可是，如果你是个普通人，为什么又会住在这么诡异的地方？"胖子坐得不老实，屁股下面的椅子咯吱一声向后挪动了一寸，乐正夕盯着椅子腿两眼有些发直，过了几秒钟，他还是伸出手来，轻轻向前推了推胖子的木椅，让木椅恢复了原位。

"这地方是我们家祖上的，算起来也有上百年了。在古老的京派建筑中，有些机栝设置，是防抢防盗的，其实也算正常吧！而且，这院子里的机栝，大多数都不能用了。那个游廊，还是刚才你们给鼓捣出来的。"

乐正夕眉头拧在了一起，脸上藏着一股淡然和无畏，跟惜雪刚才的英勇气概竟有几分神似。他一边思考，一边认真地为胖子和惜雪沏着茶。转身忙碌间，如一只蝴蝶轻盈飞舞。惜雪看着他的举止动作，举手投足间都暗藏着难得的匠人心气，再看看这不得了的小屋，心里好生奇怪。

"乐正夕，你真的只是一个最低等级的工匠圈里的学徒吗？"

乐正夕点点头："其实，我当京派学徒已经5年了，那些京派匠师，谁都不愿带我入门，升级我做个徒工。包括你爷爷在内！"

"你去找过他？"

"是！"乐正夕又点点头。惜雪更加惊讶，这人虽然是个最低等级的学徒，但是手艺天分和艺术灵性绝对在自己之上。这么有才华有潜力的学徒，本来应该是京派匠师们抢着要的徒弟啊，怎么会没人愿意带他入门？还有，爷爷那种求才若渴的人，怎么也放弃了这么好的苗子？难道是因为他品德不端？

"我说，你一直升不上徒工，也是有原因的啊。你看，你这堂桌做得可有点儿毛病。"胖子用手摸着堂桌，一本正经地说。

乐正夕连忙放下茶杯，凑了过去："哪里有毛病？"

"你看这儿……"胖子摸着桌子上的一处螺旋形的木纹，惜雪轻咳了一声。

胖子听到惜雪的信号，顿了顿："嗯，这还真是咱们这些匠人的职业病。别人眼里看，这是个精致的屋子和好看的家具，在我们眼里，都变成了手艺和技术的切磋。"胖子继续装腔作势。

惜雪又瞪了他一眼，想到那正堂中的灵位继续问："你说这四合院，是你家祖上的？是韩家的？你又不姓韩！"她上下打量着眼前这奇怪的男孩儿，心里还惦记着李文轩。

"我外叔公姓韩。他常年在苏州，这院子是他爷爷的。其实也荒了很久。不久前，他给了我一笔钱，说小院年头太长，再不修修，恐怕哪天就会塌了。

让我过来给维修一下，太过陈旧的地方就补补。我想着有个院子可以练练手艺，还能……反正我也需要钱，就来了。"

"你也没想到，竟然进了个'鬼宅'吧？"胖子脑补了一下乐正夕进入小四合院开始维修时有可能出现的各种惊讶的表情，咧嘴直乐。

惜雪也跟着客气地点了点头，这小乐看似没有问题。想到本来答案唾手可得，如今却离李文轩失踪的真相越来越远，好好的线索突然变得一文不值，她一时心乱如麻。

乐正夕似乎并不知道惜雪和李文轩的关系，继续说："我们韩家在苏州一带也曾是大户。这小院是韩墨留给外叔公的。韩家在最辉煌的时候，家大业大，全国各地都有资产。可惜民国时不知是干了什么冒险的事，得罪了大军阀，各处家业被查抄的查抄，被没收的没收，没剩下什么，据说这小院也是当时大费周折才保留下来的。韩家中道衰落，子孙有的去了外国，有的横死，外叔公嫌祖宅风水不好，也从来没在这儿住过。民国时为掩人耳目，修了个假堂屋。就一直空在了这里。"

"如果不是藏了门和后院，弄成现在的模样，制造成破烂不堪的假象，估计民国时期早被大军阀给没收了。不过，那军阀要知道现在四合院的地价，肯定要后悔得从地底下爬出来……"胖子哈哈笑着，乐正夕有些鄙夷地看了他一眼。

"其实我外叔公也是搞古建筑的，但他不属于京派，对京派建筑的传统，也不太懂。这四合院本是京派建筑的传承，所以为了保持它原本的模样，我就边修边学。对于这里的情况，我是完全没有头绪。我多次上门请教京派匠师，只要提到这四合院的位置，基本就被立刻终结了谈话。所以，刚听你说我才知道，原来这四合院的抄手游廊中，还有奇门遁甲的门道。"

乐正夕说到这里，有些期待地看了一眼惜雪："更没想到的是，京派匠师赵振兴的孙女能亲临寒舍。从这里论，我还得感谢那个屋脊小兽呢！"乐正夕话虽这么说，惜雪却从他脸上看到一份跟自己内心深处相似的骄傲。吃了这么多的闭门羹，仍坚持不懈。像乐正夕这样年轻，怎会有如此心态呢？

"坦白说，很多事情我也没想明白。"惜雪想到地下室里出现过的那个韩老也是匠人身份，连忙接着问，"你手上有没有你外叔公的照片？他最近都没来过北京吗？"

"来不了了！他90多岁了，这辈子恐怕都无法离开苏州了。"乐正夕从堂桌的下方掰开一个龙腾虎跃形状的龙头，堂桌下吧嗒一响，一个小抽屉弹了出来，里面放着手机。乐正夕将手机拿出来，在上面翻了翻，递给惜雪："这个就是我外叔公。"

惜雪接过来一看，上面是个满脸皱纹的老人，年纪看起来比地下室里面出现的那个韩老还要大，长相也没有什么相似的地方。这老人的身后站着乐正夕，昂首挺胸，满脸阳光，看起来很幸福，并不像现在这种满脸心事的样子。

乐正夕又将手指在手机上向后一滑，客气地说："这张照片看起来更清楚一些，这是他年轻时跟家里长辈的合影。"

惜雪一看这张照片，噌地站了起来，指着手机上外叔公身后那个英气十足的老人问："这人是谁？"

乐正夕用手指了指刚才那个假堂屋："他就是韩墨啊，外叔公的爷爷，这四合院真正的主人！"

惜雪的心跳开始加剧了！

从进入小四合院开始，虽然险象环生，异象频出，但是因为她深深了解传统建筑文化，没有觉得有什么可怕。甚至在游廊中发现奇门遁甲，她也觉得其实就是一噱头。可是，现在，这个韩墨，灵堂上那个老人，他的照片出现在她眼前的时候，她突然觉得后背发凉。

因为这个本应该在坟墓里躺了多年的老头儿，就是那天出现在地下室的韩老！

惜雪又想起爷爷极力否认的那个传说，问乐正夕："你外叔公的爷爷韩墨，是不是个跛脚？懂周易？会看相？"

乐正夕又点点头："他行事缜密，特立独行，80多岁的时候，不顾家里的阻拦，要去云游天下，率性而活。不过他最后掉入黄河，连尸体都没捞到，家人只能将他空棺入殓。"

惜雪抬起明亮的眼睛，注视着眼神同样清澈纯净的乐正夕。心里纳闷世界上怎么可能有这么邪乎的事！她是彻底的无神论者，那眼前的情况，就只有一种解释能说得通了。

乐正夕在说谎！

可是眼前的这个乐正夕的表情，却看不出一点儿问题来。惜雪会读心术，刚才选择不顾胖子的阻拦，跟着乐正夕进来，也是看透了乐正夕的微表情之中没有诈。

惜雪从小被身为现代大建筑师的妈妈逼迫，学了很多心理学的尖端课程。她并不知道妈妈为什么要逼自己学这些乱七八糟的东西，就好像她并不知道爷爷为什么一定要给自己文一个小歪龙一样。

不过，她总觉得妈妈和爷爷之间剑拔弩张，势不两立，那矛盾并不只是现代建筑科学与京派古老神秘的建筑理论之间的矛盾，也许他们的矛盾还有什么更加深刻的原因，是她所不知道的。

她只记得，小时候有一次梦中醒来，正看到妈妈坐在她身边摸着她脖子上的文身默默掉眼泪。她伸出小手抱住妈妈，安慰她说小歪龙挺可爱的，不丑，不要伤心。一句话却惹得妈妈泪如雨下，泣不成声。从那天以后，妈妈开始强迫她学各种东西，在同学们还在学唱歌跳舞画画的时候，惜雪已经开始精通读心术等很多奇怪的现代科学。

妈妈为什么这么做？

这件事在惜雪心里一直是个谜团，好在她天性好学又聪颖过人，学这些东西几乎也没什么难度，也不觉得有多枯燥。后来，爷爷背着妈妈偷偷教自己"沉淀""找眼"那些京派匠人的本领的时候，惜雪却突然发现，妈妈教给自己的那些现代科学技术，比如"读心"，明察秋毫的能力，正好支撑了爷爷让自己练习的"找眼"的功夫。一听到京派匠人四个字就抓狂的妈妈，竟然无意中支撑了爷爷对自己的训练，这大概是她做梦都想不到的结果吧？

但是，现在这个乐正夕，不经意间呈现出的这个漏洞，让惜雪觉得不可思议。一个已经死了的韩墨，为什么会出现在李文轩的地下室里？这是根本不可能的事，而乐正夕此刻的表情，也并没有一点儿破绽。只剩下唯一一种解释了：韩墨没死，乐正夕跟他是一伙的！此刻的乐正夕正在偷偷完成一个近乎完美的表演。

而且，韩老一直是自己怀疑的人，而乐正夕有那本血人狂魔的《死亡游戏》，这里又有这么多蹊跷发生，这一切都说明了，屋脊小兽是对的，乐正夕就是那个血人狂魔。惜雪看着乐正夕此刻沉默帅气的面容，突然冷冷地问了句：

"这小堂桌里面的机关，是你自己做的？"

"我对京派机关不熟悉，很多还是在木工网上求教别人的。"乐正夕又自然诚恳地点了点头。惜雪深吸了一口气，稳定了下心神，刚要说话，突然屋外再次铃声大作，一声咯噔的巨响从后院传了过来，吓得胖子猛地一蹦，慌乱之下，又打碎了乐正夕一个精致古老的茶杯。

惜雪心里一凉，琢磨着这下完了，这才是真正中了血人狂魔的圈套……

# 第五章

## 神秘的永巷

永巷，其实也是京派的四合院不同于其他四合院建筑的地方。
京派四合院的设计之中，从前院去后院，
要从东厢房或西厢房后面的一条南北向的小巷子绕过去，
这小巷子就是永巷。

　　乐正夕似乎没有察觉到惜雪表情的变化，率先循着刚才声音的方向跑在了最前面。三人绕到西厢房后面的时候，那变换的游廊已恢复原状，胖子呵呵一笑："我们都成惊弓之鸟了！原来是游廊恢复原状的声音啊！"

　　乐正夕摇摇头："动静不是从这里传来的。"

　　惜雪绕过恢复原状的游廊，看着西厢房后面的一条南北方向的永巷，低声说了句："这个永巷也有问题！"

　　永巷，其实也是京派的四合院不同于其他四合院建筑的地方。京派四合院的设计之中，从前院去后院，要从东厢房或西厢房后面的一条南北向的小巷子绕过去，这小巷子就是永巷。后来永巷的这个概念和设计，也被延伸到了宫殿之中。

　　通常院落之间留有一条南北向的长夹道。京派设计的永巷，通常都会被耳房延伸出来的山墙隔断，隔断上砌大门。有的也会把山墙之间的门封死，出现一条没有出入口的死夹道。

　　跟门口伪装的广亮大门一样，这里又是跟宫廷建筑类似的永巷结构。因为一般的民居四合院，是绝对不会做这么复杂的永巷设计的。

　　如今他们眼前的这条永巷，左侧是西厢房的西山墙，右侧是游廊那实体花窗墙，中间一条青砖铺路的小巷，直接延伸到三进四合院的最后一个院子后院。这小巷的尽头，依宫廷古法建了阻断的山墙，一扇黑漆漆的大铁门镶嵌在山墙里，铁门上面有一把大锁，大锁上布满青苔和蜘蛛网。惜雪最终把目光，停在这上着大锁的铁门上。

"刚才的声音，是从这后面传出来的。"胖子由于刚才在乐正夕面前演匠人演得太满，现在也收不回来了，只好轻咳了一声掩饰自己的慌张，假装平静地说，"我说，小乐，这后院你修过没有，里面是不是也有机栝啊？"

"外叔公一再嘱咐我不要进入后院。他说后院已经不属于韩家了，所以我确实也没进去过。"

"那算了！"胖子释然地轻轻拍了一下手，对惜雪咧嘴一笑，"人家上了大锁，邻居的事不要多管！"

惜雪却在胖子无奈的目光下，又从背包里拿出平板电脑和那几个仪器，二话没说就将那四个仪器扔进大铁门的后面。这一下又快又准，把胖子和乐正夕都弄得措手不及。

胖子知道惜雪怀疑乐正夕，乐正夕越是这么说，她就可能越是不信，越要亲自去看看。乐正夕好似毫不知情，带着兴奋看向惜雪的平板电脑。

"你这设备好！能看清楚里面的情况吗？其实我也一直好奇。"

"平板电脑上没有网格线和坐标，这说明……"惜雪欲言又止。

"程序坏了？"胖子也把脑袋挤过来。

"我也没有听到那四个东西落地的声音。"乐正夕警觉地问，"难道刚才那一声巨响，是打开了某个地下通道？"

"走吧！不管邻居家的事，是咱们做匠人的基本准则。"胖子听到地下通道又发毛了，转身拉着惜雪就要往回走，却发现手上拉空，扭头一看，两人一个都没跟上来。

此刻的乐正夕，正用双手轻轻扶着惜雪的纤纤细腰，惜雪戴着专用眼镜，踩在乐正夕的腿上，借助大铁门上的门槛，爬上了墙头。胖子连忙赶回来，仰着脑袋对惜雪小声喊："丫头，你这是要上房揭瓦啊！"

惜雪两腿骑上墙头，向后院里望了一眼，脸色立刻变了，低头对乐正夕说："你真的从来都没到过后院？"

　　"没有，怎么了？"乐正夕满脸疑惑地看着惜雪，伸出手来等着她拉自己上去。惜雪却对胖子喊了一声："胖子，你们在这儿等我一下！"惜雪把"你们"两个字说得很重，之后一个灵巧的翻身跳下墙去消失不见了。

　　惜雪跳下墙后没了半点儿声音，胖子把耳朵贴在大铁门上急得直跳。他知道惜雪刚才的意思，是让自己看住乐正夕，不让他过去。但是她一个女孩子，跳进一个诡异的地方，万一有个三长两短，可怎么办？

　　犹豫了一会儿，胖子决定不听惜雪的安排。他让乐正夕躬下身体，自己踩着他的肩膀，费了吃奶的力气爬上墙头，迫不及待地向下一看，差点儿一个趔趄直接翻过去。

　　正如乐正夕的猜测一般无二，这后院中间，果然开了个10平方米的空洞，看着像是地下酒窖或者民用防空洞的入口。空洞的旁边，有个跟空洞大小一致的方形大石。那方形大石似乎刚刚挪动了位置，也许这就是刚才那咯噔一声巨响的原因。

　　空洞长宽大概各3米，是个正方形，里面黑漆漆的深不见底。空洞周围破败的杂草长得很高，看起来这后院也不像有人在住。

　　胖子坐在墙头，看向游廊，又看了看空洞，向洞里大喊了几声惜雪，没人答应。乐正夕仰头奇怪地看着胖子，因为墙头太高，他在下面喊了句："拉我上去啊！她没事吧？"

　　"乐正夕，你个骗子，变态！装什么好人！你是不是把李文轩关在这里折磨他来着？还有，这前院后院都这么多灰尘，你是从哪里蹦进来的？这简直是吓死人，你到底是人是鬼？你不是有洁癖吗，前后院这么脏你为什么不收拾？信不信胖爷我一拳头揍死你！"胖子一边语无伦次地骂着，一边气愤地在墙头向下面的乐正夕挥了下拳头，没想到墙上的砖瓦年久失修，一块瓦突然被他坐碎，紧接着几块瓦发生滑落。随着瓦片的滑落，胖子的身体一斜，整个人重重地向后院的空洞摔了进去。

　　胖子一边大叫着救命，一边想这下完了，自己这么胖，等到底的时候肯定摔成肉泥了。他越想越怕，快要着地的时候，突然感觉自己被一张很有弹性的网向上弹了起来。胖子绝望的声音变成了惊奇，他一边大喊着"哎呀！这什么玩意儿"，一边向四周看去。

原来，这里竟是个地下的石室，石室的四面有紧闭的铁门。其中一个大铁门的上方挂着惜雪公司的那种高端照明设备，使得这里灯火通明设备。四扇铁门的顶上，都挂有坚固的铁钩子，四个铁钩子结结实实地拉起胖子身下的大网。惜雪正专注地站在其中一个铁门的对面，琢磨着大铁门上的暗锁，看都没看胖子一眼。

胖子颤颤巍巍地从惜雪的救生网上爬下来，一把鼻涕一把眼泪地扑过来抱住她："丫头，我说，刚才你空中降落的时候是不是啪啪啪啪四枪将那四个铁钩子打进墙里，拉起这救生网的？"

"让你看着乐正夕，你是不是又搞砸了？"惜雪生气地挣脱胖子，继续鼓捣着铁门上的锁。

胖子的眼睛转了一下："你一个女孩子独闯虎穴，我哪里放心。为了你，我哪儿还顾得上看着乐正夕，我必须义无反顾地跳下来找你啊！"

"哦？刚才那些不同音调的'救命'是谁喊的？"

胖子尴尬地笑了一下，惜雪又说："我估计这乐正夕，跟我说过那个装神弄鬼的韩老是一伙的，刚才他给我看的照片上的那个韩墨，就是我在李文轩的地下室看到的韩老。他一定跟李文轩的失踪案有关。可是，我就是觉得有点儿蹊跷，想不明白！"

"可是……"胖子也跟着说了一句，看着身边这狭窄的石室，又抬头看了看头顶的一方天空，"这真像井底之蛙！你不觉得，我们两个这是自投罗网，被乐正夕瓮中捉鳖了吗？"

惜雪刚要回答，头顶上乐正夕的呼喊声传了过来。

"喂！你们还好吗？"

"他还演上瘾了？"胖子错愕地看着惜雪，压低声音问。

"如果他知道下面的深度，不可能直接从上面跳下来，让他演着。"

惜雪还在不停地鼓捣着铁门上的大锁，胖子小心翼翼地在四个铁门前轮番听门里的动静。他一边用手轻轻地敲着门，一边小声喊："李文轩，你在不在？快回应一下。"

"胖子，这锁我打不开。"惜雪焦虑地喊了一声。

"什么？竟有你打不开的锁！"胖子凑过来，见那铁门的锁芯果然是他从来没见过的模样，而惜雪手里那么多的工具说明她已然遇到了难题。

就在两人面面相觑的时候，突然他们身后咯噔一声响，一扇铁门自己开了，露出一条小缝，缝隙中流出阴冷的空气。

"门怎么开了？请君入瓮？"胖子面色惊恐地看着铁门。此刻头顶乐正夕的声音也消失了。

惜雪从背包中拿出一捆卷在一起的金属探测线，拉开一头，慢慢探进那微开的门缝里，戴上眼镜，眼镜腿上的几个小绿点亮了。

胖子心想她这眼镜可能不只是用来红外探测有没有活人的，还可以勘察距离、方位、物体、黑暗空间的情况等等，所以她才在刚才掉落下来的时候，准确无误地用网接住了她自己。

惜雪仔细看着眼镜里的情况，胖子却在羡慕地看着她的眼镜。

"惜雪，回头你也给我整一个这玩意儿啊，你们公司的东西太棒了。"

"这眼镜是杨君浩送我的。"

"杨君浩？那个蝙蝠侠？你有他的眼镜？你认识他？"胖子一连串好几个问句。

惜雪似乎已经观察完了这铁门背后的情况，一把推开铁门："他还这么多名号啊？在我眼里，他只是个老板而已，没你说的那么神。"

"什么？你老板就是蝙蝠侠？"胖子几乎叫岔了气。

惜雪已经推开铁门，胖子连忙在门口向里面照了一下，又是发出惊奇的一声尖叫。

里面还是一个10平方米的石室，四面都是铁门。这石室的顶端也是空的，抬起头能看到朗朗星空。石室的布局竟然跟两人刚掉下来的那个一模一样。

"丫头，我知道了，这是个迷宫！里面跟外面一样，等我们进去，铁门吧嗒锁上，我们似乎就在原来的空间。然后这里的其中一个铁门又会打开，进去一看，还是一样。我们会在这里循环往复，跟在游廊里遭遇奇门遁甲的感觉一样。说白了，这还是奇门遁甲。"

"别叨叨了！"惜雪咬牙切齿地说，"你留在这个门下，别让它关了。我进去看看。"

"那，你要小心啊！"

惜雪摘下眼镜挂在胸前，用手电筒照向铁门上方。铁门上画着一幅幅精美的壁画，因为年代久了，有的部分已经褪色，但是那精美绝伦、巧夺天工的画面仍让人惊艳。"这壁画是京派大匠师阎立德的《古帝王图》啊！"惜雪倒吸了一口凉气，看着墙壁上呼之欲出的人物。

《古帝王图》其实并不罕见。

这是汉以来一直延续的题材，尽管各个时代都有所发展，但它的基本布局与构思都是有着较固定的格式。

大匠师阎立德的《古帝王图》，描绘了汉代至隋代的13个帝王，汉昭帝、汉光武帝、魏文帝、吴大帝、蜀昭烈帝、晋武帝、陈文帝、陈废帝、陈宣帝、陈后主、北周武帝、隋文帝、隋炀帝。

这墙壁的壁画上正是《古帝王图》的开端人物汉昭帝，虽然是临摹作品，但惟妙惟肖，尤其是汉昭帝脸上的神情，简直有画龙点睛、妙笔生辉之艺。这临摹人的技艺精湛，炉火纯青，让人叹为观止。

"《古帝王图》？不是在美国波士顿博物馆吗？"

"我想仿画这个的人，一定对阎立德的画无比痴迷。壁画要临摹成这样细致，需要付出的心血和精力，简直是无法想象的。这每个帝王以及随从，也许都要花费很长的时间。

"咦，这汉昭帝的下面还有诗。"惜雪的手电筒停留在那细小的字上，"寒藏风雨木成舟，陌起花开影成愁，亲其善恶乾坤道，笔林诗雨述难休。"

"韩墨（寒陌）亲笔？这是藏头诗啊！韩墨？那个祖宗牌位上的韩墨！他修建的地下室，他就是个老变态！他们家族变态遗传！"胖子惊讶地喊出了声。

"这里还有！"惜雪没有理会胖子的胡说八道，继续转头看向对面，"恩怨情理万世空，六尘不改兴意浓，羽纛迷离说不尽，江山如画著壁中！"

"嗯，这个是恩六羽江？"

"不是，这是斜体藏头，意思是恩陈迷画！"惜雪错愕地去看其他诗画，"这不是一个人临摹的。似乎这些字形成的年代不同，看落款的时间，也有先有后，不过大部分都在民国时期。这些人到底在这个小地方干什么呢？"

惜雪说到这里，突然胖子一个箭步冲了过来，差点儿撞到惜雪身上。惜雪向旁边躲开，忙冲到胖子把守的铁门那边，但已经来不及了，那铁门瞬时落锁紧闭。

"刚才有人推我。"胖子表情惊悚又抱歉地扭头看着铁门，又看了看惜雪。

惜雪推了推纹丝不动的铁门，举起手要弹胖子的脑袋，胖子吓得忙抱住脑袋。惜雪无奈地又把目光转到"韩墨亲笔"的那首藏头诗和汉昭帝画像上。

"胖子，我觉得，这画中有话，这《古帝王图》还有门道。"

胖子没理惜雪，走到刚才被推进来的铁门边，看着外面人影晃动，他跟被蛇咬了一般，闪电般退到惜雪身边："我就说是有人推我，来了！"

与此同时，门外一个重低音炮一般女人的声音传了过来："汽油黑！汽油黑！"

惜雪听到声音，连忙收了手里的手电筒，胖子拉着她的胳膊话都说不利落了："丫头，我知道你不信，但是刚才推我的人，绝对是个女鬼，她青面獠牙，五官都特别夸张，个子比我还高一头。世界上根本就没有那种人存在！你不要再相信乐正夕了，他跟韩墨和这女鬼一样，都是鬼，我们是活见鬼了！"

"女鬼喊'汽油黑'干吗？"惜雪满腹狐疑地看着铁门缝里那扫进来的强光束，闻到石室里传来一股怪异的味道，凭借小时候妈妈让自己学会的辨识各种危险味道的本事，惜雪突然低声说了句，"别扯淡了，他们要放神经毒气了，如果出不去我们俩就完蛋了！"

惜雪不顾一切地扭身去鼓捣"韩墨亲笔"藏头诗下的那扇铁门，踢、拉、蹬、踹极尽所能，铁门纹丝未动。

"毒气？"胖子看到一股白烟从门缝那边吹了进来，门外叮叮当当一阵乱响，似乎有不少人在折腾。再抬头看看头顶的星空，竟然发现那顶部没有任何变化。"啊？那是假的星空，这里是封闭的空间！那……毒气……毒气……"

胖子话没说完。此时惜雪已然放弃了开锁，叉腰对着铁门上的画屏住呼吸仔细端详，忽然紧张地扭头对胖子说："我在《京派秘传》上看到过描述类似壁画的东西，这叫机关图，是京派令人拍案称奇的机关阵法。只有壁画中的某一部分内容才能开锁，别的都是伪装和摆设。"惜雪说罢，突然伸手对《古帝王图》上那些人物在空中一抹一抓，她的手上有一群闪着金光的飞蝇飞入壁画。胖子惊讶地揉了揉眼睛，喊道："丫头，你也变鬼了？不是，我中毒了，神经毒素！"

惜雪没理他，又麻利地掏出了一个圆头圆身、长得像蘑菇样的东西，圆头朝上，对着画上汉昭帝的左眼就扔了过去。吧嗒一声，"小蘑菇"牢牢贴住了汉昭帝的左眼球。

过了几秒钟，只听壁画上传来咯噔一声，紧接着乒乒乓乓一连串的响动，墙上的人物开始动了，不是活灵活现的动，而是像机械一样地动。

汉昭帝对着他的侍从，机械地一挥手，做了一个冲的姿势，他的侍从低下头，弯腰到90度表示听令，弯腰的侍从的头部刚好碰到旁边另一个侍从的手臂，那手臂竟然凹陷进入墙体看不见了。

胖子瞠目结舌地看着墙上的联动机关，抓狂地抱着脑袋，感觉自己产生了极其严重的幻觉的时候，又是吧嗒一声，壁画下的那铁门的锁开了。

两人看着铁门突然打开的小缝，不知道后面大喊"汽油黑"的女鬼那已知的风险恐怖，还是前面铁门后未知的世界恐怖。

或者，门打开以后，站在两人面前的，还是那女鬼！

正在两人不知所措的时候，一个人从外面推开了铁门。

惜雪不由自主地向后一退。来人正是乐正夕，他二话不说，拉住惜雪就跑，胖子大喊："站住！"听着身后那沉重的铁门的撞击声，紧跟着说了句："还是别站住了。跑吧！"

临走的时候，粗中有细的胖子没忘了回身一脚踹上刚被惜雪打开的汉昭帝像下的大铁门，听到落锁的声音后，才撒腿向着惜雪狂追而去……

胖子边跑，边向头顶看，朗朗星空消失了，这里只剩下一条1米高，悠长而狭窄的石头通道，每间隔5米都有昏暗的灯泡闪烁，整个地方看起来像小型防空洞的地下通道，又像某个地下实验场。

石头通道的长度似乎并没超过上面四合院的整体长度，被昏黄灯光照亮的顶端，还是《古帝王图》和那些不同年代的人写上去的各种藏头诗。虽不算宏伟壮阔，却由于临摹的精细用功和壁画的绵长诡异，看起来有一种难以名状的仪式感。

地下空间并不是很大，三人很快就跑到石头通道的尽头了，这里再次出现了一模一样的铁门，乐正夕对着铁门上的暗锁稍加端详，掏出一串钥匙，找到其中一把，顺畅地打开了铁门。

铁门的前面出现了蜿蜒旋转通往地下更深处的楼梯。乐正夕看了看惜雪，又看了看他们身后，刚才被胖子锁上的铁门已经发出恐怖的响动，那女鬼"汽油黑，汽油黑"的声音，从空洞的走廊里传来，听得三人毛骨悚然。

他们三个面面相觑，眼光中彼此既有不信任的恐惧，又有只能暂时达成联盟的妥协。下去还是回去，三人正目光交流时，砰的一声巨响，石头通道尽头处传来恐怖而急促的脚步声。

胖子咧着嘴带着哭腔说："那女鬼还带了一群小阎王兵，咱们还是三十六计走为上，赶紧跑吧！"

"只能下去了！"惜雪果断地点了点头，三人进入旋转向下的楼梯。胖子又回身锁上楼梯顶部的铁门，嘴里嘟囔着："汽油黑！让你两眼黑！"

三人一路向下飞奔。惜雪打开手电筒，看着残破的楼梯通道，不知他们会跑到哪里。心想会不会身边的乐正夕正得意于这猫和老鼠的游戏，想要把她和胖子带到被他囚禁的李文轩身边呢？可是，身后那帮人又是唱的哪一出呢？胖子身材魁梧，如果他们在这里反过来偷袭乐正夕，他怎么能确定有胜算呢？

自从那本应该死了多年的韩墨出现在整件事情里，惜雪是左想也不通，右想也不对，总感觉存在太多的逻辑问题。

乐正夕却对他们丝毫没有戒备，只是一边跑，一边紧张地说："他们是一群欧洲人，为首的又高又丑，一共十几个，全副武装，也不知怎么进来的。今晚这是怎么了？"

"怎么可以用丑来形容呢，你没看到那女鬼的獠牙吗？"胖子在一边纠正说。

惜雪微微一怔："欧洲人？汽油黑，难道她喊的是'Kill him'，杀了他的意思？"

事情变得更加难以捉摸了，无数个问题在惜雪的脑子里乱撞。

为什么这里会有个机关密布的四合院？

为什么这四合院的后院有个地下石室？

为什么这下面又是个如此诡异的迷宫？

地下室中的《古帝王图》与院中的《麒麟戏春图》是同一个画者，是京派大匠师阎立德的作品，这不遵循京派古法建立的小院里为什么有特立独行的唐代大匠师留下的充满谜团的画？

这《古帝王图》的下端留下诗句的又都是什么人？

更加匪夷所思的是，这些荷枪实弹的欧洲人又为什么要闯入这里？他们跟这个乐正夕有什么关系？乐正夕好似不知道有地下室，但他又怎么会有钥匙？难道也是看了网上屋脊小兽的帖子？他们肯定不会是为救李文轩而来，那又是为什么而来？

一个黄金凫雁的仿品，怎么能惹出这样的轩然大波？

惜雪的心里真是如堕烟海，百思不解。思考间，他们已走到旋转楼梯的尽头。乐正夕又重复刚才的动作，拿出钥匙打开了铁门。

三人刚推开门，胖子"啊"了一声。

出现在他们面前的，竟然是跟刚才惜雪跳下去的那个10平方米的石室一模一样的石室，四面墙上有四个铁门，抬头一看还是假的星辰满天。

"这是不是刚才那地方？"胖子用手电筒寻找着刚才那四个大铁门上惜雪曾经钉下铁钩子的痕迹。乐正夕小心地锁上铁门，仔细听着门外的动静。

"怎么转回来的？我们一直在往下走啊！空间错位？"胖子对乐正夕关上的那扇铁门上方的一个黑灰色的圆形痕迹猛地用手一拍，"这不就是刚才那铁钩子留下的痕迹吗，丫头，你看……"

当胖子的大手拍在那黑灰色圆形凸起上的瞬间，他却"咦"了一声。与此同时，那大铁门咣当一声巨响，三人同时向后退了几步。胖子知道自己又惹祸了，用手捂住脸，喃喃地说："通过手感，我确定，那不是刚才你的铁钩留下的痕迹，这是另一个一模一样的地方！"

"这是什么地方不重要了，重要的是你又触动了一个机关。"惜雪愠怒地看着胖子。

胖子又开始尴尬地笑，扭头问乐正夕："我说，你来讲讲怎么回事。"

"我也是生平第一次站在这个地方，我讲什么？"乐正夕摇了摇头，脸上也是略带惊慌的神色。胖子用手指挑过乐正夕的那串钥匙："骗子！拙劣的表演！你见哪扇门就开哪扇门，还不知道怎么回事吗？"

乐正夕一听胖子这句话，两手握紧了拳头："如果没有我，你们早就死在上面了！你现在这么说，不觉得自己忘恩负义吗？"

"别装了，我们的门是惜雪打开的，又不是你！你就是血人狂魔，信不信我直接压死你！"

"别说了！"惜雪心烦意乱地打断了他们。

乐正夕本来有太多机会可以致惜雪和胖子于死地的，然而他一直在扮演救助他们的角色。现在事情只有两种可能，而且两种都非常可怕。

第一，乐正夕是真正的血人狂魔，他能熟练地打开这里的各种门，对所有机关了如指掌，编出了一个疑点重重的韩墨吓唬惜雪，现在还在装无辜陪他们变态地玩着猫捉老鼠的游戏。

第二，乐正夕真的对这里一无所知。

问题出在这诡异万分的小四合院里。那些欧洲人是冲着四合院，或者阎立德的京派秘密来的，这就更加可怕了！如果是这样，那么他们面对的是一个机关密布的充满未知的地下石室和一帮荷枪实弹的亡命徒。

不管是哪一种结果，惜雪和胖子此刻都性命堪忧。不是死在这诡秘的京派机关中，就是死在外面那伙欧洲人的手中，或者死在这可怕的乐正夕的"死亡游戏"里。不过，欧洲人被乐正夕找来当群众演员的可能性微乎其微。敌人的敌人是朋友，现在看起来那些欧洲人是最彪悍、最难对付的，也是他们共同的敌人，只能暂时结盟了。

"那楼梯没有其他通路，欧洲人很快就会追来，一起想办法逃出去才是现在最重要的事。"惜雪仰望了一下头顶星空，又看了看乐正夕，"你有什么想法？用你手里的钥匙继续开门？"

乐正夕从胖子手里拿回钥匙，绕着石室转了一圈，对比着手里的钥匙摇了摇头："九连环只有9把钥匙，这下面的门超过了9个。我并没有全部的钥匙，反正这几个门的是一个没有。"

惜雪奇怪地接过钥匙。

九连环，是战国时期就已发明的一种玩具，套在一起是个整体，必须经过某种解法逻辑，才能将其分别解开，变成9个独立的环。虽然解起来很烦琐，但很锻炼耐心和毅力。这九连环的底端，每个环上都挂着一把钥匙，一共9把。

"你怎么知道这些钥匙能开这里的门？"惜雪有些怀疑地看着乐正夕。

"这事说来话长。我外叔公最喜欢京派机关。你们知道，在京派、闽派、徽派、苏派四大派别中，京派机关是最厉害的。很多皇陵都用京派绝活。韩家曾家大业大，虽中道衰落，但瘦死的骆驼也比马大，不但北京留了家产，苏州也保存了老宅大院。韩家很多大人要出门寻求生计，小孩儿没人管，都交给外叔公。为了消磨时间，外叔公经常带我们在苏州老宅的地下迷宫玩，那里跟这里略有相似，但比这里简单得多，也不知是不是韩墨建的。

"那迷宫的玩法，关键在九连环，门锁和钥匙上有对应图案。找到门锁上的图案，只须熟练地用九连环的方法找到对应的钥匙，就能开门。

"刚才我在上面喊你们没人答应，我也不敢贸然跳下来。后来又听到游廊那边有动静，就转过去看看怎么回事。到了游廊，我看到了那帮欧洲人，拿着武器正在游廊那儿找着什么，然后很快消失了。我连忙跟了过去，发现抄手游廊那里，出现了一个通往地下的入口。

"我顺着入口摸了下去，看到第一个铁门。看着铁门锁上的图案，我立刻就想到修葺老房子的时候在韩墨灵牌下发现的九连环钥匙上的图案，又想起外叔公小时候跟我们玩的这个游戏，决定试一试。

"我成功了。打开了铁门从上面下去，沿着黑洞洞的石头通道走了一会儿，就遇到了第二个门。不过，这一次，我还没查看钥匙，你们就把门弄开了。你们是怎么打开铁门的？要不然，用你的办法再试一试？"

惜雪的脸色阴晴不定，她敏感地发现了乐正夕在讲述九连环钥匙时若隐若现的紧张。虽然他的讲述天衣无缝，但并不能解释惜雪和胖子下来后的那第一道铁门是怎么打开的。按照乐正夕的讲述，当时他还在抄手游廊，而欧洲人也还没到达。除非还有个神秘人，为他们打开了铁门。那么现在那个神秘人又在哪里？

"你懂奇门遁甲，又懂京派机关，刚才的铁门，肯定是你开的吧？"乐正夕看着惜雪，追问了一句，"没了钥匙，难道你就没办法开门了？难道我们几个都要死在这里？"

惜雪苦笑了一下，心想就自己知道的那点儿皮毛，还算懂吗？

刚才她不过是用京派"找眼"的功夫，发现了壁画上的一丝端倪，误打误撞解开了机栝，说白了也就是瞎猫碰上死耗子而已。

不过，乐正夕再次提到奇门遁甲，倒是提醒了她，这里生死往复，若有八门，难不成还是奇门遁甲？

惜雪又想起《京派秘传》上第一页写着的古文"宣水藏龙，隐气聚精"，低头思索了一会儿，眼睛看向乐正夕："你在这里这么久，是否知道更多关于影壁的事？"

"影壁？"乐正夕的目光突然闪烁了一下，他似乎在犹豫说还是不说，沉默半晌，还是说了，"那影壁确实有点儿神秘。我来北京前，根本不知道什么是《麒麟戏春图》。有天晚上我喝多了，坐在小院的影壁前，发现它上面的图案竟然变了，跟我刚进四合院时看到的不同了。最初，我以为是自己喝多了眼花，之后，我用细线在影壁上拉好它们所在的位置。几天后，影壁上的雕刻崩断了细线，又变了！

"于是，我开始仔细研究这影壁，拍了照片，在京派匠人中四处拜访，寻找答案。前不久，木工爱好者论坛上，有人告诉我《麒麟戏春图》和阎立德的奇怪传说，我才知道原来这是一个如此怪异又有来头的影壁。"

"谁告诉你的？"惜雪打断了乐正夕的讲述，突然心里一紧，一种不祥的预感传遍全身。

"就是那个屋脊小兽！"乐正夕缓慢地回答，"他说，可能是影壁里有机栝，可以让影壁上的东西改变位置，在木工理论上是不难实现的，这本来就有古法。但是这影壁是大逆不道的《麒麟戏春图》。"

"我又问他什么大逆不道，又有什么机栝，他就不再理我了。他是这么长时间以来，木工爱好者论坛上唯一的一个理我的人。到现在，我也没明白那影壁上的机栝运动到底是怎么回事。"乐正夕说到这里，看着惜雪，似乎感觉她的脑子里早就有了答案。

胖子插嘴说："你直接拆开那影壁，仔细地找找机栝，看看连着哪里不就明白了吗！"

乐正夕看着胖子，目光之中再次露出了鄙夷的神色。

"知道我为什么早就看出你并不是匠人吗？你手上没有老茧，举手投足和行事为人都不像匠人。你问问她，就为了看看里面的门道，会不会打开一个那么古老的影壁？知道我为什么不用铅笔在上面标注，而是用线拉出痕迹吗？"

胖子见乐正夕竟早就看穿了自己假装匠人的表演，还把三个人中间画了一条线，按匠人和非匠人把自己给分了出来，十分不爽。嘴上又开始发牢骚：
"那怎么不见你做个影壁套给它套上？这样刮风下雨……"

胖子还没说完，惜雪突然嘘了一声。铁门外一阵混乱的脚步声，惜雪忙关掉了手电筒。三人屏住呼吸，凝神倾听，门外的声音越来越大，显然那些人已经到了门口。

只听得一声女人的咆哮："卡猫（Come on）！"

几个人的心跳都快到了极点，却惊悚地发现他们的脚步声由近及远，好似继续向下面跑了。可是明明这铁门已经是楼梯最下面的终点了啊！

当那些脚步声慢慢消失，胖子小声问了句："这些卡猫，卡哪儿去了？"

三人又听了一会儿，外面确实没有折返回来的脚步声。惜雪也觉得奇怪，突然想起什么，把手电筒照向刚才胖子拍过的那铁门上方的圆点。

"胖子，你刚才碰这里时，外面有巨大的声响，可能发生了变化，打开了通往更深处的一扇门。记得抄手游廊吗？还有那改变了方向的黑柜门？这东西也许类似于我在游廊里推的那块可以启动什么机栝的青砖。没想到你误打误撞，竟救了我们。"惜雪在脑子里迅速构建着这里的建筑结构，想象着为什么会发生这样匪夷所思的空间变化。她晃动着手电筒，看着四个铁门和头顶的假的星空。

"这下面整体的空间不可能很大，我们也不会次次走运，他们很快会回来！"乐正夕紧张地说，同时又看向惜雪。

惜雪却叹了口气，有些沮丧地盘腿坐在了地上。

"丫头，用你那些高科技设备！"胖子看见惜雪的表情心里发毛。惜雪抬起头，无奈地看了一眼胖子，刚要说话，突然眼睛直了。

"你干吗这么看着我，我脑袋上，是不是长……长……长犄角了……"

"有了！"惜雪突然纵身一跃站了起来，拍了拍胖子的大脑袋……

# 第六章

# 五脊六兽和人面麒麟

栩栩如生的帝王相，均匀地分布在这里的每一个区域。

更加诡异的是，这壁画上的人物都在微微做着缓慢的移动，

看起来似乎在演环幕电影。

最让人震撼的是，空间正中间的那尊巨大的木雕。

"星星！"惜雪向胖子的头顶一指，"星象！"

"什么？"胖子也抬起头，"哎呀，这星空虽然很假，但是也在斗转星移地变化着呢！"

"星图？"乐正夕跟着看向头顶，也发出一声惊叹。

"影壁上的图案在变化，《古帝王图》上的图案在变化，我们头顶的星象也在变化！所有的这些移动，或者说联动，肯定不是乱动，它们的每一步都有明确的目标和方向。"

"是什么？"胖子和乐正夕异口同声兴奋地问，因为太一致了，又互相嫌弃地对望了一眼。乐正夕的眼中是对不靠谱还装匠人的胖子的鄙夷，胖子脸上却是对才华横溢、学识过人的乐正夕的嫉妒。

惜雪此刻一心一意地在想着"宣水藏龙，隐气聚精"那八个字。也许这八个字，会是他们逃离这里唯一的希望。因为这是个布满京派机关的小四合院，爷爷说过，这八个字是京派机关的"密钥"。

这时，乐正夕突然又说："你说到星图，我倒是又想起一件事来。那个影壁心上的《麒麟戏春图》虽在不断变化，但是麒麟所踩踏的潜藏着的龙头，始终没变，那不堪屈服的巨龙，昂首怒目，似乎在向天咆哮。而麒麟头上，闪烁变化之间，好像出现过一个星图。莫非机栝就藏在这星图里？如果我们能确定那巨龙一直仰望的星图，是不是就能打开机栝？"

"宣水藏龙？"惜雪仰头看着快速变化着的星图，似有12种不同的图案在循环变化，想起影壁心也许就是这个小四合院心脏的推测，赞同地点了点头。

乐正夕似乎对惜雪十分信服，他见惜雪点头，立刻开始仰头认真观望，胖子却挠着脑袋说："我说小乐同志，我就说你傻！就算你找到了星图，又能怎样？我们还差个确定键，怎么选择这个星图呢？"

"说得没错！"胖子偶尔也能说出一些靠谱的话来，惜雪琢磨了一会儿，咬了咬牙，"都是京派机栝，不妨用我刚才打开铁门的方法，'找眼'试一下。"

随着乐正夕的讲述，惜雪逐渐觉得小时候爷爷教过自己的那些技能甚至办法，绝对不是无意为之的。从自己发现青砖的规律，到破解铁门上的《古帝王图》机栝，操作中总能侥幸成功。

所以她越来越怀疑，其实那有可能就是破解京派机栝的方法。可爷爷为什么要从小训练自己破解京派机栝的技能？学习京派机栝这件事，不是一直都为他所不齿，而且为了跟盗墓贼划清界限，那甚至早已成了京派匠师的忌讳了吗？

"就是这个星图！"乐正夕突然确定了变化中的星图。正在沉思之中的惜雪还没来得及使用破解方法，星图就一闪而过。乐正夕没有恼怒和埋怨，只是再次抬起头盯着头顶的星图，淡淡地说了句："没关系，还会变化到那个星图的。我们再来一次。"

惜雪连忙从包里掏出一个类似箭头的小器械，那好像是个投掷的飞镖器，这一次她认真地等在一旁，乐正夕再次说"到了"的刹那，她对着头顶一颗看起来略有异样的星星，果断地一掷，又是咯噔一声。

星图不再变化了！

整个石室里死一般寂静，三人屏住呼吸，恐惧地等待着。

5分钟过去了，什么都没有发生。

胖子犹如困兽一般在四面封闭的石室中踱步，摸着圆脑袋说："丫头，我们现在的情景，让我想起了一句话：人生就好像是一个扔骰子的游戏，如果你掷出了不想要的骰子，在出现意想不到的点数前，必须提高玩游戏的技术。我想，其中的意思是，在人生这个大棋盘上，我们的对手，始终都是命运。它就好像是一根不可见的绳子，把我们引向幸或者不幸。"

惜雪对错愕地看着胖子的乐正夕挥了挥手："不用理他，他紧张的时候，就满脑子哲学。高中那会儿，如果老师问到他不会的问题，他能用哲学把老师给反问蒙了。他的意思其实就是我们点背，又没技术水平，这下非折在这里不可了！"

乐正夕点点头，模仿着胖子的口吻接了一句："其实，每件器械、工具、建构，如果实现了被制作出来的用意，就是借助自然的力量凝结在一起的东西。那种制作它们的力量，同样也留存在它们中间。如果我们可以找到它，就能借助它的力量。"

惜雪听了乐正夕的这句话，突然一愣，喃喃地说："如果你按照这种力量去做事，那么内在的一切都具有合理性。宇宙中，属于它的万物，其实都是具有合理性的。"

"怎么？你怎么也知道这句话？"乐正夕两眼发亮又有些奇怪地看着惜雪，"内在的一切都有其合理的原因！"

惜雪心说这话应该我来问你，你一个京派的门外汉，怎么知道爷爷常说的这句话呢？

"哎呀，你俩比我还磨叽，听到没有，那女鬼杀回来了！"胖子看两人四目相对，心急火燎地说。门外果然又传来噔噔的脚步声。

"怎么回来了？这里究竟是什么样的建筑结构啊？"乐正夕眉头紧锁。惜雪却灵光乍现，她感觉乐正夕在危急之时又提出了一个好问题。接着，她镇定自若地蹲下，有条不紊地用手指画起这里的建筑轮廓来。

"你们看，我们沿着向下的旋梯走了这么久，现在的石室与上面之间，大概有这么一个空间。对不对？"

"对！"胖子顺着惜雪的手指，跟着手舞足蹈地比画，"我们跑过一个封闭的石头通道，然后从旋转的楼梯下来，咦，这里怎么少了一部分空间？"

"是！我们头顶应该有个空间被巧妙地藏起来了！"乐正夕也很快明白了

他们的意思，抬头看向头顶的星空，"那个藏起来的空间就在上面，可是究竟怎样才能上去呢？"

惜雪看着那静止不动的星图，冰雪聪明的脑袋里突然又有了想法，微微一笑："春秋战国时期，甘德、石申、巫咸各自建立了自己的星官体系。三国时期，吴国太史令陈卓，综合甘、石、巫三家星官，将其编撰成星表，并绘制成星图。星表、星图早已散佚，但是星区划分体系历代沿用达千年。我虽然不会看星象，但是也知道我们头顶现在这个已经静止的星图，绝不是一般的星图。"

惜雪说到这里，又拿出了一把像弓箭一样的小型器械，把箭放在弓上后，对着头顶的星图，毫不犹豫地拉满了弓。"如果我们选的这个星图是正确的，我想我们缺了一步，就是打开头顶隐藏的那个空间的关键的一步。"惜雪眯起眼睛，轻轻对胖子说，"胖子，如果这次我对了，要感谢你那富含哲理的开场白。"

"等等，民主决策一下。这次跟上次，有什么区别？"胖子有些慌乱。

惜雪已经瞄准了头顶，自信地闭上了一只眼睛："上次我是看与众不同的雕刻痕迹，这次，是看与众不同的寓意和内在。"

惜雪话音未落，小箭已从手中飞出，在头顶的星图中，牢牢射在一颗闪亮的恒星之上。

咯噔！

这次惜雪真的对了。只见那恒星周围，有一个圆形区域开始慢慢向下移动，肉眼可见一个明显的圆凸了起来。

"打开机关了！你这射箭是跟谁学的？太准了吧！"乐正夕惊愕而欣喜地看着那凸起的痕迹。惜雪却麻利地在身上挂好绳索，向上固定了登山梯，已然矫捷地跳了上去。

这里并不是很高，惜雪到了那圆形区域的附近，伸手使劲一推，那圆形凸起在某种机栝的作用力下，向旁边缓慢挪移，露出了一个空洞。

此刻的铁门外，已然听得到那帮欧洲人"汽油黑"的狂吼了！

惜雪在顶端用手电筒确认了一下里面隐藏的空间之后，果断地纵身一跃，跳入洞中。

胖子拍了拍正无比错愕地看着惜雪方向的乐正夕："看过美国电影没有？有个超级英雄，从来不知道恐惧为何物的、聪明绝顶的正义女神。我们家丫头比她还漂亮。走吧！"

这时候铁门外突然传来一个中国人的声音："他们在里面，炸门！"

胖子吐了吐舌头，乐正夕扶着他，两人沿惜雪留下的绳索迅速向上爬去，在铁门外不断发出的爆破声中，两人也艰难地爬进了那个隐藏的空间。

胖子仍然没忘了断后，他看着下面就要被炸开的铁门，着急地在圆形区域附近摸索，突然看到刚才自己误打误撞拍了一下的那种黑色开关，大胖手猛地向上一拍，那圆形凸起在机栝的作用力之下缓慢地恢复了原位。胖子满头大汗地哼了一声。

"你们这些欧洲佬，跟胖爷我斗？任你们想破脑袋都不会知道怎么才能上来。"

机关关闭之后，这里恢复了死一般的寂静。

下方的嘈杂声，丝毫没有传到上面来，三人开始观察这个被巧妙地隐藏起来的空间。这里，又是一个密室！看起来，密室里唯一的入口，就是惜雪打开的这星图上的圆形盖子。这空间的四壁上，几乎画满了阎立德的《古帝王图》。栩栩如生的帝王相，均匀地分布在这里的每一个区域。更加诡异的是，这壁画上的人物都在微微做着缓慢的移动，看起来似乎在演环幕电影。最让人震撼的是，空间正中间的那尊巨大的木雕。

惜雪看到这木雕的时候，倒吸了一口凉气。这次她不怀疑乐正夕都不行了，因为这木雕，正是那血人狂魔留在李文轩地下室里纸上的图案。如今，那纸上寥寥几笔的图案，竟跃然于惜雪他们眼前。惜雪也终于看清了，麒麟上画得模糊的六个地方，究竟是什么东西。

但是此刻的惜雪，在脑子里搜索了全部所知的历史，也没找到这么一个东西或者图腾来。整体来说，这木雕看起来很像一只威风凛凛的麒麟兽，但是它长着一副慈眉善目的女人面孔，四只大爪子和尾巴上，有姿态各异的六只奇怪小兽，这六只小兽似乎就是它身体的一部分，又或者是它正在哺育的婴孩。

人面麒麟的左前爪上是一只狻猊，形似古书所述。它雕刻复杂，正趴在麒麟前爪上，亲昵又依赖地抱住麒麟，狻猊扭头向麒麟的脸看去，面目平和而欢喜，还带有一丝可爱。

"狻猊"一词，最早出现在《穆天子传》中："名兽使足走千里，狻猊、野马走五百里。"传说中狻猊是龙的第五子，喜静不喜动，好坐，喜欢烟火，佛祖见它有耐心，便收在座下当了坐骑。因此通常我们所见的佛座和香炉上的脚部装饰就是它的雕像。它的形象常出现在中国宫殿建筑上。

人面麒麟的右前爪上是斗牛。斗牛，又叫虬龙，无角。在汉族传说中是一种虬螭。

《宸垣识略》中有："西内海子中有斗牛，即虬螭之类，遇阴雨作云雾，常蜿蜒道路旁及金鳌玉蛛坊之上。"它是一种除祸灭灾的吉祥雨镇物，也叫镇水兽，有镇邪、护宅的功用。

这只斗牛，同样是面目安详地看向麒麟，竟然有一种难以捉摸的笑意。尾巴上打了两个奇怪的小圈，紧紧贴在人面麒麟的前爪上，肚皮与人面麒麟的皮肤紧紧贴在一起。

人面麒麟的两个后爪，分别是獬豸和狴犴。尾巴上是凤鸟。

除这五只小兽之外，麒麟胸前还有一条全身盘曲的龙。

这看起来是个无比壮观的神兽图腾，整个图腾的主体来自一根巨木。六只小兽之外，那人面麒麟的雕刻更是气宇非凡，色彩绚丽夺目，透着一股决胜千里之外的帝王霸气，甚至在那酷似女人的脸上还隐藏着一丝邪气。

六只小兽形态各异，惟妙惟肖，呼之欲出。虽然在神兽图腾上占据的空间并不大，但是每一个都好像是神来之笔，与麒麟形如一体。

这无比神奇的艺术作品，让惜雪、乐正夕和胖子瞬间都充满了崇拜。虽然这图腾不属神或佛，却莫名其妙地有着令人敬畏的魔力，这巧夺天工的雕刻，神兽身上的每一缕毛发都恰到好处的表现，无不让人叹为观止。

"这就是整个地下石室的秘密所在吗？"乐正夕直勾勾地看着眼前的雕塑，脸上露出不可思议的神情，"这木雕一直都在这个隐秘的空间里，不知道隐藏了多少年。我竟不知道，这小四合院里还有这等地方！"

"麒麟长了个如此娇媚的脸，身上还趴着六个老子，这是怎么个意思啊？"胖子毕竟不是匠人出身，对这图腾没有感受到太多的匠心，但是他却能跳出匠人的目光看到一些平常人眼中觉得奇怪的东西。

六个老子？惜雪一惊。按传统工艺和中国古文化，麒麟才应该是这个雕塑的主角，难道它身上趴着的六只小兽才是老大吗？

惜雪再次仔细观察整个木雕，惊讶地发现，胖子说的并不是没有道理。这些小兽看着麒麟的眼神，虽然依赖、可爱、逗趣。但脸上的整体表情的确暗藏着居高临下之感。

创作者将这表情和情绪隐藏得很深。如同那血人狂魔的左手和右手的寓意一般，估计胖子是因为看不懂雕工，没有跟她和乐正夕一样跳入细节，才一眼看出这暗藏的神情来。而惜雪和乐正夕却被这无比精湛的匠技一叶障目了。

六只小兽才是真正的主角？这不是彻底颠覆了传统文化中图腾的含义？哪里有局部微小部分强过整体表现的呢？难道这六只小兽还有别的意义？惜雪倒吸一口凉气。

不对，这六只小兽，不正是京派建筑中家喻户晓的"五脊六兽"的意思吗？五脊六兽，其实并不是京派的独家秘传，比起京派机关那八字秘诀来，六兽更为人熟知。

在中国京派古代传统建筑中，通常有上脊五条，四角各有兽头六枚。俗称五脊六兽。五脊，指的是正脊及四条垂脊。六兽，分别是正脊两端的龙吻，又叫吞兽，以及四条垂脊上排列着的五只蹲兽。

吞兽也就是这个人面麒麟胸口上的那条龙。麒麟的四爪和尾巴上的五只兽，也对应着四条垂脊上排列的五只蹲兽。它们分别是：狻猊、斗牛、獬豸、凤、狎鱼。跟狻猊和斗牛一样，它们都是有来头的，有文化支撑的。比如《升庵外集》中说龙的九子："……二曰螭吻，形似兽，性好望，今屋上兽头是也……"

六兽乃镇脊之神兽。古代中国建筑主要为木结构，以兽镇脊，用于避火消灾，也可以防止雨水渗漏，既收装饰美，又收护脊之实效。

古代律法森严，普通老百姓家里是没有办法建造出五脊六兽的。因为琉璃瓦多数为皇家使用，老百姓家只能用砖雕瓦。五脊六兽所说的建筑形式又多是硬山式建筑，而老百姓家所用的建筑形式为卷棚式，不是起脊式的。而且起脊的建筑需要主人有较高的身份和地位，其造价也非常高。一般老百姓家的建筑最多只有两条排山脊，造不起五脊六兽。

所以五脊六兽的京派建筑，要么在皇宫中使用，比如故宫太和殿就有闻名天下的十只小兽，要么在家财万贯的达官贵人家使用。

惜雪围着木雕转了一圈，又再次看向麒麟。在中国历史之中，麒麟是瑞兽，性情温和。从外部形状上看，其集狮头、鹿角、虎眼、麋身、龙鳞、牛尾于一体；尾巴毛状像龙尾，有一角带肉。能吐火，声音如雷。传说麒麟能活两千年，被古人视为神宠和仁宠。

"有毛之虫三百六十，而麒麟为之长。""麒麟出没处，必有祥瑞。"有很多民族和姓氏把麒麟当作图腾和祖神，目前被公认的"麒麟正脉"为姬氏，也就是周天子一脉。这一脉起源于黄帝。在《淮南子·地形训》中也有："毛犊生应龙，应龙生建马，建马生麒麟，麒麟生庶兽，凡毛者生于庶兽。"

但奇怪的是，虽然麒麟、龙、凤被称为上古时期的三大神兽，麒麟却一直没有进入皇宫的正统建筑元素里，而更多的是站在门口威风凛凛，龙却成了九五至尊。

"这木雕的含义倒是与那《麒麟戏春图》的寓意相吻合啊！"乐正夕也惊叹地吐出一句感想来。

的确，麒麟踏龙头是大逆不道，不但贬低天子的地位，还有忤逆之嫌。而这木雕上的六只小兽，地位也都明显低于麒麟，所以它们才会面目之中暗藏不服吧？

京派建筑，都讲究古法和中国传承千年的文化传统，为何京派大匠师阎立德会创造出如此诡异的《麒麟戏春图》？而这个带有忤逆意味、颠覆传统神兽地位的木雕，又为何也出现了相似的含义？难道是在效仿阎立德的《麒麟戏春图》？

"惜雪，它们要打起来了！瞧那女的眼神在变呢！"胖子突然着急地喊了一句。惜雪连忙把目光再次挪向人面麒麟的脸上。

果然，那女人妩媚的面目，在不知不觉之中失去了刚才的温婉和气，一双怒目圆睁，眼球就要凸出眼眶了。

"这木雕也在变化！"乐正夕的脸上也满是惊愕。

"这是什么地方啊？人不像人，鬼不像鬼，木头都能动，简直……戾气太重！"胖子看得恐惧，嘴里已经结结巴巴。

与此同时，那六只小兽的表情也是越来越狰狞，似乎与麒麟一样杀气渐起，马上就要发起进攻了。

千钧一发之时，惜雪却扭头看向目瞪口呆的乐正夕，冷冷地问："屋脊小兽，你到底要装到什么时候？"

# 第七章

## 逃出生天

那六只小兽似乎也都活了一般，
每只小兽都开始在麒麟身上更大幅度地做着动作，
原本在吞吐着烟雾的狻猊改变了怡然自得的神情，
从人面麒麟的前爪上站了起来。与此同时，
一些特别细小尖锐的像银针一样的东西，
忽地一下从狻猊的嘴里吐了出来。

　　"我是屋脊小兽？"乐正夕莫名其妙地看了眼惜雪，又看了看她身旁已然虎视眈眈盯住自己的胖子，不由握紧了拳头，"难怪你们看起来那么奇怪，你的脸上都是怀疑，这胖子就更阴阳怪气。原来，我拼了命来帮你们，你们却自始至终都不信我。"

　　惜雪精通微表情，也会隐藏，没想到乐正夕竟看出了自己的怀疑，吃了一惊。如果他看得出来，那么他肯定也会藏，所以才骗了自己。

　　"整件事都是你的阴谋。你们在李文轩的地下室留下的那张纸，就画着这个木雕。韩老也是冲着这个去找的李文轩，不，也许你们最终的目标不是他，毕竟我爷爷才有那本《京派秘传》，你们的目标是我。你用屋脊小兽那个网名，借助网络的力量，吸引我的注意。我终于上当了，在这里帮你一步一步用我爷爷传授的知识和教我的技法打开京派机栝。我本来以为，我们找错了人，看来是我们低估了你们。你们把李文轩关在哪儿了？"

　　惜雪一边说着，一边将目光看向麒麟尾巴上潜伏着的那只凤兽，那形态像极了李文轩仿制的黄金凫雁，此刻不但它的眼睛在变，连身体都从人面麒麟的尾巴上慢慢凸出来，只剩两只爪子紧紧抓住麒麟的尾巴，似乎要被那尾巴给抡起来一样。

　　不但这只小兽在嘎吱嘎吱地运动，整个木雕都开始了各种缓慢的变化，仿佛活了一般，内部不停地发出咯吱咯吱的脆响。

惜雪又想起了屋脊小兽留下的乐正夕请教黄金凫雁机栝的那个视频。想到韩老说自己要有大难了，就跟这个黄金凫雁有关。想到李文轩给自己留下的顺序就是制作这个黄金凫雁的顺序，头上不禁直冒冷汗。

"难道你们处心积虑，就是为了这个黄金凫雁？"

"你的意思是，我家祖上韩墨得到这小四合院之后，发现这里有这个木雕，因为不熟悉京派的匠技，搞不明白这木雕的意思，所以把京派赵振兴一知半解的孙女骗来解局？"

"不然呢？这地下室里有暗含'韩墨亲笔'的藏头诗，难道不是韩老想要知道这木雕的秘密想得疯了吗？"

"这就不能是我家祖上做的木雕吗？"

"做梦！有这么高京派匠技的匠人，怎么没在京派的历史上留名！"

惜雪与乐正夕，四目相望，一个咄咄逼人，一个冷峻沉稳，一个疑虑重重，一个大义凛然，似乎是两股完全不同的力量在这个诡异而黑暗的空间中默默对撞着。

惜雪正要继续质问，突然感觉脚下一凉，低头一看，不知哪里渗出来的水，已然没过了脚面。乐正夕也是一惊，指着人面麒麟的下面说："那里漏水！"

三人同时看到，人面麒麟与地面接触的部分，裂出了一道半米宽的深沟，有冰凉的水不断从深沟里向外冒出来。水似乎没什么味道，是自来水，但是在某种巨大压力的冲击下，涌出的速度奇快。

"水漫金山了！我就说乐正夕是妖精嘛，他是白娘子！"胖子一看这水来势汹汹，一边语无伦次地说着，一边拿着手电筒去找刚才惜雪跳进来的那圆形盖子，却发现连刚才那圆形区域都已经隐藏不见了。他又看向漏水的区域，"咦"了一声："刚才我关闭的那圆形盖子，什么时候转移到木雕下面去了？"

水越来越多，胖子情急之下跳上木雕，抱着那人面麒麟的脖子大喊："我吕胖子没有什么信仰，你若今天救了我，我从此就信你这个怪玩意儿！"

惜雪感觉不对，想叫胖子下来，已经来不及了。胖子抱住的人面麒麟身上的那个龙头突然动了，那条龙面目狰狞地在人面麒麟身上蜿蜒扭动，胖子大叫"龙活了"，又赶紧从人面麒麟的身上爬了下来。

那人面麒麟身上的龙，仿佛真的活了，它扭动着蜿蜒的身体，那是润滑无比的机栝。龙头似乎探出来四下张望找着胖子，看到惜雪他们三个惊恐的眼神时，它又突然静止不动了，只是眨了下眼睛。这一下看毛了胖子，他哇哇大叫着"龙疯了"！更加恐怖的事情随之而来。包括龙在内，那六只小兽似乎也都活了一般，每只小兽都开始在麒麟身上更大幅度地做着动作，原本在吞吐着烟雾的狻猊改变了怡然自得的神情，从人面麒麟的前爪上站了起来。与此同时，一些特别细小尖锐的像银针一样的东西，忽地一下从狻猊的嘴里吐了出来。

这一下，三人猝不及防，胖子一把抱过惜雪保护着她，胳膊上还是中了几针。惜雪拉过他的胳膊仔细查看，拔出那些长相有些像权杖的细针，发现胖子被针扎中的皮肤已经发黑发紫了。

这东西有毒！

惜雪没敢对胖子说，怕他在惊吓之下更加忙乱。她沉稳地拉过胖子，一边躲避着可怕的狻猊再次吐出的暗器，一边对抗着涨得十分迅速的水。

很快，那龙的嘴巴里，也开始吐出东西，那东西好比方糖大小，吐出后贴在墙上，墙上立刻出现大鼻涕状的腐蚀性黏液，黏液很快毁了《古帝王图》的画面，黄色液体顺着画流淌下来，发出刺啦刺啦的烧灼声。

"它们不但活了，还都想要我们的命！"胖子一边大喊，一边全力保护着惜雪。很快水已经没过他们的胸膛，三个人都踩水浮在水面上，身体距离头顶的砖石越来越近，看来水是要彻底淹没这里了。

惜雪从包中拿出微型爆破器，贴在头顶，准备用引爆的方式打开上面的空间。但是已经来不及了，水疯狂而迅速地涌了上来，就要没过三人的头顶了，并且打湿了微型爆破器。水中那六只小兽也纷纷喷出暗器机关，可谓是花样百出，连续不断。

难道就这么死在这儿了？

惜雪眉头紧锁，此刻的乐正夕，突然潜水向远离两人的地方游去，脸上的表情除了惊恐，还有对他们的不信任。

就要窒息的这一刻，惜雪还在玩命搜寻着脑子里所有关于京派机关的知识。京派机关，这个体系太庞大了。迷宫、可以运作的机栝、暗器、被触动机关后的木雕自毁，这些也许都是京派机关的冰山一角！

等一下，自毁？

惜雪的思路突然停在了这两个字上。花了几十年的功夫做成的木雕图腾，每一只小兽和麒麟都能如此灵活地运作，这么厉害几乎可以称之为神级的京派机关，难道设计者会任由其淹没在水中自毁吗？

惜雪又在水中仔细看着木雕图腾的运作规律，那人面麒麟脸上满是得意，几乎快脱离人面麒麟的在水中狂怒的龙，口中吐出越来越多的方糖一样的东西，形成一条条暗线，却没有一条会击中人面麒麟并导致它腐蚀。这是多么精巧的机关设置。

突然，惜雪看到那龙的尾巴几乎就要脱离人面麒麟的身体的同时，其他的五只小兽似乎也要跳离木雕，那人面麒麟闭上眼睛，嘴巴张开。

惜雪突然又想起了京派机关法门"宣水藏龙，隐气聚精"，心里豁然开朗，不，它不会自毁！相反，它要金蝉脱壳了！

惜雪猛地拉起胖子，指了指人面麒麟，对胖子用了个手语，胖子用力点点头。两人玩命向人面麒麟的最下方游去，此刻的胖子已经体力不支，嘴边咕嘟咕嘟吐着气泡，头也扎不下去。惜雪用胳膊夹住他向下扎，游到要脱离麒麟的像极了黄金凫雁的凤兽旁的时候，惜雪犹豫了一下，一把抓住那凤兽，这也许可以成为指认乐正夕和韩墨的证据。

与此同时，胖子胡乱抓挠着再次抱住了人面麒麟，越来越多的气泡从他嘴里吐出来。只听轰隆一声巨响，人面麒麟猛地向下坠去。胖子带着惜雪随木雕一起下坠，坠回刚才三人爬上来的那个石室中。头顶那个圆形的盖子，在巨大的水流下再次完成了机栝的滑动，不但巧妙地关闭了头顶的水，而且还慢慢与刚才的星空严丝合缝地合在一起了。

终于有空气了。

胖子抱着人面麒麟木雕一阵猛咳，惜雪看着这石室中留下的曾经也被水漫金山的痕迹。

显然，这里刚才也充满了水，而且水继续向上涌进他们头顶那个摆放木雕的石室，灌满了那里。之后，木雕下方的圆形盖子机关关闭。这里的水开始向外慢慢排了出去。再后来，圆形盖子再次打开，木雕完成金蝉脱壳的动作。

一切机栝的设计如此天衣无缝！修建完成这机关的匠人，似乎水平都在爷爷之上。惜雪也咳嗽了一会儿，打开手电筒四下看了看，身边的四个铁门仍然紧闭着，并没有被那帮欧洲人爆破开，也许他们也在爆破的过程中遭遇了水的袭击。也不知道这下面用来泄水的通道是什么？在哪里？

惜雪看了一眼胖子的伤口，他的胳膊已经开始化脓，她来不及再琢磨这些巧夺天工的机栝了。头顶不是出路，必须快点儿出去带胖子去医院。

突然，一扇铁门又传来吧嗒一声。一个人的脑袋伸了进来，一边往里看一边猛咳。

这个人，竟然又是乐正夕！

惜雪惊讶地看了看已经合在一起的头顶的假星空，又看了看乐正夕，张大了嘴："你是怎么逃出来的？"

乐正夕对她摆摆手，喘着粗气说："那女鬼炸开了上面空间的顶子，他们看到水里那些吐着暗器的小兽都疯了，现在都在打捞那些小兽呢。我从顶子跑出去的时候，几乎没人注意到我的存在。我爬出顶子，发现正是我们刚才下来的那个旋转楼梯，我就又走了一次楼梯，跟刚才一样，从外面开了这门。"

惜雪心说这铁门不但是诡异得里外两层有不同的锁，而且还结实无比！此刻的胖子想要跟往常一样拉起惜雪的胳膊，可是力气却大不如前，摇摇晃晃就要跌倒。

乐正夕冲上前，一躬身背起了他，指着那对着旋转楼梯的铁门说："那楼梯已经复位了，趁着他们还在头顶捞东西，我们快点儿原路出去。"

"你竟然不在意那木雕机栝？"乐正夕的行动让惜雪吃了一惊，更何况他的这一举动是在惜雪刚刚怀疑他之后。

乐正夕背起了胖子，身体虽然瘦弱，摇摇晃晃，却毫不犹豫，果断而坚决。他吃力地说："我外叔公曾对我说过，就算自己不会游泳，也要全力以赴去救助落水的人。作为一个匠师，身怀高超的技艺不是什么匠心，能够胸怀天下，悲天悯人，才是真正的匠师！"

惜雪想到刚才乐正夕为了不破坏影壁的事情，差一点儿跟胖子打起来，而现在他背着曾经嘲笑戏弄过自己的、不省人事的胖子，背影如此坚决。他自己的身上也有一些伤口在流着血，看似也受了伤。

惜雪连忙从后面扶住胖子，一声不吭地跟随乐正夕的脚步上了楼梯。很快，他们看到了来时经过的那个石头通道。

"可以出去了。"乐正夕高兴地加快脚步，突然脚下一滑，背着胖子的身体就要摔倒，他拼命将重心转向前面，担心向后摔倒会伤到胖子。一切发生得太快，惜雪也措手不及，乐正夕拼了全力向前一扑，胖子重重地压着他向前倒下。这一震动，胖子微微睁开眼睛，看着惜雪在他身边紧张的表情，惊讶地问："怎么，地震了？"

惜雪扶好胖子，又去扶乐正夕。可能是胖子太重了，乐正夕的两只脚在刚才摔倒的时候发生了扭伤，站不起来了。惜雪想背起他，乐正夕却只是淡淡地一笑。

"你背我，那死胖子怎么办？我看他好像中毒了，你还是赶紧先带他出去！"

"那我先搞定他，再回来扶你！"惜雪一咬牙，站起身，扶起胖子，吃力地沿着通道向外走。这地下已经被炸得乱七八糟，再不用开什么门了，惜雪费了九牛二虎之力，两人才回到刚才那荒草丛生的小四合院的后院。

胖子犹如一座大山一般压在惜雪的肩膀上。惜雪刚要放下他，回去找乐正夕，就听到地下室里传来一阵嘈杂声。那帮欧洲人大呼小叫地就要追出来了。她看着胖子嘴唇发白的模样，心里暗叫不好，现在想回去帮乐正夕，以他们的状况，恐怕也是不可能了。听声音，那帮欧洲人似乎在直接向外面冲，并没有看到乐正夕。惜雪着急地打量着这后院，思索着如何才能逃出去。

以胖子现在的状况，是不可能翻过大铁门原路返回去的，更何况还要经过抄手游廊，说不定会再次陷入迷宫。

　　另一条路，就是从眼前的这个后院逃走！前院那么脏乱，乐正夕的房间却一尘不染，他应该不是从前院进进出出的。那么，一定有后门！

　　从京派四合院的结构上来说，三进四合院的后院，是四合院中的最后一进院，通常会留有一个后门通到外街。

　　如果可以在这里找到后门，就能带胖子逃出去。可是，别说门了，这个后院的墙壁严严实实，连花窗都没有，根本就找不到出口在哪里。

　　惜雪喘着粗气又仔细观察了一圈，最后把目光停留在后院外墙的一个小洞上。她快步走上前去，发现那是墙面上的一个砖窟窿，半尺宽，半尺高，窟窿里向外挂着一根青铜的大圆环。这是京派四合院的典型设计，古时用来拴马，叫拴马环。

　　窟窿里其实是墙体的一根柱子，柱子被完整地砌到墙里，外面是看不到的。而这青铜的大圆环通常就挂在墙里的柱子上。"有客自远方来，拴马入堂。"这拴马环放置在这里，意思是这里应该有个门。

　　"死马当活马医吧！"惜雪果断地伸手拉住了拴马环，轻轻向下使劲，只听得咯噔一声机栝运作的声音，后院的墙上竟然跟刚才的抄手游廊一样，出现了一扇黑色铁门。

　　与此同时，惜雪的身后已经传来那女人"Where？Where？"大叫的声音。

　　惜雪一把推开墙壁之中暗藏的铁门，死命扛起胖子走了出去，迷迷糊糊的胖子没忘提醒惜雪，出来后把门锁死。

　　门外，又是一条狭长的巷子，但已不再属于机关密布的小四合院了。巷子里没有人，月光下是惜雪和胖子被拉长的影子。

　　也不知道乐正夕现在是什么状况，躲起来了吗？有没有危险？刚才浸过水，惜雪的手机已经不能用了，此刻虽然四下无人，但不确定的危险就在身后，也不可大声呼救。惜雪看着胖子耷拉着脑袋呼吸困难的模样，一咬牙用柔弱的肩膀扛起了他，声音发颤地说："胖子，坚持住！咱们这就去医院。"

# 第八章

# 1937年的古建筑修复笔记

在她眼前的这一页纸上，

正画着惜雪在乐正夕那小四合院的地下室中看到的人面麒麟图腾。

这麒麟的女人面孔，与那地下室中的一模一样。

虽然举止神态略有不同，但是脸部的细微构造如出一辙。

一个月后，北京。

这一个月发生了太多事，唯独没有变化的就是李文轩的失踪。他仿佛从这个世界上彻底消失了。活不见人，死不见尸。

因为乐正夕的小四合院里那莫名其妙的机栝和欧洲人的突然闯入，惜雪他们在那个晚上发生的事被公安局调高了保密的等级，封锁了新闻。但是韩墨的宅邸已经犹如一颗炸弹暴露在公众面前。小四合院里陆续进驻了不同类型的队伍。其中的成员不但有国家考古队的专家，还有警察、科学家和京派匠师顾问团。

警方第一时间就确认了乐正夕充分的不在场证明和韩墨的死亡证明，完全排除了乐正夕、韩墨二人与李文轩失踪案的关联。在这充满各种历史机密和神秘匠技的小四合院面前，血人狂魔和李文轩的绑架事件已经不再是被关注的重点了。

惜雪和乐正夕曾经在公安局里匆匆见过几次。乐正夕对她说，自己听到欧洲人冲出来，就躲进惜雪他们跳下去的第一个石室。好在惜雪在后院弄出了动静，吸引了欧洲人的注意，自己才幸免被这帮荷枪实弹的亡命徒发现，因此逃过了一劫。乐正夕的言语之间，完全没有抱怨惜雪和胖子曾经的无端猜疑，还顺便宽慰了惜雪为了胖子的安危没及时回来帮他，只是到医院后才报警的自私行为。

　　曾经被乐正夕拼命救下的胖子，仍然不信任乐正夕。他认为乐正夕没有被欧洲人伤害的唯一原因，就是他们本来就是一伙的。这一切不过是乐正夕制造的一个完美的骗局，就连乐正夕为了自己扭了脚这件事，也是骗局的一部分。他一再提醒警察同志要控制住乐正夕，调查他的背景和身份。说搞不好，能顺藤摸瓜，发现那伙欧洲人。

　　乐正夕在配合警方完成了所有必要的说明工作以后，对警察说外叔公暴病，告假回了故里。经过外叔公授权，临走的时候，乐正夕正式签署了文件，将其宅邸和内部所有相关的古董壁画等，全权交给警方和考古专家处理。

　　乐正夕离开了北京，他在胖子和惜雪的内心深处，始终都是一个难解的谜。或者，他是一个忍辱负重、仁心慧智、才华横溢的匠师，又或者，他才真的是那个隐藏极深、别有用心的罪犯。

　　这一个月的时间，作为京派匠师的顾问，爷爷几乎住在乐正夕的小四合院里，跟惜雪见面很少，两人只有一次促膝长谈，还是惜雪刚从医院安排好胖子回来的时候，在爷爷的书房中进行的。

　　那天，惜雪拿出了从四合院的地下石室里背出来的那只五脊六兽中的凤兽，对爷爷讲述了在四合院中遇到的各种奇怪事，京派机关、《麒麟戏春图》、地下室里的壁画、壁画上的藏头诗等。

　　惜雪滔滔不绝，爷爷沉默不语。

　　当惜雪停止讲述，爷爷仔细看了看她身上的伤痕，又拿着放大镜仔细观察了惜雪脖子上的小歪龙文身之后，接过已然被她神化了的那只凤兽，仔细端详了一会儿，将凤兽放在书房中自己的画案上。

　　他突然猛地一拍画案，奇迹发生了。

　　那凤兽的翅膀缓慢地扇动起来，先是小幅度的，接着幅度越来越大，那只酷似黄金凫雁的凤兽，突然腾空飞起，在空中盘旋，又在某个固定的高度沿着看不见的圆周转了一圈之后，直直地回到圆心，掉落下来。

　　惜雪连忙接住了这珍贵的凤兽，看着它翅膀内复杂的机栝痕迹，想着韩老说过的秦始皇陵中的黄金凫雁，在项羽盗墓的时候，那黄金凫雁也是没有任何人发动机关而腾空飞走。难道并不是没人触发机关，而是由于项羽大军不小心制造的震动或声响？她又想起了韩老的那句"我要会飞的黄金凫雁"，心下疑惑。他的地下室中就有一只神奇的会飞的黄金凫雁，他为什么还要？

而且，京派五脊六兽中的凤兽，从来没有被赋予过黄金凫雁的形象，按历史说，黄金凫雁的出现也要早于五脊六兽的出现。为什么这奇怪的人面麒麟图腾，将两千多年前的黄金凫雁与五脊六兽中的凤兽合二为一了呢？

爷爷拿过凤兽，在书房的大柜子深处，翻出一个木盒，将其放到盒中。惜雪吃惊地发现，爷爷翻出的盒子大小，与这凤兽的大小完全匹配。她突然有一种物归原主的惊讶。

爷爷小心翼翼地盖好木盒，表情严肃地对惜雪说："70多年了，黄金凫雁不可避免地再次出现了，要有大祸事发生了。整件事，从李文轩失踪开始，就好像是点着了捻儿的导火索，谁都不知道它会烧到哪里，烧掉什么。但是如果不加以控制，大祸事就要发生了。"

"到底什么大祸事，爷爷？"惜雪想起韩老在离开李文轩的地下室的时候给自己的警告，悬着一颗心问。

"丫头，只要用心体会，一切发生的事都有自己的合理性和宿命。有连续性的事情，有毫不相关的事情。有的是看得见的规律，有的是看不见的必然。一切偶然的事情背后，都隐藏着强大的必然。"

"爷爷，为什么乐正夕也能说您常说的这些富含哲理的话？您为什么不愿意见他，甚至都不愿意指导他一下？为什么京派匠人都不收他？是不是您的意思？为什么韩老也说黄金凫雁一出现，就要有大祸事发生了？为什么您不齿于京派机栝，却教了我那么多京派机关的知识？为什么我脖子上有个这么奇怪的文身？"惜雪在爷爷面前踱着步，着急得直跺脚。

爷爷不紧不慢地走过来，安抚地拍了拍她的肩膀。

"孩子，你要记得，遇大事要'沉淀'。我们每个人来到这个世界上，都有自己的使命。胖子常常说一句什么话来着，能力越大，责任越大！"

惜雪刚要说话，爷爷接到了两通电话。第一通是妈妈，惜雪隔着电话都能感受到她的声嘶力竭和火冒三丈。电话里的妈妈对爷爷狂吼着什么"饶了你孙女，放过她""你真冷血，怎么能这么对待自己唯一的亲人，她还是个孩子"……爷爷任凭妈妈骂了半天，一句话没说，挂断了电话。另一通是考古组的一个老教授打来的，他要求爷爷立刻去一趟小四合院。

爷爷站起身，惜雪着急地拉住爷爷，任性地一跺脚，"您欠我太多问题的答案了，今天不说清楚，您就不能离开这里！"

"孩子，你小时候，爷爷常在这里陪着你玩。你可知道，这书房里的一梁一木，一砖一瓦，都是爷爷精心打造的。这个地方，是爷爷这辈子最喜欢的地方。这里有过去，也有未来……你要是喜欢，就在这儿继续待会儿吧！"

爷爷匆忙离开了。作为京派泰山北斗，其实爷爷已经给了她太多的陪伴和宠爱。惜雪在京派匠人圈中被关怀被宠爱着长大，又是令多少匠人羡慕的对象。

她懊恼地叹了口气，瘫坐在爷爷的木椅上，想到李文轩生死未卜，想到爷爷几乎什么谜团都没给自己解释，一时又气恼又绝望。

她刚要起身离开，突然想起爷爷的那本《京派秘传》来，心想先看看那本书再说。

惜雪伸出胳膊，正要把书架中藏着的那本《京派秘传》抽出来看看，却发现是个假的，只有个书壳。惜雪气愤地刚要把它放回去，突然听到了小四合院地下室里曾让她心惊肉跳的咯噔一声。

惜雪忙竖起耳朵，看向声音的来源，那是屋顶上的斗拱发出的。

爷爷家也是四合院。他的书房是用古法斗拱屋檐的方式，亲自修建完成的。这书房的斗拱结构，并不完全属于传统京派建筑，爷爷曾神秘地说他是仿的古建筑盖的书房，不过具体是哪个古建筑，惜雪对古今中外的建筑学到现在，也没辨认出来。

"这里有过去，也有未来……"惜雪一边琢磨着爷爷临走的时候说的话，一边看向刚才发出了响动的那个斗拱。

惜雪小时候，常常看到爷爷两眼望着房顶纵横交错的斗拱结构发呆，似乎那是他灵感的来源。

如今这咯噔一声，让惜雪觉得那不只是爷爷灵感的来源，也许还是某个暗藏着的秘密。惜雪小心翼翼地拉过凳子，踩上画案，双手叉腰看向那纵横交错的斗拱，感觉斗拱之间似乎藏着夹层一般。她从来没有从这个角度看过斗拱，很快，跟发现抄手游廊中那块有问题的青砖一样，惜雪发现了一根木梁上的端倪。

她从画案上再次敏捷地纵身一跃，灵活地攀爬了上去，抱在她认为有问题的那根木梁上，摸索着木梁上面凸起的纹路。这凸起纹路的边缘，竟然好似一扇小门的门缝。惜雪轻轻一拨，又是清脆的啪嗒声，果然是个小门。她连忙伸手进去，小门里的空间并不大，摸起来似乎只有一个笔记本一样的东西。

难道藏的是真正的《京派秘传》？

惜雪掏出的，是一本落满尘土的古旧的黄皮日记本，并不是《京派秘传》。她两腿在横梁上跨稳，坐在木梁上迫不及待地翻开了日记。

这黄皮日记本的第一页，是娟秀的钢笔字，上面工整地写着："中国营造学社，第十本建筑修复记录手册。"落款是"恩陈""于1937年5月1日"。

恩陈，惜雪想到小四合院中《古帝王图》下那个"恩陈迷画"的藏头诗，吃了一惊。难道指的是同一个人？

爷爷跟这个恩陈认识？不然怎么会有这本日记呢？

爷爷会不会也早就知道那小四合院、那些壁画、院子里的京派机栝、《麒麟戏春图》的影壁？如果这样，爷爷根本就不是去探索小四合院的秘密的吧？难怪爷爷刚才一直对一切都只字不提，也许他本人也是秘密的参与者。

不管怎么说，关于中国营造学社，惜雪是再熟悉不过了。这是在匠人圈里无人不知的组织，也是中国私人兴办的、研究传统营造学的一个学术团体。营造学社于1930年2月在北京正式创立，朱启钤任社长，著名大建筑家梁思成、刘敦桢分别担任法式和文献组主任。学社从事古代建筑实例的调查、研究和测绘，以及文献资料的搜集、整理和研究，编辑出版了震惊世界的《中国营造学社汇刊》。1946年，朱启钤家财散尽，学社因经济紧张而停止了活动，慢慢就销声匿迹了。

中国营造学社为中国古代建筑史的研究做出了非常重大的贡献。提到古建历史，就不能绕开营造学社。营造学社对中国的古建历史开展了大规模的田野调查工作，学社成员以科学严谨的态度，对当时中国大地上的古建进行了大规模的勘探和调查，搜集到了大量珍贵数据，其中很多数据至今仍有着极高的学术价值。

即使在1932年至1937年，学社成员仍然冒着生命危险，以严谨科学的态度，在艰苦卓绝的条件下坚持着田野调查和古建研究，出版了大量的专业著作。

作为一个民间学术团体，中国营造学社对中国传统建筑研究和保护所做出的贡献是空前绝后的。

许多现在名扬海内的珍贵古建，比如应县木塔、蓟州独乐寺、辽代观音阁等都是中国营造学社的成员经田野调查和详细测绘研究而被人们重新认识的。学社还培养了大批建筑专业人才，梁思成、林徽因、刘敦桢、罗哲文等许多建筑学界的重量级人物都是营造学社的成员。

但是，中国营造学社的书稿、照片、图纸等资料不是全都保存在清华大学建筑学院图书馆里吗？这么珍贵的一本抗日战争时期的营造学社修复古建笔记，怎么会藏在爷爷书房的木梁里呢？

惜雪又轻轻翻开日记本的第二页。还是那个恩陈的笔迹，她在上面写了一段话：

"历史是现实的前提，现实是未来的依据。中国的建筑中内空间、中空间、外空间三重空间的结构意向和物境、情境、意境三重境界的审美体悟，以及从传统建筑文化抽象而来的物质性、社会性、知识性三性耦合论，本质上是三者的和谐。历史悠久的传统建筑文化，衍生出来的是一种建筑智慧，这是大智慧，是如何在狭义和广义的生命境界中，保持身心与自然和谐的智慧。"

说得真好啊！

惜雪感觉，这个恩陈将自己内心深处对古建的想法，准确且深刻地表达了出来。她顾不得爷爷回来后发现自己所作所为的震怒，又情不自禁地向下翻了几页，日记的后面是一些建筑测绘的设计稿。

因为她从小就跟爷爷和妈妈在建筑圈里长大，大学又是学的建筑，再难的建筑测绘和设计图都能一眼看懂。可以肯定的是，这位笔名叫恩陈的女人，一定是个非常杰出的建筑师。她的测绘稿不但记录了建筑发现的过程，还有自己对古建的独特见解。

她的见解不但视角独特，而且胸怀家国，忧国忧民，志存高远。惜雪觉得，这女人的真正名字，可能比恩陈这个笔名，更让人震撼。

一个建筑测绘实例完成之后，恩陈还在笔记的缝隙中留下一些只言片语的叙事。因为她的笔记正是完成于抗战时期，多是对战火和国家命运的感慨，言辞之间流露出对中国仅存的那些古建安危的担忧。

一页页翻过去，惜雪只觉得整个人如身临其境，再次置身于中国水深火热的抗日战争时期，作为同样是对古建有着深厚感情的匠人，惜雪更是对恩陈言辞之中流露出的对古建的热爱，感同身受，看到情深之处，惜雪竟也不由自主地潸然落泪。

通过这本战火时期的笔记，惜雪和恩陈两个人仿佛进行了一种穿越时空的会面。通过恩陈的眼睛，惜雪看到了一颗悲天悯人的心所见到的独特而瑰丽雄伟的建筑世界。

唯一遗憾的是，这些建筑测绘图并不完整，不知道是由于战争，还是另有缘由。有些测绘图的建筑切面所在的位置缺失，还有一些被大幅度多次更改过。有一段空白，恩陈并没有记录，还有一些被撕掉了。

但是，惜雪在那些古建的测绘图的笔记之间，还看到了一些似曾相识的符号，还有京派机关的痕迹。这些符号，都来自爷爷训练自己的种种方法，就是这些方法，让她最终打开了四合院下的机关。

惜雪挠了挠脑袋，心想难不成自己现在的技能竟然是这个叫恩陈的女人发现整理出来的？如果没有她，可能自己与胖子，都会死在那玄机暗藏的地下室之中了。要这么说，这个民国时期的女建筑师，也许是"恩陈迷画"之中的那个恩陈，还成了她的大恩人！

她一边想着，一边又向后继续翻看笔记本，突然一个趔趄，差点儿从木梁上跌落下来。

在她眼前的这一页纸上，正画着惜雪在乐正夕那小四合院的地下室中看到的人面麒麟图腾。这麒麟的女人面孔，与那地下室中的一模一样。虽然举止神态略有不同，但是脸部的细微构造如出一辙。

更加让人震撼的是，这人面麒麟身上的六只小兽，也与地下室那六只相同。在这一页的下面，分别对六只小兽的形态、尺寸、雕刻，做了细致入微的剖面分析。这些剖面图解说明，每只小兽身上都蕴含京派机关设计。比如那獬豸的脚部，连接人面麒麟的部分，竟然有九九八十一道机栝之多。这个恩陈，也实际参与了那个神秘的人面麒麟图腾机关的设计和建造吗？

这究竟是怎么回事？一个如此才华横溢的女建筑师，中国营造学社的成员，干吗要去一个地下室中，秘密地设计和建造一个没有任何意义，而且又复杂又恐怖的人面麒麟图腾机栝呢？难道这图腾还有什么更深的意义或者作用吗？

在恩陈的笔记之中，看起来图腾的设计并没有最终结束，很多机栝也没有清晰地标注出来。惜雪又翻到有字的最后一页，上面写着："肝肠寸断，风木之悲。祭奠意外死亡的五位社友！营造学社投票半数通过决定：放弃调查同律计划，排除在中国田野调查的范围外……"

同律？事故？放弃？难道这就是那个神秘图腾被尘封在小四合院里的真正原因？可是恩陈的日记为什么会在爷爷这儿？又是什么恐怖的事件让他们最终放弃了他们呕心沥血，历时那么长的项目呢？

惜雪长吁短叹地翻看着日记本，发现日记之中，还夹着一页纸。她打开了那张折起来的纸，上面还是恩陈的字，写着潦草的几句话："同律项目历时5年，其间无数波折磨难，实难细表。始料未及，营造学社于1937年在沙漠中探索同律之时，遭遇重大灾难，曾并肩作战的社友，意外死亡，其惨相于脑海挥之不去，至今仍历历在目。事已至此，吾只望同律可永深埋地

下，天地相应。同律之秘，必××××，与麒×××××，××××，于人
×××××××，愿秘×××，谨记×××××××。"

丢失的文字，是这一页纸上的破洞。这句完整的意思是什么，也许永远都
无从得知了。

惜雪看着手里的这一页纸，又想起地下室里"恩陈迷画"的那首藏头诗。

"恩怨情理万世空，六尘不改兴意浓，羽蠹迷离说不尽，江山如画著壁
中。"想着这些天来发生的一切，惜雪心里翻起了惊涛骇浪。难道这才是那些
欧洲人出现在小四合院的真正原因？

如果不是自己为了自救推了那块青砖，是不是这小四合院地下的部分就一
直隐藏着无人知晓了？如果韩墨四合院里面的麒麟真的是他们完成的，那么这
群中国最出色的顶级匠人，为什么要做出这样一个图腾来呢？整件事情，与
京派大匠师阎立德那逆天的《麒麟戏春图》有什么关系呢？《麒麟戏春图》
到底又是什么意思？那破洞的纸上那句"与麒××××，××××，于人
×××××××，愿秘×××，谨记×××××××"说的是不是《麒麟戏春
图》呢？爷爷又跟整件事情有什么关系？

惜雪用手机拍下笔记本上的一些关于图腾的页面和这一页纸，以邮件形式
发给了自己，然后小心翼翼地将这本日记放回原处。她跳下木梁，心脏还在狂
跳。那个蝙蝠侠，她所在建筑公司的老板，杨君浩的电话，不合时宜地响了
起来。

杨君浩家境富裕，背景深厚，长相也是有些另类的帅，身材魁梧、高鼻
梁、大眼睛。前段日子，他刚莫名其妙地把自己晒成"非洲人"。作为知名
现代建筑师，家里的大型计算机工作站、建筑应用高端设备应有尽有，令人
羡慕。

期待跟他谈恋爱的女孩儿，多不胜数，可是惜雪却讨厌他。因为对惜雪来
说，杨君浩简直就是她的反面。惜雪虽然任性，但对感情单纯而专一。杨君浩
却是那种恨不得同时脚踩三四条船的花花公子。

惜雪虽然也喜欢现代建筑，但对于讨厌传统文化、眼睛整天抬到天上去、

看不起中国古建的杨君浩，惜雪没有从他身上看出一点儿建筑师或者匠人的特质来。

两人在现实生活中，简直是冰与火，惜雪常在案子里与杨君浩针锋相对，拍案而起。可是不知为什么，杨君浩对惜雪，却始终保持着绅士风度，有着某种特别的忍耐力。

然而，这忍耐力也许因为四合院的事情到了终点了。惜雪知道，自己的这一次冒险，给公司带来了很多负面新闻。杨君浩的电话，是约惜雪在建筑公司楼下的咖啡厅面谈。惜雪知道，所有公司被"优化"的员工，都是在咖啡厅谈离职的。

不得已，惜雪离开爷爷家，驱车来到公司。

她硬着头皮坐到杨君浩对面的时候，眼睛并没有看他，只是看向杨君浩为她点好的拿铁咖啡，咖啡杯上是个可爱的小熊图案，睁着一只眼闭着一只眼看着她。

惜雪知道这是杨君浩的惯用伎俩，他就喜欢跟女孩子来这一套。可是，今天自己连跟他吵架的心情都没有，满脑子都是恩陈、韩墨、李文轩、同律、四合院，还有爷爷说的书房里的"未来"。

都是现在这个坐在她面前的蠢老板，让她没机会找到更多秘密！

"嗯，从哪儿说起呢？"杨君浩先开口了，似乎他还有点儿为难了。

惜雪咬了下嘴唇，骄傲地扬起头："有话你就直说，是不是要开了我？"

"嗯？你这丫头！"杨君浩竟然被惜雪给逗笑了，露出阳光帅气的笑容，雪白的牙齿在黝黑的皮肤里发着光，竟真的有了一种非洲人的感觉。

"虽然我们俩八字不合，但你可是建筑界难得的奇才，公司怎么忍心开了你这么厉害的人呢！我只是要问你件事，你知道不知道梁重？"

"梁重？"惜雪被问得莫名其妙，在匠人圈里提到梁重，就好像在书画界提到达·芬奇一样。哪个匠人会不知道他？

他是当今中国最有名的徽派匠师，徽派建筑的顶级设计大师，德高望重的老匠人。中国很多经典徽派建筑的修复都有他的参与。他跟惜雪的爷爷不同，为人十分高调，各大建筑论坛、学术研讨以及中外建筑的国际交流都有他的参与，从某种意义上来说，他已经成了大师级中国匠人的国际代表。

"对，梁重！你知道的，是吧？告诉你件事，你要帮我保密。其实，梁重是我师父！"杨君浩收起笑容一本正经地说完这句，惜雪一口咖啡噎在嗓子里，差点儿呛到。

"你不信吗？"杨君浩又露出一排小白牙，一张大嘴几乎要咧到耳朵了，"我就知道你会不信，所以我决定带你去见见他。现在！马上！"

这下惜雪没忍住，真的喷了出来。

杨君浩雪白的衬衫被她喷上咖啡沫，看着像做了一个诡异无比的彩绘一般，不过倒是能体现出惜雪现在的心情。

杨君浩用大眼瞪了惜雪一眼，小心翼翼地抹掉溅上去的咖啡沫："你们啊，不要把梁重看得那么传奇，他也带徒弟的。虽然能入他老人家法眼的徒弟，都是万里挑一的顶级高手吧！"

"可是你不是一直对传统艺术不屑一顾吗，怎么能有个匠人师父？"惜雪知道他又要开始吹牛，忙打断了他。

"我师父并不排斥现代建筑，他在国际交流会上屡次表达过对美国、希腊、法国等国建筑艺术的认可和称赞。怎么，难道你不想见见这个匠人圈最传奇的人物？不想就算了。"

"怎么不想？"惜雪连忙回答，"作为热爱传统匠艺的匠人，这对我来说，是至高无上的荣耀。"

"那走吧，现在就带你去。"杨君浩干脆地掏出车钥匙站了起来。惜雪突然想起爷爷说过的话："整件事，从李文轩失踪开始，就好像是点着了捻儿的导火索，谁都不知道它会烧到哪里，烧掉什么。"

不错，现在就连举世瞩目的徽派匠师梁重也给烧出来了。难道，就因为那小四合院，连这样重量级的匠师，都想要亲自接见小学徒了吗？

杨君浩一把拉起惜雪："别傻愣着了，走啊。你还想让我师父等你不成？"惜雪觉得他的手上有汗，一边甩开他的手，一边心里疑惑，难不成邀请自己去梁重那儿，他比自己还紧张？

梁重的家在郊区，杨君浩开了两个半小时的飞车，终于在一处偏僻的村落附近停下。

看到梁重的小平房，惜雪大失所望，这里竟然是一处普通得不能再普通的民居，没有任何建筑特色，甚至连简单的木雕和石雕都没有，都不如乐正夕的小四合院有历史的厚重感。

杨君浩只叩了一下门，一位年近古稀的老人就出现在门口。

这位道骨仙风的老人，不但腰背不弯，而且双眼炯炯有神，既有平易近人的学者气，又有一股庄严的帝王之风。他身穿普通的中山式服装，却让身后本来也很普通的小民宅都跟着熠熠生辉。

惜雪连忙鞠躬行礼，对老人说："久闻梁老先生大名，今日得见，是惜雪三生有幸！"

老人温和地看了一眼惜雪，点了点头，又看了一眼杨君浩身上的咖啡渍，淡然一笑，客气地伸出右手向屋里让两人，字正腔圆、底气十足地说："进来吧，孩子。梁重的微名只属于浮世，不值一提。只有无己、无功、无名，无所依凭，才能游于无穷。"

惜雪暗想，奇怪了，这梁重怎么也像爷爷那样说话呢？而且内容都差不多。难道他们是同一个地方毕业的？

梁重的这句话，惜雪实在太熟悉了，这来自庄子的《逍遥游》。她连忙恭恭敬敬地回复了一句："至人无己，神人无功，圣人无名！梁老先生虚怀若谷，值得我们小辈去精学！"

"君浩，你的团队还有这样伶牙俐齿的小姑娘！"梁重温和地一笑，又将目光看向杨君浩。惜雪看见杨君浩的脸上难得一见的紧张，心里有些得意，没想到，这个世界上，还有镇得住目空一切的杨君浩的人存在。

"师父，这小丫头在我们团队里算最差的。"杨君浩似乎看出了她的心思，瞥了一眼惜雪。

惜雪对杨君浩瞪起眼："我不算最差的，杨总！我是根本都没资格排进您的团队的。"

梁重微微笑了一下:"人不轻狂枉少年!你们两个骨子里都那么骄傲,平日里相处得可算融洽?"

"梁老先生,我和杨总平日里的相处,全依赖于他在公司的位置。如果他不是我老板,我这辈子都不会跟他说上任何一句话的!"

梁重又是哈哈一笑,礼让着他们坐上木椅。杨君浩连忙接过梁重手中的茶壶,依次倒上茶。一时满屋子茶香扑鼻,沁人心脾。惜雪闻着这茶香,竟然与乐正夕四合院前院里茶杯中的茶味类似,不觉又想起那些谜团来。

"梁老先生,您是不是为了那小四合院的事情找我来?"惜雪单刀直入切入主题,梁重也没掩饰,直夸惜雪聪明。

惜雪心说要不是自己上了新闻,怎么能见到大人物?一切偶然背后都隐藏着强大的必然,事事还不都是爷爷说的那个道理吗?她抿了一口浓香四溢的茶:"那小四合院暗藏了一些京派机关,说来确有蹊跷。不过您是徽派匠师,对京派也感兴趣吗?"

惜雪正要谨慎地打开话匣子,梁重却不感兴趣地毅然打断了她:"丫头,我对那小四合院的机关,甚至那四合院,一点儿不想了解。其实,我只想跟你打听一件东西。"

"哦!是什么?"梁重竟然不是冲着小四合院里那匪夷所思的机关来的,这倒是让惜雪大吃了一惊。

"我就是想问问,你在那四合院里,可看到一本民国时期的黄皮日记本?应该很古老了,是一个叫恩陈的女人写的。"

"啊?"惜雪露出吃惊的神色,刚要说话,转念一想,爷爷将日记本藏在木梁之上,也从未跟自己提起,肯定是秘密。她坚定地摇了摇头:"我并没见过什么黄皮日记本。"她看梁重温和可亲平易近人的模样,又追问了句:"梁老先生,这日记本有什么故事?跟那四合院有关系吗?"

梁重脸上的表情开始有些阴晴不定,难以捉摸:"丫头,既然你没见过日记本,为什么在我问你之后,要迟疑10秒钟呢?"

　　"这，不过是人的正常反应而已吧。"惜雪龇牙一笑，心里一惊。

　　梁重却举起一只手，摇了摇头："正常的反应最多5秒就够了。"

　　"您这也太较真了吧。"

　　"5秒算较真吗？差之毫厘，谬以千里，你做木活，难道不在意那分毫之差？"杨君浩蹦出来一起质疑惜雪，却解了她和梁重之间形成的短暂的尴尬。

　　梁重语重心长又表情诚恳地说："孩子，那本日记是一个笔名叫恩陈的女人的遗作，也是我师父李兴宇最宝贵的珍藏。在动乱年代，日记本被抄家抢走，师父几乎崩溃，付出了极大的代价才换得日记的平安。但是几经辗转，日记本一直也没有回到他手里，这是他毕生的遗憾。他临终的时候，嘱咐我一定要找到日记本，因为那已经变成他的一个无法解开的心结。从师父去世到现在，我一直都没有放弃对日记本的寻找。前阵子我看到四合院的新闻，立刻就想到了那本日记。我觉得，这大概是老天怜悯，没辜负师父的毕生执念。君浩在圈里认识的人多，我嘱咐他一定帮我找到那个四合院的当事人，没想到，他不但认识，还这么熟。真是无巧不成书啊！不过，既然你没看到日记，那是我多虑了，你也不要介意我刚才的咄咄逼人啊。你俩先坐一会儿，我去安排午餐，让你们尝尝地道的徽菜。"

　　梁重离开的时候，眼中竟然含着泪花，表情满是失望和无奈。

　　惜雪满脸错愕地看了看杨君浩，杨君浩却对她撇了撇嘴："看什么，能吃到我师父做的徽菜，你才真的算是三生有幸！"

　　惜雪懒得理他，站了起来，在小屋里来回踱着脚步，琢磨着恩陈的日记又跟这个李兴宇有什么关系。突然，她把目光停留在墙角的一个精致的小条案上，因为条案上面堆放着一些近期寄给梁重的信件和明信片，其中一张明信片露出了一角，上面的字迹颇为熟稔。

　　惜雪再次仔细端详了一眼，确认那是李文轩的字无疑。

　　她控制着沉重的喘息，轻轻用手指将明信片从信件堆里拨了出来。上面只有短短的几个字："祝梁老先生安康幸福！轩有要事关乎匠技，望速回复。轩敬至！"邮戳上的落款日期竟然是两周前，发出地点在陕西省礼泉县城。明信片下方留了一个陌生的电话号码，惜雪颤抖着手拨过去，听到了此号码已停机的提示。

她又颤抖着手翻到正面，这是典型的风景明信片，是从当地邮局寄出来的。明信片的内容是西北九嵕山，也就是著名的唐太宗李世民与文德皇后长孙氏的合葬陵墓昭陵所在地。

两周前？难道这真的是李文轩？

惜雪目瞪口呆，舌挢不下。杨君浩走过来，冷冷地看了一眼惜雪手中的明信片，哼了一声："师父的粉丝来信都会堆放在这里，通常他都不怎么看，没想到却让你发现了大消息！这就是你那失踪了一个月的未婚夫的名字吧，我看他根本没事，肯定是恐婚了，不过谁又敢娶你这样的……"

杨君浩还没说完，梁重再次走了进来，他看着惜雪脸上的表情，警惕地问："孩子，又怎么了？"

第九章

# 营造学社的往事

隔着几十年的光阴，她似乎在与李兴宇，通过同律默默对话，
看到他那从来没有被磨灭的执着和勇气，
看到他的点滴思念和与自己的惺惺相惜，感受着两人的血液里
共同流淌着的，对同律的沸腾的理想。

　　牵一发而动全身，若不想把事情全盘托出，那么索性一点儿不说。冰雪聪明又心思缜密的惜雪选择了后者。好在杨君浩似乎也没觉得这是个事，也没对师父解释什么。

　　饭桌上的徽菜的确是大师级别的，每道菜不但色香味俱全，而且形神兼备。不但吃前的形态犹如艺术佳品，吃的过程中还暗藏惊喜。徽菜暗蕴程朱理学之思想，整顿饭席之间处处有所体悟。

　　梁重似乎对惜雪格外客气，将她奉为上宾，席间亲切地与惜雪谈论一些无关匠人的家长里短。只是当他的目光偶尔落到惜雪脖子上那暗藏的小歪龙的时候，眼神之中有一种无比震撼的崇敬和对宿命的无奈。为何一个大师有这么复杂的情绪？

　　惜雪分析不出来，她也不愿分析，好不容易熬到离开，立刻告别杨君浩去找爷爷了。

　　爷爷听到梁重的事情，对惜雪提议回书房详谈。

　　惜雪一进门就忙不迭地把自己发现恩陈的日记的事和盘托出，爷爷面色铁青，点了点头："四合院的探索项目还没完成，但官方早就已经对媒体封锁了相关信息，以前网上能搜索到的图片也全部清理了。这个梁重，关注这件事情的时间，比那些媒体关注的时间应该要早很多。"

　　惜雪心想这两个人不但说话的方式像，就连对所谓应该的时间和实际发生的时间之差异的敏感度也一样。

"爷爷，您真的不认识梁重？李兴宇又是谁？为什么恩陈的日记却成了他的执念？为什么官方要封锁小四合院的消息？为什么小四合院里会突然出现武装的欧洲人？中国营造学社当年究竟发生了什么灾难？同律到底是什么意思？还有……"惜雪咬了下牙，知道爷爷脾气很大，这样说话会让他不高兴，但还是说了，"为什么梁重的师父李兴宇执着寻找了一生的日记，会在您的手里，而且您还把它给藏起来了？这日记究竟是属于谁的？您为什么不把它给梁重，这样也能了结他的一桩心事……"

不出惜雪所料，爷爷愤怒地拍案而起，头上的青筋暴起，双拳紧握。惜雪吓得退了一小步，稳定了下心神，继续高声说："爷爷，李文轩是一个有血有肉的生命，也是个才华横溢的匠人，他就那样失踪了，现在我在梁重那儿发现了线索，总不能坐视不管。既然我都发现了日记，您就把一切都告诉我吧，您有责任这样做！能力越大，责任越大！"

"你找到日记本身就是错误，现在追问就是错上加错！"爷爷的声音洪亮如钟，在书房里嗡嗡作响。惜雪挺直腰板，理直气壮，无所畏惧地看着爷爷。爷爷突然软了下来："你这丫头，都是我把你给惯坏了。"

"告诉我！"惜雪看爷爷的表情有所转变，连忙蹦了过去，跟小时候一样，一屁股坐上爷爷的画案，两眼清澈如水，充满期待。

爷爷看着惜雪的样子，目光变得慈爱而温和，似乎突然没了脾气，他伸出手刮了一下惜雪高挺好看的鼻梁："丫头，你要以匠人的身份保证，把我告诉你的所有事都烂在肚子里，对谁都不要说。你能做到吗？"

"不能！"惜雪脑袋摇晃得跟拨浪鼓一样，"我只是个小学徒，没法儿以匠人的身份保证。但是我能以您赵振兴的德行来保证，因为我是赵家唯一的后人，绝对不会做丢咱们赵家脸面的事。"

爷爷满腹心思地开始了讲述。

"小四合院里，那个机关密布的人面麒麟图腾，就是同律项目研究的目标。李兴宇，也就是梁重的师父，也是中国营造学社的成员，与恩陈同在一个组织。正是他，在1932年秘密启动了同律项目。

"整件事情的起因，来自一次建筑修复。那是由著名大建筑师梁思成先生亲自主持的故宫文渊阁的修复工作。

"文渊阁，是紫禁城中最大的一座皇家藏书楼。乾隆三十八年，也就是1773年，乾隆皇帝下诏民间海量征书，开设四库全书馆，编纂《四库全书》，以收藏天下奇书。之后文渊阁门还高悬圣谕，严申规制：'机密重地，一应官员闲杂人等，不许擅入，违者治罪不饶。'可见，文渊阁的地位和作用非同一般，已经成为真正意义上的机密藏书阁。

"在修复文渊阁之前，营造学社的成员还接受了协助整理文渊阁中书籍的任务。当时他们都非常兴奋，那是浩如烟海的中国传统文化，里面关于中国历代建筑的图书很可能有非常大的学术研究价值。谁不想目睹一下那历史上的匠技绝学呢！没想到，在整理的过程中，他们不但读到了历史上的古建奇书，还发现了一本与建筑学有着似有似无关系的神秘的无名书！

"那无名书是在文渊阁三层西尽间发现的。从结构上来说，那里也就是楼梯间。那本无名书就藏在西尽间子部书22架的第12架之中。看发现的位置，似乎那本书，也没被乾隆皇帝重视过。

"不过，那无名书非常古老。当时的营造学社成员，请教了历史学专家，将书的制作时间，定位到了春秋战国。无名书里，看似画有民间传说的人面麒麟、五脊六兽的神话图腾，但仔细琢磨，却是一些自上古神话直至清代的民间传说，都未广泛提及的图案。无名书本身，也并不完全，图腾图案之后，本应还有内容，却没被找到。最后大家判断，此书有可能是因为画质的精美绝伦而被皇家收藏。

"李兴宇当时也是文渊阁修复项目的成员。当他第一眼看到社友们传阅的这本没有名字的神秘古书，立刻就震惊了。凭借着他对古建文化的了解和博览群书的知识，他发现这神秘古书上的某些不经意的细节，比如獬豸尾部的图案、黄金凫雁的原型，甚至人面麒麟身上的花纹，都影影绰绰地出现在两千年来的经典建筑之中。可那是两千年前绘制的图案啊！

"那就好像是一幅中国千年建筑的预言，又好像是京派古建的总纲要。后世的那些才华横溢的大匠师，都纷纷在暗中引用着图腾上的细节，将其暗藏于自己宏大无比的作品之中。

"因为李兴宇对中国建筑和历史的研究非常透彻，很快他便确认了这本无名古书的价值十分巨大。他也由此做了大量的学习、调研历史古籍和史书实录的工作。慢慢地，他找到了更多真实古迹中暗藏的图腾痕迹。更匪夷所思的是，他对比了传说中阎立德的《麒麟戏春图》，发现去掉那人面麒麟身上的六只小兽和女人脸，那无名书中的麒麟与《麒麟戏春图》中的麒麟，其轮廓和形状也是大同小异！"

惜雪噌地站起来："难道阎立德的《麒麟戏春图》也是依据这个神话图腾画的？就是那逆天的麒麟踏龙头？我一直以为这人面麒麟图腾是后人在模仿大匠师阎立德，没想到正相反，竟是阎立德在模仿这图腾啊！"

"嗯，《麒麟戏春图》中那隐形的龙也在无名书中。李兴宇是中国营造学社里面很权威的匠师，调查到这里的时候，他已下定决心，要对这个无名书和相关的著名历史建筑上的图腾痕迹调查到底。

"他说这个调查也许可以发现京派匠师们一直默默地引用这图腾上图案的真正原因，更可以破解历史遗留下的某些关联的谜团，还有一直令匠人们疑惑不解的京派大匠师阎立德为什么会留下那逆天的《麒麟戏春图》。

"于是，他决定离开修复文渊阁的团队，建立同律项目，调查无名书和图腾的来历，以及历史上的匠人们那些奇怪举动。

"当时，九一八事变刚发生不久，营造学社的社友们，并没有对战争的局势估计得那么严重，对破解历史谜团的渴望让大家纷纷投了李兴宇的赞成票。就这样，同律项目秘密启动了。很多热爱古建的社友都加入到了这个项目的调查研究中，并把同律项目秘密划入营造学社已经开展起来的中国田野调查活动之中。同律是当时的几个社友一起想出来的名字，现在，你能猜到它的含义吗？"

"不同的历史朝代，不同的匠师，不同的时间、空间、人物，却始终围绕着同一个神秘的、未知的、传统文化中没有的、绚丽无比的规律……"

"嗯。"爷爷欣赏地看了一眼惜雪，走到书架旁，打开柜门，拿出一个木盒。他巧妙地打开了木盒的锁后，惜雪看到里面落满灰尘的照片和资料。

爷爷抽出一张照片的复印件来说："丫头，这个是中国田野调查中最著名的项目，应县木塔。"

京派匠师，无人不知应县木塔。那是与意大利比萨斜塔、巴黎埃菲尔铁塔并称为"世界三大奇塔"的建筑奇观。应县木塔始建于1056年，1195年增修完成。应县木塔正是经营造学社成员田野调查和详细测绘研究而被世界重新发现和认识的。

爷爷拿出来的那张应县木塔照片复印件，是很有故事的。说起来，那还是一段关于梁思成的佳话。

1932年，大建筑家梁思成，在读到日本建筑史学家关野贞于1918年在中国北方考古的一份报告的时候，看到关野贞说到，大同以南约50英里的应县县城里，有一座建于11世纪的木塔，当地人称为"应州塔"。

当时，梁思成立刻想起了一段华北谚语："沧州狮子应州塔，正定菩萨赵州桥。"梁思成敏锐地想到，这塔一定是存在的。可是他找遍了资料，都没有在历史典籍中找到关于应县木塔的信息。

当时的梁思成，没有应县的熟人，想了很多办法，最后决定写一封信到应县最高等的照相馆去，并在信中附上一元钱，请他们代照一张应县木塔的照片寄来。

奇迹就这样发生了！

不久后，梁思成收到了山西应县某照相馆的来信，那是一张应县木塔的照片。后来还成了举世瞩目的一张照片。如今爷爷手中的这张，就是来自该照相馆。

梁思成的妻子林徽因曾把那段往事写在了一本书中发表，那本书上大概是这样写的：

有一天早上，在我们少数信件之中，我发现有一个纸包，寄件人的住址却是山西应县××斋照相馆——这才是侦探小说有趣的一页——原来他想了这么一个方法写封信"探投山西应县最高等照相馆",弄到一张应州木塔的相片。我只得笑着说阿弥陀佛,他所倾心的幸而不是电影明星!

"爷爷,你这书房真是个宝库啊!"惜雪目不转睛地盯着爷爷手里这张珍贵的复印件的时候,爷爷又拿出了一张无名书上的复印件来。

那正是恩陈日记本上画出的同律,也是小四合院地下室中的人面麒麟。只是眼前的这张复印件中的人面麒麟画得实在太震撼了。

因为年代十分久远,有些边缘上的痕迹已经看不清,但是那人面麒麟中的女人面孔,远比恩陈日记上画的那个生动形象,麒麟身上的六只小兽,更是栩栩如生,惟妙惟肖,涉笔成趣,呼之欲出,就连那小地下室中放大的雕刻都无法比拟眼前这幅图画的一分一毫。画的细节更是笔触自然天成,充满瑰丽无比的想象,那六只小兽的一颦一笑、一举一动都活灵活现,酷似临摹。难怪乾隆皇帝会收纳这本不知名的书进入文渊阁。

惜雪如痴如醉地看着这来自两千年前的神作,爷爷又拿出一张应县木塔内部的修复照片的复印件说:"这张,是木塔底层大门对面的一尊如来像,如来坐在一座巨大莲花台之上。莲花台被8个力士扛着,个个力举千钧,形象生动逼真。"

惜雪接过照片仔细端详,突然倒吸了一口凉气。她将那照片旋转了45度角,眼睛直勾勾地盯住倾斜的如来和巨大莲花台中的一部分。那若隐若现的轮廓,竟然与同律中那只狻猊的轮廓十分相似。更加令人瞠目结舌的是,从这倾斜45度的角度看过去,莲花台中的狻猊还有着似笑非笑、若隐若现的某种表情。

惜雪大惊失色,想到梁思成对应县木塔的兴致正好始于1932年同律项目启动时期,那么他是否像传说的那样看到日本建筑史学家的报告才那么偶然地想起应县木塔呢?

如果没有中国营造学社的田野调查,应县木塔会一直隐藏在应县的角落中饱受风霜。这样一个举世瞩目的世界三大奇塔之一,竟然以这样的方式出现在世人面前，而这个神秘古迹的内部，竟然还隐藏着同律！

一切偶然的背后都藏着一个强大的必然。整件事情变得更加扑朔迷离，惜雪唏嘘着说："爷爷，你这木盒子里面，全部都是，同，同，同……"惜雪猛喘了半天，"律"字挂在嘴边，竟然没吐出来。

爷爷点了点头，小心翼翼地重新锁上木盒，继续讲道："同律项目启动之后，日本侵华战争愈演愈烈，学社的田野调查工作进展得艰苦卓绝，时断时续。但是这些出色的大建筑师和史学家始终不屈不挠，没有放弃。就这样他们在战火之中又坚持了6年，1937年，发生了恩陈日记本中的灾难事件。同律项目组在探究一处沙漠中应该雕有狌鱼的神秘古建的时候，发生了诡异的事故。很多社友当场遇难，整个现场惨绝人寰，那本来应该比应县木塔更震惊世界的神秘古建也毁于一旦。"

"是日本人干的？"朝夕相处的社友和内心深处视为神迹的古建同时毁灭，惜雪可以想象得到这对他们、对恩陈是多大的打击，也更能理解恩陈日记上那力透纸背的悲伤。

爷爷摇摇头："那古建还没开掘，是战火未能触及的地方。他们现在也不知道对手是谁。一切都太过离奇，也许是某个科学还无法解释的怪事件和怪现象。恩陈的想法更加独特，她觉得对手是看不见的古人，或者说，是历史中的某个京派大匠师。"

"啊？"爷爷说得惜雪脑子里越来越乱，京派大匠师悲天悯人，都是顶天立地的大人物，怎么会成为怀着敬意追寻他们的后人如此残忍的对手？

"李兴宇是营造学社中，最德高望重的京派匠师，在同律项目遭受灭顶之灾的1937年，他毅然提出了取消同律。与此同时，他自己也宣布退出中国营造学社，投入到水深火热的抗日战争中去了。带头人走了，在那段战火岁月之中，同律也只能终结了。"

"那段时期的故事，您怎么会这么熟悉？"一直沉浸在故事中的惜雪突然感觉不对，追问道。

爷爷没有回答，又从柜子里拿出一件年代久远的血衣来，爷爷一层层打开血衣，从里面拿出一本中国营造学社出版的古建书递到惜雪面前。

惜雪翻开那古旧的书籍，赫然看到第一页上，还是恩陈日记上一样的娟秀字体。上面写着："赠予吾徒赵振兴。望志存高远，振兴家园。发扬京派技艺，光大古建文化！"

惜雪惊讶得退了一步："爷爷，您……您竟然是恩陈的徒弟，您是一个女……女匠师的……"

"怎么？你不是女人？恩陈，是她的笔名。她的匠师技艺和建筑才华，都在李兴宇之上。男尊女卑的时代，她也并不在意浮世盛名，一生洒脱。当时追求她的人很多，甚至有一些中国历史上赫赫有名的大人物，可是她的心中只有建筑。她就像建筑界中一颗璀璨夺目、独一无二的明珠，光彩难以隐藏。早晚有一天，你会知道她真实的名字。"

是谁？惜雪在脑子里搜索着近代历史上那些重量级的女匠师，突然梁重又蹦进了脑子。

"可是，爷爷，日记是怎么到您手里的？李兴宇还在费力寻找着它呢。这日记，后来又是怎么成了他毕生的遗憾的？他和恩陈，就再也没有见过吗？"爷爷是恩陈的徒弟，这本日记爷爷收藏，虽然比李兴宇的徒弟梁重收藏更天经地义，但是惜雪关注的重点是爷爷还有事没说。

"小丫头，从小就这么古灵精怪！"面对惜雪的质问，爷爷也没生气，"我的恩师恩陈，不但才华横溢，德艺双馨，而且相貌也十分出众，是当时有名的美人。自古英雄爱美人，李兴宇对恩师一见钟情，无法释怀，但是由于恩师早已名花有主，他只能默默将内心深处的热恋变成无限的关爱，始终陪伴在恩师左右。1937年，同律项目终结的时候，两人对同律的意见有了一些分歧。李兴宇一心想投身到抗日战争中去，同时也不愿再看到更多的社友因同律涉险，便离开了营造学社，毅然结束了同律。而当时的恩陈，对同律的态度，并不像李兴宇那样坚决。她很矛盾，既不希望同律就此终止，也不希望再次看到社友牺牲。

"李兴宇走的时候，恩陈流着泪将这本自己一直研究琢磨的同律日记赠送给了他。一来希望李兴宇能从日记之中明白，古建和传统文化的神秘力量是值得几代人去探寻和传承的。二来希望抗日战争胜利之后，李兴宇能回到营造学社，带着大家一起重启同律，继续追寻古代大匠师隐藏的秘密。谁知造化弄人，两人就此天各一方，直到死去都没有机会再见，想来李兴宇对这日记本的执着也许就是由此而来吧。"

"那日记怎么最后到您的手里了？"

"恩师在建筑界德高望重，虽然在动乱年间也受到过一些不公正的待遇，但毕竟她是中国的建筑大师。李兴宇丢失的那本日记，几经辗转，被当年某个营造学社的社友看到并告诉了恩师。得知此事之后，她动用了很多关系，把日记本要回自己手里。当然，她并不知道那是被抢走的，对李兴宇没有保护好它，也有些失望。

"当恩师拿到离开自己几十年的日记本时，不禁悲从中来，想起了1937年的往事。这件血衣，正是恩师在同律灾难的事故现场，被李兴宇拼死救下时穿在身上的那件。而当时的恩师，也正是为抢救回那古建中某些关键的东西才再次犯险。

"恩师拿到日记，再次仔细翻阅着。日记上有李兴宇在同律的解剖图案中，留下的详细注解。隔着几十年的光阴，她似乎在与李兴宇，通过同律默默对话，看到他那从来没有被磨灭的执着和勇气，看到他的点滴思念和与自己的惺惺相惜，感受着两人的血液里共同流淌着的，对同律的沸腾的理想。唉，那种感觉，你是不会懂的。"

惜雪想到在房梁上看到日记时，自己看到恩陈对家园战火的感悟和对古建深情时的感动，又想到对李文轩的担忧和失去了他的遗憾，对爷爷摇了摇头。

"不，我懂！不过，这本日记为什么不能作为他们再次相见的桥梁呢？恩陈为什么不去找李兴宇呢？"

"要说他们两个的事，真是一波三折。恩师在翻阅日记的时候，感动的同时，又发现了一个致命的问题，那是一件她做梦都想不到的事情。就是这件事，让她最终放弃了与李兴宇的再次聚首。

"她发现李兴宇，一直都没有放弃同律，相反，他在很仔细地研究着同律！而且，他也不是一个人在进行这个项目。换句话说，李兴宇只是用非常巧妙的方式，把恩陈排除出同律项目。抗日战争期间，他们把研究转到了韩墨的四合院的小地下室里继续进行，他们不但没有放弃，还有了更多的进展，竟然还设计完成了一个立体的同律的图腾！这是恩师万万没有想到的事情。"

"啊！"惜雪倒吸了一口凉气，原来那同律竟然是李兴宇他们做的，那么之前自己对乐正夕和韩墨的全部猜测都是错误的了。也许这才是韩墨那小四合院要改换面目的真正原因。一来宫廷式宅院才有那么大的地下空间，二来也可以在抗战时期伪装得普通一些，掩人耳目，好继续进行研究。这就是为什么他们把同律藏得那么深。

想到他们在抗战时期那些冒险的隐秘行动，想到地下室里那些人曾经写下的激情诗句，惜雪接连不断地发出啧啧赞叹。突然，她又皱起眉头："不对啊！恩陈怎么会不知道他们在继续进行着同律研究？我记得在那个地下室，有个'恩陈迷画'的藏头诗，那不是恩陈写的吗？"

"恩怨情理万世空，六尘不改兴意浓，羽蠹迷离说不尽，江山如画著壁中。"爷爷没有回答惜雪，只是又念了一遍那藏头诗。

惜雪惊讶得瞪圆了眼睛："爷爷，这诗里面，竟然还藏着'李兴宇著'四个字啊！"

"不错！这是一首双藏诗！我分析，也许是那个李兴宇，在同律项目中思念着恩陈，觉得欺骗了她，把她排除在外，十分对不起她，才留下了恩陈的名字吧。"

原来这就是这诗如此伤感的原因，这是带着李兴宇对恩陈多年不变的爱恋和深深的歉意啊！如果不知道李兴宇这个名字，还真的是无法发现这个双藏头。

"你知道，我在地下室看见这双藏头诗时的心情吗，真希望恩师的在天之灵，也能透过我的眼睛看到这充满了歉意和忧伤的诗句，体会李兴宇当时瞒着她做这件事时那万分纠结的心情，最终原谅他的欺骗。"

"唉，有什么不能原谅的呢。要不是同律那么危险，李兴宇怎么能骗恩陈退出呢！一个人在爱的名义下做选择，总是把爱凌驾于所有事情之上。"惜雪说到这里，又想到了李文轩，"不过，我也能理解恩陈的感受。"惜雪叹了口气："恩陈也许就是因为这口闷气，才没有再联系李兴宇吧。李兴宇也许历尽余生一直在寻找恩陈的日记，以为辜负了她，想想真是使人心里发酸。"

"我只知道，后来恩师给李兴宇写了一封断交信，信中似乎也没告诉李兴宇已然拿回日记的事情。李兴宇收到信之后，真的再也没有跟恩师联系过。直到恩师去世，他才出现在恩师的葬礼上，他那老泪纵横、痛哭不已的模样，让我们所有人看了都潸然泪下。两个人的一辈子，都不容易啊！这几天，我常常在想，你用恩陈的技法打开了李兴宇设置的机栝，也算在经过了几十年时间之后，让两个人以另一种方式，又聚首切磋了一下。你也算消了恩师心里的怒气，还帮她赢得了骄傲。"

"爷爷，可如今，都已时过境迁，您为什么不把日记送给梁重？那毕竟是恩陈赠给李兴宇的礼物，而后面的几十年，是李兴宇在恩陈的日记本上写画着自己的思想，继续着同律的传奇！说句心里话，我觉得那日记更应该属于李兴宇。"

"丫头，你知道李兴宇是怎么死的吗？"爷爷沉下了脸，低低地说。

第十章

# 昭陵建筑的世界奇迹

第一个是秦始皇陵对应的黄金凫雁，

第二个是应县木塔对应的狻猊，

第三个是已经消失在沙漠中的古建对应的狎鱼。

另外三个，同律项目成员均没有找到。

那么昭陵，会是暗藏着同律痕迹的第四个古建吗？

“他是不是因为，最终也没有与恩陈比翼双飞，抑郁而终？”惜雪看着爷爷的表情，心里跟着一紧。

“同律项目的真正结束，就是在同律的创始人李兴宇死亡的时候。他是因为黄金凫雁死的，也就是同律上的那六兽中的凤兽。”

“什么？又是黄金凫雁？”惜雪情不自禁地惊叹了一声。李文轩失踪、韩老的警告，这一切都源自这恐怖而诡异的黄金凫雁！

可是，秦始皇陵始终都未被开启，虽说黄金凫雁在项羽大军盗墓的时候就飞出去了。目前也已经销声匿迹了两千年，它是怎么害死李兴宇的呢？

“爷爷，李兴宇不可能是在研究秦始皇陵的同律痕迹中死的！难道说，秦始皇陵，被营造学社的社员给……”

“这个就不是你应该知道的事了。总之，1970年，李兴宇因黄金凫雁事件意外死亡。而同律项目因李兴宇的去世彻底终止了。那研究同律项目的小四合院也彻底封闭和荒废，尘封在后面几十年的历史变迁之中，再也没被人发现或者提起过。”

“不对！我看那地下室的壁画，有上百年的时间，不可能是几十年内营造学社的作品！”

“这也是我奇怪的事情。这就跟那个奇怪的老人韩墨有关系了。毕竟，四合院是他的。至于他在整件事情里面，扮演了什么样的角色，为什么地下室中还有那些图腾的痕迹，为什么壁画出现得更早，这个可能只有韩墨才能说清楚了！"

说到韩墨，惜雪忙又问起一直梗在心里的另一个谜团，也是让她最初对乐正夕产生怀疑的事情。他已经死了，有灵牌，100多岁了，为什么还会出现在李文轩的地下室里？

"韩墨，一直都是匠人圈里最大的传奇。所有的科学，到顶级程度的时候，都是相通的。韩墨的匠艺出神入化不说，后来医术也十分高明，听说他晚年走南闯北，还救治了不少身患绝症的病人。后来他出游遇到意外，最终也是空棺入殓的。所以，很多人传闻他根本没死。100多岁的老人，也常见，他活着，并不是什么奇怪的事！"

"那这么说，我们还有机会问问他，小四合院里究竟是怎么回事了。"

"不管怎么说，同律项目已经在1970年结束了。按照现在的调查专家的定义，同律也许只是这些匠师对一种春秋战国时期神秘图腾的执着追求。至于那群欧洲人，确实来头不小。有可能他们得到了什么消息，认为小四合院里有什么国宝。总之，一切都终止了。"

"黄金凫雁如果真的再次出现了……都要有大祸发生。"惜雪突然又想到韩老说过的话，疑虑重重地看着爷爷。然而，此刻他似乎要结束这次谈话，小心翼翼地重新包好东西，一一放了回去。

"我之前给您的那黄金凫雁呢，爷爷？"

"黄金凫雁是属于国家的，虽然地下室中的同律的历史只有几十年，但怎么说它也是民国匠师精益求精的神作，要送到博物馆保存。"

惜雪知道爷爷还对自己隐瞒了一些关于图腾的事情。比如：

李兴宇是怎么因为黄金凫雁而死的？

同律项目是真的终止了吗？爷爷为什么将恩陈的日记小心藏匿于木梁之上？

神秘的韩老为什么会出现，还说出了黄金凫雁再次出现要有大祸发生的预言？

这些民国的匠师为什么如此执着于这本无名书，他们究竟发现了历史上匠师们的什么秘密？

这一切问题背后的答案，也许都隐藏在李文轩的失踪案里。

"爷爷，我要去昭陵一趟。您常说，偶然的背后藏着强大的必然，我认为我在梁重那里看到李文轩两周前寄出的明信片，这背后绝对有它的原因！"

"公安局的李警官，已经出差去昭陵了。"

"我也要去！"

"不行！"

"我非要去！"

"我说不行！"

"爷爷！我要有危险，就找李警官啊！您怕什么呢，爷爷！"惜雪开始拿出小时候磨老爷子的劲头，爷爷却叹了口气，一转身，竟然拿出了一个古老却很珍贵的木扳指，套在惜雪的拇指上。

惜雪一看这个扳指，大吃一惊，连忙扑通跪下来："爷爷！您……您要……"

"怎么，你不愿意？"爷爷低头看着惜雪激动热切、泪流满面的模样，苍老的手臂放在惜雪肩膀上。

怎么可能不愿意？从10年前开始，惜雪做梦都想戴上这个木扳指，她跟爷爷学习各种古建匠技，日复一日、年复一年地努力，就是为了这一天。

木扳指，对一个小学徒来说，是无上的荣耀，那意味着惜雪现在已经不再是一个最底层的学徒，她已经升级成匠人了，而且，只要她不犯大错误，就可以终身戴着师父的木扳指，成为赵家古技的真正传人。

虽然爷爷早就说过，她的技艺已经超出一个学徒的水平，但是总说她还差点儿事，所以迟迟不肯授予她木扳指，惜雪盼望这一天，已然是望眼欲穿！

"你能用祖传的技法，成功逃出那四合院，懂静心'沉淀'，'找眼'准确，处乱不惊，还救了胖子，这很出乎我的意料！如果那是一场考试，你已经拿到了我心中的60分。"

惜雪热泪盈眶地给爷爷磕了三个头，突然又把扳指摘了下来递还给他。

"一日为师，终身为师。师父的话，徒弟绝对不能忤逆，这是匠人的规矩。可是，现在您不让我去昭陵，我是万万不干。这是不是您的计策？等我回来，您要是还觉得我够格，再授予我好了。"

"你这丫头！你要去昭陵，就去吧。"爷爷又把扳指给惜雪戴了回去，"孩子，你要记住爷爷这句话，我们眼中的世界，也许并不是你想象中那种真实又简单的。对世界懵懂无知，被黑暗击碎三观（世界观、价值观、人生观），发现黑暗虽然遍布，但是光明依旧会存在——我们总要经历这样的一个过程。"

"您……您这是同意了吗？"惜雪抹了一把眼泪，看着手中古旧的爷爷常常戴着的木扳指，心里明白爷爷这一定是希望自己这次出门，能够以匠人的身份得到其他一些匠人的帮助吧！

"中国有句老话。"爷爷用无比慈爱的目光看着惜雪，轻轻抚摸着惜雪的脖颈，"命里有时终须有，命里无时莫强求！"

惜雪突然想到韩老说过的，让自己不要参与黄金凫雁的事，会给家人惹来大祸。看着爷爷此刻苍老的目光，她的心里又纠结起来。如果因为自己这次任性，给最爱的爷爷带来不必要的麻烦，恐怕自己下半生都要活在悔恨之中。

但是，韩老一句话，会有那么灵验吗？

惜雪正在犹豫着，爷爷又拍了拍她的肩膀："我的恩师，还有李兴宇，以及中国营造学社的那些最杰出的匠人，他们曾经为了同律，冒着死亡的危险，付出了无比艰辛的努力和惨痛的代价。也许，我们这些晚辈，也应该为他们做点儿事情了！为了他们那一腔热血和无畏的勇敢，为了慰藉他们的在天之灵。"

想到恩陈日记中的悲怆，惜雪又默默地点了点头。除了这个理由，她还想弄清楚李文轩因同律上那黄金凫雁而失踪的真相。现在他在昭陵这个地方，还是没有跳出同律的范围。

因为昭陵，正是京派大匠师阎立德所建！

可是昭陵在同律项目中，又有什么意义？跟阎立德那《麒麟戏春图》有关吗？难道昭陵，也藏有五脊六兽中的一只小兽？

根据爷爷的陈述，六只小兽，明确证实了在古代建筑中确实存在的，只有三个。第一个是秦始皇陵对应的黄金凫雁，第二个是应县木塔对应的狻猊，第三个是已经消失在沙漠中的古建对应的狴鱼。另外三个，同律项目成员均没有找到。那么昭陵，会是暗藏着同律痕迹的第四个古建吗？所以，是为了慰藉恩陈和李兴宇他们的在天之灵，爷爷才会说出这样的话来吗？

但是，如果昭陵中真的隐藏了同律的秘密，那么有可能还是危险重重。爷爷怎么会突然改了主意，任由自己以身犯险呢？

"怎么，你不想去了？那我收回吧……"爷爷突然要拿回惜雪手指上的扳指，惜雪拦住了他。

"爷爷，您怎么不跟我一起去呢？这样您在我身边，跟我还有个照应。"

"小丫头！"爷爷亲昵地又伸出手，刮了一下惜雪的鼻子，"还跟小时候一样，舍不得爷爷，就要把爷爷当玩具带着啊！爷爷老了，未来是你们这帮年轻人的天下。你这次出去，事事小心，每天跟爷爷联系。还有，当了我徒弟，对爷爷的话，可不能任性了啊。"

"您在家也万事小心！"惜雪扶着爷爷的肩膀，感觉他在微微颤抖，一只大手摸过来，却也是一阵冰凉。爷爷突然就一把将惜雪搂在怀里，抚摸着惜雪的长发："你虽然刚刚做了我的徒弟，却早就是这世界上我花了最多精力教的学生。爷爷相信你一定能逢凶化吉，力挽狂澜。"

说罢，爷爷再次扭身从书柜的暗格之中，拿出以前给惜雪看过的那本《京派秘传》，放到她的手中："丫头，触类旁通，举一反三。你慢慢会觉得，这里面的东西，一点儿也不陌生。这是你在小四合院里，最终成功地走出来的真正原因！"

"这……这么重要的笔记，难道您也让我带走吗？"

爷爷点点头。

"爷爷！"惜雪鼻子一酸，又要扑进爷爷怀里，爷爷却闪开了。"行了，别黏着了，爷爷还有很多重要的事情要做。"

这一天，当惜雪带着《京派秘传》离开爷爷书房的时候，破天荒，爷爷走出门口跟她挥手告别。惜雪举起手指上的木扳指，对爷爷比画了一下，开心地顽皮一笑，也对他挥了挥手。

她看到爷爷那张严肃的脸上，突然有了一种意味深长的笑容，笑容中还暗藏着一种恋恋不舍。惜雪突然感觉到一种生离死别的味道，难不成，这次自己贸然前往昭陵，是去送死吗？

"爷爷！"惜雪突然有点儿哽咽。

"丫头，好好照顾自己！"爷爷的脸隐藏在黑暗中，声音不再像以往那般洪亮了。

惜雪决定的事情，从来都是勇往直前，义无反顾。她跟公司请了一周假，骗妈妈说要出门散心，第二天一早就买了去咸阳的机票，出发前往昭陵。当天傍晚就到了礼泉县九嵕山景区。

这一路上，她拟定了很多种寻找李文轩的办法，毕竟现在仅凭一张小明信片，自己可能还不如李警官的办法多。

晚饭的时候，惜雪在礼泉县的一个小饭馆中，一个人喝着闷酒。突然，肩膀被人沉沉地拍了一下，惜雪没有转过头去，嘴里已经喊了出来："死胖子，你怎么来了？"

吕泽洋嘻嘻一笑，一转身坐在她身边："丫头，吕胖子式拍肩膀，你已经非常熟悉了吧！我说，你可真不讲义气，出来游山玩水，也不带我！"

"你怎么知道我在这儿？"惜雪心想，来这里的事只有自己和爷爷知道，连李警官都不知道。胖子虽然从小就跟爷爷混得很熟，还跟着爷爷一起叫自己丫头，但是事关重要，爷爷怎么也不会把自己去哪儿告诉他呀。难不成爷爷是让这棒槌来保护自己？

胖子没回答惜雪，从怀里掏出了一个眼镜戴上，对惜雪得意地眨了眨眼。惜雪一看这眼镜边上精致的标识，惊呼道："你怎么认识上杨君浩了？"

"所以说你不够意思呢，我就心仪这么个眼镜，还得我亲自跑去你们公司一趟，跟你老板要。不过，他真是我见过的最爽快的人，我一说跟你的关系，他立刻就送了我一个。"

"你是问他，我去哪儿了，顺便要的眼镜吧！"惜雪哼了一声。

"谁让你一声不响就玩失踪啊！"胖子用手捂上嘴巴偷笑，脸上的肉在胖乎乎的手指间挤了出来，看起来很像身材发福的中年大妈。

惜雪瞪了他一眼："可是杨君浩也不知道我在这里啊。"

"那你可低估他了。你不知道，现在有手机定位的技术吗？就你们杨总家里那设备，哎呀……"胖子自觉说得太多，又捂住嘴，两眼怯生生地看向惜雪。

"你还去他家了啊？"惜雪一拍桌子，酒劲也上来了，满脸怒容。

"你又不是他家的女主人，我也不是个女人，我去他家做客，你至于生这么大气吗？"胖子收起了嬉皮笑脸的表情，感觉就要不好，说话开始语无伦次起来。

惜雪从牙缝里又恨恨地挤出了一句："死胖子，你肯定是逼他用手机定位找我来着，是不是？"

"那可不是，是他本来就想找你！"胖子突然一脸委屈，接着两人身后又响起了一个熟悉的声音。

"我说胖子，这么一个凶悍无比的女人，你为她操什么心？"

惜雪咬着下嘴唇，不自然地扭过头去，看向老板杨君浩那张黝黑发亮的帅脸，心想真是点背到家了。

"这么巧啊，杨总。"

"这么巧。"杨君浩对惜雪眨了眨眼，撩了下自己黑长的鬈发，甩了下头，递过两根冰棍给她和胖子。

"大红果？！杨总，你那么有钱就买大红果，你也太抠了吧！还有你订的那酒店，房间的门都快掉了。你月薪八九万，你爸月薪上百万，你的钱呢？"

胖子接过冰棍放进嘴里干掉一半，一脸埋怨。杨君浩的目光却一直没有离开惜雪。

"你一个人来昭陵，就是因为那张明信片？我说你是不是傻？"

"我傻我的，关你什么事？你们两个在这里干吗？还凑在一起？"惜雪白了他们一眼，将手里的冰棍习惯性地递给了胖子。心想杨君浩那等骄傲的人，竟然愿意跟送快餐的胖子同行，这还真是有点儿意外。

"你真不知道我来这儿干吗吗？"面对惜雪的问题，杨君浩突然严肃起来。

"我应该知道吗？"

"你不知道就对了，哈哈！其实我来这里，是有点儿公司安排的投标的任务。我看，你也别干那大海捞针没用的事了，干脆休假取消，跟我一起把案子做了，还有加班费。怎么样？"

"投标？"惜雪脑袋一炸，心说两个这么麻烦的人跑来昭陵就够烦人了，公司怎么还有案子在这儿了。

"是，投标！修复昭陵！这是个好案子！"

"那你带着他干吗？"惜雪指着胖子问。

"丫头，我怎么是他带来的？我有腿有脚还有钱！"胖子一拍口袋。惜雪已然明白了他来找自己，顺便蹭吃蹭住的目的，可奇怪的是，杨君浩怎么就答应了他？

不过胖子也确实没占到便宜。只见杨君浩看着惜雪小桌上的饭菜，哈哈一笑："你还挺会点的，都是地方特色吧？一起吧，一起吧！"

两大男人吃了个酒足饭饱，胖子一边喋喋不休地问着杨君浩为什么这么抠，一边骂骂咧咧地替惜雪买了单。杨君浩又醉醺醺地提出，让惜雪搬去他们酒店，这样相互有个照顾，而且可以共同研究修复昭陵的案子。他一边用手梳了梳头发，又一边大着舌头说："我的头发可不能乱了！像我这么帅的人，能有缺陷吗？不能！"

"你太美了！"胖子也喝多了，用力拍着他的后背，"你简直就是宇宙第一帅，汽车人里有个霸天虎，我送你个绰号：帅炸天！"

"衰炸天？"杨君浩对胖子瞪起眼睛，"我看前台那小姑娘送我很久'秋天的菠菜'（暗送秋波）了，你让她晚上来我房间！"

"那是我们的房间！杨总！"胖子哼了一声，"她估计不知道，你不会给钱！"

"你们俩得了！"惜雪气得一拍桌子，"我才不去你们那烂酒店，也不参与公司的什么破案子，咱们各回各家，各找各妈！"

"绝对不能跟你分开！你需要我们！"杨君浩大着舌头拍了一下桌子，"说错了，我们需要你！赵惜雪，阎立德大匠师的昭陵里面还有很多你不知道的门道，我们公司还有关于阎立德的内部资料，难道你不想知道？"杨君浩一把紧紧拉住了惜雪，用手指揉搓着，惜雪气得一甩手，心里却犹豫了。

她想到爷爷的话，又想着以公司的实力，借助内部资料，也许是最快了解到昭陵秘密的途径，比自己在这里琢磨要有用得多。

惜雪犹豫之间，胖子已经要跟杨君浩打起来了，胖子大声嚷嚷着："我发小的手是你这种没钱的花花公子随便摸的吗？你要潜规则下属吗？"

惜雪一把扯过胖子，将摇摇晃晃的两人推出去，塞进出租车。杨君浩故意用兰花指抽出酒店名片递给司机，惜雪看了一眼，对司机嘱咐了一句，就关上了车门。胖子在车里还大喊着惜雪，惜雪对着已经开动的车喊了句："我一会儿就搬过去！"

惜雪刚在酒店安排好房间，杨君浩和胖子就捧着一大卷东西冲进门来。两人似乎已经酒醒，胖子嚷嚷着陕西的酒确实名不虚传，麻利地把酒店桌上的东西乖乖收拾到一边。

杨君浩铺上一张照片形式的放大版图，整个版图的大小跟桌子差不多，上面是九嵕山的昭陵建筑。

"死胖子，我老板他那么抠，怎么把你收买得这么殷勤的？"

"谁抠？我那是节俭！那个眼镜，不是白送他的吗？一个值好几万吧，你俩怎么不说这个？"

惜雪无可奈何地双手抱在胸前："老板，现在是晚上11点，您让我加班也得有个节制吧？还有，投标这么大的事，带上他也不大合适吧？"惜雪看了一眼胖子。

胖子立刻嚷嚷说："我必须在，我不在，他潜规则你怎么办？"

"留他在这儿！"杨君浩一挥手，让他俩打住，"他是政治任务，没办法！"

"他？"

"我！"

惜雪和胖子一起瞪起了眼。

"政治任务？他一个送快餐的，难道还有不可告人的身份？是哪个大人物压迫你，非要让你带上他的？"

"不知好歹！知不知道什么叫政治任务？就是不能说他背后的那个大人物的名字，才简称政治任务的，懂吗？"

"他？他身后还有大人物？"惜雪指着胖子的鼻子，"据我了解，他认识的最厉害的大人物，应该就是我爷爷了。可是，你又不认识我爷爷，难道……"惜雪心想不会是胖子磨着爷爷找了梁重吧？这也太牵强了！

惜雪看着胖子一脸神秘的样子，心想他是藏不住事的，等空闲了再问他也不迟。现在重要的是尽快找到李文轩和了解昭陵的秘密，所以还是先看看杨君浩要说什么吧。

惜雪转身看向桌子上铺好的昭陵地形图。

昭陵，本是唐太宗李世民与文德皇后长孙氏的合葬陵墓。建筑面积达200平方千米，周长就有60千米，它是世界上体量最大的帝王陵墓，在我国乃至世界帝陵建制上都有着独特而崇高的地位。

可惜的是，虽然昭陵的体量是世界之最，但九嵕山属石灰岩质，易被风雨剥蚀，加之经过历代兵荒马乱，陵山上的建筑今已毁坏无遗，只有游殿、最初安厝长孙皇后的石窟、栈道遗迹、陪葬宫女石窟、北司马院，以及唐太宗墓道入口仍于山中可辨。而昭陵的地下部分包括墓道，跟秦始皇陵一样，至今没有被挖掘开发。

惜雪看着昭陵地形图上九嵕山的标志性建筑，信口就念出了清代诗人张鹏翮关于九嵕山的一首诗。

"黄叶秋深覆故宫，斜阳雁带落霞红。烟笼六骏銮歌歇，云锁九嵕树影重。泾水波摇千里月，寒门晴卷五更风。行人欲问昭陵迹，尽在岚浮翠涌中。"

杨君浩听了这诗，突然暧昧地一笑："好诗！真是跟我心有灵犀啊！我常常想起晚唐诗人刘沧描写过的昭陵秋色：'原分山势入空塞，地匝松阴出晚寒。'当年的九嵕山，岚浮翠涌，奇石参差，百鸟林间歌唱，苍鹰峰顶翔翔，流泉飞瀑，众山环绕，美不胜收！唐朝初年，唐太宗带兵打仗和狩猎，多次经过九嵕山，非常喜欢它的挺拔奇绝和美丽风光。唉，当时的昭陵是多么辉煌的京派建筑群啊，在绿树与青山掩映之中，陵山周围飞檐翘角，雕梁画栋的殿堂鳞次栉比，比屋连甍！"

惜雪点头接着说："安史之乱时，杜甫逃难经过昭陵，在《重经昭陵》诗中也描绘过昭陵：'陵寝盘空曲，熊罴守翠微。再窥松柏路，还见五云飞。'"

胖子听着两人不断吟诗，身上跟爬满了跳蚤一样不自在，终于忍不住大吼了一声："不要再吟诗了，说重点！"

"这你就不懂了，政治任务。"杨君浩讽刺地看了胖子一眼，"很多文人墨客对建筑的诗词描述，都是暗藏深意的，是藏头诗也说不定啊。"

杨君浩说得惜雪一怔，想起四合院里的藏头诗，心想那些消息已经被封锁得滴水不漏，他说出藏头诗来，是有意还是无心？

"低调，低调！那你们公司这次要投标的案子，具体是昭陵的哪个部分？"

"那不好说啊，政治任务，这要取决于你究竟了解昭陵到什么程度。我估计，就你这背景，肯定知道很多我们公司不知道的机密吧！"

惜雪一边听他们两个贫嘴，一边偷偷发了个短信给公司的朋友，然后看了看一脸尴尬的胖子，站起身替他解围："胖子，昭陵，其实有很多有意思的世界之最。自唐以来，历代的堪舆家普遍认为，昭陵风水是中国历代帝陵之最佳。李世民不但学习尧帝，选'来龙去脉'之地，决定'因山为陵'，还要求子孙后代都效仿于他，他是真正地开辟了中国'因山为陵'的新时代的帝王。"

说到这里，惜雪的手机收到了回复："根本没听说公司里有什么修复昭陵的投标任务，杨君浩现在休假呢。"

惜雪放下手机，不动声色地看了一眼杨君浩。心想难道他是为师父梁重来探究那恩陈日记的？又或者，李兴宇、梁重、杨君浩这一脉，知道的关于同律的秘密，并不比她跟爷爷少？如今四合院的事情出来之后，他们也想做点儿什么吗？

惜雪一边给胖子讲着，一边时不时观察着杨君浩的脸色，心里开始对他警惕起来。

"也许因为建陵在山的缘故，在中国古代帝王陵墓当中，唯独昭陵及其以后形成了祭坛的模式。从唐开始，历代的帝王，都委派官员代表朝廷祭祀昭陵。由于昭陵正南方献殿前的空地不多，加之道路崎岖，石料搬运不便，所以，历代的祭陵碑都立于北司马院内。就是这个地方。"

惜雪用纤细的手指，指向昭陵地形图中的北司马院，同时观察杨君浩的反应。心想如果不是公司的项目，这张图就有可能是杨君浩和梁重铺出来为钓自己上钩用的。那么，他的鱼饵是在这版图上的哪个地方呢？

惜雪继续给胖子讲着，也顾不得这是杨君浩烂熟于胸的知识，她和胖子的友情是无人可以取代的。她从小就看不得任何人嘲讽胖子。

"后来，人们习惯把北司马院称为祭坛。已知历代皇帝祭陵碑30余座。最早的祭陵碑是唐肃宗平定安史之乱后所立。其次是明太祖朱元璋派员所立的御制祝文碑。在30余座祭陵碑中，立碑最多的是清代康熙皇帝，至少有7座。

"这说明了，唐太宗及其昭陵，对后世具有巨大的吸引力和感召力。这是前无古人后无来者的祭坛。

"世界最大的帝王陵园，开辟因山为陵的新时代，直到今天没有被盗伐过，还是历史的长河中众位君王都敬仰拜祭的唯一的祭坛。"

胖子不知惜雪借助给他讲昭陵的事情，已经开始在反"钓鱼"杨君浩，只是单纯地听得入迷，搓着大胖手。

"昭陵的戒备十分森严。陵区严禁出入，陵区内的一草一木就更不得损坏。在《新唐书》中也曾有过记载，当时左武卫大将军权善才、右监门中郎将范怀义误斫昭陵柏树，按律当除名。高宗却下令处死二人，多亏狄仁杰依法力谏，又罗列了古代先贤事例，高宗怒气稍解，最终将权、范二人除名，流放岭南。"

惜雪讲到这儿，仍没发现杨君浩的脸上有什么异样。惜雪心想，难道自己还没有撞到他的点上？还好胖子傻傻地配合得天衣无缝，她继续试探着。

"昭陵大规模的陪葬陵制度，也是非常奇特的。咱们先说制度，贞观十年，唐太宗葬长孙皇后于昭陵以后，于贞观十一年二月制《九嵕山卜陵诏》，除明确规定把昭陵作为自己和皇后的陵墓外，还号召文武大臣及皇亲国戚死后陪葬昭陵。后又下发补充诏书，允许子孙从父祖而葬昭陵。在唐太宗的号召下，文武大臣和皇亲国戚都以陪葬昭陵为荣。从贞观年间开始，直至开元年间，有数百位显赫人物陪葬昭陵。目前已确认昭陵有190余座陪葬墓，陪葬人数远远超过200人。在这种陪葬制度之下，昭陵的陵园布局也显得十分独特。昭陵的陵寝居于陵园最北端的九嵕山主峰，190余座陪葬墓以九嵕山主峰为轴心，呈扇面分布在陵山两侧和正南，与当年长安城的布局十分相似，即帝王居住的大内居北，朝臣贵戚的府邸在南，象征着封建帝王至高无上的权力。"惜雪用手顺着九嵕山山腰的方向向下轻轻一画，似乎那星罗棋布的陪葬陵重现了一般，"当年九嵕山洞口和接近山顶的地方，都是凿石扩地，修建房舍、游殿，用栈道与墓道口连接……"

栈道？

惜雪发现刚才讲述到栈道的时候，杨君浩的微表情发生了微妙的变化，心里一怔，难道他的鱼饵在栈道？

"说到栈道，昭陵是世界上唯一座有栈道的帝王陵墓，在我国乃至世界帝陵建制史上都有很独特的地位。"

惜雪乘胜追击，胖子数着手指头，对惜雪比画出一个大巴掌："嗯，这是昭陵的第四个特征！"

惜雪点了点头，却一时间不知道接下去该怎么说了。昭陵栈道，在九嵕山上留下的痕迹寥寥，又能有什么蹊跷呢？没想到，在她犹疑的片刻，杨君浩先开口了。

"说到栈道，我突然想起阎立德的一件事来。唐太宗死后，安葬在九嵕山，为了保护陵寝安全，阎立德曾经上奏唐高宗拆除栈道，起初唐高宗并不同意。后来，估计是阎立德求助于长孙无忌等大臣，他们又援引《礼经》等书中侍奉亡灵之制，重新上表请除栈道，唐高宗才同意拆除栈道。依阎立德之建议拆除了栈道之后，昭陵真正叫'陵寝高悬，始与外界隔绝'。"

"啊，原来栈道不是被雨水自然破坏成这样的，而是被阎立德给拆了啊！他为什么要把自己精心建筑的东西给拆掉呢？"胖子听得连连咋舌。

杨君浩哼了一声："对啊，大人物！比起惜雪刚刚说的几个昭陵的世界奇迹，当时设计了昭陵，并且开创了因山为陵的皇陵先河的阎立德，才是奇迹之中的奇迹。"

"你们俩都傻了！"胖子突然摇晃着大脑袋，叹着气，"丫头，你都说出这么多的世界奇迹了，还没说到陵墓呢！"

惜雪知道胖子迷《盗墓笔记》，看了书后才开始自称胖爷。这话匣子要是打开了，那还有完？于是连忙打断胖子："陵墓在当时确是最厉害的。但是由于昭陵还没有被发掘，它的墓道地宫的情况到现在都很难被全面掌握。唯《旧五代史·温韬传》《新五代史·温韬传》及《唐会要·陵议》有些零星的记载。

"根据已经发掘的40余座昭陵的陪葬墓来看，当时的墓道多是'天井斜坡土石洞式'，这种模式也是唐代京派建筑的创新式架构经典。墓道两侧，有几组壁龛，那些陪葬的器物就放置在壁龛内。

"不但墓道设计惊奇，昭陵的墓室也为'弧方形穹隆顶式'，所谓的穹隆顶，从结构来说，就是一个正方体的架构，高和边长各4—5米。虽然昭陵墓道没有打开，但是建筑专家推断其地官形制，应与昭陵陪葬墓墓道地官一样，只不过是规模更大一些，而且唐太宗的陵墓前后，还有两个神秘的墓室。"

"我说丫头，墓室已经不够刺激了。我在医院的时候使劲琢磨过阎立德这个人物。"胖子的一腔热情根本压不住，又来了精神，"那昭陵墓中的壁画，也是阎立德画的，那才是京派匠人最津津乐道的神秘传说。"

"不过壁画可不算是昭陵的世界之最。"惜雪又打断胖子，"墓葬内壁绘制壁画，其实是中国古丧葬文化的有机组成部分。在京派建筑中，墓道壁画的地位，与小四合院游廊中那画龙点睛的花窗类似。

"唐代墓葬也不例外，大多数的唐代陵墓，都大面积地绘制着反映墓主生前的生活及宗教信仰的壁画。虽然昭陵墓没有被打开过，但是在1990年，唐太宗的一名宠妃韦贵妃墓，被昭陵博物馆的考古工作队进行了发掘清理。韦贵妃是乾封元年陪葬昭陵的，她的墓中出土了数十幅精美壁画。其中《给使图》《献马图》等作品，笔法、布局和人物造型与阎立德的画如出一辙。所以考古专家普遍认为，这些作品极有可能就出自阎立德之手。如果韦贵妃的壁画，都是阎立德所作，那昭陵唐太宗墓室的壁画，更加……"

"我说这阎立德也太厉害了吧！他不但能盖房子，还能把内室装修给包揽了。不但是大匠师，还是毕加索那样的艺术大师！就他一张图，现在就得卖上亿吧？"胖子终于被惜雪拉回现实，思路却不知飘到了哪里，眼中露出了无比憧憬的神色，目光迷离地看着版图上的栈道，"这匠师的手艺，都靠拜师学艺，原本都是钉鞋掌的小屁孩儿。如果我有匠人师父，我也能成为这么厉害的人，那我就不用天天在烈日下送快餐了。我不仅能富可敌国，还能声名永存于世，万代千秋被后人顶礼膜拜。我的子子孙孙不但受人敬仰，还有享不尽的富贵荣华。"

惜雪用屋里的报纸敲了一下胖子的后脑勺，心想胖子贪，杨君浩抠，两人都爱财如命，却一个求，一个守，他俩凑在一起，也可真是绝配！想起杨君浩，她没有再看见他的脸色有什么微表情的变化。试探了这么久，不过是一个"栈道"曾让他心生涟漪，难道他的诱饵就在这儿吗？惜雪顿了顿，又把话题转回到栈道上。

"没打开的陵墓，再神秘也没什么好讨论的。我倒是觉得栈道比较有趣！我记得《唐会要·陵议》里有记载，因昭陵墓道口山势陡峭，所以沿山体架了两条栈道，直达玄宫门。一条起自寝宫建筑群侧后方，从山体西南脚下沿山体盘曲而上，直达玄宫门；一条起自北司马院建筑群侧后方，从山体北面脚下蜿蜒而上，经山体东面再向西绕，直达玄宫门。这些栈道的修筑，一方面是为了当初施工和安置陵寝方便；另一方面，使守陵的妃嫔宫女能够供养如平常。"

"嗯？不对！你刚才不是说唐太宗葬后，阎立德力争废了栈道吗？怎么现在你说起的栈道的用意，好似当初阎立德建栈道的时候，是为了宫女能够继续长久地服侍已经死去的李世民？这不是矛盾了吗？"胖子莫名其妙地摸了摸脑袋，"自己的设计都不能善始善终，这阎立德作为一个那么知名的大匠师，怎么出尔反尔了呢？"

杨君浩突然站了起来，走到桌子旁边，扶着桌角连着做了两个直立俯卧撑，又蹦跳了几下。看见惜雪惊疑鄙视的目光，瞪了她一眼："看什么？像我身材这么好，难道是天生的？还不是随时随地不懈努力的结果！"说罢，他大手一扬，指着桌子上版图中蜿蜒的栈道："胖子，其实不是阎立德出尔反尔，而是这其中另有故事。你们看昭陵的墓道口周围，山势如此陡峭，缘山凿石架的栈道，曾绕山腰400米盘曲而上，何等壮观！"顺着杨君浩的手指，惜雪看到了那版图中，在原本的栈道痕迹处，竟然绘出了本应消失的全部的栈道。

杨君浩竟然完整地复原了它！

那犹如一条巨龙蜿蜒在九嵕山的栈道，在杨君浩的手指下诡异地盘曲着，似乎有某个从唐朝开始就隐藏着的云谲波诡的秘密，在他黝黑的手指中逐渐崭露出了头角。

这昭陵栈道，究竟有什么秘密值得杨君浩以个人力量，去做这么完整而细致的建模？

惜雪在脑子里搜索着与栈道相关的所有信息，企图找到杨君浩这样做的答案。据她脑中的资料记载，在昭陵消失的栈道末端，曾有垣墙围绕。墙四角建有角楼，正中各开一门，分别为南"朱雀门"、北"玄武门"、东"青龙门"、西"白虎门"。四个角楼的架构独特，惜雪曾听爷爷说过，在唐之后的京派匠人之中也耳熟能详，这角楼是斗拱和横梁在力学上巧妙结合的建筑典范。

朱雀门的遗址，在陵山正南的一道峻梁上，距陵山主峰约800米，门外有双阙台，门内有献殿遗址。献殿背依陵山，是举行祭祀活动的场所，当年主要供奉太宗的灵位。玄武门在陵山正北的一道峻梁上，距陵山主峰约600米，门外亦有双阙台，门内是北司马院。而青龙门和白虎门这东西两门的门址、围墙及角阙遗址，至今尚未被发现。

惜雪在版图的栈道上研究着垣墙和四个角楼可能存在的位置。她围绕着桌子挪移着自己的位置，当那垣墙角楼及朱雀、玄武、青龙、白虎四门都于版图中的栈道和崎岖的山路之上呈现出立体形象的时候，她的眼中突然出现了一个奇怪的形状，那蜿蜒的轮廓，好像同律中五脊六兽中的狻猊！

难道这才是唐后各朝，都来这北司马院朝拜祭祀的原因？

"怎么了，赵大小姐，有心事？"杨君浩琢磨似的歪着脑袋。惜雪坚决地摇了摇头。

杨君浩哼了一声："你这女人，脑子里面事太多，城府太深！谁敢娶你这样的？你已经看出来这是咱们公司精心修复完成的古栈道了吧？栈道的痕迹分为两种，一种是供游人观赏的栈道，残留显性痕迹；另一种是地理土壤、周边生长的植物、有人工开凿的山石残留等隐性痕迹。我们结合了两种痕迹，进行了全面完整的修复工作。"

惜雪扬起眉毛："杨总，公司的这次投标，总不会是'修复昭陵栈道'这种巨大的工程吧？"

"你还不明白？"胖子突然打岔说，"修复栈道不是目的，这是为了昭陵古墓啊！栈道直通古墓，这是咱们国家要动手开墓了！"

"你打住吧！"惜雪恨不得走上去捂住胖子那神采飞扬的大胖脸，"京派陵墓，是京派建筑的绝技。从古至今，盗墓贼猖獗，但真正懂得京派陵墓建筑精髓和文化的人凤毛麟角。也许京派大匠师阎立德才是精髓的掌握者，但是他的秘密和匠技，已被后世完全掌握了吗？并非如此。所以昭陵才从未被盗墓者发掘过。你觉得，现在我们有十足的把握，打开那惊奇瑰丽的古墓，而不伤害那古墓中每一件都价值连城的瑰宝吗？"

惜雪没有继续说下去，想到自己原本以为小四合院中的神秘图腾是模仿阎立德的《麒麟戏春图》的寓意，没想到它的出处竟比唐朝还要早1000多年。那么是否应该反过来想，阎立德也使用和效仿了无名书的寓意呢？

没有被盗墓者挖掘的秦始皇陵中有无名书中图腾里黄金凫雁的痕迹；没有被盗墓者挖掘的昭陵中有无名书中图腾里獬豸的痕迹。这来自春秋战国时期的无名书，貌似暗藏着无限玄机。如果找到其中的奥义，是不是就能找到那些中国大地上无比神秘的皇陵，为什么从来没有被盗墓者盗掘的真正原因呢？

"你在想'宣水藏龙，隐气聚精'吧？"杨君浩看着惜雪的表情，突然在一边冷哼了一声。

这下说得惜雪一怔，她冷静了一下说："杨总，像您这种对古建从来都不屑一顾的人，竟然还知道这八个字？"

"别忘了，我师父也是古建专家。而且，谁不知道你是用这八个字破了小四合院的机关？我还知道，只有当今京派的泰山北斗，京派匠师赵振兴才有那本《京派秘传》。"

惜雪大吃一惊，看着胖子紧张得无处安放的眼神，知道这个大漏勺一样的嘴巴，为了能跟杨君浩来陕西，肯定又"知无不言，言无不尽"了。也不知道他究竟吹了多少牛？杨君浩知不知道自己和赵振兴的祖孙关系？

惜雪刚要说话，手机上突然出现了一条微信提醒。

她拿起手机，只是看了一眼，便一哆嗦，手机吧嗒掉在房间的地板上，一直被她视如珍宝的手机，屏幕瞬时被摔碎。

那是惜雪每天都看上百回的微信，一个多月以来，惜雪日思夜想期盼着那微信会有信息传来。那是李文轩的微信。

他的微信里只有几个字："在哪里？"

惜雪连忙给李文轩的手机打过去，电话已经停机。她转而立刻回复微信："我在九嵕山！你是李文轩吗？为什么不给我打电话？你还好吗？"

数分钟后，李文轩的微信又来了："速来韦贵妃墓墓口见！谁都不要信！"

"这是怎么了？"胖子凑过来查看屏幕已经碎裂成几块的手机，"这不是你最珍贵的东西吗？"李文轩的微信还在屏幕上亮着，惜雪忙躲开，胖子已经大叫出来："李文轩！他的号被盗了！！"

杨君浩也是一惊，赶紧凑了过来，本来应该十分保密的消息被胖子一嗓子喊破了。

"惜雪，报警！绑架李文轩的人出现了，还要害你！"胖子一边忙不迭地提醒惜雪，一边手忙脚乱地找出自己的手机。

"不要打草惊蛇！"杨君浩拉住胖子，显得十分老辣，"就算是圈套，我们也有周旋的余地，先看看怎么回事再说。"杨君浩说完，一本正经地出去打电话。

惜雪拍了胖子的脑袋一下："你的破嘴，能不能改一改！我不相信他！"

胖子却已然紧张得要命，摇晃着脑袋对惜雪说："丫头，你有没有想过，也许有两个李文轩？我们在小四合院围廊的时候，另一个李文轩就装神弄鬼。我们到了九嵕山，他又跟着冒出来。还墓口……"

"别啰唆了！抽空我们甩了那个谎话连篇的杨君浩。"

"甩了他？他手里有多少资源，你是不知道。如果李文轩的微信是一个骗局，只有他有能力跟骗局背后的人较量。靠我们俩是以卵击石！"胖子正在手舞足蹈地比画着，杨君浩推门进来，脸上已经没了笑容："我都安排好了，我们先去他要见面的地方看看。"

"你安排了什么？"惜雪警惕地问，"现在是晚上，我们进不去景区。"

"还有我杨君浩进不去的地方？开玩笑吧。赵惜雪，你还不知道我'帅炸天'碟中谍一样的关系网。"杨君浩紧紧盯住惜雪，"怎么，你不想去？"

"当然去！"胖子一反常态替惜雪答应了下来，完全把惜雪刚才的话抛在了脑后。惜雪瞥见胖子和杨君浩之间的一个隐秘的对望，突然皱起了眉头。这两人究竟是怎么回事，这次在九嵕山，他们两个为什么突然凑在了一起，他们来这里的目的是什么，很多事情，胖子似乎都在瞒着自己。

而且，吕泽洋这家伙一向没什么背景，身后怎么会有什么大人物给杨君浩派下政治任务？想到李文轩微信里说谁都不要相信，惜雪开始犹豫要不要连这个发小也一起甩掉。

不过，杨君浩的关系网确实是他们现在的绿色快捷通道，利用杨君浩的关系马上见到李文轩，无疑是此时此刻最重要的事情。

三个人出门钻进杨君浩已经安排好的车，李文轩没有再回任何信息。三人一路十分顺利地赶到韦贵妃墓墓口，月色下，一个瘦弱的背影正在婆娑的枝影间诡异地徘徊着。

"鬼！"胖子眼尖，先看到了影子，吓得一蹿，习惯性跑去惜雪身后，"整个山都是陵墓，加上盗墓死在这儿的，唐代鬼、宋代鬼、清代鬼……要有多少鬼？那长安城是个阳宅，这九嵕山就是个阴宅，这晚上都出来了……"

"兄弟，贵姓？"胖子正在磨叽的时候，杨君浩却一步走上前去，对影子喊了一声。惜雪和胖子紧张地站到杨君浩身后，惜雪知道那不是李文轩的背影，但这也并非一个陌生的背影。

那背影似乎也没想到这里还有人，犹疑了一下，还是转过头来。月光下一张坚毅惨白的面孔，长发轻轻一甩，两眼如黑暗中的小豹子，看着面前的三个人。

"你不是回苏州了吗，怎么会这个时间出现在这里？"惜雪上前一步，显得有些咄咄逼人。

乐正夕出现在这里，让本来已摆脱了嫌疑的他，又搞出了一个致命的难以解释的漏洞来。

如果说惜雪是无意中发现李文轩寄给梁重的明信片而来的这里，杨君浩是为了梁重惦记的日记本和同律来的这里，胖子是为了保护惜雪而来的这里，那乐正夕又是为什么来到这里呢？又为什么，这么晚出现在李文轩约见的地方？

他不是完全不认识李文轩，完全不知道小四合院的地下室里同律图腾的事情吗？他不就是个给韩墨修复四合院的小工匠吗？

四个人在黑暗中对峙的时候，惜雪那破手机上的微信又响了，还是李文轩："有变！速回酒店，见面细说！"

惜雪错愕地把手机递给胖子，胖子一拍巴掌："扯什么哪！"

乐正夕走过来："你们要去哪儿？我跟你们去，我有事情要对你们说。"

"回酒店找我妹，你看上我妹了？"胖子瞪了他一眼，胡扯道。

"如果怀疑他，最好的办法就是让他一起来。"杨君浩与惜雪迅速达成了一致，几人来不及多说，又向山下狂奔。

几人赶回酒店，推开屋门。房间里一片狼藉，被子和茶杯被扔了满地。杨君浩放在这里的版图也不翼而飞了，李文轩也不在这里。

"遭贼了？"胖子里里外外找了个遍，"李文轩呢？"

"你没闻到？"乐正夕走到窗前，向下面紧张地张望了一眼。

胖子使劲吸了一下鼻子，一阵猛咳："是那女鬼身上的香水味？！小四合院那女鬼！"

"他们是冲九嵕山版图来的。"惜雪找了一圈，看到除了版图，并没有丢失其他的东西。然后焦灼地看向窗外，寻找着李文轩的踪影。是他通知自己速回酒店，他是看到这帮欧洲人了，还是有人给他通风报信了？不然，他约在韦贵妃墓见面，人本应该在昭陵，又是怎么知道这里出事了呢？

惜雪有些焦虑地在屋里来回踱步，李文轩的微信又来了："我没事！事情很复杂，千万不要报警！明天下午两点，还是老地方，见面详谈！"

杨君浩一把抢过惜雪的破手机读了那条微信，紧张地说："不管这发微信的是李文轩还是个陷阱，现在打草惊蛇会让一切前功尽弃。这伙人显然是冲着昭陵的资料来的，他们的目标既不是李文轩，也不是我们。"

惜雪思前想后，觉得杨君浩说的也不是没有道理。她又出去给爷爷打了个电话，爷爷没睡，说小四合院里有要紧事，只是非常简短地跟她沟通了一下想法，竟然跟杨君浩不谋而合。

胖子还是担心有诈，又开了间房，把惜雪的东西全数搬了过去。

现在看来，只能等明天下午见到李文轩之后，再做商量。不管怎么说，李文轩有可能没事，对惜雪来说，这个好消息简直让她兴奋得难以入眠。

几个人折腾了一晚上也饿了，胖子出门买来外卖，他们在惜雪的房间里一边吃饭，一边喝酒，一边琢磨着这群欧洲人到底想干吗，为什么偷走杨君浩的资料，又是怎么找到惜雪的房间的。

杨君浩跟乐正夕是第一次见面，却没什么生分的感觉。他跟乐正夕推杯换盏，问东问西。乐正夕本来也不善言谈，又似乎满腹心思，礼貌地简单应对着杨君浩，提到他外叔公的近况，更是沉默不言，一杯酒一饮而尽，两眼发红。

席间，他不断用餐巾纸轻轻摩擦着酒杯上的酒渍，每次喝完都将酒杯擦拭得一尘不染。

惜雪看出乐正夕有话要说，又内心犹豫，她刚要开口问，爷爷又把电话打了回来。这次是微信视频电话，惜雪到洗手间接电话，电话中的爷爷显然已经忙完了，在回家的路上找了个长凳坐着给惜雪打的微信视频电话。

爷爷的声音十分焦虑，接通后就开门见山："惜雪，别的什么都不用说了，你立刻回来！"

在京派的传承中，徒弟对师父的意见要保持绝对的尊重，这种尊重要渗透在骨子里。也就是说，工作生活方方面面，都要有发自内心的尊重。没有这份信任，徒弟是学不到师父真正的匠技的。所以，自从戴上木扳指以后，惜雪对爷爷的话就再不能任性了。

可是李文轩怎么办？

惜雪请求爷爷让自己明天见了李文轩带着他一起回京。

爷爷沉默了一会儿，低声说："惜雪，小四合院这边的事情，我签了保密协议。"他的目光闪烁不定，惜雪知道这是他用微信电话的真正原因。"那伙欧洲人，来自意大利，组织名字是'庞贝'。他们是冲着同律来的，已经在中国杀了不少人。你无法想象他们有多可怕，这伙人不仅有意大利黑手党背景，在中国的势力也大得惊人。"

"他们为什么对中国的同律那么感兴趣？为什么杀人？"

"丫头！"爷爷眉头紧锁，面色沉重，"还记得我说过的话吗？'对世界懵懂无知，被黑暗击碎三观，发现黑暗虽然遍布，但是光明依旧会存在。'我们总要经历这样的过程。"

惜雪想要多问几句，看爷爷面容疲惫，就让他早点儿回去休息，并答应爷爷明天就买机票回京。

爷爷点点头，又补充说："丫头，无论遇到什么，绝对不要简单地去报警解决问题。不要任性，还有，你不要小看了你身边的……"

爷爷话没说完，惜雪突然看到他椅子后面，有个戴黑帽子黑口罩的高个儿，快速向爷爷的后背这边冲了过来。

"爷爷，小心你身后……"惜雪忙惊呼一声，话还没说完，那黑影已经一棒子将爷爷敲晕了。

惜雪声嘶力竭地大喊："放了爷爷！"

那人从爷爷手里拿过手机，看着镜头闷闷地说："去找到昭陵的秘密，找到三个天机，你爷爷就平安无事。如果你没有交换的信息，他就死定了！听懂了吗？很快我会再联系你！"

"你放了他，我认得你的眼睛，我立刻报警！"惜雪只觉呼吸急促，热血上涌，近乎疯狂地抛出假装的能威胁他的底牌。

"报警？你快点儿报警，我等着接你的报案！然后，你还会来公安局认领你爷爷的尸体！我保证！"黑口罩眯了一下眼，发出一阵怪笑，中断了跟惜雪的通话。

惜雪在卫生间中一阵狂喊，胖子他们都闻声冲了进来。

胖子一看惜雪中断通话的微信记录，立刻慌了，摇晃着惜雪大声问是不是爷爷出事了。

惜雪已经泪流满面，想着韩墨让自己远离黄金凫雁的警告，想着自己离别前爷爷怪异的举动，想着如果爷爷不是为了给自己示警，也许他就不会有危险……想着想着，惜雪只觉头痛欲裂。

杨君浩用惜雪的手机给她爷爷拨视频、打电话，都再也没有回应，他拉起惜雪的胳膊，大声问："别哭了，女人真是麻烦。你告诉我究竟出了什么事，要不要报警？"

惜雪点了点头，又猛地摇了摇头。

她想到爷爷刚才说到的庞贝组织在中国的势力，还说"无论遇到什么，绝对不要简单地去报警解决问题"，想到刚才那个黑口罩说的，等着接到她的报案就杀了爷爷。即使那黑口罩是吓唬人的，爷爷也是绝对不会无端提醒自己的。

"这是一场绑架，他要的不是钱。"

"那他要什么啊？"胖子一边咆哮着，一边流着眼泪。他从小跟着惜雪混在爷爷身边，爷爷待他如亲生孙子，知道他爱吃，不论去哪里出差，给惜雪带回来的东西总有胖子一份。此刻爷爷出事了，对胖子的刺激，不比对惜雪的小。

"他要的是信息！他说找到昭陵的秘密，找到三个天机，换爷爷的命！"惜雪把脑袋埋在手里，心里想着除了胖子，自己能相信这个神秘兮兮的乐正夕，还是能相信这个已经抛出一个公司投标谎言欺骗自己的杨老板！

"三个天机？"此刻乐正夕的神色，虽然没有他们几个夸张，但是脸上也是红得不行，胸脯一起一伏，"我这次回苏州，外叔公倒是给我讲了一些事情，也许与你说的三个天机有关！"

"是什么事情？是阎立德大匠师的事情，还是人面麒麟图腾的事情？"

惜雪好像抓住了一根救命稻草一样抓住乐正夕，没想到他竟然如此开诚布公。不错，他是韩墨的后代，人面麒麟图腾就在韩墨的小四合院里藏着，韩墨家里的影壁上就是阎立德那《麒麟戏春图》。他才是最有可能，比自己更接近这些秘密的人！

# 第十一章

## 大匠师阎立德的故事

袁天罡拍了拍阎立德的肩膀，扶他站起来，
低头沉吟着说了一句："立德，真乃天意不可违啊！
该来的总是要来，冥冥之中的宿命掌控着万千星辰和大千世界，
暗藏的玄机深不可测。"

　　乐正夕开始语气急促地讲述了起来。他讲出了阎立德大匠师不为人知的一些事情和经历，听得几个人时而拍案而起，时而唏嘘长叹，时而瞠目结舌，他们忘了时间的流逝，感觉他的每一句话，都有可能成为拯救惜雪爷爷的那把金灿灿的信息钥匙……

　　阎立德，是唐代京派赫赫有名的大匠师。他的出身十分显贵而神秘，他来自一个在唐代已踏入鼎盛状态的神秘组织——关陇集团。

　　关陇集团，并不是中国营造学社那样的匠人组织，但是其背景和势力范围有过之而无不及。关陇集团的根源，最早可以追溯到战国时期的秦国，其代表人物是王翦、李信和司马错。南北朝时期，曾风光无限的关陇集团则随东晋的灭亡、刘宋的兴起而逐渐衰败，不复当年。眼看黄金时代就要结束，关陇集团又奇迹般重新崛起，纵横中国近200年，它助推了四个王朝——西魏、北周、隋、唐的发展。

　　阎立德的父亲阎毗，娶了北周武帝的女儿清都公主。

　　所以，阎立德是北周武帝的外孙。

　　阎氏自北周时起世代高贵，一直属于关陇集团。这也注定了阎立德的身份和地位、知识和眼界都与普通的匠师大相径庭。

　　阎立德的父亲阎毗也是著名的匠师，曾因修筑隋朝运河在河北的一段而声名远扬。由于阎立德从小天赋异禀、聪慧过人，很快继承了家族绝学。不但在建筑领域，在工艺、绘画等各个方面都逐渐表现出了无可匹敌的才华和能力。唐朝初年他就承继了父亲的工作，不过他最初从事的只是设计皇帝的礼服及仪仗车舆伞扇。只是这小小的崭露头角，也惊艳了世人并令他名气大振。

因为关陇集团极其丰富的教育资源，阎立德和阎立本兄弟俩在绘画方面的造诣都非常高。画作中人物形象逼真传神，多取材于历史事件和人物，用以鉴戒贤愚，帮助治国安邦。作品备受当世推崇，被时人列为"神品"。正因如此，后世对阎氏兄弟两人的绘画杰作视若珍宝，这才有了宋徽宗珍藏《麒麟戏春图》的传说。而《麒麟戏春图》，确实是阎立德画作中罕见的一幅佳作。

虽然已成为绘画领域的天才达·芬奇，在画画和服装设计上也成就了一番无法逾越的伟业，但才华横溢的阎立德，还是一心想要像父亲一样，成为一名京派匠师。他的内心深处已经不愿继续给皇帝设计礼服，而是想转做木匠工艺，设计宫殿。

阎毗酷爱这个耿直忠厚的儿子，看他闷闷不乐，叫他到身边询问。阎立德含泪说："父亲，我的志向并不在于设计多华美的礼服，多漂亮的车舆伞扇，画出多绝美的画，因为我觉得那些华而不实的东西，会随着时间的流逝而慢慢消失，再漂亮又有什么用呢？难道这就是您把我带到人世的目的？难道这就是我活着的意义？难道我要一生一世都做这些毫无价值的事情吗？"

阎毗微微一笑："儿子，把热情投入自己钟爱的事业，去创造流芳百世的图画，这又怎么是毫无价值呢？如果你弟弟阎立本听了你的话，一定会跟你拼命的。"

"图画再好，也只是用产生的美感供人欣赏罢了。皇帝的衣服再华丽，也只是在宫中得到臣子的赞扬，这些对我来说，有什么意义？"

"那你想做什么呢，儿子？"

"我想要跟您一样设计建造工程，您修建运河，我想设计建造房屋。"

阎毗哑然失笑："孩子，从根本上来说，房屋和图画不都一样是艺术品吗？"

"那怎么一样呢？房屋可以供人居住，您修建的运河可以运输货物。我希望有人可以住在我设计的建筑之中，不但舒适而且还能从内心深处产生美感和享受。我愉悦的是住在建筑中的人，如果他住一辈子开开心心，如果他的子孙后代接替住下去，那长久的时间里都有我的一份力量。而皇帝穿着的华美服装，愉悦的又是什么呢？虽然都是艺术品，但是我的建筑可以温暖人心，这就远远在一幅图画的价值之上了！"

阎毗不再笑了，严肃了起来："儿子，所以你想要当一名京派匠师？"

阎立德一听，立刻跪下给阎毗磕头："求父亲助儿子完成心愿。"

"你可知道，要成为一名京派匠师，需要付出多少艰辛？学徒十载不成书，百炼成钢辛酸泪。"阎毗翻开自己的手掌，阎立德看着父亲手掌上那遍布的伤痕，"无论身份地位多么显赫的人，想当匠师，就都要从学徒练起。修建房屋都要亲力亲为，亲身去体会理解和领悟。这在你母亲那种公主的眼里，全部都是不能忍受的下人的粗活累活。然而这是当匠师唯一的途径。你养尊处优，明明画艺就可名震天下，衣食无忧，又何必要去吃这份苦呢？"

"父亲，儿子认为成为京派匠师才是有意义的事，而且，儿子成了京派匠师，也能让家族衣食无忧，富贵百年。"

"成为京派匠师又谈何容易，这不是你付出辛苦就一定能实现的。也许你当一辈子学徒都碌碌无为，别说设计建造房屋了，就连一个匠人都成不了。到你老了的时候，会悔恨不听父母劝诫，痛失成为画师的机会。你自幼过着优裕的生活，又是何苦非要选择这样一条路呢？"

"父亲，宝剑锋从磨砺出，梅花香自苦寒来。儿子早已做好了充分的吃苦准备，还求父亲成全！"

"哪怕一生无成，你也要辛苦劳作？"

"是的！"

阎毗看着阎立德的眼神，站起身来，背对着他，低沉地说："儿子，你的母亲一定会因此抱怨我一生的。你可知道，作为一个父亲，并不想给儿子指引一条崎岖难走甚至有未知的危险的路吗？"

阎立德看到父亲的肩膀在微微颤抖，再次磕头，坚定地说："求父亲成全儿子。儿子不能在战场上为国杀敌，建功立业，只想修建造福于人类的建筑，以温暖他人。"

"孩子，你心中建筑的作用只是温暖他人，让住的人心生美感，实在是太过简单了。不过，你愿意吃苦，父亲也支持你，你先跟我学吧。"

阎立德心中大喜，接连磕头。

就这样，阎立德从学徒开始，跟父亲学习匠师的技艺。

一晃三载，阎立德每天都是天不亮就起床进行木作手艺的锻炼，上午实际操作，下午设计建模，晚上熟读匠艺口诀，每天忙碌到深更才睡下。从小木匠工艺，到盖房子，从建模到亲自搭建斗拱屋檐，方方面面，都得到了锻炼提升。

一日，阎毗叫来了阎立德，给他戴上了自己的木扳指，称赞他的工艺，也就是建筑之形已然烂熟于胸了。

阎立德见父亲将自己升级为匠人了，大喜，要求随父亲建造房屋，阎毗却摇了摇头说："孩子，自古以来，京派建筑的匠艺讲究形神兼备。所谓形，是落到实际的部分，指的是建筑本身的结构、布局和设计，也就是京派建筑中实打实的技艺，这三年你的匠技突飞猛进，可谓学有所成。而所谓神，是传统建筑文化渗透在整个建筑中的灵魂，尤其是大型皇族建筑设计，无论宫殿还是陵墓，大到布局，细到斗拱、壁画，设计中往往暗含着古代京派建筑文化的玄机。要想成为一名真正的京派匠师，必须形神兼备。如果不懂建筑的神韵，即使匠技再出色的匠人，也到头了，绝对不可能升华成为一名匠师。而建筑的神，正犹如猛虎之利牙一般，你见过没有牙齿的虎当上百兽之王吗？"

"父亲为何以猛虎之利牙比喻建筑之神，莫非这神韵还有危险吗？"阎立德突然感觉父亲从前所说的匠师之路崎岖难走甚至有未知危险的话，还另有暗示，连忙追问。

阎毗深深叹了口气，拍了拍阎立德的肩膀，并没有回答他，却出人意料地说："父亲给你找了个学习建筑之神的师父，就是袁天罡！他乃是建筑领域当之无愧的堪舆学大师，对建筑之神的领会在我之上。你只有明白了建筑的神韵之后，才能造出神形兼备的建筑来。”

"啊？"阎立德一阵惊讶，随之又跪下来，"父亲，孩儿知道他精通天象、占卜和周易，这却与建筑有什么关系？"

"只要你跟他学习一段时间，就会懂了。"阎毗露出一副天机不可泄露的表情来，"只是这袁天罡并不是一般人，从来没收过徒弟，不动用关陇集团的力量，甚至都找不到这个神龙见首不见尾的人！要寻到他，再让他收你为徒，简直是两件难比登天的事情。"

阎立德连忙叩谢，一边继续跟父亲学习匠技，一边等待父亲帮助他完成这难比登天的两件事。

阎毗说得没错，在唐代李世民时期，能把建筑的神表现得淋漓尽致，无可匹敌的，只有当之无愧的堪舆学大家袁天罡。

"名如皓月罩千秋，声似春雷震古今。"正是后世对袁天罡大师的评价。

袁天罡不但是堪舆学大师，而且还有很多传奇的事件。比如在《新唐书》中，就有很多关于袁天罡准确预言的故事。

最有名的，还是当年李世民让他和另一位风水大师李淳风推测大唐国运的事。相传袁天罡和师弟李淳风两个，采用周易八卦推算大唐国运，没想到一算起来就上了瘾，一发不可收，竟直接推算到了唐以后中国两千多年的命运，直到袁天罡推着李淳风的背说："天机不可再泄，还是回去休息吧。"这才诞生了震惊世界的《推背图》。

据传，这本《推背图》里共有60幅图，每一幅图下面附有律诗一首，预言了从唐朝开始一直到未来世界大同发生在中国历史上的主要事件，其准确性如有神示。这个传说，使得这两位大师一直如神一般地存在于唐之后的历史当中。

袁天罡的堪舆术，更是不可思议。细数下来，中国历史上两个最神秘的从未被盗掘过的皇族山陵，都是由袁天罡选址。袁天罡选址的这两个皇陵，一旦有盗墓者企图挖掘，就会发生各种各样的诡异事件，以至于迄今为止，从没被开掘过。

这两个皇陵，一个是唐太宗李世民的昭陵，还有一个是武则天和李治的乾陵。

先说乾陵。乾陵定穴，这又是袁天罡和李淳风两位堪舆学大师合作的一个传世佳话。

当时的袁天罡和李淳风，用今天的话来讲，他们都是学术权威和科学精英。李治于公元649年登基后，就委托两人为他选择风水宝地。

袁天罡和李淳风二人是分别去找的，也都跑了不少地方。

一日袁天罡来到关中，于子时观天象，用其擅长的"风鉴术"发现山间有紫气升起，直冲北斗。紫气出现是一种吉兆，顺着这团紫气，袁天罡找到了一个地方，并在地里埋了一枚铜钱做标记。

李淳风是从地理八卦的角度探求的方位。在梁山以身影取子午，以碎石摆八卦，将定针插入算定的地方做标记，也定了一处风水穴。

两人分别定好宝穴之后，李治得报，就让舅舅长孙无忌前去察看再做定夺。这时候，不可思议的一幕出现了，长孙无忌寻到袁、李二人做标记的地方，看到李淳风的定针正好插在袁天罡的方形铜钱眼中。

其实袁天罡和李淳风定乾陵的办法，分别来自两个古代建筑派别的理论。

一个是理气派，以阴阳五行、八卦、河图、洛书、星象、神煞、纳音、奇门、六壬来做地相，以九宫飞星理论，也就是九大行星（一白、二黑、三碧、四绿、五黄、六白、七赤、八白、九紫）的运作来决定气的状态和走向。也就是李淳风这次使用的办法。

另一个是峦头派，主要是以龙、穴、砂、水、向来论吉凶。就是袁天罡此次使用的方法。

他们的这次合作，从侧面说明了两个堪舆学理论效果的一致性。

更厉害的是，无论理气还是峦头，袁天罡都十分拿手。他对堪舆学的研究，早已到了世人望尘莫及的程度。所以，阎毗让阎立德跟从袁天罡学习建筑，实在是给儿子找了一个顶级的建筑理论大师。这也为阎立德后来成为世界瞩目的大匠师，奠定了十分雄厚的基础。

不过，阎毗帮阎立德寻师袁天罡，确实是当时阎家最难办成的事情。

袁天罡虽然厉害，但是他神龙见首不见尾，整日如闲云野鹤一般四处游走，阎毗委托关陇集团利用极其厉害的遍布天下的关系网，终于得以见到这个普通人毕生都无法见到的世外高人。

在袁天罡辗转游走于长安洛阳的时期，关陇集团找到了他，经过多次交谈，终于成功地让他收了阎立德为徒。

阎立德能拜这样一位绝世高人为师，自然是喜不自禁。他从跟随袁天罡那一天起，就每日兢兢业业，谨遵师训，对师父的所有要求都尽心尽力，不敢疏漏。

袁天罡低调，阎立德也绝不声张，跟师父走南闯北的时间里，他随师父住茅屋草房，风餐露宿，粗茶淡饭，全身心投入学习，不辞辛苦，完全忘记了从前锦衣玉食的日子。

他不但给师父洗脚做饭，还帮助师父打理所有外事，每一样都处理得有条不紊，一丝不苟。袁天罡看阎立德内敛而沉稳，实事求是又懂"沉淀"，丝毫没有豪门纨绔的浮夸之气，心里也甚是喜爱，逐渐将与建筑相关的堪舆术倾囊相授。

绝顶聪明、才华盖世的阎立德，在跟随师父学习堪舆术的时期，也慢慢地领会着星象学、天文学、数学、预测学等匪夷所思的学科在建筑学中的奇巧应用，长进飞快。

用师父的话说，他已然开窍。美中不足的地方是，袁天罡感觉阎立德太过严谨，思维上不能扩展到堪舆学之外的领域，所以除了相地之外，其他的本事，也就是点到为止，不愿多说。不过，就是点到为止的一点，却解开了自小就藏在阎立德内心深处的一个巨大的谜团。

前面说过，关陇集团是于战国时期秦国开始形成的组织，自然也传承了战国时的一些古卷秘籍。而阎立德又是关陇集团的重要成员，自小喜欢建筑和绘图的他，自有契机看到那些历史古卷。他自幼饱读诗书，对春秋战国时期那些古卷更是爱不释手。

在14岁的时候，他曾发现古卷中有一本奇怪的无名书。他从小喜爱绘画，本来是被无名书上的神秘图腾吸引，想着那也许来自春秋战国时期的某个绘画高手。因为画的内容是个奇怪的人面麒麟，栩栩如生，呼之欲出，麒麟的身上趴着六只小兽，每只仿佛被临摹的一般，形态诡异，暗藏玄机。整幅图画的写实画法甚是形象，这让懂得画艺的阎立德瞠目结舌。

但是，自幼饱览群书的阎立德，从来没有在古法书籍中看到过这样的图腾，也没有在任何典籍中读到过关于这东西的故事。这究竟是来自哪种异域文化或者传说？这东西又意味着什么呢？

阎立德近乎痴迷地研究那无名书的图腾，寻遍典籍却百思不得其解，只能暂时放下心中的谜团。

在听了师父堪舆理气法中的九宫飞星论，又被师父点拨了一下星象学的理论知识以后，阎立德突然又想起了那神秘的无名书。

一日夜深人静的时候，阎立德想着师父教自己的九宫飞星论，凭着记忆，描绘出了一直不解的人面麒麟图腾。他看着眼前的几只小兽和人面麒麟的眼睛的位置，突然来了灵感，将其着以颜色后，却目瞪口呆，大惊失色。

他连夜重新画了一幅图案，去掉了人面麒麟的所有影像，只留下那些涂了颜色的14只眼睛的方位。待清晨师父醒来，阎立德立刻红着眼把这张图递给了他，请师父端详点拨。袁天罡看着眼前的图大吃一惊，迟疑了良久，问阎立德是不是这个图案的背后还有什么东西，被他给抹去了。

阎立德一听立刻跪下了，对师父解释说因为是先祖留下的源自春秋战国时期的无名天书，故不敢随意泄露，所以才抹去了原来的图案。

袁天罡心领神会地一笑，又问阎立德这天书上画的是不是一个人面麒麟和六只小兽。阎立德又是大惊，连忙称是。

因为袁天罡是占卜预言的高手，凡预言之事百发百中，所以阎立德不知师父是占卜出来的，还是以前见过此书，抑或是知道相关的某些传说，一时不知所措。

袁天罡拍了拍阎立德的肩膀，扶他站起来，低头沉吟着说了一句："立德，真乃天意不可违啊！该来的总是要来，冥冥之中的宿命掌控着万千星辰和大千世界，暗藏的玄机深不可测。"

袁天罡唏嘘着说，他和阎立德有这段师徒之情，才无意间点拨他星象学的知识，而阎立德又恰巧看过这神兽图腾的无名书，竟然将两者联系到了一起，一切皆乃天意，他下定决心，给阎立德讲起了图腾背后的故事。

这个图腾背后的故事，才是真正引发唐太宗昭陵定穴，后又拉开《麒麟戏春图》之暗埋千年机密大事件的原因……

袁天罡并没有着急讲麒麟图腾的传说，而是先给阎立德讲了个关于孔子的故事。这并不是一个新奇的故事，其在《左传》《东周列国志》等典籍中都有过记载。

周敬王三十九年，也就是公元前481年，鲁哀公在郊外行猎的时候，士大夫叔孙氏的车夫鉏商猎到了一只奇怪的野兽。这只怪兽被描述为"麇身、牛尾、马蹄，头上有一肉角"，众人觉得这是不祥之兆，将其杀死，并带了回去。

鲁哀公把死尸带给孔子辨认，当时的孔子71岁，正在编撰《春秋》，看到这只怪兽后"反袂拭面，涕泣沾衿"，叹息说："仁兽，麟也，孰为来哉？"

孔子睹物伤情，叹道："唐虞世兮麟凤游，今非其时来何求？麟兮麟兮我心忧。"随后，孔子又仰天长叹说："凤鸟不至，河不出图，洛不出书，吾已矣夫。"于是他顺手在书稿上写下"十有四年春，西狩获麟"几个字。《春秋》到此绝笔。后世文人把作品收笔完稿叫作"麟止"或"获麟"，就是由此而来。

原来孔子终止写《春秋》是因为麒麟兽的出现？阎立德大吃一惊，心里琢磨着孔子哀叹时说的那句话："凤鸟不至，河不出图，洛不出书，吾已矣夫。"

这河图洛书，更是上古时期流传下来的奇宝，相传伏羲氏时代，曾在黄河中出现一条龙马，背上有一张图，也有人说那是一张无比神秘的星象图，也就是后来伏羲氏演练出先天八卦时所用的星象图。

从古至今，河图洛书也是堪舆术和周易占卜的基础之一。

孔子为什么会说出"河不出图，洛不出书"这句话？还说得如此悲切和绝望呢？这又与麒麟有什么关系呢？难道麒麟的死亡，竟然意味着河图、洛书、凤鸟这些神迹都跟着消失了吗？麒麟不是本不应该存在于世的动物吗？

阎立德看师父的神情，深知他此刻不愿被打断，也不敢多问，低头聆听。

袁天罡又说："在上古传说之中，麒麟为百兽之长，凤为百禽之长，龙为百鳞之长。麒麟的地位与龙不分伯仲。公认的麒麟正脉为姬氏，即周天子一脉。这一脉起源于黄帝，麒麟正脉也是黄帝轩辕氏的主要分支。那么，麒麟地位如此之高，为何没有与龙凤一般进入所谓宫殿建筑中九五至尊的位置？龙椅为什么不是麒麟椅，你有没有想过这个问题？"

阎立德疑惑地摇摇头，心想人面麒麟，五脊六兽，这神秘的图腾还真的都与京派建筑有着颇深的渊源。为何被五脊六兽缠绕于身的，不是九五至尊的龙呢？如果是女人面，为何不是凤，而偏偏是麒麟呢？

"自古的传说之中，麒麟代表长生，传说中麒麟的寿命两千有余。它还代表太平盛世，因为只有明君在位、天下太平的时候麒麟才会出现。久而久之，麒麟成了某种意念的象征，某种意境的表现，某种力量的显示。它可以启发人们的想象，引导人们的精神去契合某种意念，进入特定的境界，最终给人们以希望、安慰和追求的力量。所以它表现在古老文化的各个方面里，不是传统的皇族贵人，而是天下苍生。你没发现，麒麟跟百姓比较接近，也是百姓家常用的建筑和摆设吗？"

听师父说到这里，阎立德再去回顾孔子的话，犹如醍醐灌顶，茅塞顿开。

"师父的意思是，麒麟出现于世，意味天下太平，长治久安。麒麟又是长寿之神兽，那么岂不是可保万世太平？如果这人面麒麟是个图腾，在春秋战国时期，是不是有人跟孔子一样，祈祷能够盛世久安，天下太平，百姓安居乐业？可那女人又是谁的脸呢？

"还有，图腾本来就是一种承载着神的灵魂的载体。古人认为，图腾都有一种超自然的力量，不但可以保护自己，还可以从其身上获得不可思议的力量和技能。那么创造这图腾的人，又是想要从这图腾的身上获得什么力量呢？"

袁天罡没有正面回答阎立德的问题，继续说。

"春秋战国时期，是中国历史上最神秘的一段时间。那个时期的文化，历史中出现的很多人物，至今仍有很多无法解释的传奇。又何况是这人面麒麟图腾呢？

"这图腾上的元素，多来自京派建筑，也许它只是京派匠师的祖先对天下百姓安居乐业，对国家长治久安的一种美好愿望和象征。"

阎立德看师父并不想告诉自己那女人的面孔是谁，也没追问。在男尊女卑的千年历史中，将百兽之王的面孔刻画成女人，这是多么逆天的一种行为啊。阎立德又把目光放回到那张星图上来。

袁天罡知道他的意图，不再遮遮掩掩，坦然相告。

"伏羲八卦，暗含万千变化机理，奇妙无穷。师父虽然没有教授你此术，耳濡目染，你也常见师父占卜神奇之一二。那些你所不能理解的玄机，皆来自那华夏文化之源——伏羲八卦。相传伏羲见龙马从黄河出现，背负河图，那龙马身上其实是一个世人始终无法参透的、奥妙无穷的星象。"

"就是这图腾的14只眼睛所在的位置？"阎立德大吃一惊，连忙追问，"难道这图腾上眼睛的位置，构成了伏羲八卦中河图出现时候的星象图？难道孔圣人以为这个身上暗藏着河图玄机的麒麟死了？难道这就是孔圣人见麒麟死亡，从此封笔《春秋》，疾呼河图洛书不在，天下不安的原因？此图腾绘制得无比鲜活，不像是想象出来的作品，难道是临摹之作？那又是谁绘制了这麒麟图腾？是不是孔子也参与了这图腾的秘密，并且深信这是会带来长治久安的麒麟呢？可仅仅一个图腾，究竟怎样才能实现他们那些高尚却十分难以实现的美好愿望呢？"

阎立德说到激动之处来回踱步，袁天罡看他的眼神却充满了歉意。

"师父并不是神仙，只是刚好巧得一些玄机，以师父的资质，去参河图、洛书、星象图和先天八卦，就好比要用一个茶杯去装下全大海的水一般痴心妄想。对这暗藏上古玄机的人面麒麟图腾，师父更只是略知一二。不过，昨日暗施八卦，已知今日会发生的对话。而且，卦象之中还暗示了最终可参透此天地玄机的人已经出现。"

阎立德看着袁天罡，脸上大喜，惊讶地问："师父是否在暗示，立德最终能参透此玄机？"

袁天罡的脸上没有笑意，眉头紧锁："图腾本是来自京派建筑，最终能参透玄机的一定会出自京派匠师。但是，师父要告诉你，参透玄机也许意味着四面楚歌，危如累卵。因此事要放弃的也许是一生荣华，也许是至亲至爱，也许是一世性命。最终你也许会变得生无可恋，痛不欲生。这难道是你内心深处真正想要的生活吗？你现在高官厚禄，可以让你一生无忧，你愿意放下一切，去做一件对你本身来说如此无意义的事情吗？更何况，你做的这件事情，须十分秘密故不能流芳百世，被世人传颂。你的忍辱负重只能为你换来默默无闻的一生。这样，你也愿意吗？"

袁天罡说到这里，两眼炯炯有神地看着阎立德。

这确实不是一个容易的选择。

一边是一生荣华富贵，一边是炼狱般的痛苦；一边是碌碌无为却衣食无忧，一边是为天下苍生忍受痛苦和质疑；一边是顺顺当当的美好人生，一边却只是云山雾绕的猜想和怀疑。这个选择有可能将自己此后的人生变得万劫不复。

阎立德来回踱了半天脚步，终于停下，眼中饱含泪水，对袁天罡说道："师父，徒弟这几年随师父风餐露宿，一路深受百姓照顾。亲眼所见有可爱的孩童因战争失去父亲兄长，饿死家中，有妇女被逼良为娼，整日以泪洗面。战火连连，民不聊生，多数人过了今天不知道明天吃什么，怎么活，生命如蝼蚁般没有意义。立德自幼立下志向要成为大匠师，修建令世人瞩目的房屋，让万人敬仰，暖人于心。但是，在这乱世之下，建筑再富丽堂皇，设计再巧夺天工，又有何用？还不是冷冰冰的建筑？这能找回那成千上万孩童死于战场的双亲吗？又能让天下百姓安居于世，平平安安地度过一生吗？"

"所以，你不再是要修建暖人于心的建筑，而是要修建造福于世的建筑了吗？"袁天罡看着阎立德，两眼闪烁不定，"立德，这可与你刚到我门下拜师时的志向更有不同啦！"

"师父！"阎立德对着袁天罡跪了下来，"立德原本被建筑的形吸引，希望通过形与住在建筑中的人建立联系，目的是温暖世人。然而，自从跟随师父学习了建筑的神之后，立德仿佛从一条小河跳入无边无际的大海，徒弟才知道建筑之神的神奇和伟大。如果立德可以造福天下苍生，那更是立德从事匠师的意义所在啊！"

"成为会建筑的匠师所要付出的辛苦，多是体力。可要将建筑之神发扬起来，要付出的就是精神。你可愿在痛苦的折磨中度过一辈子，最后还落得被他人误解，被世人唾骂，甚至连累到你的家族吗？"

阎立德想起父亲，猛地一怔。他本来答应要给父亲更好的生活和一世荣华，如今却背道而驰，甚至要累及家族！

他能够代替父亲做这个决定吗？

想到这里，立德不禁流下泪来。

"师父，立德不愿只一人只一家快活于一世之间，却眼睁睁看着天下苍生处于水深火热之中。若立德之痛，可换万千众人之乐，哪怕只是一次微不足道的尝试，立德也愿以身犯险，粉身碎骨去解天下苍生之劫，换万年盛世，国家昌盛，长治久安。"

"一人只有一世，你怎样度过和众生怎样度过，完全不是一回事。你又何必让那些不相干的人把快乐建立在你一人或者你挚爱的人的痛苦之上呢？他们的快乐和痛苦，又与你何干？"

"师父，我不入地狱谁入地狱？人生一世，我不想这样苟活，没有机会尚可，若我知道了这个机会而放弃了不去努力，立德感觉愧对家国和百姓，也愧对父亲对我的谆谆教诲！"

袁天罡听到这里，哈哈一笑，也流下了眼泪。

"好！你自幼生长在匠师家族，骨子里有匠人之正气和执着，已十分难得。加上你胸怀家国，悲天悯人，你的出现正是天下苍生之福啊！立德，师父一直过着闲云野鹤的日子，你真的以为我是因为你身后的权力关系才收你做徒弟的吗？你以为这些年带你在民间历练，只是为了教你堪舆术吗？

"既然你意已决，那你我师徒二人，就开天辟地，干一件十分危险的大事。这件事将成为陵墓改制的一个开端。未来，师父还会做类似的定陵之事，不过有可能是为了一个女人。这是以后的事情了，师父就先把这本书送给你吧！"

还有书？

阎立德疑惑地接过来，看到封面上的几个字，恍然一笑。

"赠予爱徒阎立德"。

看来师父将赠书这一步都早已算好了。

阎立德翻到书的下一页，大惊失色，整本书竟然脱手，吧嗒一声掉在了地上。

这本书画的仍是那人面麒麟图腾。因为阎立德对绘画的了解颇深，一眼就看出，这不是同一年代的人所绘，虽然几乎是一模一样的人面麒麟，却少了春秋战国时期绘画中的那份神韵，更像是照本临摹完成的作品。

阎立德继续向后翻去，更是满头冷汗。这后面的部分，竟将那人面麒麟和六只小兽，分解开来细致描绘。每只小兽，包括这人面麒麟，都暗含着不同的机关奇巧。这些机关的拆解描述得十分精细，每个铆钉、每个横切、每个木楔，甚至每个有机关的剖面图，都画得十分认真精细。

看得出来，这个做机关图解分析的人，一定也是古时非常有名的大匠师。可惜整本书也是无名，并没有留下制作者的姓名、年代、身份及其他相关信息，也不知道为何制作者会认为这春秋战国时期的人面麒麟和六只小兽是机关，还能琢磨出如此完整的机关。

京派擅长机关术，春秋战国时期，机关术还不是只被应用于建筑，也常用于攻城和守城。据说机关术最厉害的人是鲁班，他做的木鸟，曾绕城三日不落，被人称为机关之神。

如果图腾上有个机关，其实也不那么出乎意料，但让人难以理解的是，是哪个古代的匠师，将这机关如此完整地破解并且描述下来，他的用意又是何在？

袁天罡含笑对阎立德说："你别看我，为师从一位大臣处得到这本书，也是纯属机缘巧合，为师并不知道它的含义，也只是刚猜到这眼睛的位置是那传说中的河图上星图而已。但是为师知道，制作这本书的人，曾参透过人面麒麟图腾的秘密。所以，他不但把图腾的机关都细致地描述下来，而且把秘密一部分藏于他的作品之中，一部分传给家族后人守护珍藏。也许这也是一位历史上曾经叱咤风云的大匠师。为师也并不知道他忍辱负重，藏起秘密的用意何在。不过这书上都是一些匠师的技艺，还是送你仔细钻研吧。"袁天罡意味深长地一笑，似乎这场意料之中的对话也到了该结束的时候。他让阎立德好好休息，说过几日就带他去见一个大人物。

阎立德哪里有心思休息，接下来的几天，他夜以继日地琢磨那机关图，他无论如何也没有想到，这小时候就感觉十分玄妙的图腾，竟然还有更深的意义，还是个机关。但是，这机关到底玄在哪儿？这人面麒麟图腾如何能带来太平盛世？阎立德却怎么都想不明白。

过了几日，袁天罡果然如承诺所言，带他去见了一个大人物，而这人物大很是出乎阎立德的意料，竟然就是当今皇上唐太宗李世民。

李世民对袁天罡十分热情，阎立德没想到老师竟然如此厉害，一路带自己过着苦日子，却让皇上都对他尊敬有加。李世民直截了当地问袁天罡可寻得自己未来陵墓的位置。

袁天罡恭敬地拱手作揖，额头上却有微汗流下。

他对李世民讲述了一种不同于秦汉时期封土起冢风格的因山为陵想法。

　　封土起冢，就是封土堆积如山，如汉高祖刘邦的长陵、汉武帝刘彻的茂陵。这一种筑造方式是在平地或山坡上挖出一个人造地宫来，堪舆术上称地走龙蛇，这种方式亦为百姓人家采用。

　　因山为陵，即将大山从半腰凿空，往下深挖，形成更为坚固的石质天然地宫，外表上整座山都成了陵寝，这是真正的山陵，防盗效果非常好。比封土堆更气派，风水指向山含王气。

　　"山含王气？"李世民听着激动，问袁天罡说是否找到了这神山。

　　袁天罡答道："正是皇上狩猎时经常赞不绝口的九嵕山。"李世民虽然对这个地方非常满意，但是要改封土起冢为因山为陵，还是面露疑虑。

　　袁天罡继续说："帝王葬后的生活，与生前一样，才是最厚泽子孙万世的方法。如果是封土起冢，又怎能与生前相同？九嵕山建陵，其平面布局可以既不同于秦汉以来的坐西向东，也不是南北朝时期的潜葬之制，而是仿照唐长安城的建制设计。

　　"长安城由宫城、皇城和外廓城组成。宫城居全城的北部中央，是皇帝起居的地方，皇城在宫城之南，为百官衙署，外廓城从东南北三方拱卫着皇城和宫城，是居民区。而皇上的陵寝，归葬处格局要造得与生前的宫殿一样，有寝有宫，可以设计居于陵园最北部，就相当于长安的宫城。

　　"地下的部分是皇上休憩的玄宫，地面上的部分，可围绕山顶，堆成方形小城，寝宫处于陵城的中心部位。陵城四边设四门，东、西、南、北分别取名青龙、白虎、朱雀、玄武，主神道位于南边朱雀门中心线上。"

　　袁天罡慢慢为李世民勾画出一幅无比宏伟壮观的帝陵景象，听得李世民目瞪口呆，深吸一口气，吐出几个字："造这么大的陵墓，又谈何容易啊！"

　　袁天罡点头对李世民称是，继续说："但是皇上也希望这天下千秋万代都是李家的天下，不是吗？而且臣可以保证，从今往后上万年都没人扰得了您的清净，破不了这个局，也盗不走您带进墓中的一砖一瓦。臣猜测您将来想要带进墓中的东西，一定是世人仰望万年都不可亲见的文化珍宝。"

　　李世民听到这句话又是一愣，对袁天罡赞不绝口："先生果然神机妙算，令天下相士敬仰。可如此庞大到无法想象的工程，又有何人能胜任？"

袁天罡看了一眼身边一言没发的阎立德说："他是我的高徒，跟随我亲自为皇上定穴把龙脉，其父亲又是京派建筑的匠师，这世间再没有比他更合适做这件事的人了。"

李世民认得阎立德，他本来也对阎立德、阎立本兄弟的天分赞赏有加，既然袁天罡引荐，也颇为信任，当即就说与贤臣马周等人商议一二，再做定夺。

袁天罡听到这话，微微一笑后告退。

阎立德与袁天罡回到居室，袁天罡脱下外衣，里面的衣服都已经湿透。阎立德为师父换上衣服，问师父："我们这是成功说服了皇上开因山为陵之先河了吗？"

袁天罡点头说："本来有八成把握，听到皇上把最后一句话说完，感觉已经八九不离十了。"

他让阎立德好好准备建陵之事，按照自己在皇上面前的构思布置，并留给阎立德一个锦囊，叮嘱他一定要在最危急的关头才能打开看。他再三吩咐阎立德安心等待皇上诏书，而自己要出去做点儿重要的事情。

没想到袁天罡与阎立德的这次分手，竟然是阎立德最后一次看到师父。直到他60岁郁郁而终，也没能再见师父一面。关于那人面麒麟图腾的秘密和传说，师父也没有给他留下更多的解释和帮助。

但是，一切如师父所料。阎立德顺利地得到了修建昭陵的任务。他的匠技也逐渐在当世无可匹敌，从尚衣奉御，到将作少匠，再到将作大匠，步步高升，最后终于得偿所愿地成为唐代最德高望重的京派大匠师。然而，他的一生并不是如自己匠技发展那般顺利。

建造昭陵时期，成了阎立德毕生之中最纠结的一段时光。

昭陵的玄宫建筑在九嵕山的山腰。阎立德经过数次考察和分析，得出结论，只能实施穿凿。穿凿修建时，他遇到了更加棘手的困难，数夜分析琢磨，百思不得其解。

不得已打开了师父留下的锦囊，不承想，上面只有几个字："沿山气修栈道！"

修栈道！

这本来是陵墓建筑史上从未有过的尝试，但是的确可以解决穿山建玄宫最大的困难。阎立德豁然开朗，他决定架设栈道，从而只剩下寻找山气这个难题了。

所谓气，其实也是堪舆术中的一种说法。

天地合气，万物自生。气是产生和构成万物的基本元素，也是信息、能量、物质三者的统一体。简单地说，气场强大的地方和气场虚弱的地方，虽然表面看不出区别，但是从生长的植物、山土的潮湿程度、太阳光照的时间甚至相同的动物在不同地方的反应等方面能分辨出根本的不同来。

阎立德跟师父学习的风鉴术就更加厉害了。他能从风过留下的痕迹、风的强弱和走向、风的温度找到最强的山气所在。

当阎立德在九嵕山用师父教的风鉴术确定了山气所在后，问题又来了。修建栈道本应从建筑结构的角度周密而严谨地考虑，可是山气强的地方，不一定就是适合修建栈道的地方。阎立德带着疑虑看着找到的这条山气之线，又在模拟的建筑木模中标注上了这条线。

当他完成了这个动作之后，又瞠目结舌地发现了一个更大的问题。

山气所在的这条线，与师父暗自留下的建筑布局，隐约形成了一个图案的轮廓，这不是一个普通的图案，而正是那人面麒麟图腾上诡异的獬豸。

其实，在师父离开的这段时间，阎立德一直没有放弃对人面麒麟图腾的研究，甚至也对图腾上暗藏的星象仔细推演，但始终都没有什么实质性的进展。

他并不知道师父确定他为候选人是要他做什么的候选人，甚至不确定师父说的能够识得玄机的人究竟是不是自己，更不知道师父说服李世民因山为陵修建帝王陵墓与人面麒麟图腾有什么关系，不知道师父给自己这一本不知谁做的人面麒麟图腾的机关分解图有什么用。

师父留下了很多问题，却没有留下一个明晰的答案。

他一直在苦苦期盼师父回来，与自己继续共同完成这能祈求盛世久安、天下永久太平的神秘力量降临。可是师父已经音讯全无，而自己却在宿命的指引和安排之下，修建起了帝陵。

为什么师父选择的九嵕山的山气之中，藏有一只獬豸的身影呢？师父的意思，要修筑的栈道，是要完成这只獬豸的轮廓构建吗？为什么要在帝陵的修建中，去刻意完成图腾的一部分呢？难道这图腾的一小部分就可以连接到完整的图腾的神秘能量之中，实现国家的长治久安吗？

阎立德思前想后，觉得师父劝说李世民开辟因山为陵的先河，安排自己完成这样工作，所有做法的最终目的，都是让自己修建一个有獬豸图案的昭陵栈道。所以，完成师父的这个锦囊，才能实现最初师父所说的国家长治久安，百姓安居乐业的太平盛世。

不过，就这样实施栈道修筑是十分危险的，因为这会导致整个工期的延迟，李世民迁怒下来，是诛九族的死罪。而这个真正的理由即便是站在天下百姓的角度，也绝对不能拿来作为回禀皇上的借口。

阎立德思前想后，还是决定谨遵师父锦囊的吩咐，冒险建立獬豸轮廓的栈道。他想了万千借口，几次上书李世民陈述修建栈道的必要性，冒死与李世民多次沟通，终于得偿所愿，按照袁天罡留下的锦囊开始修筑昭陵栈道。这才有了后来"缘山傍岩，架梁为栈道，悬绝百仞，绕山二百三十步，始达玄宫门"的昭陵栈道。

昭陵栈道全长400米，联结上下左右，通达地宫的道路不能垂直上下，须左右回绕旋转，有效掩饰了栈道的形状。同时，阎立德又在栈道旁建造房舍，他的解释为供宫人居住，可以像对待活人一样伺候皇上皇后。栈道修成，众人都没有产生太多怀疑。

与此同时，整个昭陵的设计和建筑也在艰难的环境下同步进行着。阎立德修建的玄宫，深75丈，石门5道，中间为正寝，是停放棺椁的地方。东西两厢排列着石床。床上放着许多石函，里面装着殉葬品。墓室到墓口的通道上，用3000块大石砌成，每块石头有两吨重，石与石之间相互牢牢铆住。

依师父构思，他在主峰地宫山之南面，修建内城正门朱雀门，朱雀门之内有献殿，是朝拜献祭用的地方。在主峰地宫山之北面，建立玄武门，也设置有祭坛，紧依九嵕山北麓，南高北低，以5层台阶地组成，愈往北伸张愈宽，平而略呈梯形。在南三台地上有寝殿、东西庑房、阙楼及门庭，中间龙尾道通寝殿。

一砖一瓦，一草一木，整个昭陵的建筑结构，阎立德都亲力亲为，一丝不苟。很多结构都先建立小型木模，所有模型阎立德不停地推翻，重建，再推翻，直到达到心中完美无缺的状态才开始动工。以至于最后木模堆积如山，令人惊叹不已。动工之后，阎立德更是对每一根横梁斗拱、台阶宽度和高度是否舒适、栈道弯曲的程度等所有的设计都努力追求极致。

昭陵建造完成之后，其规模的宏大和工程繁难的程度，让所有京派匠师都佩服得五体投地，推崇备至。然而如师父预料，阎立德最终因延误了昭陵的工期而惹得皇上大怒，获罪被免代理司空一职。

昭陵是阎立德的泣血之作，延误时间多由于阎立德建陵过程中对栈道形状的挑剔和执着。获罪后的阎立德整日郁郁寡欢，痛苦万分，终于体会到了师父预言之中那种痛不欲生，生不如死的感觉。

数年之后，阎立德又被李世民起用为博州刺史。

太宗巡视洛阳，命他按照明亮干燥的要求建行宫避暑。又可以修建宫殿的阎立德，开始在汝州西边的山上测量地基，建立临近汝水、斜对广成泽的襄城宫。

举世瞩目的襄城宫十分完美地呈现于李世民面前，而李世民却似乎一直对昭陵延期的事情耿耿于怀，置阎立德的心血之作于不顾，再次说出不满二字，让阎立德又一次意外获罪。

此刻阎立德的心态已十分平和，因为他终于看到了大唐盛世，国家长治久安，百姓生活安宁。他认为师父和自己的牺牲与辛苦没有白费，一定是獬豸连通了那个神秘的人面麒麟图腾，才带来了如今的安定。

作为京派匠师，虽然被世人笑话作品屡次得不到皇帝的赏识，阎立德却没有计较名利得失，他忍辱负重，内心安然地偃旗息鼓了数年，直到唐太宗派遣他到洪州制造航海大船500艘，随军征讨高丽，代理殿中监职务，筹划筑起土山，攻克安市城。阎立德再一次漂亮地完成了使命。

之后，李世民终于放下成见，起用他主持建造翠微宫和玉华宫。

贞观二十三年四月，唐太宗最后一次来到翠微宫，五月驾崩在终南山上的翠微宫含风殿。临死前他召见阎立德，仍在数落他延误昭陵的事情。可见心中之怨念，难以释怀。

阎立德只是给唐太宗磕了三个响头，往事如过眼云烟，一切的对与不对，也都没了争辩和讲述的意义。他因为昭陵栈道延期的事情，错失了一世荣华，被雪藏数年，最终被父亲误解，失去妻儿信任，这其中的辛苦，怎是此刻倾诉得完的。阎立德咽下万语千言，只是对李世民说了一句："皇上开辟因山为陵的先河，又开创了大唐盛世，千百年后世人仍会对此歌功颂德。臣愿大唐江山，千秋万载，太平安康！"

李世民这才有了一点儿笑意，然后就离世了。阎立德一时百感交集，泪如雨下。

永徽五年，唐高宗游幸万年宫的时候，起意让阎立德留守长安，并带领4万工匠修理宏伟的长安城。阎立德沉默一生，高超的匠技终于爆发，再次留下惊世骇俗的建筑杰作。在阎立德去世的时候，被追认为吏部尚书、并州都督，安葬在太宗的昭陵墓地。

阎立德在建筑上创造了很多世界之最，这位无可匹敌的大匠师的一生清正廉洁，胸怀天下，却生活清苦，仕途坎坷。但是，他在师父的预言下，仍然坚定地完成了修建狮豸形状的昭陵栈道的使命。

他临死的时候，叫来自己的子嗣，命他们子孙相传，千秋万载守护昭陵，确保昭陵永生永世不被任何盗墓贼和官兵所破。

乐正夕在众人惊讶的目光之中讲完了阎立德的故事。杨君浩频频点头称信息量好大。胖子却着急得瞪起了眼睛："你这等于什么都没说嘛！天机是什么啊？《麒麟戏春图》又是怎么回事呢？人面麒麟图腾究竟是什么东西？我看你就是胡说八道。那阎立德最后拆了栈道，一定是最后幡然醒悟，觉得这歪门邪道实在不靠谱，别留在世上祸害单纯的人民群众了才对。又或者，他对人面麒麟图腾的信仰终于崩塌了！我说，你这么点儿信息，怎么能用来交换爷爷？还有，谁知道你这故事是不是编的，换了我，我也能讲出一打来，有用吗？"

胖子还在啰唆个没完，乐正夕突然从怀里掏出一本古老无比的书来："这是我这次回苏州，外叔公给我的。他说是韩墨传给他的一本古籍，刚才我说的关于阎立德的这些事，都在这本书上写着。看书法字迹，跟阎立德的亲笔相似。"

胖子立刻僵住，惜雪拿起那本没有书皮的古书，翻开一页，噌地站了起来。

# 第十二章

# 云谲波诡的真相

阎立德想要显得自己很厉害这个动机是绝对不存在的。

不过他可能还有另一个动机，他想隐瞒人面麒麟图腾的秘密。

所以，故事传下来了，机关却全然不对。

这个真真假假的故事背后，一定还藏着什么不简单的原因。

　　杨君浩从惜雪手里接过阎立德留下的那本古书，从前翻到后，目光中充满惊奇："刚才他讲述的阎立德的故事，确实都在这本神秘的书之中。而且这本书的前半部分，似乎是阎立德把袁天罡留给他的那个人面麒麟图腾的机关图解，又重新誊抄了一遍。"

　　惜雪也确定了那古书上的字迹和人面麒麟图腾上的画。爷爷说过，一个建筑，甚至一幅画、一本书，都隐藏着创作者独特的标签，这才是真正隐含在作品内的属于创作者的印章。阎立德在京派匠人中举足轻重，以至他的真迹，惜雪只须一眼就能确定。

　　惜雪翻看着手里的古书，心想如果恩陈看到了这个，会是多么欣喜若狂？突然，她的眼睛停留在古书中黄金凫雁的图案上面。

　　黄金凫雁，至今在历史上没有出现过明确的形象，只是在一些古书中有零星的记载。要说黄金凫雁究竟是什么样的，古往今来的匠人众说纷纭。但是，李文轩仿的那个黄金凫雁，与小四合院中图腾上的黄金凫雁，长相十分相似。

　　惜雪这几天一直在研究《京派秘传》那本书，学习的进展比预期的要快速很多。她惊讶地发现，爷爷曾经教给她的"沉淀""找眼"等京派技艺，好似变成了她学习这本书中内容的基本功。看来，她能轻易破解那韩墨的四合院中的机栝，找到破绽，这些都不是偶然的了。也许这就是爷爷所说的，一切偶然的背后都隐藏着强大的必然吧!

正是因为这些必然,当惜雪看到阎立德这本书上的黄金凫雁的机关时,一眼便看出了一个无法原谅的低级错误。惜雪将古书拿到手中详细翻阅,突然冒出一个奇怪的念头。

"这一整本书,确实是出自阎立德之笔。但是,机关图解破绽百出,犯了很多简单的错误,阎立德不可能看不出来,那他还誊抄下来干什么?"

"有错?"乐正夕对惜雪的话将信将疑,也拿过古书来仔细观察,"如果说阎立德不懂机关,那是胡扯。也不可能是那个袁天罡口中的古代大匠师有错。那么,只有一个可能了——阎立德在故意出错!难道他在刻意隐瞒什么?"

惜雪心想有诈,就算你看不出来,一起参与过同律项目的你的祖上韩墨怎么可能看不出来这书里有错?喜欢京派机关研究的你外叔公怎么可能看不出来这低级错误?究竟是阎立德隐瞒了什么,还是你现在隐瞒了什么呢?

"你们说,会不会是阎立德故意编了个假故事,又是河图洛书,又是孔子,又是伏羲先天八卦的,其实只是为了显得自己很厉害?"胖子看着三个人的表情变幻莫测,着急地征求大家的意见。

胖子虽然不是匠师,内心深处也缺少对匠师的那份原始的尊重和笃信,在想法上反而更能天马行空。胖子的这句话从一个独特的角度提醒了惜雪。

阎立德想要显得自己很厉害这个动机是绝对不存在的。不过他可能还有另一个动机,他想隐瞒人面麒麟图腾的秘密。所以,故事传下来了,机关却全然不对。这个真真假假的故事背后,一定还藏着什么不简单的原因。

杨君浩突然紧张地来回走动,低声对惜雪说:"如果抢走我资料的人,跟劫持你爷爷的人,是同一伙人,如果他们琢磨明白了阎立德的秘密,那人质可就危险了!"

听到这句话,惜雪变了脸色,没领杨君浩的好意,却厉声问:"杨总,既然你这么说,我倒是要问一下你的资料。你现在属于休假状态,那栈道的复原也不是小工程,你来昭陵,到底为了什么?"

"你觉得，我是绑架你爷爷的幕后指使？"面对惜雪的问题，杨君浩似乎感觉有些啼笑皆非，他走到门边，一把关掉房间的灯，一声不吭地在月光下从包里拿出一个长方形的小金属盒。"什么玩意儿？炸弹？"胖子吓得黑暗中一退。

惜雪看出那是公司的新型投影仪，奇怪地看着杨君浩，不知道他又要唱哪一出。

"不错！我确实是休假来的，也骗了你们。"杨君浩一边鼓捣投影仪，一边不忘用手捋了下卷卷的头发，"我是冲着阎立德的秘密来的昭陵。这整件事，涉及一个十分复杂而巨大的利益团体。具体是什么，我现在还不方便告诉你们。不过，我肯定不是庞贝集团的，不会破坏栈道，也不会绑架你爷爷！我宁死也不允许咱们老祖宗的东西，被外国人拿走一丝一毫。我们虽然来这里的原因不同，但是现在的目的是空前一致——找到阎立德的秘密！"

杨君浩说完后，给每个人发了一个VR眼镜，抱歉地对乐正夕摆了摆手："对不起，没你的。"

惜雪和胖子戴上眼镜，杨君浩打开的投影仪的图像立体清晰了起来。图像中，再次完整地重建了那传说中400米长的栈道，以及宏伟的昭陵地上建筑和诡异而玲珑的曲线。

"虚拟现实重建，这简直太牛了。"胖子兴奋地搓着手说，"既然大家的目标是一致的，都是为了找到阎立德的秘密，我和惜雪可以救爷爷，你能得到你的大利益，小乐同志能完成他外叔公的嘱托，那么各取所需，闲话少说，咱们快点儿开始吧！"

胖子一边摇摇晃晃地在镜头中走动，一边伸手摸索着几乎就在眼前的那三维重构出来的栈道。此刻的惜雪却心潮澎湃，在杨君浩的三维建模之下，她再次清楚地看到了獬豸和整个九嵕山的某种神秘的痕迹。

这是一种建筑与自然之间，难以名状的玄机暗藏的互动。难道这才是阎立德的故事里，袁天罡要唐太宗李世民开创因山为陵先河的真正意义？整个九嵕山上栈道的形态，好像是那只有独角的獬豸，将这些陪葬的大臣吞进了九嵕山的肚子里面。而獬豸的那只独角，正顶着昭陵的地宫入口，从整个形态来看，似乎要将整个九嵕山顶掉，掀开地宫。为什么会是獬豸呢？

獬豸，似羊，黑毛，四足，头上有独角，有时也被叫作独角兽。獬豸在传说中是拥有很高的智慧，懂人言知人性的神兽；它能辨是非曲直，能识善恶忠奸。它发现奸邪的官员，就用角将其触倒，然后吃下肚。惜雪看着眼前的獬豸，陷入一种混乱的思绪中。乐正夕抢过了胖子的VR眼镜，仔细地看了一会儿后，突然说："这栈道的形状看起来是只獬豸，如果在人面麒麟图腾中的獬豸是个机关，我想这栈道也应该对应一个机关，只是这机关也许十分巨大，恐怕跟整个山体结构和昭陵结构，都有关系！"

杨君浩错愕地看了眼乐正夕，竟对他打了个响指："不错，我也是这样想的！栈道，应该就是放大了数百倍的人面麒麟图腾上的那只獬豸。"

"你的意思是说，春秋战国时期，那个不知道是谁的高人，画的那个不知道是什么玩意儿的有机关的人面麒麟图腾，被春秋战国之后的唐代大匠师阎立德，将其中的獬豸放大了无数倍，并且放在九嵕山的昭陵建筑之中了？"胖子被几个人说得几乎惊掉了下巴。

"对！也许这才是后来阎立德一定要毁掉栈道的真正原因。也就是说，这绝对不只是形状类似獬豸那么简单，这是暗藏了人面麒麟图腾中那只獬豸的机关玄机的机关栈道。"

惜雪的这句话说完，胖子手里的酒杯哐当掉在地上："也就是说，阎立德拼了老命也要让唐高宗毁掉栈道，也许只是为了掩人耳目，为了掩盖那并没有毁掉的栈道下面暗藏的机关。那机关，是不是有可能打开昭陵呢？要是被那伙外国人给发现了，要盗咱们中国老皇帝的墓，要是他们那肮脏的手，碰了昭陵中的壁画，拿了《兰亭集序》，那，那，那……"

胖子激动得语无伦次，惜雪也十分担心这一点。

现在看来，爷爷很可能是被庞贝组织绑架的，如果庞贝组织率先找出了秘密，那留着爷爷就没有任何意义了。想到这里，惜雪直冒冷汗。

杨君浩突然打断他们："不好！看看你们的手机，有人干扰了这里的通信讯号，而且干扰设备可能距离我们非常近。"

"又没有手机信号了吗？跟我们在小四合院的时候一样！"胖子气愤地拿起手机，又骂了一声。

乐正夕一声不响地站起来："这里不能待了。"

几个人正在面面相觑，突然走廊里出现了走动声。

他们立刻蹑手蹑脚地挤到门口。惜雪从猫眼里看到一个酒店服务员推着车，径直走到杨君浩的房间门口，那服务员左右看了一眼，又敲了敲门，见没人应答，便刷卡走了进去。

惜雪倒吸了一口凉气，问杨君浩屋里还有什么贵重的东西和重要的文件。杨君浩摇摇头，说下午出了事，为提高警惕，重要的东西都随身带着呢。很快，那服务员从杨君浩的房间里走了出来，她用浴巾熟练地擦掉门把手上的指纹。这边胖子换过惜雪，趴在门上向外看。

胖子看着那服务员继续走进惜雪原来的房间，正在小声嘟囔着还好自己够警惕给惜雪换了房间的时候，突然扭过头来，瞪着眼睛，半天吐出了一句话："惜雪，我在小四合院里见过这人，她总跟在那女鬼屁股后面，她是庞贝的人！"

第十三章

# 栈道玄机

眼前这被杨君浩建构起来的雄伟壮阔的麒麟图腾和
《麒麟戏春图》，就好像在唐朝时期，
阎立德与人面麒麟图腾以昭陵为基础建立起来的一场隔空对话。
可以说，这张图确实变成了连接古今的一个纽带。

那个服务员从惜雪原来的房间空手出来之后，消失在走廊尽头。

"怎么办？他们很快就会找到这里，我们死定了！"胖子用手抹了一下自己的脖子。

杨君浩此刻的沉稳与胖子的慌张形成了鲜明的对比："有办法！"他低声说完这句，从包里掏出一个黑色的巴掌大的军用通信设备，用专用笔在上面写了几行字。过了3分钟，那黑设备发出清脆的一响，把胖子吓了一跳，目瞪口呆地看着杨君浩。

"成了！"杨君浩立刻给几个人制订了撤离计划。3分钟后，他们陆续走出酒店，分别打车前往附近的一处民宅。

杨君浩的一整套安排被执行得十分完美，就连出租车陆续到达楼下的时间间隔，都衔接得天衣无缝。

当胖子随惜雪脚前脚后进入固若金汤的"安全屋"的时候，嘴上不由啧啧称赞："杨总，你是富二代还是官二代？你是不是国安局的？你嘴里说的利益跟国家有关吧？"

"别贫嘴了。他们再次行动了，这就说明他们从偷走的资料中找到了有用的东西。我们不能落在后面，让他们抢走秘密，先继续看地图吧！"杨君浩一本正经的时候，倒还真有那么一股子帅气劲。

他一边说着，一边打开屋里已准备好的投影，又给几人发了VR眼镜。惜雪看着杨君浩这小屋里准备得当的一切，心里实在疑惑，难道他除了建筑公司的高管身份之外，真有个什么特殊的身份？不过当前最重要的事，是抢在庞贝的前面找到答案。因为这不但关系到国家利益，还关系到爷爷甚至可能还有李文轩的安危。

惜雪也没说话，直接戴上了眼镜，进入杨君浩的立体建模中。这次杨君浩还给他们加上了一副体感手套，手套上有固定触点，可以在眼镜的影像中触碰一些图像。

乐正夕这次也有眼镜了，不过他一边看着影像一边摇头："我对京派建筑了解不多，要从这里看出门道来还是太难。更何况，按照你们的意思，我还看了一本阎立德留下的假的古书。"

"即便这獬豸形状的栈道下面真有机关，也没办法从实景重建中发现什么吧？"胖子也着急地戴上眼镜，用手在空中来回挥舞。因为手上有触点，搞得他们面前的图像跟着一蹦一蹦的。

因为惜雪曾经在爷爷书房的横梁上，拍下过恩陈日记中关于同律的机栝图解，所以她对那神秘图腾的机栝，也不是完全没想法。

同律上的獬豸，正处于人面麒麟的后爪下方。在同律图腾之中，人面麒麟的大爪子踩着獬豸，獬豸的后背触地，四爪朝天，反过来抱着人面麒麟。獬豸脸贴着那只大爪，表情亲昵，脑袋歪向人面麒麟的肚子下方，一只独角顶住麒麟的肚子，两眼却向外看向麒麟身上盘曲着的龙首。

按照恩陈的那个机关分解图来说，这獬豸的机关在它的两只前爪。其前爪的内部，各有九九八十一条暗榫，分别连接在人面麒麟的后爪之中。每条暗榫都连接着人面麒麟身体内部的一个开关。暗榫可拉动人面麒麟身体内一个暗藏的机栝，从而使它做出动作。

比如说，獬豸左前爪里的第21道暗榫向下一拉，会在麒麟内部复杂机密的机关通道中启动一系列的连带反应，使得那人面麒麟去完成一个昂首的动作。而麒麟的这个昂首，又会引起一系列的联动，带动麒麟与龙相连接部分的机关，让龙的脑袋扭向麒麟尾巴的方向去看凤兽，因为整条龙是攀附在麒麟身上的，龙与麒麟之间的机关连接也是最多的，龙扭头看向凤兽的动作，又会触动麒麟与龙头之间的内部机栝，在人面麒麟的内部再次触发到前爪下那狻猊的一个小动作。

由此一环套一环，牵一发而动全身，就好像多米诺骨牌一样，每一只小兽的每一个机关，都会导致整个麒麟和身体上的六只小兽进行下一个动作。

其实说白了，这一整个机关，本身就是一套特别复杂的联动系统。尤其是在那人面麒麟的头颅里，还有更复杂的机栝设计。那里暗榫密布，密密麻麻多达上千条机栝连接着它身体中的各个地方。就好比是真正的人的头颅似的，也许这才是麒麟要用人脸的原因。

爷爷说春秋战国时期的无名书并没有下半部分关于机关的描述，而阎立德故事中的那个古代大匠师的机关书似乎也没有真正流传下来。阎立德留下的古书显然是假的机关描述。

所以，惜雪并不知道恩陈又或者李兴宇，是如何完成的现有的联动猜想。也许只有参透同律机关的秘密，知道人面麒麟的头脑中机栝的运作规律，才有可能参透天机。

也许正是因为不懂，李兴宇才最终要设计出一个真实的同律来，去具体实践这机关联动意味着什么，最后联动到什么状态，其终极是暗示着什么。但是，显然李兴宇在终止同律的时候，也还没有研究出来。

京派机关，博大精深，就连爷爷研究《京派秘传》多年，作为京派举足轻重的匠师，也不一定完全参透其中的奇巧绝妙。毕竟是来自春秋战国时期的老祖宗设计的东西，机关内也许蕴含着天地万物之玄妙的道理和中国古老的文化传说，唯有设计者本人才能诠释得清晰透彻。

惜雪想到这儿叹了口气，用手轻轻拨弄着那形似独角的部分，独角正对的是昭陵地宫入口，它在影像之中不断发生着变化，不过也只是从九嵕山郁郁葱葱的绿树，变成一道森严的巨大石门，屹立在建构出来的通道口。

这是一个通往隐藏了千年的秘密的帝王陵墓墓道，看起来充满了无穷的诱惑。胖子也不停地用手鼓捣着那石门。杨君浩被他俩鼓捣得不耐烦了，在后面敲敲电脑。

"我说，你俩是不是想用手推开那墓道口的大石进去看壁画啊？我是不可能把本来不知道是什么的东西变出来的。"

"可是，这墓道口，绝对是这栈道机关的终极答案啊，不是吗？"胖子还在鼓捣。此刻的惜雪，却转过身去，拨弄起栈道上那应该对应獬豸四只爪子的地方来。

这四爪下，怎么可能有机关？充其量也就是普通的山路，甚至都没有可能对应到昭陵内部的任何地方中去。惜雪翻来翻去，十分失望，她焦虑地扔掉了手套，感觉机关栈道的思路本身就是错误的。

胖子突然在一边猛拍了下大腿："你们说，会不会答案在天上啊？这人面麒麟和六兽的14只眼睛，不是对应着什么河图什么洛书上的神秘的星图吗？"

"天上？眼睛？"惜雪听到胖子这话，突然联想起袁天罡和阎立德劝说唐太宗李世民因山为陵的事，忙问乐正夕，"袁天罡赠给阎立德的那本机关书，他说来自一个臣子。有没有细讲来自谁？"

乐正夕摇摇头，惜雪摘下眼镜，拿过他手里那古书，仔细翻看后面的故事。看到某处，突然放下来，惊愕地说："你们说，袁天罡劝说李世民因山为陵，本来说有八成把握，后来他又说八九不离十了，这里有什么玄机？"

"故事里不是说，唐太宗还要跟臣子商量一下吗！怎么八九不离十了？"胖子附和着问。

"对啊，一定是李世民要商量的这个人，让袁天罡有了信心啊。"

"难道是马周？"杨君浩也恍然大悟，站了起来，"故事里不是说，李世民告诉袁天罡，要再跟宰相马周等臣子商量商量吗？"

"这故事的前面不是还说，袁天罡是从李世民的一个臣子那里得来的机关书吗？你们说，会不会是从马周那里得来的机关书呢？"惜雪兴奋地问。

"惜雪，戴上眼镜！"杨君浩似乎想到了什么，一边严肃地命令惜雪，一边在电脑的建图程序中噼里啪啦地敲着什么。他速度很快，图像中慢慢出现了一个圆圈，圆圈在九嵕山上圈住了某个墓地。"这圆圈里，就是马周墓，他也陪葬在九嵕山里。还有那个圆圈，那是阎立德的陪葬墓。"

"等等！你把那獬豸的形状在栈道上立体建构出来，就是把跟人面麒麟图腾上的那个形状一模一样的立体的獬豸建构出来。"一直沉默的乐正夕突然说话了，用命令的口吻对杨君浩急切地说。

"嗯！"杨君浩一反常态，放下骄傲，又开始噼里啪啦地敲着键盘。乐正夕和惜雪分别走到了那两个圆圈部位。

"你们说，会不会还有另一种可能？"乐正夕看着自己所处的圆圈中的马周墓说，"那古书是假的，这故事却不完全是假的？会不会阎立德留下这本书，其实是在等待后世一个破解某种天机的机会？毕竟他是充满神奇预测的《推背图》的作者袁天罡的学生。而且这样也能解释，为什么阎立德明明可以什么都不说，却留下这本假的古书来传承于世。"

"难道他在当时，就找不到一个能相信的人？难道后世的陌生人，就值得相信？你这又是什么道理？眼前经过考验的人，总比那些不知高矮胖瘦，见都没见过的人靠谱吧！"胖子不同意乐正夕的意见，却也说不出更好的原因。

两人正在争执，那倒地抱腿的獬豸慢慢在九嵕山栈道的版图之中变得立体起来。杨君浩以那只独角为定位，重建了人面麒麟图中的獬豸，而整个獬豸的轮廓线恰巧重合在栈道上，令人瞠目结舌，拍案称奇。

乐正夕一眼不眨地盯着这个立体构建出来的獬豸，又看着马周墓的圆圈，似乎有什么东西想不明白，变得沉思不语。

"这，没什么关系吧，八竿子打不着啊！"胖子指着圆圈，又指着那獬豸。

惜雪叼着一根牙签，支着下巴思考了一会儿，对着空中打了一个响指："杨君浩，你再把人面麒麟原比例大小建构上去看看！"

杨君浩又开始敲击键盘。很快，麒麟也变得立体起来。杨君浩顺便连另外五只小兽都建构了出来。

"行云破风平地起，动山布阵逆乾坤！"惜雪想着《京派秘传》中的话，看着眼前神秘而立体的人面麒麟图腾，又看着马周墓上的那个圆圈缓慢地移动着自己的脚步。

不过，由于杨君浩构建了整个人面麒麟，反而让惜雪的思路有些飘忽了，这人面麒麟是何等复杂的图腾机关，仅獬豸的两只前爪就有162道机栝与麒麟相连，更别提其他的小兽了。

惜雪又陷入沉思，突然她和乐正夕的眼前又莫名其妙地出现了一张图。看来是杨君浩想到了什么，继续在重建的图像上添加着某种信息。

这张图，从人面麒麟的头部开始慢慢向下延展，忽然，惜雪惊讶得大叫一声："这不是阎立德那幅逆天的《麒麟戏春图》吗！"

惜雪面前这幅《麒麟戏春图》中的麒麟，活灵活现。爷爷曾说它是一幅机关图，惜雪一直都不能明白其中的玄妙。而如今，这图上的麒麟头部和身体的姿势及形状，确与人面麒麟图腾如出一辙。人面麒麟图腾内部遍布机关，那么这《麒麟戏春图》被叫作机关图，就一点儿都不奇怪了。

眼前这被杨君浩建构起来的雄伟壮阔的麒麟图腾和《麒麟戏春图》，就好像在唐朝时期，阎立德与人面麒麟图腾以昭陵为基础建立起来的一场隔空对话。可以说，这张图确实变成了连接古今的一个纽带。

"虽然栈道是平面的，但是昭陵的山是立体的，栈道又在山上，所以那只獬豸就成了立体的。而獬豸的那只独角定位出了人面麒麟图腾的位置，再以人面麒麟的脸部定位，又可以确定《麒麟戏春图》中的那只麒麟的位置。这三重定位诡异复杂地交织在一起，如果没有杨君浩的设备，谁又能想得出这等神妙的连续三次的定位呢！"惜雪唏嘘感叹着说，"想必在唐朝的时候，阎立德是用木模实现的这种严密的定位吧。而且，如果不是唐太宗改成了因山为陵，那只獬豸，是无论如何也不会立体化的。这才是因山为陵的原因吧。"

惜雪一边说，一边继续观察着眼前的图景。

在《麒麟戏春图》被杨君浩建构完成之后，人面麒麟图腾中那原本的人面被真正的麒麟面取代了。而《麒麟戏春图》中的麒麟，正双目炯炯，从山顶俯瞰着人面麒麟图腾身上的那只龙兽。《麒麟戏春图》中被麒麟踩踏着的隐形的龙头，也正仰着脑袋向上看着麒麟头顶的一个星图。

"这不是乐正夕在小四合院里最终破解了人面麒麟隐藏的密室机关的那个星图吗。"惜雪仰着头，看着巨龙仰望的星图停住了目光。

她眯起眼看了一会儿，对杨君浩喊道："你再以《麒麟戏春图》中那只麒麟脚下的巨龙看向的北极星为定位，将它看向的那个星图点亮。"

杨君浩敲着电脑定位到了头顶的星图的位置，胖子和乐正夕都惊讶地看着惜雪，不知道她是什么意思。

惜雪看着点亮的14只眼睛的星图，在头顶的星星和人面麒麟图腾上的14只眼睛之间，一边观察，一边用手套配对做着笔直的连线。不同倾斜度的闪着绿光的直线，被她建立起了14根，一个匀称的绿色圆台出现在他们面前。

众人看着眼前的情景，几乎都惊得掉了下巴。胖子不由大声赞道："这……这个阎立德真是太神了，他是怎么做到的？在他那个年代，他费尽心思做出这个对应河图洛书的星图来，又是什么寓意呢？要说，我们还要感谢一下小乐同志，要不是他曾用《麒麟戏春图》中的星图破解了小四合院中的机栝，谁又会想到，这巨龙仰望的星图，还藏有这样的玄机！"

"还有玄机呢！"惜雪对胖子嫣然一笑，用手套在空中一画，画出了第15条斜线直直地穿过了圆台的中心轴。上方是刚才用于定位的那颗巨龙仰望的北极星，而下方，正是乐正夕现在身体所在的圆圈，那个马周墓！

杨君浩惊讶得站了起来，乐正夕也错愕地看着画出了第15条斜线的惜雪，眼睛闪闪发亮："看来，他也是在暗示马周墓！"

"费了半天劲，还是马周墓。刚才我们不都猜到马周了吗？直接定位马周墓不就得了！"胖子不好意思地把头扭向惜雪，"不过，丫头，你这是什么眼神儿，也太牛了吧……"

惜雪打断了胖子的夸赞，想到在李文轩的小地下室中，韩老走的时候，一眼便看出了李文轩的黄金凫雁的左脚有伤，并对李文轩说了那句"时间是匠人的一个难得的神器"。《京派秘传》之中的"宣水藏龙，隐气聚精"中的"藏龙"，都是要靠眼睛的技巧去发现的，而这些技巧，爷爷早就在"找眼"的锻炼中，把自己培养得炉火纯青了。

"你们再看獬豸的前爪。"惜雪说着把左手放在栈道上獬豸前爪形状的位置，右手放到马周墓的那个圆圈上，"虽然从立体空间来看，马周墓并不在栈道上，但是因为这只獬豸在人面麒麟图腾中的形态是四爪朝天，肚皮向上，这样一来，这马周墓，好像隐藏在獬豸前爪内部的身体中。你们别忘了，这个前爪内部本来是有机栝的，那是与上面这机关密布的人面麒麟图腾分别连接了81道机栝的地方！

"简直是太奇妙了！虽然栈道本身并不是我们猜想的那种机关栈道，但是阎立德用非常巧妙的三重定位的方法，圈住了可能会启动獬豸，进而通过人面麒麟内部的机栝启动人面麒麟这个大图腾机关的地方。如果没有他这个若隐若现、虚虚实实的故事，没有人面麒麟图腾和《麒麟戏春图》，谁又能想到九嵕山这个世界最大的帝王陵园中的一个小小的马周墓能有这样的蹊跷呢？"

杨君浩非常同意惜雪的诠释，情不自禁地站起来兴奋地说："那么就是说，只要我们护住马周墓，就能保护咱们老祖宗的东西不被那伙人捣乱毁了。"

"事不宜迟！也许整个人面麒麟图腾会因为这个马周墓，产生下一个不可思议的机关联动呢。现在我们谁都不知道，这联动会怎样发生，又会出现怎样的结果，不能让那帮欧洲人触发了机关！"乐正夕也紧张了起来。

"你们几个，不会比我还夸张吧？难不成，这人面麒麟图腾是通天的，牵一发而动全身，以不可思议的方式运转？难不成这暗藏獬豸的建筑物还能启动那个大的人面麒麟图腾嘎吱嘎吱地运作起来？那大的图腾究竟在中国的什么地方？它运作起来了又能怎样？难道可以改变国运？难道它能干出什么惊天动地的大事情？"胖子正"难道"个没完，杨君浩走过来打断了他。

"不错！古人认为，建筑和风水，也就是建筑的形与神之间，通常都有一种不可思议的联系。这是他们天人合一的思想！

"比如，北京古城的格局，源于700多年前的元大都城。大都的整体设计和建筑，是由忽必烈的谋臣刘秉忠策划和监造的。当时民间一直传说北京地下有孽龙水怪，非常凶猛厉害。刘秉忠就把元朝都城设计成了哪吒的形状，以求镇龙压怪，保城平安。所以，今天的北京城又有'八臂哪吒城'的称号。哪吒是流传甚广的神话人物，可镇孽龙、制妖魔。这个八臂哪吒和锁龙井的传说，一直都被老百姓在茶余饭后津津乐道。"

"还有！"杨君浩点上一根烟叼在嘴边，语速很快，似乎在特别不正经地说着一本正经的事，"藏文史籍中有不少关于藏王松赞干布修建十二镇魔寺以镇压女魔四肢关节的记载。关于西藏地形是魔女仰卧之形的传说，可以追溯到公元7世纪文成公主进藏的时代。据说文成公主用八卦推算出拉萨并不具足八种吉祥之相，且有五种地煞。原来吐蕃这个地方，形如一个仰卧的魔女，所以才有了十二镇魔寺。西藏自治区文物管理委员会，在20世纪90年代整理罗布林卡文物时，也发现了两幅《西藏镇魔图》的唐卡，至今还保持着艳丽的色彩。"

惜雪没想到一向瞧不起古建的杨君浩，竟能讲出这么多关于古建文化的传说，有点儿吃惊，由于时间紧迫，她又打断了杨君浩。

"杨总说得对！胖子，你不要认为建筑是死的，建筑是有灵性的东西。一个好的建筑不只是住得舒服，还能与身边的自然景观、天文、地理，甚至周围的气场、暗能量，科学而巧妙地融为一体。这里面有很深刻、复杂的科学知识。如果欧洲人抢了先机，碰了这獬豸下面的机栝，一不小心启动了人面麒麟图腾，那就好比断了咱们老祖宗的龙脉一般可恶。爷爷和李文轩，现在显然都成了他们阴谋的一部分了。我看，咱们一刻都不能等了，立刻前往马周墓吧！"惜雪隐藏了另一部分猜测，藏在心里没有说出来，而那才是更可怕的一部分。

爷爷说过，中国营造学社在那次于沙漠中发现同律的田野调查中遇险。为什么他们会遇险呢？也许是因为有同律痕迹的古建本身，就是十分危险的。

再说《京派秘传》之中，那"行云破风平地起，动山布阵逆乾坤"的秘诀，所谓动山和布阵，说的不正是同律和小兽这样的互动吗？

想到这里，惜雪的额头上开始冒冷汗。世界上最可怕的，也许是根本不知道自己将要面对的是什么样的危险。

此刻的胖子，正两眼直勾勾地看着那圆圈，双手有些不能控制地颤抖着，搞得那圆圈犹如一只红色的怪兽，在他手中上蹦下跳，似乎活了起来。胖子被这好像活了的圆圈吓了一跳，连连倒退，撞掉惜雪放在茶几上的背包，惜雪那摔破的手机又从包里掉出来，第二次摔在地上。

胖子埋怨着惜雪破了就破了，竟然还留着这东西。杨君浩却看着胖子拿起的破手机，突然喊了声别乱动，整个人疾风一般冲了过来。

他小心翼翼又技巧熟练地将那摔裂的屏幕整个清理掉，看见手机主板上一个小小的芯片，在手机没电的情况下，还兀自发着幽蓝的光芒，犹如一直隐藏在手机中的幽灵，终于露出了可怕的真面目。

杨君浩仔细端详了一会儿，突然放大声音说："我说，这里也没什么吃的，我们去吃点儿消夜吧，边走边继续说！"说完，他小心地走到窗口等了一会儿，看准下面一辆缓慢驶过的大货车，将破碎的手机扔了上去。大货车带着惜雪的手机行驶得越来越远。

惜雪趴到窗边，表情复杂地看着远去的货车，动容地看了一眼杨君浩："你知道那手机对我的意义吗？"

胖子也冲过来："杨总，玩什么哪？那蓝色的玩意儿是什么？惜雪的手机早就没电了，难道它还能自带电啊？"

"那是个跟踪窃听器！刚才我们几个的分析和结论，都被人给听去了！惜雪换了手机，有可能是他们闯入惜雪房间的时候，把跟踪器放进去的。竟然放进坏了的手机里，真没想到！"

杨君浩着急地破口大骂，惜雪的脸色变得十分难看，只是咬紧了下嘴唇，低低说了句："事不宜迟，立刻去马周墓吧！"她又看了胖子一眼："去找点儿家伙防身。"

"丫头，做正确的事情时，再激进也不过分，做错误的事情时，再保守也是应该的。如果整件事情，关系到不止我们几个，那也许不是最好的选择。万一……哎，你，你们……"

　　胖子一紧张又开始扯那些道理，还没说完，乐正夕和杨君浩已经收拾起东西走到了门口。顷刻之间，安全屋里只剩胖子一人傻傻地站在三维立体模型之间。惜雪扭过头对胖子喊："你要是怕，就留下来。"说罢就要把门关上，胖子一把扶住了门："上次算为了你，这次算为了爷爷！"

　　杨君浩笑着拍了拍胖子的肩，对他补充了句："别怕，惜雪会保护你的。"要说杨君浩的路子可真够广的，几人下楼的同时，一辆进口汽车又已然等在楼下。

　　杨君浩刚要开车，惜雪新换的那个好手机突然来了条微信，惜雪惊叫了起来："是李文轩，他说他在马周墓，给我发了位置！"

　　"怎么比我们还快？"胖子有些错愕，杨君浩一把拿过手机，从李文轩微信发布的位置上点开导航，一脚油门把车开了出去。

　　马周墓，位于礼泉县烟霞乡上古村东约500米。距离几个人所在的地方，并不是很远，杨君浩的车速又快，20分钟之后，他在一大片苹果园的后面停了下来。

　　几人没有多言语，小心谨慎地下车向马周墓走去。惜雪一下车就开始疯狂地四处寻找李文轩，却连个人影儿都没看到。手机又变成了联系不上的状态。

　　几人眼前的马周墓，只是个小小的墓冢，圆锥形，底径约3米，高约2米。这类墓冢是昭陵陪葬墓中非常典型的初唐时期高级官员的墓葬形式，历经千年风雨，已经相当简朴，几乎没有雄伟的墓碑建筑和石雕，月色下显得孤静清冷。

　　"这能有什么机关？这李文轩到底去哪儿了？"胖子话音未落，他们几个人突然同时听到马周墓的后侧传来窸窸窣窣的声音。杨君浩立刻向墓后奔去，紧接着是惜雪等人。

　　惜雪赶到的时候，杨君浩已与月光下的一个黑影打了起来，惜雪以为是庞贝的人，连忙从包里拿出一把匕首冲上去帮忙，却一眼看到了那只死死卡住杨君浩脖子的手上闪光的男士戒指，大惊失色。

　　"李文轩？是你吗？"

杨君浩一听也是猛然一愣，被戴口罩的黑影反过来扑倒，脸上狠狠地挨了几拳。胖子忙扑上去将两人拉开。

惜雪冲到戴口罩的黑影前，一眼便看到那双熟悉的眼睛，已经不需要再做任何确认了，她一下就扑到了黑影怀里，喜极而泣，泪流满面。那黑影将惜雪向后一推，双手紧紧抓住惜雪的肩膀，月光下那双眼睛看起来紧张又惊恐。很快，他也看清楚了惜雪，将其重新紧紧搂进怀中，声音颤抖着说："惜雪，你不是一个人来的昭陵吗？怎么身边还有别人？"

是李文轩的声音无疑，惜雪想到这么多天的担心、思念、恐惧，顿时百感交集，又哭又笑。

李文轩用阴郁而又怀疑的眼光，看着惜雪身边的三个男人，最后将目光停留在杨君浩身上："他怎么上来就打我？我还以为是庞贝那伙人！"

"我打你？"杨君浩摸了摸自己帅气的鼻梁，"我是正当防卫！你上来就饿虎扑食，这下手也太狠了点儿，还好我练过。"

"别说没用的了！我说李文轩，你到底出什么事了？这么多天你在干吗？"胖子看了一眼惜雪补充说，"你知道吗？这丫头都要急死了！她坚持认为你还活着，她现在出现在这儿，也是因为这个不知哪里来的坚若磐石的信念。"

"文轩，你刚才说庞贝？"李文轩虽然找到了，但惜雪还惦记着爷爷，连忙打断胖子。

"是的，庞贝！那是一个令整个欧洲乃至世界都谈之色变的组织，堪比俄罗斯之前出现的幽灵集团。他们的恐怖绝对不是你们那点儿可怜的想象力能想到的。"李文轩摘下口罩，手还在微微颤抖着，"他们的名字，来源于意大利著名的庞贝古城。"

"庞贝古城？"惜雪皱了下眉，怎么自己早没想到呢！那是意大利一个古老的始建于公元前8世纪的古城，公元79年维苏威火山大爆发，古城毁于一旦，被火山灰掩埋。从1748年起考古发掘持续至今，提供了很多古罗马社会生活的重要资料。难道人面麒麟图腾与庞贝古城有什么关联？

"文轩，你是怎么知道这个组织的？"

"惜雪，他们都可以信任吗？"李文轩一直都是忐忑不安的表情，好像一只受惊了的兔子，有些恐惧地望着惜雪。

惜雪摇了摇头，又点了点头。虽然她不清楚杨君浩、乐正夕究竟有什么背景，但是几个人对庞贝的同仇敌忾，以及刚才一起研究阎立德秘密时的毫无保留，让她对两个人建立起了一种暂时的信任。

"其实我在这里，是因为庞贝他们刚才来过。"

"什么？"惜雪等人听到这句话，都表现出程度不同的惊讶和焦虑。

"你追庞贝到这里的？牛啊李文轩！我说，你的背后，是不是也有个神秘无比的利益集团啊？你是不是因为这才失踪的？这么说来，那小四合院里的那个人，有可能真的是你。"

胖子一连串的问题问得李文轩十分奇怪："什么小四合院？"李文轩没等胖子回答，又接着说："我失踪的这一个多月，确实发生了很多事。反正庞贝他们现在也走了，你们也一定十分想知道，我就简短地给你们讲讲吧。

"惜雪，那天下午你走以后，那个庞贝组织，就来了我的地下室。但是他们不是冲着我来的，而是冲着那个韩老。他们问我，韩老是不是来过。开始的时候，我并不知道他们是干吗的，还以为是找人，我就说是。

"然后他们又问，他来干什么。我说是为了买我的黄金凫雁！不承想他们一听到黄金凫雁四个字，跟疯了一样，立刻变了嘴脸。问我那玩意儿现在在哪里，我才警觉到不对，就说被韩老买走了。

"谁知道庞贝组织里为首的，是个奇丑无比的女人，她似乎能读懂我的心，一挥手让她身后的几个欧洲人开始野蛮地搜我的房间。他们就像一伙强盗一样，推开假墙，把我的东西砸得乱七八糟。当他们看到那个黄金凫雁后，那丑女人上来就使劲捏了一下黄金凫雁的尾巴，可能是发现并没有机关，她竟然跟韩老一样，也变得十分愤怒，她力大无比，一把就把黄金凫雁的脖子给拧断了。"

李文轩讲到这里，嘴角开始微微抖动，惜雪紧紧拉着他的手，心疼地看着他，回想着他挥洒无数汗水努力制作出那些作品的日日夜夜，想起李文轩以前说的"贫穷，是你永远都想不到的绝望"，想到那对李文轩来说也许是家人康复的唯一希望，那简直就像是看到自己的亲生孩子被谋杀了一般痛苦！

"我当时几乎疯了！"李文轩肩膀微微颤抖着继续说，"我大骂他们是强盗，声称要立刻报警，让他们把这无数珍品十倍百倍地赔偿给我！没想到，那丑女人对我冷冷地一笑，竟从怀里掏出一把枪来。她走上前，用枪顶住了我的脑袋。当时的我，在那把突然出现的枪下，脑子几乎短路了。

"就因为一个没有机关的黄金凫雁，他们竟然还打算要了我的命，那么这伙人就不是强盗那么简单了！那女人并没有开枪，但是她身边的一个老外，开始用我的铁粉颜料在那面假墙上画血人，一边画一边还不停地神经病一样地鬼笑。当时我突然意识到事情的严重性，这伙人不是强盗，是亡命徒！我也不知道那老外画血人干吗，但是我感觉危险已经降临到我头上了。心想，难道一切都来自那个黄金凫雁？我开始发狂地反抗，弄坏房间里的开关，黑暗中在跟他们的对抗之下，我推倒了身边的器械，希望可以给你留下线索。我的预感没错，他们果然打伤并绑架了我。"

"原来你也是被庞贝那伙人绑架的啊！"胖子听得激动，想到爷爷，脸上的表情变得着急而抓狂，"你快继续讲讲，越详细越有助于我们找到爷爷。"

杨君浩并没说话，只是扬着眉毛仔细观察琢磨着李文轩。

此刻的乐正夕已经走远了，他的心思似乎全在这个马周墓上，丝毫不觉得李文轩的话跟自己有什么关系。

"他们把我关在北京郊区一个暗无天日的地下室里，有吃有喝，但是没自由。我在那地下室里度过了生命中最痛苦的7天。他们经常过来给我拍视频，让我说话，基本的意思都是'我还活着''我还好''快来救我'之类的。我不知道他们把视频发给谁，我还以为是给了我的家人，给了你，我以为是绑架勒索。所以，每次录视频的时候，我都喊的是不要上当，不要给钱，每次都被他们重打后重录。没想到，7天后，他们突然打开了地下室的门！当我被带着走出地下室的时候，看到那个韩老，正坐在楼上他们的客厅里，目光犀利地看着我，他对我点了点头。他们中的一个中国人，把我的眼睛蒙上，开车带我离开了北京郊区。我以为是韩老救了我，没承想，这个中国人并没有放过我，而是奸笑着说只是演一场戏而已。接着，他给我看了一段视频，视频里……"

李文轩说到这里又是一抖，看了一眼身边的几个人，把嘴凑到惜雪的耳朵边上轻声说："是我妈上班路上的一段偷拍！那中国人以我妈威胁我，要我立刻为他们赶做一个有机关的黄金凫雁，还要跟我那个一模一样的。制作的地点在九嵕山附近，后来我才知道为什么要在这里。就这样，事情没有好转，而是更加恶化，我被他们彻底控制了！"

惜雪心想这伙人竟用李文轩的妈妈要挟他，这对李文轩来说，简直比剐了他的肉还可怕。他们抓了爷爷，难道也是为了要控制自己吗？爷爷，究竟是不是庞贝的人抓的呢？

"所以，你一直在这里，做那个有机关的黄金凫雁？可是你会做吗？"惜雪呆呆地看向李文轩。

"我怎么可能会做？我就奇怪了，我就仿造了一个黄金凫雁，怎么那么多莫名其妙的人跑出来，都以为我会做带机关的黄金凫雁？对机关，我也只是一知半解啊！"

惜雪心想也是，李文轩当时做这个黄金凫雁，还是受了爷爷书房里一张图片的启发，当时他觉得十分艳美，做出模型来一定好看，没想到竟惹了这么大的麻烦。

"你也知道我的水平，我照着他们给我的机关图做，开始还算顺手，但是很快遇到了解决不了的困难，那中国人说如果不按期做出黄金凫雁，就会让我痛不欲生。我不敢让他们知道我遇到了困难，我怕他们知道后，认为我没用了。我知道京派匠人对机关一直讳莫如深，思前想后，我决定冒险联系一下同样熟悉机关，对其有深入研究，又平易近人，乐于帮助他人的徽派匠师，梁重。

"怎么才能联系到梁重呢？他们用我妈威胁我，我手里又没有电话或者其他通信工具。很快，我发现我们住的那个地方的门口，刚好有个能收发信的信箱，经常有人在那里放信取信。我又想起以前一个朋友告诉过我，他去梁重家里吃过徽菜，在北京郊区，那个地址我还记得。这个现在来说已经十分落后的通信方式，突然就成了我唯一的救命稻草。思前想后，只能冒险一搏了。我从房间里翻出明信片，偷偷地给梁重的这地址寄了出去。希望他看到明信片以后，能给我回复。如果这个办法行得通，我就可以继续冒险跟他沟通，问他问题了。"

惜雪想到在梁重家里看到的那个明信片，难怪是两周前发自九嵕山的。也只有在这么复杂的情况下，李文轩才能做出这么怪异又在情理之中的举动。但是显然梁重并没有注意到这一张明信片。李文轩也并不知道梁重会收到那么多的信吧。"没有梁重的帮助，你最后做出来了吗？"

"联系梁重失败了，为了保护妈妈的安全，我只能照葫芦画瓢，胡乱地鼓捣出来一个。他们把那个收起来却没有放过我。那中国人说等检验过了才能让一切结束，但是他们只是收着那个仿品，也不知道什么时候检验！

"一周前，他们开始带着我和那个黄金凫雁一起来九嵕山的各种墓口。那中国人说他们要准备做黄金凫雁的实验了。实验的时候，我也要在现场，实验成功了以后，就没我什么事了。

"就这样，我跟着他们在九嵕山各个墓口折腾，感觉他们似乎在验证什么，却最终没有结果。他们始终都没有拿出我的黄金凫雁来，不过，4天前，我终于从邮箱里翻出了一封寄给我的信！"

"梁重给你回信了？"惜雪惊讶地说，杨君浩在一边也是满脸惊奇。李文轩却摇了摇头。

"不，不是梁重，是我妈！我在给梁重寄明信片的同时，也给我妈寄了一封信，是她给我回信了。她告诉我，她和我爸已经按我的计划做好伪装，安全躲起来了，她还报了警。我这才知道，他们录的那些绑架我的视频，并没有发给我妈。不管怎么说，我成功了，最大的威胁终于解除了！但他们也许还认为在利用我妈牢牢控制着我，仍然跟往常一样，带我去景区的墓口。前天，我又成功实施了在心里策划了很多次的逃跑方案，趁他们不注意的时候逃跑了！我逃走之后，想着那伙人气急败坏的神情，心里特别感激这种传统的寄信方式。

"我首先去的是公安局。可是我发现，公安局门口站着的一个人，看起来很像是庞贝的那个中国人，而且他还在跟公安局里的人有说有笑。这可让我大吃一惊！"

惜雪突然想到爷爷被绑架的时候，那视频里说的是"我等着接你的报案"，不觉心惊肉跳！

"我当时就害怕了，没想到他们的势力这么大。我压低帽子离开了公安局，想着下一步也许是应该回北京，还是先跟你联系一下。我偷了个手机，不敢打电话，怕他们能监听到，想了想只能登录微信给你发了信息。没想到你竟然也在九嵕山，我就约你在我认得路的韦贵妃墓墓口见面。"

"可是你并没有出现在那儿！"杨君浩扬着眉毛看着李文轩，额头上被打伤的淤青十分醒目。

"因为，我在那里等她的时候，又看到了庞贝的人。这让我很惊讶，他们本来已经琢磨透了这个墓口，来了三次之后已经换了其他的墓口。我远远地听到他们说起惜雪的名字，心里一惊，怕他们去伤害她，忙跟踪他们一起到了酒店，远远听见他们在前台问了惜雪的名字。过了半小时，我看到他们拿着包离开酒店，脸上表情看起来像很有收获的样子。"

"你是在这时候发的微信，让我们速回酒店？可你怎么又走了？"

"因为我看到他们停在酒店外面的车里，坐着那个丑女人。她出动了，说明他们这次是真的要行动了，这次可不是做实验了。这么长时间以来，我不止一次听他们说到国宝。我想他们的目的，应该是要盗取昭陵里的国宝！

"我不知道他们要到哪里，但我们老祖宗的宝贝，怎么能让他们偷了呢。因为不敢报警，一时我也想不到什么好办法了。情急之下，我坐上出租车跟着他们，想着随机应变。可是，他们越走越偏，出租车没办法跟得太近，只能远远看着。我正犹豫该怎么办的时候，看到远处的车灯又亮了，他们竟然开走了。因为这里的路太偏，出租车司机死活不肯等。我下了车，想到他们在这里一定找到了什么，我又是着急，又是无奈，就又给你微信发了位置。"

李文轩说到这里，已然把与惜雪分别的这段时间发生的事情大体讲完，有因有果，有逻辑有始终，惜雪没想到这一个多月李文轩竟然是这样度过的，不时地跟着长吁短叹。想到爷爷，又更是心急如焚。

这时一直在四处观察的乐正夕，突然走了回来，阴着脸对惜雪说："这里有问题！"

这一句话将惜雪从与李文轩重逢的百感交集之中拉了回来。

乐正夕继续说："建筑也好，陵墓也好，京派也好，其他派别也好，讲究的都是虚实相生，很多细节看似'无为'，其实都是顺天应人的'有意'。天地和谐，这是建筑中的大智慧！可是，你们不觉得这个地方，有太多的不对吗？"

惜雪连忙从与李文轩重逢的情绪中脱离出来，仔细看了一下四周，很快明白了乐正夕在说的是什么不对。

建筑学确实不是边界清晰的学科，它横跨着自然科学、社会科学、思维科学三大知识体系，比如化学中的合成与分解，力学中的作用力和反作用力，数学中的平面几何与空间几何，以及经济学和哲学。对一个建筑学家来说，缺乏任何一种跨越学科的知识，都会很难达到一流建筑师的水平。

建筑本来是人的活动，与人须臾不可分。建筑自身独特的表现，可以折射出建筑它的人的精神面貌。也只有从建筑的设计者的角度出发，才能更接近建筑的本质。

乐正夕看惜雪若有所悟的模样，又跟着补充了一句："我刚才转了一圈，有种奇怪的感觉。从堪舆学的角度上看，这里的'气'非常不对。从这陵墓的建法上说，不循古法的地方也非常之多。"

"你还懂堪舆学？！"胖子惊讶地张大嘴巴，惜雪其实并不十分惊讶，乐正夕来自韩墨家族，懂一些堪舆学也不奇怪。奇怪的是他为什么对京派机关一知半解，甚至是门外汉的状态。

堪舆学来自古代匠人无穷的智慧，是工匠的老祖宗传承下来的最宝贵的财富。所谓堪舆，也叫天地之道。《淮南子》许慎注曰："堪，天道也；舆，地道也。"堪，是日月星辰的方位和运行，舆是地理和自然环境。

乐正夕所说的气，也就是袁天罡留给阎立德的锦囊中"沿山气修栈道"的气，也就是《京派秘传》里"宣水藏龙，隐气聚精"的气。这气，又究竟是什么呢？

《淮南子·天文训》中有说："天坠未形，冯冯翼翼，洞洞灟灟，故曰太昭。道始于虚霩，虚霩生宇宙，宇宙生气，气有涯垠。清阳者，薄靡而为天；重浊者，凝滞而为地……故天先成而地后定。"这句话大概意思是说，天地形成之前，宇宙是一片混混沌沌的状态，没有一定的形体也没有一定的景象，因此叫作太昭。清虚空廓是道原始的状态，清虚空廓后来又生成宇宙。宇宙生出元气，这种元气是有一定界限的，其中清明的气上升为天，重浊的气下降为地……所以天先形成地后定形。

早在上古时期，古人就观察到了人与自然的神秘联系。从生活和实践中认识到，富饶的土地可安居乐业，贫瘠的地方不适合建筑房屋。建筑始终都是围绕着自然和生存的选择。于是，那些建筑大师开始对自然的种种现象进行深入而广泛的探索，总结出自然，也就是古语中的气和建筑的微妙关系。

古人把山脉称为龙，建筑师都会在建造大型建筑之前，去观察山川的走向、起伏和围合，寻找聚气的地势。《京派秘传》中的"宣水藏龙"中的"宣水"，说的就是追踪山系来自何处和水的源头。"藏龙"，说的是山势之中暗藏着的龙脉和龙气。

"从堪舆学的角度来说，这马周墓，的确是不符合古法的。"惜雪看着远处的山脉走势和地形，又看了看身后辽阔的苹果园。

"不只是堪舆学的问题，这建筑的形中也有很多不循古法的地方。"乐正夕紧张地看着马周墓，"你们在从古至今的皇陵建筑结构中，能找到类似这样的建筑墓冢吗？"

惜雪眉头紧锁，一边细致地观察着马周墓，一边从脑子里搜罗京派陵墓的发展演变历史。

古人的墓葬形式和内容，通常都跟信仰和民族的传统文化密不可分。从古至今，陵墓的形式也在不断地发展变化着。

远古时代，墓葬的形式都非常简单。《易经·系辞传下》中有"古之葬者，厚衣之以薪，葬之中野，不封不树"的说法。

春秋时期，孔子开始提倡孝道，厚葬之风大盛，历代不衰，逐渐形成一套隆重复杂的墓葬制度，格外讲究。

秦汉之际，陵墓开始采用封土高坟的形式。

从唐太宗李世民开始，开辟因山为陵的先河，唐代除了献陵、庄陵、端陵和靖陵位于平原，其余均利用天然山丘，建筑在山岭顶峰之下，形成南面而立，北向为朝的形式。

到了北宋，从宋太祖赵匡胤父亲的永安陵开始，到哲宗赵煦的永泰陵，宋代的八陵相距不过10千米范围，与汉唐陵墓的绵延百里截然不同。宋代的这种集中陵区的形式，影响到宋以后各代的形制。

虽然之前的历代帝陵或居高临下，或依山面河，但是宋陵截然相反。面嵩山背洛水，地形也是南高北低，置灵台于地势最低处。宋陵皆有"兆域""上宫""下宫"，布局依同一制度建造。"上宫"是献殿，"下宫"是日常奉膳，"兆域"内部，当然也有当朝重臣的陪葬墓。

明清两代，更注重山川形胜，皇陵的建筑水平已经登峰造极，大气磅礴，是前几朝都无法比拟的。

就拿十三陵来说，面积40平方千米，背靠天寿山，雄伟绵延，起伏秀丽，为整个陵区的绝妙背景。东西北三面群山耸立，如拱似屏，气势磅礴。南面龙山、虎山分列左右，犹如天然门户，成为守护陵园的青龙、白虎。陵区的宫门大红门，正好建在两山之间。门内是宽阔的盆地，温榆河从西北蜿蜒流过，山峰下翠柏成荫，黄瓦朱墙点缀其间，美不胜收。

清代帝陵不但景致绝美，而且从气候、水文、地质、地貌等科学条件来看，这些帝陵也确实是能防风御水的天然屏障。比如孝陵，背靠昌瑞山主峰这天然屏障，可以避免冬季寒风的吹袭；墓穴建在陵墓的最高处，可防洪水。建筑之下不但打了密集的柏木桩，加固基础，而且修建了整套出色的排水系统。匠师们利用天然的地势倾斜，设置排水阴沟使得雨水通畅流下。地下设置了大小纵横的水道，宝顶之下的地宫为防止雨水渗漏和地下水位上升，另有一套设计巧妙的暗沟疏通积水。明沟暗渠最后全部都汇集于隆恩门外的神路桥下，充分体现了古代的匠师建造皇陵的高明技巧。

从古至今，从构架到细节，从选址到内里，皇陵在中国建筑的形制上，都有着独特的设计和规矩。虽然暗藏的机理不同，但是也遵循着内在的规则。皇陵，不但是建筑体与周围山水风景最伟大的结合，而且是机关与建筑文化最精巧的传奇。建筑匠师很好地表达出了一种智慧。

这种智慧既神秘、古老，具有艺术性，又科学、实用而奇巧！更为重要的是，这种智慧就好像语言一样，无论表达方式是什么样的，最终也遵循着某种规律。

皇陵艺术，犹如用语言表达出来的不同韵味的华丽文章，其背后一样隐藏着一些表面看不出来的基础规律。这是京派建筑之中一门博大精深的学问。

惜雪观察着马周墓的各个细节，又看着手机上杨君浩发过来的马周墓的版图，想着《京派秘传》上说的那些秘诀，思索着不同形态的历代陵墓背后隐藏着的统一的建筑机理，也是诧异万分。

这次乐正夕说的还是对的。这里确实暗藏着很多与京派建筑陵墓设计相违背的细节。

可以说，自唐以来，每朝每代的陵墓设计和架构机理中，都找不到跟这里相符合的。这就好像，四声发音的汉字中，突然出现了第五个音调一样诡异。

"这马周墓，确实不符合京派建筑设计。"

"什么？在京派大匠师阎立德的地盘上，伏羲老祖宗的河图洛书的星图下，竟然有个既不符合堪舆学的'气'，又不符合建筑陵墓的内在机理的马周墓存在？"胖子满脸错愕地看着惜雪。

惜雪点点头。她的判断即使从京派建筑的《京派秘传》上来说，也是有依据的。在《京派秘传》中，有"千尺为势，百尺为形"的说法。

科学来讲，"千尺为势"中的"势"，就是指从远方来的运动和变化情况，实质上是地壳能量的运动变化带来的表现形态。而这"百尺为形"中的"形"字，则是静止的暂时的表现形态。也有一种说法叫"动者为势，静者为形"。陵墓中的内在条件，通常称为"内气"，也叫"百尺为形"之中的"形"，"内乘龙气"其实说的就是这个"形"。而陵墓的外部环境，通常称为"千尺为势"中的"势"，或者叫作"外接堂气"。

《京派秘传》之中传授的，看"千尺为势"的"势"好不好，也就是"外接堂气"好不好，通常有四个办法，将之概括为龙法、穴法、砂法、水法，也就是直观山水的办法。看"百尺为形"的"形"好不好，也就是"内乘龙气"好不好，通常有两个办法。第一，直观气的来源，看其是否旺盛。古人称之为审龙，通称为"龙法"。第二，直观气的聚集，看其是否顺畅。这就是常说的"穴法"。

惜雪又默默地转了一圈说："这里地处开阔，无法敛气，无水脉聚集，同时墓碑墓陵的设计和南北方位均有失水准。无论是参考历代帝王陵墓，还是按《京派秘传》中的'形法''势法'分析，这里都不是一个适合定墓的地方。而且，更加奇怪的是，这墓的形状、方位、建构和结构，都暗藏某种蹊跷。杨君浩，你带罗盘了吗？"

"罗盘？我怎么可能有，你要倒斗？！"杨君浩对惜雪瞪圆眼睛。

"就是，杨总怎么能有那玩意儿。"胖子麻利地从自己包里掏出一个东西来，"潘家园淘的，绝对真货！"

惜雪知道胖子那点儿盗墓情结，此刻也来不及说那么多了，接过了罗盘。这罗盘虽然比较古老，不过看起来还能用。

惜雪接过罗盘鼓捣了一会儿，抬起头脸色铁青地说："从罗盘看，这里也是大凶之地啊。"

"迷信！都什么时代了，居然用罗盘来判断！你俩真幼稚！"杨君浩对惜雪的做法不屑一顾。

胖子却截然相反地大呼小叫起来："啊？大凶之地！会不会跟八臂哪吒和锁龙井一样，这只獬豸本来是一个大怪物，这怪异的马周墓，其实是想要锁住这大怪物爪子上的机关，不让它启动更可怕的人面麒麟图腾啊？"

胖子这次说的，也不是没有道理。惜雪想到了为同律意外牺牲的那些人、李兴宇放下爱情的决绝、韩墨奇怪的小四合院。之前他们几个，一直认为人面麒麟图腾是祈求天下太平、百姓安居乐业的图腾，而那些大匠师也许在重复着某种祈祷的仪式。但是很可能他们都错了。也许在阎立德传下的古书之中，不但机关有明显的错误，其中的故事，也是真真假假，难以捉摸。

那本春秋战国时期的无名书，究竟是谁写的？他创造那么复杂的机关，究竟是为了什么？这图腾的背后，究竟隐藏着什么样的真实寓意？到底是能带来国泰民安的神秘力量，还是能引发灾难呢？

后来那个不知道在哪个朝代写了机关书的古代大匠师，还有袁天罡、阎立德，或者还有其他人，这些曾接近过人面麒麟图腾秘密的大匠师，他们到底为什么要在建筑中留下人面麒麟图腾身上的五脊六兽的痕迹？他们又在这传承千年的京派建筑中，隐藏了什么秘密？

在惜雪沉思之际，乐正夕缓步走到了她身边，从她手中接过罗盘。他仰头看了一眼星空，又低头看了看罗盘。紧接着重复了几遍这个动作，又在附近缓慢地行走着。他对手里罗盘的摆弄和调整，娴熟到令人惊讶的地步。折腾了一会儿，他慢慢在一块空地上停住了脚步，似乎有什么大发现，看了一眼罗盘，又两眼发亮地看着惜雪。

"你看看那个马周墓的版图，这个地方，是不是曾有一块巨型石碑？"

第十四章

# 九嵕山地下宫殿

她的整个人也被拉进了沙土层，她没想到这里竟然有流沙地质结构，
沙土带着巨大的力量从四面八方向她涌来，
灌入她的耳朵和嘴巴，似乎瞬间就要把她压扁。
在她就要窒息的时候，突然感觉身上一阵冰冷，
仿佛掉进了冰窟窿里。

杨君浩已然明白了乐正夕的意思，惊愕地回答："按照版图上的结构，是应该有个马周碑。但是在20世纪70年代建昭陵博物馆的时候，将石碑搬到那里去了。这块碑是目前马周墓存世的唯一物件了。"

"是不是螭首，额篆书'大唐故中书令高唐马公之碑'？"乐正夕问道。

"你怎么知道得这么清楚？"杨君浩有点儿奇怪。

乐正夕没理他，面色紧张地抬头指了指头顶的北极星，又指了指脚下空无一物的地方，最后指向了那个马周墓。

随着乐正夕的比画，惜雪和杨君浩同时"啊"了一声。李文轩慌张地拉住惜雪询问怎么了，惜雪也面色惨白地问："文轩，我们是根据你的微信定位到的这里，你说你在马周墓。你怎么知道这里是马周墓的？"

李文轩觉得惜雪问得莫名其妙，对她耐心地解释说："前面我不是跟你说了吗？我是跟着庞贝到了这里，听他们大喊着马周墓，看到了马周墓形状的坟冢，就给你发了位置，有什么问题？"

"有一个问题，这里根本就不是马周墓！"惜雪也学着乐正夕的手势指了指三个地方。

李文轩忙蹲下仔细查看乐正夕脚下的痕迹，果然，这里根本没有任何墓碑被挪走的痕迹。

胖子也摸着大脑袋"啊呀"了一声："真是世界之大，无奇不有，怪不得我觉得这马周墓太简陋、太寒碜，怪不得你们觉得风水也不对，建筑理法也不对，没想到是个假的啊。这肯定是庞贝堆出的小土堆用来骗我们的！这下可好，我们好不容易分析出了通往昭陵的钥匙，然后拱手送给了庞贝，现在他们去了真的马周墓，把我们扔在这假土包里磨叽了半天。"

"你们在说什么呢？我刚才指北极星，可不是这个意思！"乐正夕见几个人越说越远，连忙打断，"这里也是个非常特别的地方啊。"

惜雪一怔，再次仰望着头顶那颗明亮的北极星，整个昭陵的版图又在她心里重现。与此同时，杨君浩也再次在手机上打开刚才在安全屋中重建的那个复杂的模型，递给惜雪。

"不用看了，是我弄反了。"惜雪推开手机，对他吐了下舌头。

"什么意思？"胖子抢过杨君浩的手机仔细一看，手机上的《麒麟戏春图》，被杨君浩重新反转了180度，按惜雪刚才对应星图的方法，那本来应该对应马周墓的第15根红线，现在重新定位的地方，正是几个人所在的这个假的马周墓。

无论从位置还是经纬度来看，那好似虚拟的《麒麟戏春图》都成了这个假马周墓和真马周墓之间的一面巨大的镜子，镜像位置的两个墓，一个真，一个假。只要把《麒麟戏春图》再反转180度转回去，还能对应到真的马周墓。

胖子看得入迷，举起一只手来，不断地反转180度，又看着杨君浩手机上的版图，小声嘟囔着说："丫头，那我们该相信哪个是通往昭陵的钥匙呢？是庞贝骗我们的这个，还是那个真的马周墓？"

"这不是庞贝的戏法！"乐正夕又反对说，"我刚才转到马周墓那儿仔细查看，你们看到那墓碑上的字了吗？那是一个无字碑！还有，我看这无字坟冢的建立时间，也绝对是在唐代。"

"什么，这里是唐代的荒坟？"胖子又惊讶地"咦"了一声，仍然在180度来回翻动着自己的胖手。突然他想到了什么，表情惊悚起来："这里阴气太重，阴气太重的地方常有吓人的京派机关，就好像那四合院。我看这样吧，既然庞贝都放弃了，我们也别留在这里了！回安全屋去再想办法！"

"等一下！"惜雪突然扯住胖子，"你不想想，唐代的时候，谁会把墓建在这么不合规矩，风水又不好的地方，还是在昭陵附近，还是无名墓。"

"谁？傻瓜吧？"

"恰恰相反，这是最聪明的人。风水不好的墓邪气得很，盗墓贼都不会光顾。只有画了逆天的《麒麟戏春图》，做了逆天的狮豸图腾建筑的阎立德，才做得出来这样的事！"

"惜雪说得没错，顺着刚才我们在安全屋里分析的思路，这建模显示了这个地方正好是狮豸的另一只前爪所在。真的马周墓太扎眼，反而这里更有可能是秘密所在。"杨君浩对着胖子也伸出手来回翻动了一下，嘿嘿一笑，"我说，胖爷，我们现在就在这爪子里了。"

"你们是说，我们误打误撞，阴错阳差，最终被李文轩给撞对了地方？"胖子原地转了一圈，耸了耸肩膀摊开了双手，"可是，衰炸天，重点不是位置，是这里瘆得慌啊！什么都没有，难不成，咱们还要下墓？"

胖子话音刚落，在李文轩身后不远的地方，突然传来咯噔一声。胖子忙条件反射地蹦到惜雪身后，惜雪却一步蹿到声音传来的地方，胖子又折返追上惜雪。李文轩、杨君浩、乐正夕三人也都闻声凑过来。

"李文轩，我得给你补补课，这咯噔声可是京派机关启动的声音。我们在小四合院里的时候，只要这声音出现，准是哪个地方的机关被启动了。接下来要发生的事情，可恐怖了……"

李文轩一脸蒙地看着胖子，惜雪向后轻轻踹了胖子一脚："嘘！别说话！"胖子安静下来，几个人又听到一声咯噔，这次更清晰一些，似乎声音就发生在地下不远处。没过一分钟，又是一声，距离他们好像又近了一些。

胖子蹲下来，用手扫了半天脚下的土地，地面上毫无异样，甚至连个细小的裂痕都没有。他重新站起来，有些惊悚地抬头看了看惜雪，又望了一眼杨君浩："我说，这就是传说中的'逆世界'啊！我们现在所处的地方什么都看不出来，但是还有另一个世界，就在这同一个空间里，那里有人触发了机关，两个空间就此相通了……"

"你这回不扯哲学，改扯科幻了？"乐正夕看着胖子手足无措的模样淡淡一笑。

"你笑，你竟然还笑？最可疑的就是你，你刚才出去转悠一圈，也不知道是不是你启动了什么机栝。你最先说这里有问题，我看你才有问题！就算你看不懂阎立德漏洞百出的机关图，怎么可能韩墨看不懂，你外叔公看不懂？你怎么会突然出现在李文轩约见的地方？你身上的疑点就像我们头顶的星星那么多，你一出现，庞贝就出现了！搞不好，你就是庞贝在我们团队里的卧底，想要把我们骗到什么地方，然……"胖子话还没有说完，突然在众人面前矮了半截，脑袋已经降到了乐正夕的腰部。惜雪正诧异胖子怎么突然给乐正夕跪下了，胖子就像女人一般尖叫起来。

与此同时，惜雪突然看到胖子的两条腿都已无缘无故地陷入了刚才那夯实的土地中。而此刻的乐正夕紧紧抓住了胖子的手，正拼尽全力将他向上拉。可惜胖子太重，乐正夕没有力气，身体又瘦弱，整个人蹲下都没有将胖子从土里拉出来一丝一毫。

"丫头，救命！小鬼抓了我的脚，我的脚上有两只手！小乐同志，别松手，千万别松手啊，你是最好的同志！"胖子一边央求一边哇啦哇啦地大声嚷嚷，"这还不如小四合院，四合院还有文人题个诗作个画的，这里也太粗暴了，上来就拉脚……"

胖子一边喊着，一边又忽地矮了一大截，杨君浩和李文轩也赶过来和乐正夕一起拉住胖子，惜雪索性趴下身体，仔细看着胖子身下的情况。此刻胖子的大半个身体都已经深深陷入了地面下。惜雪看到刚才十分夯实的土地里面，突然涌现出很多沙化的细小土石，那些土石混杂在貌似普通的土地里面，正以诡异的方式在某种巨大力量的搅动下缓缓地流动，仿佛活了一般。

这暗藏着的沙土，犹如一条潜在的巨龙，在土地里慢慢地成形，诡异游走。胖子的脚下也突然变成了某种流沙地质，正因为如此他才身陷其中。

惜雪看着眼前诡异万分的土地，忽然想起了《京派秘传》中的"宣水藏龙，隐气聚精"八个字。

在《京派秘传》中，将京派机关分成了小机栝机关和大机栝阵法。

小机栝机关，通常都设置在位置比较局促和狭窄的地方，比如那小四合院里，或者大空间之中的小局部。

大机栝阵法，在《京派秘传》之中提到的并不多，只是寥寥几笔，已经十分清楚地暗示了只能用于皇帝陵墓的修建。大机栝阵法在京派具有特异性，也就是说，只有一个基本原理，其他的都要靠修建机关的大匠师自己设计。《京派秘传》中的大机栝阵法，就好像是中国的汉字语言的基础知识。每一个皇陵的设计，就好像是用汉字语言写出来的一篇文章。文章各具特色，有的成为千古绝唱，比如秦始皇陵、昭陵、乾陵这些帝王陵墓，至今没有被盗掘过，有的却随着岁月的变迁伤痕累累或销声匿迹。但是，拥有一本只有一些语言文字描述相关基础知识的《京派秘传》，惜雪还不能完全把这些理论给弄明白，更不要说破解了。

惜雪眉头紧锁，紧张得大汗淋漓，几人脚下的沙土都开始在某种潜在的不可思议的更大力量下发生着大幅度的搅动，就好像那巨龙在他们的脚下苏醒了。那沙土以难以预测的力量来回游走，慢慢使得李文轩、杨君浩和乐正夕等人都身陷其中。而此时的胖子，也只剩一个脑袋留在外面了。

胖子绝望地对惜雪喊："丫头，你快想办法！全世界还有谁懂《京派秘传》，还有谁从小就跟培养间谍一样被训练，只有你，只有你啊！"

惜雪趴在地上，鼻尖正对着胖子的脑袋。她用手拼命地拨动着胖子脖子旁的流沙，感觉自己是如此弱小和无助，那是她根本没有办法去理解的巨大力量，更无法去与之抗衡。

"丫头，算了，你快走吧，别管我。"此刻胖子的嘴已经哆嗦得没法儿说全一句话了。他满脸鼻涕眼泪，剩下的那句还没吐出来，流沙就进入了嘴巴，只剩下一双恐惧的眼睛无助而恋恋不舍地看着惜雪，死活都不愿意闭上。

惜雪没有离开，她还在拼命扒拉着胖子脑袋下面的沙土，一边大声对胖子喊着："我不会让你死，我绝……"

惜雪的话还没说完，胖子已经整个头都沉进沙土，惜雪刚大喊了一声"胖子"，突然也感觉到了一股巨大的向下拉扯自己的力量，这力道实在太猛，瞬间惜雪就觉得自己的身体要被扯碎了。

电光石火之间，她的整个人也被拉进了沙土层，她没想到这里竟然有流沙地质结构，沙土带着巨大的力量从四面八方向她涌来，灌入她的耳朵和嘴巴，似乎瞬间就要把她压扁。在她就要窒息的时候，突然感觉身上一阵冰冷，仿佛掉进了冰窟窿里。与此同时，氧气也神奇地回到了她的口中。

惜雪的身体还在下坠的时候，耳边又听到了胖子熟悉的杀猪一般的号叫。周围是一片黑暗，什么都看不到。很快，她又听到砰砰砰坠落的声音，她也最终掉在了一个人身上。

惜雪感到一股寒气从四面八方袭来，杨君浩打亮了手电筒，她看到身体下被自己压住的乐正夕，红着脸从他身上一骨碌爬下来。

乐正夕的左手还被胖子死死拉着，胖子闭着眼睛不管不顾地哇哇大叫，乐正夕站起来，一把将他拉起来。胖子也终于睁开了眼，看到站在乐正夕旁边的惜雪，这才松开了拉着他的手，走上前去抱住惜雪，一脸后怕的表情。

"丫头，我以为这辈子都见不到你了。我……"

"别晦气了！没事就好。"惜雪一手搂着胖子，一手打开手电筒，在亮光下扫视了一圈，看到几个人都没有什么大碍，放下心来。然后又抬头看着头顶，惊讶地发现头顶已经没有任何沙土的痕迹了。那是一整块巨大的青铜，青铜上雕龙刻凤，图案大气磅礴，这是中国传统的龙凤图案，这种九五至尊的龙的形态设计，通常只能用于皇宫之中。

他们脚下也是同样的一块对称的青铜，青铜之间是石壁，石壁上可见斑驳古老的痕迹，整个空间有篮球场大，以惜雪的眼力，上下两块巨大青铜都看不出有丝毫的裂纹和破绽。

"我们现在在一个青铜和石壁构成的铜墙铁壁的盒子里！"杨君浩用手电筒观察了半天，扭头对惜雪说，"建筑专家，你看出来了吗？这石壁的年代，也应该在千年之前。"

惜雪严肃地点了点头。一切发生得太过诡异，刚才突然出现的流沙与现在毫无破绽的青铜，究竟是如何发生转换的呢？难道真的是胖子嚷嚷的逆世界吗？就这么陡然变换出了一个封闭的空间吗？

"刚才的两声咯噔，应该是来自我们头上和脚底的这两块青铜，你们看！"乐正夕也掏出手电筒并打开，惜雪顺着手电筒的灯光看过去，果然青铜远处的角落中仍布满灰尘，他们脚下的尘土却形成了一种刚刚流动过的浅浅的痕迹。

"似乎是这青铜向下开合了一次，把原来在这里的什么东西给倒下去后又重新合在一起了。"乐正夕分析着，李文轩却否定地摇了摇头："裂缝呢？"他蹲下来，用颤抖的手抚摸着光滑如镜面般的青铜。"这完全就是一整块，根本没有裂缝，更别提什么开合了。还有，我们刚才随着那么多的沙土一起掉下来，为什么脚下这青铜上却没有？"

惜雪看着身上仅存的沙土痕迹，又抬头看了看丝毫没有裂纹的青铜板，也是很难去解释李文轩的疑问。

胖子看着惜雪的表情，哭丧着脸说："以前特别希望我有一天，也能盗墓下斗，发个小财探个险。现在看来我只实现了前面四个字——盗墓下斗！"

"我不能死！"李文轩有些抓狂，眼中露出一丝濒死的人才会有的挣扎，"我还要救我爸！"

"别在那儿放屁了。"胖子心情不好地哼了一声，"你李文轩不能死，难道我们就能死？我们的生命都是平等的，难不成我胖，你还要把我当晚餐吃了救你的命吗？啊呀，我说衰炸天，你别在那儿转悠了行吗，你以为你跑几圈，就能突然找到出口吗？"

杨君浩停住脚步，拿着手电筒从远处跑回来，脸上既没有李文轩的抓狂，也没有胖子的绝望。他十分淡定地说："盗墓胖，你不能心情不好就叫我衰炸天，心情好就叫我帅炸天，没你这样的！我们这才刚刚掉下来，你们绝望什么！车到山前必有路，船到桥头自然直！找到办法是真格的，别被你脑袋里那些乱七八糟的盗墓知识给弄得神经分分的！"

"你行，你倒是告诉我，你发现出口了吗？"

杨君浩坦诚地摇了摇头，对惜雪扬起眉毛："我没找到出口，但是我知道她一定行，这丫头是我们团队里最古灵精怪的一个，要说这世界上有什么能把她给难住，我还没发现呢！"

惜雪撇了撇嘴，叹了口气："我看了这青铜雕刻的图案，上面的龙凤是唐朝传统的皇宫御用形态。还有，这巨大的青铜雕刻打造起来，价值不菲。一切看起来似乎都是为皇族打造，可这里是假的马周墓，又跟皇族有什么联系呢？除非……"惜雪把自己刚才根据《京派秘传》推测这里是皇陵设计的结论给咽了回去，因为她并不能信任现在的这个团队，信任所有人。

"虽然马周墓是假的，但这里是阎立德留下的《麒麟戏春图》暗示的地方，所以……"杨君浩也突然欲言又止。

"就算这里是阎立德想要设置那獬豸内部机关的地方，他又怎么敢用皇族的设备？就算是偷着干也不行吧？他修建栈道那么谨慎都被责罚了，这么干不是要被株连九族吗？而结果是他不但干了，还干成了，这不符合逻辑！"胖子没有注意到惜雪和杨君浩两个人在表达自己观点时候的犹豫，耸了耸肩，摇晃着大脑袋接过了杨君浩的话茬。

一直没有说话的乐正夕，突然开口推测起来，一句话又惊呆了众人："你们有没有想过，从地理结构上来说，这里可能直通昭陵的山体内部。也就是说，我们现在正处在可能通往李世民陵墓的地方。如果李世民知道了这个地方，一定会砍了阎立德的脑袋，但实际上没砍，而阎立德又真的这么干了，那就还有一种可能！"

惜雪不禁喃喃地回应："你的意思，有可能是李世民让他这么干的？"

"你们的意思，这里是可以通往昭陵李世民墓的皇家暗道？那可是全世界至今仍没有被打开的最大的最神秘的帝王陵墓，里面有无数的奇珍异宝，还可能有失传已久的王羲之的《兰亭集序》！"胖子突然一扫眼中的绝望，激动得手舞足蹈，"我是什么人？送快餐的。我人生的意义究竟是什么？也许，我现在站在这里，这就是我独特的人生意义啊！"

"盗墓胖，瞎兴奋！我们可不是在你的盗墓小说里，这里有可能是京派大匠师阎立德设计的最复杂最恐怖的地方，虽然没有尸体也没有'粽子'，但是有我们还没有见识过的，还不了解的古人的智慧。"杨君浩看着胖子疯疯癫癫的模样，不禁哑然失笑。

"还是先想办法走出这个黑匣子吧，否则我们很快都会死在这里，无一例外！"此刻的李文轩也控制了一下自己的情绪，似乎心里再次升起了某种希望，表情也不再那样抓狂了。

胖子被李文轩说得一腔热血冷却下来，满脸期待地看着惜雪："丫头，全看你的了。这里既然是京派大匠师阎立德的杰作，基础理论一定都是来自那本《京派秘传》，你可以带我们几个老爷们儿离开这儿，对此，我深信不疑。生存，还是死亡……"

惜雪是不需要跟胖子说任何废话的，只要一个眼神过去，胖子就能乖乖地闭上嘴巴。她再次蹲下，用手轻轻地抚摸着脚下青铜上的雕刻，感受着那栩栩如生的巨龙身上巧夺天工的薄如蝉翼的鳞片，她轻轻地来回拨弄着手下的鳞片，可以感受到鳞片随着她的手在轻轻地颤抖起伏。惜雪虽然胆大，但是这十分逼真的活生生的感觉还是吓了她一跳。

她又抬头看了看头顶，对刚才那巨大的流沙搅动的力量仍心悸不已，那是她用妈妈从小就武装在自己脑袋里的高科技知识无法解释的现象，那是她几乎无法承受的力量。如果非要给这种力量一个解释，那只能是某种拥有无法想象的蛮力的未知生物了。

惜雪又想起了爷爷在书房说过的"这里有过去，也有未来"，不由冷汗满面。胖子他们还在担心饿死，出不去这个黑匣子，而她担心的是更加可怕的未知的危险。他们现在面临的状况，也许跟中国营造学社遭遇重大灾难的那一次相同，那么恩陈他们那些匠师都搞不定的状况，要靠谁解决？是靠自己一个刚刚成为匠人的小徒工，靠乐正夕那样到处请教别人的小木匠，还是靠骄傲的手里一堆派不上用场的现代科技的杨君浩？抑或是连匠人都不是，还刚刚经历了一次生死劫，现在仍心有余悸的李文轩，加上一个插科打诨、胆小如鼠的胖子？他们现在的团队，又怎么能跟恩陈当时的团队比呢？而且，这个团队的人又是怎么走到一起来的呢？

李文轩刚刚逃出庞贝的魔掌，误打误撞把他们引到这里来，他只认识惜雪和胖子，跟其他几个人甚至没说过话。

杨君浩是梁重的徒弟，虽然一身高科技武装，但是他究竟为什么要借着休假到这里来？谁让他来的？怎么会跟胖子在一起？更不知道胖子跟杨君浩两人究竟藏了什么秘密，他是怎么成了杨君浩的政治任务的？胖子和杨君浩虽刚刚认识，彼此之间却有着某种难以置信的信任。惜雪感觉，胖子和杨君浩之间应该存在一个他们共同信任又十分有威信的人物，是这个人将素不相识的两个人扭在了一起。那么，这个人又是谁呢？

乐正夕在给大家讲述阎立德的秘密时表现得十分坦诚，刚才对胖子也再次毫不犹豫地拼死相救，虽然他没有解释自己为什么会出现在这个地方，但是他的每一个行动都显得真诚而高尚。经过这两次的相处，惜雪反而对他的信任还要多出杨君浩一些。可是他毕竟是韩墨的后代，而且已经显示出了跟其他人相比完全不对等的经验。乐正夕似乎带着某个特别的使命，他突然出现在这里的目的究竟是什么呢？

这样目的不明的五个人临时组建起来的团队，要说能跟恩陈他们一样同心协力，从而逃离险境，现在的惜雪是绝无这个自信的。

胖子看到惜雪从未有过的严肃，猜到了问题的严重性，他刚要说话，突然听到脑袋后面传来一声低沉的轰鸣，这一声吓得他一蹦，脸色铁青地低声说："这里是没有'粽子'，但是有龙，不，恐龙，怪兽！不管什么玩意儿吧，反正它来了！能穿越铜墙铁壁，刚才的沙子就是被它变没的！完蛋了，这下我们可真的是死定了！"

几个人在胖子不靠谱的描述中，听着那惊悚的低鸣，表情也纷纷紧张起来。

那声音持续了几分钟之后，由近及远，渐渐远离消失了。

"听起来，这是某种重量巨大的东西与石头摩擦的声音啊！"杨君浩肯定地说。

乐正夕把手电筒打向声音传过来的方向："我知道沙子去哪儿了！我们落下来的时候，有寒意袭来，那是风。只有风才能吹走我们身上的那些沙土，从而让它们没有跟我们一起掉落下来。"

"你的意思是，我们脚下和头顶的这青铜是个机栝，是能开启的？"李文轩错愕地看着脚下，忧心忡忡地问，"可机栝在哪里呢？打开机栝我们是可以出去，还是跌入万劫不复的深渊呢？"

胖子突然发现了什么，他快步绕到脚下青铜龙头的部分，惊讶地"咦"了一声："丫头，我怎么觉得，这条龙，很像你脖子上那条小歪眼龙的爸爸呢！"

一句话说完，几个手电筒同时照向了惜雪雪白的脖颈。她脖子上那条小歪眼龙，似乎因为惜雪的紧张又变成了更深的颜色，其眼睛及鳞片的形态的确与青铜上雕刻的巨龙有某些神似。

在众人惊愕的目光之下，胖子有些得意地继续说："这条龙，是我们身为京派大匠师的爷爷，在惜雪很小的时候就文在她脖子上的。如果，这里也是京派大匠师阎立德的杰作，那么这个共同点就很明显了。"

"你扯得没边了！"杨君浩哼了一声。可是这一次惜雪却不这么想，她想到爷爷书房中熟知同律的恩陈的日记，想到阎立德的故事中有同律痕迹的那人面麒麟图腾，要说爷爷也知道一些阎立德懂的事情，也不是没有可能。

惜雪摸了摸脖子上的小歪龙，又看了看脚下青铜上阳刻出来的这条巨龙，绕着龙头缓慢地走了一圈。眼前这条龙身体蜷曲的形态与自己脖子上的小龙如出一辙，但是脚下的这条龙是没有瑕疵的，不像自己脖子上的小歪龙两只眼睛看的方向不同。爷爷一直对自己说那是文身师不小心文错了眼睛的方向。真的是这样吗？

惜雪突然躺在脚下那青铜巨龙的身边，脑袋就挨着这青铜雕刻的龙头，她仰望着头顶那呈现完全对称形态的青铜上的另一条青龙的眼神，脑子里把自己脖子上的小龙放大，逐渐复合到头顶青铜雕刻的龙上。那一只雕刻错误的眼睛看向的方向，正是身边的这条青龙的尾部。

惜雪一个翻身爬起，把手电筒照向青龙的尾部，这遍布的鳞片之中，并没有特别的地方。她伸手抚摸着尾部的鳞片，来回拨弄着它们，同律、獬豸、恩陈日记中的机栝描述、四合院中的人面麒麟图腾木雕……这一切的一切都在她脑子里迅速地旋转着。

难道打开这里机栝的开关，是恩陈日记中那同律上五脊六兽中的龙尾巴上的机栝？

小歪龙，绝对不是一个普通的文身！不然妈妈就不会在自己被爷爷文身的那天晚上哭成泪人，也不会在前几天跟爷爷通电话时那么抓狂。难道这小龙注定了自己的某个十分悲情的使命？难道这才是妈妈从小就用那么多现代科技疯狂地武装自己的真正原因？

惜雪突然又想到《京派秘传》中的一句话，大概的意思是帝王陵墓千差万别，不过都是由才华横溢的古代大匠师，斥一国之重金打造的，帝王陵墓之中的玄机暗器，往往藏在浩如烟海的壁画或雕刻之中，这也有个名字，叫"阵法图"。

阵法图，就好比是一个巨大的定时炸弹，无数密密麻麻的引线都是那可以引发爆炸的红线，无论拉开哪一根错误的红线，身处其中的人，都会有很大的死亡概率。在那浩如烟海的信息之中，唯一的一个正确答案，只有设计者自己才会知道。这就用超高的概率，保障了帝王陵墓的绝对安全。

惜雪将自己的想法全部告诉了大家，并说明了如果自己想的都没错，那么这尾部的鳞片中应该有一处开关，自己应该可以找到，并启动它。

李文轩第一个坚决反对，他不建议轻举妄动，希望等白天弄出动静来请求救援。

杨君浩却建议试一下，他刚才也一直在尝试寻找出去的办法。

乐正夕放弃发表意见，只是蹲下看着惜雪说的青龙尾部发呆，脸上有一种惊讶和佩服的表情。

胖子看到自己的一票成了关键，尴尬地笑了一声："我花了好大功夫，才把我们现在的行动跟盗墓行动区分明白。咱们这是大手笔的京派建筑地下部分的探秘行动……"胖子再扯不出词来，咽了一口口水。"你们两个，不过是一个害怕危险，一个想要见识奇迹。要让我选的话，我这么胆小本应选择李文轩的建议，但是，你们并不知道，爷爷在我心中，一直都是神一样的存在。既然丫头要按照爷爷的暗示打开机栝，我觉得十有八九可以成功。然而，成功了之后，也许我们就会跟刚才吼叫的那龙见面了，那可是万万……"

胖子啰唆个没完的时候，突然一声咯噔从惜雪的手下传来。"丫头，我还没投票呢！"胖子两眼一愣，惜雪轻盈地站了起来："我没听到你后面说的'然而'！"

"惜雪，你就是不听话！"李文轩忧心忡忡地看着青龙的尾部，几个人的手电光在这密闭的空间中紧张地到处闪动，五个人缓慢谨慎地在手电光下来回移动观察着，并没有任何变化发生。

"没有变化是最可怕的变化……"胖子正在小声嘟囔，突然几人都感受到有一股寒风从一侧石壁的角落中猛灌进来。五个人都跑去了那个角落，发现石壁和脚下的青铜之间，竟然露出一人宽的缝隙，猛烈的寒风正从缝隙之中呼呼往里吹。杨君浩趴下来，把手电筒照入缝隙之中，嘴巴张得老大，越来越大的寒风将他的脸都吹变形了，看起来非常恐怖。

"你看到什么了啊？"惜雪也趴下来，她只是用手电筒简单地朝外面照了一下，就从已然倾斜的青铜和石壁的缝隙之中就势一滚，进入了那未知空间消失不见了。

她的这个举动再次震惊了剩下的几个人，乐正夕看都没看，立刻趴下跟着惜雪滚入缝隙。紧接着是杨君浩。李文轩和胖子面面相觑，胖子喃喃地问："他们是不是疯了？"

"只有一件事，能让一个匠人如此不顾一切！"李文轩嘴角微微抽搐了一下，眼神中隐藏着某种莫名的兴奋，也跟着滚入缝隙。胖子一看偌大一个黑暗的空间，只剩他孤零零一个，大声骂了一句，闭上眼睛紧随李文轩滚了下去。

进入缝隙的胖子，因为惯性继续向前翻滚了几圈，突然被杨君浩猛地拉住，胖子睁眼一看，"哎呀"了一声。原来他已然滚到了一个峭壁的边缘，峭壁之下好似万丈深渊，用手电筒照下去，光都被吞噬到无尽的黑暗里了，什么都看不清。

五个人呆若木鸡地站在九嵕山内部巨大未知的山体洞穴之中，周围是山体内那种原始的未被开发的峭壁岩石，脚下好似裂缝一样的深渊，宽度有十几米，深渊的对岸，竟然有一座辉煌的宫殿，巍然矗立在几人面前。

这宫殿建立在山体内的峭壁之上，3层白玉石台阶，前有月台，平面规整。12根金丝楠木柱立在殿前，整体面宽9间，也就是70米左右，重檐庑殿，高25米，12根金柱的柱径十分巨大，看起来都超过了1米。

虽然整个建筑不如地上宫殿雄伟，但其梁柱庞大的尺寸，架构精致的设计，细节之处的巧夺天工都足以摄人心魄。这宫殿单纯的色彩散发着无比肃穆而神秘的光芒，巍峨庄严地震撼着隔岸相望的五个人。

"这是地下宫殿？阎立德把这九嵕山给挖空了，修建了一个如此宏伟的地下宫殿？难怪袁天罡非要李世民开创因山为陵的先河！只有山这个载体，才能让阎立德在那獬豸形状的栈道下面，在这山体的内部空间里，修建出这么一个巨大的地下宫殿来！我看，他看上九嵕山这个风水宝地，也是因为这个山肚子里的岩石结构是容易挖空的吧？"胖子已然来不及后怕自己刚才差点儿滚落到悬崖下的事情，瞠目结舌地说。而他身边的惜雪等人，早已满脸顶礼膜拜的表情，肃穆地用手电筒照着远处那巧夺天工、世界上都绝无仅有的建筑瑰宝。

"准确地说，这里对照地宫的规模要小很多，但是细节之处见神功。"杨君浩也惊叹着，"还有，从方位来看，这宫殿才真真正正地处于那神秘的獬豸的爪子里！"

虽然惜雪也一时不能确定这座建筑究竟是不是地宫陵墓，但是她一眼看过去，就已发现了不少符合京派建筑中地宫陵墓的设计规律和元素。

京派建筑之中的地宫陵墓，也有着基本的设计元素。

比如说整体布局应该是前方后圆，一般前面方形的部分是祭祀区，后面圆形的是安置帝王棺椁的地方。眼前的宫殿结构，从大的布局上隐约看得见前方后圆的架构，而在这宫殿的中轴线上，也隐约看得到石华表和陵门。

眼前这些中规中矩的京派地下宫殿的设计元素，与上面假的马周墓那些不对的风水和设计形成了鲜明的对比。惜雪看得目瞪口呆，情不自禁喃喃自语道："在京派建筑中，这显然就是一个完整的帝王水平的地宫陵墓建筑！"

"所……所以，那是李世民的真正墓……墓……"胖子更是语无伦次了，一句话在嘴里绕了好几圈，也没吐出个完整的意思。

乐正夕却坚决地摇了摇头："我虽然不是很懂京派建筑，但是从规模和建筑结构上来看，眼前这个如果是地宫陵墓，那相对李世民的身份，未免太简陋了。而且，从先秦以来，陵墓建筑就讲究'祭庙不祭墓'，这前面是作为祭祀的区域，在地下宫殿中又能有什么用？谁又能到山肚子里来祭祀？"

"进去看看再说！"惜雪似乎觉得乐正夕的想法也不是没有道理，她麻利地从包里掏出在乐正夕小四合院中使用过的绳索，向深渊对面用力一抛，咔嗒两声，绳索头儿上的尖爪扣住了对面地宫前的石壁，惜雪拉了拉，绳子挂住了。她把其中的一根系在自己的腰上，另一根在手里绕了几圈抓住，淡淡地说："没想到，妈妈教我的那些本领，最后还是被我用来探索阎立德的秘密了。"想到刚才自己用小歪龙的眼睛找到龙尾部分的关键，用恩陈日记中关于同律上龙尾机关的推测，找到了那根隐藏在龙尾深处的可以正确启动机关的红线，想到爷爷说的关于香灰的哲理，惜雪叹了口气："阎立德是《推背图》的创作者袁天罡的徒弟，也许他也精通周易占卜，今天我们的这次会面，也在他的预料当中！"

"丫头！你这是要荡过去吗？"胖子大惊失色地一把扯住惜雪的胳膊，"这下面有龙，你刚才没听到声音吗？搞不好，你人还没荡过去，就被这深渊中的龙给吃了。丫头，我不管你的宿命是什么，我想要的就是你给我好好活着！"

胖子的这一句话说得奇怪，惜雪一怔，扭过头来盯着他。杨君浩说胖子是政治任务，难道是爷爷让他来的吗？爷爷是不是通过梁重给杨君浩布置了这个政治任务？那么，难道爷爷和梁重见面了，恩陈的日记是不是爷爷用来安排胖子的条件呢……惜雪摇了摇头，不可能啊，胖子一个送快餐的，就算爷爷觉得他对自己再好，也没什么大本事，干吗要把他安排到自己身边呢。

"胖子，我一定要过去！"惜雪推了一把胖子没推动，又低声在他耳朵边说了一句，"你记得绑架爷爷的人说的那句话吗？他想要的是阎立德的秘密和天机，只有找到了他想要的东西，我们才有主动权救爷爷啊。"

惜雪这一句话动摇了胖子，他紧拉着惜雪的手臂突然松懈下来，惜雪知道爷爷在他心中的地位，也知道他此刻有多么纠结。

"你们三个在这里守住裂缝，我和她一起过去，也许我可以帮到她。"乐正夕盯着对面专注地看了一会儿，坚决地说。

"一起过去吧！"杨君浩淡定地从包里拿出更高端的设备，一把抛向了对岸，这设备似乎是惜雪在四合院里面用过的那逃生网的升级版，那透明的无比坚硬的材料在几人面前瞬间形成了蜘蛛网一般神奇的桥梁。

"蜘蛛侠！"胖子羡慕地说，"我从来没跟像你这么牛的人下过斗，你简直太强大了！你的现代高科技，啧啧，你看，这才是真正的探险……"

"拉倒吧，盗墓胖，你倒是敢不敢走上去啊？"杨君浩一把推开胖子，这时候深渊底部的那个低吼的声音又出现了。胖子吓得一个趔趄，被杨君浩顺势就推到了蜘蛛网一样的桥上。胖子立刻在桥上一顿乱叫，惜雪小声制止："别出声！"

惜雪话音未落，深渊之中那恐怖的低鸣声又传了上来，胖子忙闭上嘴巴。惜雪一个箭步蹿上简易桥，当她站在桥中间的时候，有寒风向上吹来，看着脚下那无尽的黑暗，她有些腿软，那黑暗中潜伏着的东西可能就在他们下面，有可能突然扑上来将她和胖子扯成碎片。惜雪稳定了一下心神，一把抓起已然趴在蜘蛛网桥上的胖子，拉着他跌跌撞撞向地宫奔去，还好距离不是很长，胖子在惜雪身边也安心了很多，跟随她三步并作两步一起过了桥。

几人跟随着惜雪纷纷走过来，这短短几分钟的时间，简直是如履薄冰。深渊中那低鸣的声音越来越近，五人忙不迭一起踏入地宫门口。

惜雪他们眼前的宫殿，整体来说，可归为巧夺天工的无梁殿类型，远远可见三个无梁殿的屋顶，沿着同一中轴线整齐排列，逐渐升高。有些奇怪的是，最后一个大殿的屋脊呈现奇怪的圆形。地宫中首个无梁殿的门旁，摆放着简朴的石坊，石坊间是华彩的琉璃照壁，中轴线上，几人脚下，有一条几米宽的石路沿着中轴线向远处铺开，直通往最后的那个诡异的圆顶无梁殿。

惜雪等人穿过门口的那个空空如也的无梁殿，那殿内似乎被洗劫过，什么都没有剩下。没有任何线索。

几人继续前往第二座稍微高一些的无梁殿。途中，惜雪在一座彩漆的红门外停住了脚步。她目不转睛地看着红门旁下马碑的底座，皱起了秀眉。

"这底座有问题吗？"李文轩见惜雪停住，也赶紧收了急急向前的脚步，站在她的身边。

惜雪看了一眼李文轩，默默点了点头。

本应该是唐代地宫陵墓的京派设计，可眼前的下马碑底座上的图案却充满了某种神秘的异域风情。虽然大唐是与多种文化融合得比较好的朝代，可阎立德为什么要把这异域风情的图案，设计在这中规中矩的地宫陵墓之中呢？

惜雪有些紧张地看向前方，那里堆满了各种各样的石像生。

石像生，主要是帝王陵墓之中，用于表现帝王生前仪仗的威风景象的石头雕像。

南北朝时期的石像生，多用的是石兽，唐代时候，改成了番臣，宋代以后用文臣武将、瑞禽石兽。人物的穿着也是大不一样。文臣的石像生，通常手持玉笏，而武将常常穿戴甲胄。所以，帝王陵墓之中的石像生，是代表一个年代的典型符号。

惜雪惊诧地看着神道上已然缺乏唐代典型风格的石像生，看着那歪歪斜斜，有的甚至已经倒塌了的麒麟、獬豸、骆驼、象、狮、虎、马、羊、文臣、武将，以及他们身上的雕饰。

越来越多超越唐朝，甚至是在唐之后的宋朝或者清朝才会出现的元素，跃入惜雪的眼帘之中。如果这宫殿是唐代大匠师阎立德的设计，为什么会有这些奇怪的，在唐代不应该存在的设计元素出现呢？

惜雪走到一只獬豸石像生的前面，看着石头上那斑驳的裂缝，还有一些黑色的被强烈腐蚀过后惨不忍睹的痕迹。如果这里曾经发生过山体地震，导致这些石像生互相砸倒，便可以很好地解释这些斑驳的伤痕。可是这黑色的部分又是怎么造成的呢？

胖子也装模作样地站在獬豸石像生的前面，举着自己的大胖手放到獬豸的前爪之上，嘴里嘟囔着："这獬豸是不是阎立德暗藏在栈道中的那个獬豸啊，这石像生身上的黑色是什么玩意儿？"

李文轩没工夫听胖子瞎扯，再次紧张地问惜雪发现了什么不对。惜雪看了一眼身旁一样紧张的杨君浩和乐正夕，没有回答他，而是顾左右而言他说："乐正夕猜得没错，这个地下宫殿，确实没有京派帝王陵墓那样宏伟的规模。那些石拱不但错综复杂，而且机关密布，那里应该就是存放棺椁尸体的地方，也是秘密最多的地方。"

"丫头，你怎么知道？你又没来过。"胖子听不下去，一脸好奇。

惜雪想着石像生上那超越唐代的元素，想着那圆屋顶在明清陵墓建筑中的耳熟能详的名字，微微一笑："胖子，这大匠师阎立德，确实是个神人，我很崇拜他！我们走吧。"

几人各怀心事地沿着石路走到最后一个圆屋顶的无梁殿前。一堵高大的石墙严严实实地围住了整个圆屋顶的无梁宫殿。这石墙上全部都是方形的一人宽的巨石，方方正正，没有一丝不整。

惜雪抚摸着这方石墙，看得出这是一个石卷构造，这种结构不但可以防腐，还可以防火和防盗。而且，眼前的这方石墙也符合她对这圆屋顶的无梁殿究竟有什么作用的预想。一路上没有遇到什么机关的胖子，此刻已然得意忘形，大胖手上去就拍向那方石墙，被惜雪一把拉住。

"胖子，不要乱动。这石墙中的这个部分，也叫石卷。"惜雪一边轻轻抚摸着方石墙上几块与其他部位毫无区别的石块，一边紧张地对胖子说，"当关闭石卷的时候，石卷后的石条会随着门扇向前倾斜卡住。这个装置，在京派机栝之中叫自来石。也有大匠师，不使用石卷，而是用石球挡门。无论什么形式的自来石，都是带有特定的可怕的机关的。因为你接近它，就意味着帝王陵墓有危险。所以，要打开自来石封闭的石卷，必须使用特殊的工具才行。你忘了爷爷说过，在民国时期，乾隆皇帝的裕陵被盗，盗墓者在自来石前的机关中死伤无数，最后还是用炸药炸开的门。"

"惜雪，你们刚才不是都说这里的规模和设计不像帝王陵墓吗，那如果这里不是帝王陵，这石卷的后面也许不是自来石呢！"一直畏惧不前的李文轩，此刻突然变得激动起来，眼中隐藏着咄咄逼人的光芒，"如果你害怕这里的机关，那我们就只能无功而返了。"

惜雪看着胸脯起伏的李文轩，心中暗自一惊。她猜度着李文轩内心深处的真实想法，并衡量着如果他为了给他爸治病，一会儿暗中偷个国宝什么的，自己究竟该怎么办。

就在几人犹豫不决、争执不下的时候，胖子咧了一下嘴："就是，别那么小心翼翼的，一路上都没什么事，这里也就是个废弃的石卷。"

胖子一边说，一边用他的大胖手去拍惜雪刚刚抚摸过的方石墙。胖子话还没说完，突然方石墙的后面，又是一声熟悉的咯噔。这一声非同小可，胖子吓得大叫了一声。与此同时，几个人头顶上方，突然开始滴水，开始是如丝细雨，很快那水滴越来越大，几人猝不及防都被浇了个落汤鸡。

水不断从他们的头顶向下砸落，渐渐有了瀑布一样要砸死人的力量，惜雪看着不断奔涌下来的巨大水流，突然又感受到了在地面上的时候那沙土涌动的神秘而巨大的力量，一时目瞪口呆，手足无措。

"这……这里这么多年都没雨水了，这也算是久旱逢甘露吧，我也算做了件好事！"胖子抹着满脸的水，对惜雪吐了吐舌头。但是，惜雪的鼻子只是轻轻一吸，立刻面色惊悚地对杨君浩大喊："防毒面具拿出来，快！"

杨君浩看着落在石头上的雨水溅起的白烟，脸色骤变，他连忙从包里掏出防毒面具给众人戴上。与此同时，几人刚刚被从天而降的雨水淋过的皮肤纷纷开始奇痒，胖子控制不住地脱下衣服抓挠，惜雪看到他的身上已经起了血红的一大片毒包。

雨水下落的速度越来越快，这样下去，几个人就会泡在这毒雨之中了。惜雪突然想到刚才石像生上面的那可怕的黑色痕迹，大喊了一句："这雨水不是第一次降临这里，而且有毒，我们要赶紧离开！"

"只有一条路了，打开方石墙后面的自来石，躲进这更加怪异的圆顶无梁殿！"杨君浩在倾盆大雨之中，对惜雪大喊道。

打开自来石？谈何容易。惜雪紧张地看着越下越大的毒雨，心里琢磨着所有关于自来石的知识。

小时候，爷爷曾经给她做过一把拐钉钥匙，近日她在《京派秘传》上读到，这特殊的弯曲的棒子，正是唯一可以打开自来石封闭卷门的工具。可是这个节骨眼，去哪里弄来钥匙呢？

她绝望地对杨君浩喊道："我倒是会开自来石，但是我没有拐钉钥匙啊！"

"什么玩意儿？我这个钥匙上有拐，是不是你说的拐钉钥匙？不会那么巧吧！"胖子一听惜雪这么说，一边挠着通红的胳膊，一边从背包里翻出一把钥匙来。

惜雪一看，正是爷爷教自己做过的那种，一把抢过来："你怎么……"

"啊呀，别啰唆了，快开门吧，不然胖爷我就变成毒胖胖了！"胖子一边挠着胳膊，一边催促着惜雪。怕她生气，又补充了一句："你也知道，我最喜欢跟咱爷爷要有意思的小玩意儿了！"

也许这才是胖子的政治任务……

惜雪确实来不及想那么多了。她手上用力，熟练地在石卷上操作起来。她的动作已经很快了，但是几个人还是在毒雨下，等了5分钟。

5分钟后，卷门被惜雪以正确的方式打开了一条缝，几人慌忙鱼贯而入，李文轩最后进来，回身重新推上卷门。外面咆哮的水声如注，似乎已把那些宏伟的无梁殿建筑悉数淹没在毒雨之中。

李文轩关好门，伸出满是毒包的手哆嗦着走向前去，竟然是狠狠给了胖子一个大嘴巴。胖子以为是自己断了大家返回的后路，让本来就害怕的李文轩更加恐惧了，却听到李文轩颤抖着肩膀说："你个死胖子，愚昧无知！你知道那是全世界建筑的奇珍异宝吗？你竟然放出毒雨毁了它！"

"还不是你鼓励的我？"胖子自觉理亏，麻利地脱掉自己外面的裤子，脱到就剩下一条贴身的运动裤。此刻的他已经浑身火红，不停地扭动着屁股四处挠，瘙痒难耐。他奇怪地看着惜雪和杨君浩："你们不难受吗？这么能忍啊？"

惜雪其实也已经难受到了极点，她看到胖子身上的毒包开始溃烂，对这毒雨的成分大吃一惊，迅速从包里拿出一些必备药品给大家暂时缓解症状，但这对于几个人中毒的现状来说，作用并不大。

不管怎么说，几个人现在已经身处这最后一个圆顶无梁殿之中了。

如惜雪所料，这里不再是空空如也，而是布满了京派匠人常在京派陵墓之中使用的龙砂和虎砂。规模虽然仍不宏大，里面却大都使用了汉白玉石，青石砌成了这个宫殿的拱券，而且，在宫殿的门和墙面上都布满了浮雕。

那浮雕的图案不是菩萨，不是狮象走兽、法器莲花，而全部是梵文咒语，雕文深浅合宜，看起来有上万字之多。乐正夕似乎懂得梵文，顾不上身体的瘙痒，一边如饥似渴地读着文字，一边挠着火红的脸啧啧惊奇。

惜雪刚要问他上面写的是什么，突然又听到咯噔一声从身后刚刚关闭的石卷处传来，这几个人已然对咯噔声形成了条件反射，他们都不知道又要出什么幺蛾子，杨君浩喊了一声"快跑"，五人就都开始了生死时速般的狂奔。跑了一会儿，他们的身后，又有那熟悉的巨大的低吼声缓缓传来，这次更是不用商量了，几人一边向前狂奔，惜雪一边观察着左右的情景。

他们所走过的路线，首先是前殿，然后是设置了汉白玉宝座的中殿，胖子看身边一闪而过的龙缸和五供，感叹着里面可能有稀世宝物。李文轩却大喊："要不拐弯吧，直走肯定跑不过那玩意儿啊。"

杨君浩连忙阻止说："别拐，两边按照设计应该是配殿，一般帝陵宫殿都是十字形，到了配殿就到了死胡同了。前朝后寝，只能往后跑！"

惜雪一边赞同着杨君浩的意见，一边心里疑惑一向看不起古建的杨君浩怎么对这个京派的地宫陵墓这样清楚。

几人狂奔半天，后面的可怕的声音仍在不断逼近，不得已只能长驱直入，转眼间转入了石拱构造的地下隧道，一路沿着向下的阶梯继续狂奔。

庆幸的是，这地下隧道越走越狭小，到最后竟只剩下了三人宽。五人挤过地下隧道，最终在一个汉白玉石屋中停住了脚步。因为，已经没办法再跑了。

这已然是整个宫殿之中最深的尽头，没路了。

"外面也没声音了！"李文轩长出了一口气，用手按搓着已然变成黑色也变硬了的皮肤，又从惜雪包里掏出了一点儿药抹上。胖子也呼哧呼哧地说："没事了！那龙个头儿肯定够大，挤不过刚才那狭窄的隧道，现在估计正摇头晃脑地生气呢！"

"这里应该是安置陵墓主人的宝床了。"惜雪点点头，开始环顾四周。四周的照壁上是鲜艳的彩色壁画，这个石屋的正中方方正正地摆放着一具十分朴素的棺椁。

这就是地下宫殿的终极秘密了。几个人几乎都忘了伤痛，不约而同地围到了棺椁旁。棺椁以黑漆为底，上面彩绘着奔放的流云云纹以及仙人游乐、骑鹤持枣、怪神狩猎等故事传说。在侧板的黑漆上是奔马和人，虽笔画粗陋，但勉强成形。整个棺椁上的雕刻，构成了一个奇幻的仙境，美轮美奂。

棺椁下方有玉石雕琢的底座，四只神态各异的小麒麟，活灵活现地位于底座四角，都是脚下用力，脸上憋气，身体拱起，似乎都在扛着这个神秘的棺椁，样子十分可爱。

四只小麒麟之间，正是那无名书上，人面麒麟图腾之中的五脊六兽的平面图案。虽然它们的神态举止有所不同，但形状长相绝对与那无名书上的五脊六兽一般无二。

　　五个人几乎同时发现了棺椁底座的蹊跷，纷纷惊奇地凑到棺椁旁。乐正夕颤抖着手抚摸着那棺椁，脸上竟然有眼泪慢慢流下来。

　　"这就是那悲天悯人的大匠师阎立德的棺椁吧？"杨君浩看着乐正夕的神情说道。作为一名匠人，终于看到这地宫建筑的主人，看到那叱咤风云、开创了因山为陵先河的京派大匠师，不由也肃然起敬，感慨时过境迁，悲从中来。

　　惜雪却毅然摇了摇头："这棺椁绝对来自汉代。这云纹的轮廓线显著高起，这是汉代兴起的堆漆装饰技法，立体感强，具有浮雕的艺术效果。这棺椁上所有的标志特征，都暗合中国出土的几个汉墓的木棺。"

　　杨君浩深吸了一口气，抚摸了一下棺椁上的木纹："从木质的古老程度来看，这棺椁的年代确实要早于唐了！"

　　"什么？汉代棺椁？这么说，我们全错了！这里不是阎立德建筑的，而是汉代就已经建成的地下宫殿？"

　　"不！汉代时期，绝对造不出唐代风格的地下宫殿！"惜雪又否定了胖子的推测，"而且，刚才乐正夕看的那些梵文，笔触刚劲有力，包括这里的壁画、书法和绘画，绝对都是阎立德的真迹！"

　　"事大了！清朝有反清复明，而这唐代，阎立德在李世民的墓地之中修建了稍小规模的地宫，供奉了一个汉代人的棺椁，他是要反唐复汉啊！"

　　"不是那么简单。"惜雪又摇了摇头，"你们看这棺椁下底座上本是无名书上的人面麒麟图腾的痕迹，这个棺椁里的人，也许跟无名书有关，与阎立德的政治立场没有关系。"

　　"无论怎样，阎立德冒着被李世民发现后诛杀九族的风险，估计花了很多年的时间，才打造出这样一个地下宫殿，而且只为了供奉一个不知道是谁的汉代的人。这究竟是为什么呢？"杨君浩也瞠目结舌地说。

　　胖子的身上已经开始流下黑色的脓水，精神头也不如之前那么好了。他抚摸着眼前的棺椁小声嘟囔着："估计要打开它看看，也得费点儿功夫吧！"

　　"你想打开阎立德冒诛杀九族的风险，供在这小型地下宫殿之中的，也许是京派匠人之中的大圣人的棺椁吗？"惜雪看着胖子的眼中第一次冒出了鄙夷的怒火。

"难怪这地宫的修建等级不如皇陵，阎立德还是遵循了等级规范，只是我们都想错了，这地宫遵循的不是皇族的等级，而是匠人的等级。"李文轩一边猛烈地咳嗽，一边小声对惜雪说。

这句话点醒了惜雪，确实，阎立德不但是一位臣子，也是一位京派的大匠师，从他的角度，修建这个神秘的地下宫殿，可以遵从皇族的命令，也可以遵从本心的信仰。

但是，冒这么大的风险，仅仅是为了信仰吗？这棺椁中的人究竟是谁呢？惜雪知道，这里除了胖子，其他的几个人是绝对不会允许以任何方式去打开棺椁的。从某种意义上来说，这也是他们的匠人祖先之中的圣人，而且，这棺椁的打开，一定要用非常专业的设备小心翼翼地进行才可以。惜雪控制住了内心的欲望，看向乐正夕。

此刻的乐正夕已然离开了那神秘的棺椁，呆呆地站在琉璃照壁前，似乎身上根本就没有瘙痒一般纹丝不动。惜雪也走到了他的身边，这照壁之上，是阎立德亲笔描绘的，一幅幅形象生动的画卷。

一整面照壁上，是一幅幅上古的神话传说，有女娲补天、夸父追日、共工大战不周山、盘古开天辟地，简直就是上古神话的集合。常人乍一看没有什么不同，可是惜雪一眼便看到了神话故事里的那女人面的同律符号的麒麟。

两人一起把目光转向了下一个照壁，那上面还是图案的集合。画满了从上古到唐代的不同时期，人们在建筑房屋的场景，其中有民宅、四合院，也有宫殿和帝陵。

让惜雪大为惊诧的是，他们建筑的房屋竟然不只是京派的建筑，还有徽派马头墙的雏形、移步易景暗藏玄机的苏派建筑，甚至还有圆形的密闭的闽派福建土楼的雏形。

这竟然是四大门派的建筑图景，然而四大门派成型的时间各不相同，在唐代那么早的时期，阎立德怎么可能猜得到，而且还构建出了中国建筑门派的全景出来！这简直就跟神道上那贯穿历史的不同年代的石像生一样不可思议。

难道说，巧妙预测了中国两千年国运的袁天罡，竟然也抽空帮助阎立德预测了一下中国千年建筑历史和风格特质吗？

惜雪看到壁画中，正在建筑着不同形态房屋的服装造型不同的人物，突然又发现了不同的地方。每个人的表情都是十分虔诚，充满信仰的，犹如在祭天一般庄重和崇敬，似乎他们不是在修建房屋，而是在打造圣殿一般。壁画上的那些京派建筑并没有在壁画之中初具规模，只是崭露头角。

熟知京派古建的惜雪也只是看出了两个端倪，一个是举世瞩目的长安城，另一个是秦始皇的阿房宫。惜雪回头看了看上古神话的壁画之中隐藏着的人面麒麟，又看了看面前这不同的修建古建的神秘场景，挠着奇痒无比也流下黑水的头发百思不得其解。

"惜雪，你快来看！"这时候，已经率先看向最后一面照壁的杨君浩突然大喊惜雪。惜雪扭身过来，惊愕万分又欣喜若狂。

这最后一面照壁上，又变成文字了，这上面的文字，正是惜雪无比期盼的。看书法的形态，也正是唐朝的大匠师阎立德的亲笔！

惜雪喜不自禁地大喊了一声："胖子，这上面讲的是天机啊，就是绑架爷爷的那伙人要的天机啊！"

胖子迷迷糊糊地凑了过来，几个人一起读着阎立德留在照壁上的古文。

这古文的开头先说道，关于天机，总共有三个。只有知道了全部三个天机，才有可能知道这世间最奇特的过去和最震撼的未来。

"这里有过去，也有未来"，惜雪又想起了爷爷在书房里对自己说过的一样的话，猛地一怔，忙继续看下去，显然这照壁上写着的，只是三个天机中的第一个。阎立德在故事中说，这是一件发生在上古时期的事。

盘古于混沌之中开天辟地，身殒后一气化三清，天地进入洪荒时代。

洪荒之中有三大先天生灵，它们在混沌中衍生，就是所谓的祖龙、元凤和始麒麟。但是真正的龙、凤、麒麟三个先天生灵都最终于洪荒时代在历史上消失了。这就是传说中的"天地人"三劫中的"天劫"。

所以，这三个先天生灵最终只存在于上古的神话传说中，当它们在史书中再次出现的时候，则是变成了图腾。

公元前7000年，四极废，九州裂，天不兼覆，地不周载。火爁焱而不灭，水浩洋而不息。猛兽食颛民，鸷鸟攫老弱。女娲炼五色石以补苍天。

三个先天生灵龙、凤、麒麟，作为神兽，本应分别从水里、天上、地上三个角度参与女娲救世的行动。龙是百虫之长，凤是百鸟之王，而麒麟则是百兽之王，它们三个的威力简直可毁天灭地，逆转乾坤。

然而，这真的是一场极其惨烈的天劫！天劫之中，海内产生大量的急流漩涡，将全部生物悉数吞入那无比巨大的海洞，所有生物瞬间就尸骨全无，消失不见。而且，海潮不断翻涌，淹没农田人家，一时哀鸿遍野。龙携九子用法术运山填海，改变海水的走向，以自己的身体阻挡海潮肆虐。它活活剥掉自己身上的鳞片，每一片鳞片落入海中，方可填补一个海洞，怎奈海洞数不胜数，龙周身无一片完好肌肤，鲜血染红了碧蓝的海水。

最后，龙轰然倒下，沉入大海，化作一条巨大的深不见底的海沟，吸纳海洞之中的海水源源不断进入无底洞一般的海沟，这就成了东海“归墟”，而龙九子也都纷纷毙命。不过，龙的牺牲最终化解了海难。

与此同时，凤也在天空携百鸟苦战不断落下的天石。

只有百兽之王麒麟未动。这时候大地已经是一片狼藉，女娲寻到麒麟，大怒，质问它为何不出手相助，救天下于危难之间。

麒麟睁开一直闭着的双眼，说了一句话：

“天地之道，恒而不穷！”

女娲没有听进去它的话，怒骂它视天下苍生和百兽的性命于不顾，真是禽兽不如，枉称先天生灵。

女娲愤然离开，在凤和百鸟的帮助下，继续对付天上落下的巨石。最终，凤及百鸟也全部牺牲，却没有阻挡得了不断下落的灾难。女娲精疲力竭，无力回天，落入森林之中失去知觉。

待她醒来之时，却见周围大地苍茫，身边白雪皑皑，天地似乎要回归混沌。麒麟正趴在她身后，等待着她醒来。麒麟把一块大石滚到她身边，嘱咐她说：

"只有这大石方可结束灾难，你只须对世人说是你炼制的五彩石。"

女娲大喜，举起巨石冲上天空，补住不断掉下大石的苍天，于是，苍天补，四极正，淫水涸，冀州平，狡虫死，颛民生。天下太平！

女娲向下看去，百兽是整场战役之中伤亡最少的一支队伍，而那麒麟已经离开给自己五彩石的地方，那地方已不再是陆地，而是一片血红色的湖水。从天上俯瞰人间，存在那血红色湖水的地方共有14处之多，星罗棋布，竟形成了一个非常奇怪的星图。女娲又抬头看了看天上一样的星图，天地辉映，这一场天地浩劫最终定格在这星图之中结束。

与凤和龙一样，麒麟也在这场天劫之中最终死去了。

虽然它以最少的百兽伤亡最终在天劫之中救了天下，当世人却误解它没有及时帮忙。女娲依照麒麟的嘱托，始终没有说出五彩石的秘密。

最终麒麟也没有像龙凤一般成为皇族至尊，它慢慢消失在人类建筑的图腾崇拜之中。只是低调地化身为一只瑞兽，出现在建筑门口和屏风上。

但是，作为真正的百兽之王，麒麟谙悟世理，通晓天意，可以聆听天命，造化在龙凤之上，天下玄机，尽在心中。它心中不是没有仁，而是仁中有智！

世人若是懂了这个故事，就可谓打开了天机之门的三把锁之一。

众人看完故事，胖子冷哼了一下。

"这是真事？哪有龙、凤、女娲补天？"

乐正夕摇了摇脑袋："考古学家在最早的殷墟中发现了可识别的甲骨卜辞，其中不乏对怪兽的描述，那似乎是一种有角、大口、文身的麒麟。"

"不错，女娲补天也真实地发生过。公元前7000年的天劫，科学家经过严密考证，证实那是一次小型的流星雨袭击地球！"杨君浩也若有所思地补充说，"这个上古神话，犹如一个寓言故事，可怕的是，它又不完全是神话，而是真实地隐藏在历史中。"李文轩也低声沉吟道："难道庞贝要找的东西，与阎立德和这个天机的故事有关系？可这究竟是关于什么的天机？"李文轩又看向照壁上那人们虔诚地建造房屋的图案，眉头紧锁："阎立德的秘密，又为什么会与马周有关呢？马周又不是大匠师，只是李世民的一个宰相啊！"

惜雪知道李文轩并没有在安全屋中参与他们关于阎立德秘密的推测，简单地给李文轩补了一下课。

"文轩，乐正夕有一本可能是来自阎立德的古书，书中跟这个神秘的地宫陵墓一样，有一个神奇的故事。故事里的马周，虽然不是什么大匠师，但他好像是将人面麒麟图腾的事情告诉阎立德师父袁天罡的人。然后他又在李世民选昭陵的决策中起到了最终的决定性作用。人面麒麟图腾在一本无名书中，这图画中小兽和人面麒麟的14只眼睛的位置，又似乎是伏羲河图中的那个著名的星图。一切看似不相关的事情，都暗藏着一条穿针引线的红线，这条红线的背后，也许是某个匪夷所思的答案。"

李文轩听得似懂非懂，莫名其妙地看着惜雪，挠了挠防毒面具之下已然发黑的脖子。

"那你们说，阎立德在山体的内部挖了个这么大的洞，费了那么大的工夫和精力，到底是为了供奉这位汉代的先人，还是为了暗示天机呢？"

"我看，也许是为了养外面的那条龙呢！"胖子说话已经含混不清，显然是中毒的症状。惜雪看他快要倒下，心里着急，原路回去是不可能的了，自来石的外面已经被那毒雨包围，宝床的外面也可能存在那因为特别庞大而无法进入到这里的神秘可怕的东西。现在他们处在地宫最底层最深处，是不是就只有死路一条了？

惜雪在思考之间，突然又听到了外面的轰鸣，这时乐正夕突然说："我一直觉得，其实这不是活的生物发出的声音！"

"什么意思？不是活的生物，难道是死的生物发出的声音吗？"

"我不是这个意思。"乐正夕对胖子摇了摇头，惜雪已经明白了他的意思，难怪听起来外面的声音似乎是有规律的，这有可能是青铜金属摩擦地面的声音。她本来也应该感觉得出来的，只是无法相信，会有这么巨大的青铜机栝存在，而且还能够有规律地运作。

"这就可以解释，为什么那声音时而接近，时而远离；为什么没在我们身边出现过，却又那样有规律了。还可以解释，那巨大的流沙，那瀑布般倾泻而下的水流，为何能突然拥有那么大的力量了。"

乐正夕对惜雪的冰雪聪明实在佩服，听了她的分析，赞赏地点了点头。胖子一听更是着急了："那它在我们外面，下一个动作是什么，是打烂这里，把我们埋了吗？"

"皇陵内部的京派机栝设计有千千万，暗弩、机关、坑石、沙石坡，处处机关暗藏，个个要人性命。但是，你们有没有发现，这里我说的机栝一个都没有。"惜雪紧锁着眉头看着天机的故事说，"如果阎立德在那石像生处设置了京派机栝，哪怕是普通的对付盗墓贼的机栝，我们几个又不是倒斗的，生还的可能性就几乎为零啊！"

"所以，你的意思是，大匠师悲天悯人，只设计了一个吓唬人的大青铜机栝？"

惜雪还没回答胖子，乐正夕又开口说："外面的梵文，详细描述了京派机栝的事情，包括原理、方案、设计。在我们听到声音开始狂奔之前，我似乎看到了关于这里使用了一种叫'联星图'阵法的描述……"

联星图？惜雪大吃一惊，她在《京派秘传》之中，看到过联星图阵法，这是一种顶级的京派机关，又名"联星阵"。

在《京派秘传》中有讲述，联星阵其实是以各种形式刻画的简易星空图，表现的方法是简单的线条。联星阵也有一整套对应的特殊秘法，也就是类似密码一样的体系，这个体系把联星阵中的线状图和某一个具体的星图联系起来。

这联星图，绝对不是简单的星星连线那么简单。因为惜雪建筑的底子非同一般，而联星阵之中的线状图形，又是与建筑息息相关，可触类旁通，加上她小时候，爷爷已经将这种类似的秘法用游戏的方式教授给了她，所以惜雪看过书后，很快明白了这密码体系的原理。应该说惜雪已经掌握了破解联星阵的方法。

惜雪又重新看向那长安城，那也正是阎立德的从业生涯之中，最后有所建树的古建。那古建中一些刚劲有力的建筑曲线，似乎与无名书中那星图有着某些相似。

与此同时，胖子突然有气无力地喊了一声"毒水来了"。惜雪低头一看，暗叫糟糕，刚才那毒水，已经从外面疯狂地涌了进来，很快没过了几个人的脚面。

"这里地势低洼，很快就会灌满了。"胖子大喊着疼死了，在水中乱蹦，似乎想要脱离水面，又怕惜雪骂他，不敢攀爬到棺椁之上。

惜雪强忍着来自脚上难忍的疼痛对乐正夕大喊一声："阎立德的古书给我。"乐正夕蹚着水奔过来，把书掏出来递给惜雪。惜雪又抹了一把头皮上流下的黑水，眨了眨就要困乏到闭上的眼睛，看着人面麒麟图腾上14只眼睛的位置，又看向那长安城的轮廓中暗藏着的建筑图线。

突然，她从包里掏出短刀，低声说了句："我需要把人面麒麟图腾上的这个14只眼睛的星图，翻译成几个长安城上的线条。这是一种密码破译，是关于刚才乐正夕所说的联星阵的。"

她一边说，一边沿着长安城建筑上对应的联星阵图的位置，将刀竖立倾斜45度，以独特的雕刻手技，小心翼翼地描画着照壁上的建筑图线。她画完第一条猜测出的裂纹后，突然咔嚓一声，裂纹开合得更大了一些。

猜对了！

这时水已经没过了几个人的腰，惜雪在水中已经站立不住，她将古书扔回给乐正夕，乐正夕接过之后，奉若珍宝一般将其高高举上头顶。李文轩为了固定惜雪现在的位置，不惜弯腰双手护住她。

惜雪根据那人面麒麟图腾的星象对应的联星阵图的解密图形，在长安城的图案上一刀一刀画过去，只剩下最后一条图线了，但是它竟在照壁的最底端，惜雪看着那冒着烟气的毒水，摸着脸上已经没用了的防毒面具，吐了口气，看看把头扎在水里狠命稳定住她的李文轩，又看看高举着阎立德的古书似乎眼中含泪的乐正夕，又看了一眼耷拉着脑袋拼命踩水的胖子，把心一横，钻进毒水之中。一股难闻的刺激气味立刻遍布了她的七窍，就要晕厥过去的时候，她用刀画了最后一条建筑图线。咯噔一声巨响，惜雪似乎看到有什么东西在那从壁画中凸出来的长安城建筑中露出了一角。与此同时，那建筑上的无数穿着各种服装的人纷纷从壁画上跑下来，他们的表情已经不是虔诚的了，而是非常恐惧、狰狞、惊悚。他们逐渐变成跟惜雪一样大小的真人，游出壁画。他们疯狂地扯动着惜雪的身体，绕到惜雪的身后，可是当看到惜雪脖子上的那条小龙时，都惊诧不已。虽然他们是在水中，但是这似乎并不影响他们之间进行对话，他们惊恐而兴奋地交头接耳，指着惜雪脖子上的文身，脸上的表情都恢复了最初的那种虔诚和惊喜。他们突然变得齐心协力，扯着已经无法呼吸的惜雪，拼命向上游去。此刻惜雪就要昏迷的脑袋里，突然产生了疑问：为什么整个地下宫殿里面，没有一具骸骨和尸体？那毒水显然侵袭过这里，难道真的从来没有人来过这里吗？

惜雪突然被扯出水面，一阵狂喘，发现那些壁画上的人全部在身边消失了，只剩紧张地大叫着她的名字的李文轩和杨君浩。

看到惜雪恢复了神志，杨君浩大喜，向上指着壁画与宝床顶部的石拱，惜雪看到那顶端已然露出了一条狭窄的缝隙，就在毒水要淹没这里的前夕，逃生的通道终于被她用联星阵打开了。

不过这里就要被毒水侵蚀了吗？

惜雪恋恋不舍地看向下方的神秘棺椁，看着水中那照壁上仍是凸起状态的长安城，看着重新回到壁画上的人物和那长安城后面露出了一角的东西，那似乎是一张画有建筑图案的羊皮，被水撕扯着又出来了一些。羊皮上的建筑图案，正在毒水的侵蚀下慢慢地消隐。

那是阎立德藏在壁画中的秘密，也许是可以救出爷爷的秘密，也许是可以破解这一切谜团的答案。

惜雪挣脱开正在拼命向上拉扯自己的李文轩的手，大声说："我要再下去一趟！"

"不行！"上面的几个男人几乎异口同声。李文轩带着哭声大喊："你会死的，臭丫头！"

"我不会死！"惜雪来不及多说，身手矫健地如一条泥鳅再次钻入水底。

我不会死！她心里不断坚定着这个信念。

这里曾经被毒水侵蚀过，棺椁上也曾有毒水浸过的痕迹，但这里没有一具尸体和骸骨。乐正夕的小四合院里的同律图腾之上也有毒机关，那毒也最终没有要了胖子的命！这一切都说明了，那毒以及那巨大的青铜机栝，目的只是威胁想要留在这里的人赶快离开。

阎立德不会要她的命！

惜雪自信地带着自己不知哪里来的一股子执着的信念，再次游到壁画上的长安城建筑那里，用黑黑的已然布满了密密麻麻大大小小的毒包的手向后面猛地一扯，一块羊皮被她扯入手中。她看着羊皮上那逐渐消失的古建图案，迅速将羊皮揣入怀中。

突然，她感觉脑袋后面有一股寒流袭来，扭头一看，宝床的入口处，一只无比巨大的青铜巨手正缓缓地向她伸过来。那人形巨手的体积，比她整个人还大上三四倍，此刻仿佛一个活人的手一般，正在张开手指过来抓惜雪。昏暗的手电光照下，惜雪可以看到这巨手上的掌纹和肌肉，甚至有由于常年从事木作而形成的老茧。此时，惜雪嘴边开始冒泡，同时，杨君浩的大手再一次有力地抓住了她的衣服领子，一把将她扯出逃生缝隙。

惜雪大口喘着粗气，感觉呼出的气体仿佛着火了一样炙热难耐。她要再从缝隙之中看一眼那活了的青铜巨手，怎奈缝隙突然闭合，惜雪仍能听到宝床之中发出的水流的冲击声，她两眼惊愕万分地看着杨君浩。

李文轩扑过来一把抱住惜雪，尖声责备着："你真的疯了！你就算不在乎我，也要考虑一下你的父母和爷爷！"

这时他们突然又感觉到一股强烈的震动。

惜雪知道还是那只青铜巨手，也不知它会不会毁掉那惊天动地的阎立德修建的古建。昭陵栈道已经没了，这古建正是因为他们的闯入才重见天日，否则也许会在这昭陵内部的山体空穴之中，再安然存在数千年。

乐正夕一把拉住了她的胳膊："走吧！如果那是阎立德设计的机栝，是不会伤害到那古建的。胖子也快不行了！"

惜雪痛苦地点点头，几人沿着山体中自然形成的空隙通道向上努力攀爬。虽然乐正夕的安慰不是没有道理，但是惜雪还是担心这宏伟的地宫。这一次，当年恩陈看着那从未面世的古建被毁的心情，自己才是真真切切地感同身受了。但是，同样是同律的灾难，为什么这次他们经历的，与民国时期前辈们的不同？为什么他们能侥幸免遭一劫呢？难道是他们恰巧全部都蒙对了答案？抑或是惜雪脖子上的小歪龙和爷爷对她的精心培养让他们比恩陈那时候更进步了？

几人在弯曲又陡峭的山体缝隙中爬了半个多小时，终于又看到了明亮的月光。五个人爬出山体裂缝的时候，都已经只有进去的气没有出来的气了。

"这……这是哪儿啊！我……我要死了！"胖子嘟囔了一句就瘫倒在地，连挠痒的力气也没有了。

杨君浩猛烈地咳嗽了一阵，艰难地看了一眼手机，打了一个内部救助的电话就晕了过去。

惜雪还想去标记一下刚才几个人上来后的那个地方，却隐隐看到了不远处隐形的有巨大力量的沙土流动又开始了，他们脚下的地面又缓慢地变得夯实了。

"我就说是逆世界，你们还不信！刚才阎立德的那个古人的空间，在我们这个世界根本不存在！也没有什么地下宫殿！"胖子也看到了这微弱的变化过程，躺在地上惊讶地喃喃自语。

几人横七竖八地躺在皎洁的月光下，身上不断流出黑水，如果没有惜雪身上的这羊皮，一切真的恍如一场噩梦。这时，惜雪突然看到了远处忽明忽暗的车灯光亮，她感觉自己已经疲惫到了极点，不由也慢慢地闭上了眼睛。

# 第十五章

# 铜雀台的主人

修建铜雀台的那个大匠师，传承了自己的想法给阎立德。

这才有了唐代大匠师阎立德的那个故事。

那第三个天机，反过来也许是最初的天机。

也许邯郸的铜雀台，真正地藏着这一切问题的最终答案。

当惜雪醒来的时候，发现身上的毒包已经好了很多。他们几个正在杨君浩安排的有医疗救助措施的安全屋内。显然，几个人都渡过了难关。

杨君浩递给她一杯水，笑着让她把拼了命换来的东西拿出来大家一起看看。惜雪瞪了他一眼，心里埋怨着他的嘴巴比胖子还大，想到这位黑脸英雄在自己最危难的时刻挺身而出，惜雪不得不拿出了羊皮。

这羊皮的正面，正是惜雪在水中看到的奇怪的建筑细节。虽然几人中有建筑造诣不浅的，可这羊皮上的建筑曲线暴露太少，究竟是哪里的建筑，一时间谁都说不上来。

惜雪又翻过羊皮的另一面，惊讶地尖叫了一声。胖子也惊喜地大喊了一声："踏破铁鞋无觅处，得来全不费工夫啊！这竟然是第二个天机的故事！"

确实，这上面是第二个天机，但是已全然不是阎立德的笔迹了。

那第二个天机的故事，仍是上古神话。也就是阎立德所说的破解天机的第二把钥匙。

其大意说的是：

公元前5000年，大地上有个人类部落，首领叫夸父。

在远古时期，只要一个部族在一个地方定居一段时间，这部落的那些原始的、破坏性的劳动，一定会让那里的资源受到破坏并趋于枯竭。比如说，土地肥力下降或者土地盐碱化，比如说，狩猎和捕鱼的范围缩小，在这种情况下，通常部落只有一种选择，就是迁徙，移居到新的、更好的地方去。

也是因为这个原因，夸父决定进行部族迁徙。不过，这是一次很有胆略的探险。夸父的决定是：向西，去太阳落下的地方，那个地方叫禺谷。

禺谷，也是《山海经》中日落的地方。相传这里住着在女娲补天时消失了踪迹的第三只上古生灵麒麟。夸父对族人说，他坚信麒麟没死，而且那个上古生灵在天地之间日落的地方建立了世外桃源，乃人间仙境，似幻似真，诗情画意，鸟语花香。世人皆不烦恼衣食，和平共处，其乐融融。

夸父经过星图占卜的方式，最终知晓了那个地方所处的位置。于是他带着族人千里迢迢迁徙而来，却发现眼前的情景完全不似传说。这里土地贫瘠，颗粒无收，猛兽横行，洪灾不断。最后夸父的族人几乎全部死在了禺谷。

夸父也自知时日无多，但仍在荆棘密布之中艰难地寻找着那只上古麒麟。就在他将要断气的时候，在一棵犹如大伞的茂密的大树下，看到金光四起，仿佛温暖的太阳已经落在自己眼前。

阳光下绿草如茵，各种美丽的花朵争奇斗艳，一扫这些日子以来夸父眼中的阴霾和沧桑。他看到一只浑身着火的麒麟慢慢踱步到自己面前，因为光线太刺眼，看不清楚麒麟的面容，却能听到它的声音从身体里温柔地传出来。

麒麟语气温和地问他："为什么如此愚蠢，相信传说中的那些假象，而害死自己和所有族人？"

夸父微弱地摇摇头，一副"朝闻道，夕死可矣"的大义凛然。他说在这里见到上古生灵，说明自己并没有找错地方。这里虽然表面看起来很悲凉，但是相信眼前的残败才是假象。因为有麒麟在，坚信这里一定是世间最神奇最美丽的世外桃源。

麒麟又说："感而遂通，不行而至。人的身体，四肢都是一体的，所以碰到任何一个地方都能感觉到。也就是说感觉传递速度之快，不用亲身过去也能体会到，心到则身到。"

　　夸父在麒麟温和无比的声音之中度过了生命最后的时光。他仰望着麒麟，心想这个办法如果早点儿知道，就不用让这么多族人牺牲在这里。他祈求麒麟告知"感而遂通，不行而至"的方法，又询问说人的四肢碰到任何一个地方都能感觉到是什么意思。

　　麒麟又说了一句："一物两面，远却非不可达。神妙不测！相信有你这般勇气和不可动摇的意志的族人，早晚有一天会参透这个秘密。"

　　说完，夸父只觉得金光洒下，融化了自己的身体，跟传说中一样，他的身躯变成了山川大河，永远长埋于他的理想之地。

　　这就是羊皮上所描述的"夸父逐日"的上古神话。

　　虽然故事的基础是尽人皆知的传说，但是故事里仍然有一些史书中找得到的真实的影子，就好像第一个故事一般神秘又有据可依。而且，这故事之中影影绰绰地仍有人面麒麟图腾的影子。比如麒麟温和的话语似乎来自女人，夸父是用星图占卜的方法找到的位置等。

　　看完这个故事，胖子认为这是要警告愚蠢的人类，不要去探索人面麒麟图腾的故事，否则最终只能是夸父追日，水月镜花。惜雪不认同，她认为整个故事的关键，在于麒麟的两句话。第一句是人对四肢的感受，第二句是"一物两面，远却非不可达"。

　　而杨君浩认为这是一个关于勇气的事。乐正夕似乎更关心那羊皮正面的建筑。

　　李文轩被惜雪简单补了补课，终于可以跟他们对话了。他认为这个天机在说一种可怕的能够毁天灭地，也能重建乾坤的力量，这力量也许藏在建筑之中，也许是某种通过建筑建立起来的人与自然相互融合的力量。他坚定地认为是庞贝那伙人绑架了爷爷，庞贝想要找的就是关于人面麒麟的天机和其背后的神秘无敌的力量。也许他们要找的，是羊皮正面的建筑。

　　几人讨论了一个多小时，已经非常疲惫，在杨君浩将羊皮上的曲线录入电脑后，便各自在安全屋里找地方小憩，准备早上起来再商议对策。

　　惜雪跟李文轩又絮叨了一会儿他失踪这段时间发生的种种，以及爷爷的一些事情，后来看李文轩也很是疲惫，就在他怀中沉沉睡去。一觉醒来，竟已是晌午时分。

李文轩、杨君浩他们都还没醒，胖子打呼噜的声音震天动地。惜雪扭头看了一圈，乐正夕不见了，怀里的那张羊皮也不见了，她连忙心急如焚地叫醒了众人。

杨君浩觉得奇怪，这安全屋的门锁是双重保险的，乐正夕是怎么从这里走出去呢？胖子破口大骂乐正夕，说他一直都神秘兮兮的，肯定是庞贝一伙的高级间谍！

李文轩也补充说昨天晚上看乐正夕看羊皮的眼神不对，没想到他竟然这么阴险。而且几个人都睡得这么沉，绝对有蹊跷。紧接着他转到餐厅，摸着桌子上残留的痕迹。杨君浩也跟了过去，伸手在那痕迹上也蹭了一下，放到鼻子下面闻了闻，便立刻知道是什么了，面色阴冷地看着惜雪。

李文轩猛拍了一下桌子，痛心地说："乐正夕对那地方的了解，远远在我们几个之上，最关键的时刻，他确实总是能点破天机。如果他不是庞贝的人，那么他肯定有没告诉大家的秘密！"

惜雪走到桌前，却是心里疑惑。以乐正夕那种强迫症的性格、追求完美的秉性和缜密的心思，怎么能在几个人睡觉那么长的时间里，疏忽了清理掉这个明显的安眠药粉的痕迹呢？

此刻的杨君浩，已经轻易地通过乐正夕的手机号完成了对他的定位，并查到他刚刚订了去河北邯郸的机票。

河北邯郸？惜雪错愕之间，微信响了，这次是用爷爷的账号发来的一条信息，上面只有几个字：

"天机的故事，你见到了。"

惜雪忙回复问爷爷怎么样了，在一旁的杨君浩已经开始安排追踪爷爷的手机。微信传来一张爷爷被绑在椅子上的照片，照片上的爷爷面色苍白，非常憔悴，歪着脑袋，似乎在睡觉。

惜雪看得心痛欲裂。杨君浩摇了摇头说爷爷的手机跟踪不到，那伙人应该是用另一个手机登录联系的。

惜雪此刻已泪流满面，杨君浩拍着她的肩膀让她先稳住对方，现在形势对爷爷不利，凡事慢慢来。胖子已在旁边跳脚骂娘，让惜雪把第一个天机告诉他们交换爷爷，反正他们有两个天机呢。

惜雪抖着手不知道该怎么办才好。

如果这伙人是庞贝组织的，那自己说了天机，不就成了天下匠人都不齿的叛徒了吗？如果爷爷知道自己为了救他做了这样的事情，恐怕一辈子都不会原谅她。

可如果不说，那爷爷的安全又怎么办？

正在她左右为难之际，微信又传过来一段话：

"立刻去河北邯郸，到地方联系！躲开庞贝组织，他们也去了。只要你们听我的，我会保证老爷子的绝对安全。"

几个人互相看了一眼，胖子惊讶地说："怎么，不是庞贝组织绑架的爷爷，而且这伙绑架爷爷的人，也不要天机的故事了？"

"废话，他们肯定已经知道了。你看他们第一句话'天机的故事，你见到了。'用的是句号，不是问号！"杨君浩焦虑地把一根烟放到嘴里，叼了半天竟然忘了点着它。

惜雪抹掉脸上的眼泪，沉心静气地思索着整件事情。真是越来越云谲波诡了。

首先，爷爷不是庞贝绑架的，那么还有人参与到同律事件中来，而且是更加厉害的角色。

其次，这绑架了爷爷的神秘人，已经不需要用天机交换了，因为他已经拿到了天机。但是，从昨天晚上到现在，除了突然出现状况的乐正夕，又有谁有可能让这神秘人知道天机？

如果乐正夕是叛徒，那么难道他的洁癖和强迫是装的吗？他屡次冒险救别人，还拿出了阎立德的古书给他们看，对救爷爷也有一种难以理解的执着，这一切的矛盾又怎么解释？而且，如果乐正夕已经拿着羊皮前往河北邯郸了，他为什么还让惜雪追到那里去呢?

第三,这神秘人甚至知道惜雪不是一个人,因为他说的是'只要你们听我的',而不是只要你听我的!说明他对他们的情况,几乎是了如指掌。

惜雪看着杨君浩紧张的神情,并不想把心里的怀疑表达出来。

他们的这个队伍有问题。胖子、李文轩、杨君浩、乐正夕,这四个人中,一定有一个跟绑架爷爷的神秘人有关联。而这个人,不一定就是如今嫌疑最大的乐正夕。

惜雪在心里排序下来,杨君浩的可疑性要比李文轩和胖子大出许多。胖子是自己的发小,人又傻呵呵的,想做叛徒人家也未必看得上。李文轩是自己的未婚夫,又刚刚经历了庞贝的折磨,想做叛徒都没有机会。

那么,就只有代表某些特别利益、神通广大的杨君浩最可疑了。

如果神秘人的内线就在他们几个人当中,那么不动声色地找出他来,也许可以以最快路径救出爷爷。

惜雪想到这里,安抚了几个人当中继续发酵的怀疑情绪,提议迅速前往河北邯郸。四人一拍即合,决定一同前往。

飞机上,坐在惜雪旁边的杨君浩,偷偷地从怀里拿出一张照片,放到惜雪手中,偷偷地问:"这张照片,你见过吗?"

惜雪一看那照片上正是乐正夕和韩墨,对自己深度怀疑的杨君浩不动声色地扬起了眉毛:"怎么,你还调查乐正夕这个叛徒了吗?"

"你看照片啊!"杨君浩似乎有重要情报一般,对惜雪眨了眨眼。

惜雪再次将目光移向照片。

那照片上乐正夕的身边,站着一个漂亮的女人。两人身前坐着乐正夕的外叔公和韩墨,照片上的韩墨笑容可掬,那如高原雄鹰般神秘的眼神,跟惜雪在小四合院见过的一般无二。照片上的乐正夕满脸阳光,与现在脸上时常出现的阴郁深沉截然不同。而他旁边的女人眉清目秀,慧智温雅,正把头亲昵地歪向乐正夕的肩膀,眼里似乎有着她那样的年纪本不该有的沧桑。

"你相信乐正夕是绑架你爷爷的神秘人的内线吗?"杨君浩也歪着脑袋,

眼睛发亮地看着惜雪。

惜雪被问得一怔，谨慎地反问道："你呢？你相信吗？"

杨君浩呵呵笑了一声："建筑师通常都有一种难得的眼力和直觉。我认为，自己的眼光已经到了登峰造极的准确程度，我是绝对不相信乐正夕有问题的！"

"哦？"杨君浩的这句话大大出乎了惜雪的意料。她想起杨君浩几次通过关系网保障了他们的安全，在破解阎立德的秘密中也是毫无隐藏，如果他真的是内线，那他也太能装了。

"你跟他同生共死了两次，知道乐正夕的身份是什么吗？他其实是一个没身份的人。"杨君浩观察着惜雪脸色的变化，因为胖子和李文轩睡着了，他又放低了说话的声音。

"没身份是什么意思？"

杨君浩神秘地一笑，递给惜雪一杯咖啡："要想听他的故事，你得先提提神啊！"

惜雪接过咖啡，奇怪自己在杨君浩身边两年多，看着他如一只花蝴蝶般在女人中翩翩飞舞，却从未对自己有过任何哪怕是言语上的暧昧。不过要说他对自己的信任和照顾，那还真是可圈可点。甚至有的时候，还能容忍自己的一些任性和出言不逊。

惜雪喝了一口咖啡，心想如果不是杨君浩，而真的是乐正夕偷走了羊皮，那么杨君浩的思路是对的。了解他的过去，对找到他拿回羊皮，也会有很大的帮助。

杨君浩看着惜雪期待的眼神，开始慢条斯理地给她讲起乐正夕的身世来。

照片上那个女人是乐正夕的姐姐。乐正夕和姐姐与韩家，并没有任何血缘关系。

他们姐弟俩的父母也是匠师，在苏州没有任何朋友和亲人。20年前的春天，他们的父母不幸车祸双亡。房东执意要收回房子，同时准备把两个孩子送去孤儿院。姐弟俩闻讯逃走，流浪街头。

那一年姐姐12岁，乐正夕才7岁。姐弟俩靠着走街串巷讨口饭吃活着，没过两天就被一群坏孩子给盯上了。

那天，他们被那群孩子堵在巷子深处，那群孩子开始对姐姐动手动脚，小小年纪的乐正夕拼死护住姐姐，一张小脸很快被几个孩子打开了花，他一边哭，一边死命地抱住那群孩子中为首的那个的大腿，并趴下去紧紧咬住他的腿。

周围的孩子都围住乐正夕往死里揍，企图让他松嘴，乐正夕的肋骨不知道被打折了几根，嘴上仍紧紧地咬住不放。姐姐尖叫着蜷缩在角落发抖，两个男孩儿走过来扯住姐姐的头发，对乐正夕大喊着再不松嘴就扯掉他姐姐的所有头发。

几个孩子的打闹声惊动了路人。当时，乐正夕现在的外叔公韩振理正好经过，他看乐正夕这孩子，在如此弱势的情况下，竟然能豁出一条命去保护姐姐，被打成了那样都不松口，暗自惊讶这7岁小孩儿的心智和勇气，忙上去把几个孩子给拉开了。

韩振理拉过乐正夕的时候，看到他嘴里的乳牙已经没剩下几颗了，眼睛被打得血肉模糊，肿起老高。因为肋骨受伤，一张嘴还没说话，先吐出一大口鲜血。在这样的情况下，乐正夕还不忘给老爷子跪下，求老爷子保护姐姐。说完就昏倒在地。

韩振理将姐弟二人都带回了苏州老宅，思前想后，决定把他们交给哥哥的女儿二丫头收养。

二丫头长得丑，一直没有婆家，但是非常喜欢孩子，于是欣然接受了韩振理的托付，对两个孩子照料有加，视如己出。

两个孩子可算过上了稍微好一些的日子。可是这好日子没有多久，乐正夕的姐姐又得了一种怪病，吃不下饭，身体越来越虚弱。那时候的韩家也已然败落，韩家人都开始了自谋营生，二丫头养活两个孩子已是不容易，加上姐姐病重，看病吃药打针，钱如流水一般花了出去，逐渐入不敷出。

二丫头有木匠的本事，平时也有一些客户，但是因为木材的价格越来越贵，木质家具开始罕有人买。而给乐正夕姐姐看病的花销又实在太大，三口人的生活也愈发艰难。

二丫头决定到外地找点儿大活做做。乐正夕毅然退了学，随二丫头一起南下赚钱。娘俩省吃俭用留下的钱，全部都给乐正夕的姐姐治病。

但祸不单行，二丫头慢慢劳累成疾，一次得了肺炎，没及时治疗，最终病死他乡。

乐正夕小小年纪，历尽千辛万苦，将二丫头的尸体运回苏州。当他从车里抱出满是蚊蝇的二丫头的尸体时，众人都对这孩子的行为大为惊诧。此时家里的姐姐，也已经瘦到不成人样，看到尸体，立刻晕倒在地。

二丫头死了，原来的韩老爷子的老宅子又涉及变卖，对应的是一大笔钱。一贫如洗的二丫头的哥哥，想要卖了救济家里上下一段时日。而且他觉得这两个孩子十分不吉利，也不想继续养活乐正夕那多病的姐姐了。

那时候的乐正夕14岁，他在舅舅和姥爷主持的家庭会议中，表现得跟成人一般沉稳。他请舅舅给他一个月时间，他想办法租房子把姐姐安顿好后他们就走。舅舅看在乐正夕费尽心思将二丫头的尸体带回苏州的分儿上，同意晚一个月卖房。

这一个月，乐正夕没日没夜地工作，白天给人做木匠活，晚上去医院给人做护工，端屎端尿，什么都干。一个月快到了，他却没凑够租房子的钱。最后一天，他终于敲响了韩振理的门。乐正夕一进门就给老爷子跪下，说自己愿意一辈子都给老爷子做牛做马，换姐姐能在余生有个安稳的落脚的地方。

当时的韩振理，正与他外出刚刚归来的二爷韩正密谈着什么事。那个韩正走出来，看到跪着的乐正夕，听韩振理讲起收养这孩子的往事，伸出手摸了摸乐正夕的头，对乐正夕说，如果信任他的话，让他去给他的姐姐看看病。

乐正夕从小就对韩振理敬重有加，对他身边的韩正也有份莫名的信任。早就耳闻韩正的医术过人，而且姐姐寻医多次未果，他也没了办法。于是立刻点头，求韩正务必治好姐姐的病，什么条件自己都在所不惜。

韩正微笑着说，条件是你给韩振理做个学徒，继续跟他学点儿木匠的手艺吧。乐正夕疑惑不解地问这哪能算什么条件呢？自己能学手艺，还受用终身呢！

韩正又是一笑，坦然说，二丫头虽然人长得丑，但是生性聪颖，其实是韩家造化最深的一个。局外人常常认为，匠师是凭借手艺的高低来区分等级的，其实不然。一个匠师如果没有二丫头这种悲天悯人的胸怀，是做不出有灵魂的东西来的。匠师需要的隐忍、勇气和灵性，也非随便一个常人就能够胜任的。

乐正夕不知说什么好，忙叩谢了半天，又学着二丫头的模样正式喊了声师父。韩振理扶起他来，笑着对韩正说多一口人多一张嘴吃饭，他说收学徒就给收了，自己能不能养活这小子还是个问题。

韩正笑着对韩振理说，可别小看了这孩子。自己在苏州见过他给人做的木工小活，这孩子内心深处的灵性和创意与生俱来，将来的本事估计都能在他俩之上，那时候养活整个韩家也许都是小意思了。

韩正把乐正夕和韩振理都说得莫名其妙，自己却不愿多谈。他去见了乐正夕的姐姐，仔细诊脉观察了半天，对乐正夕说，你姐姐得的怪病十分罕见，如果愿意，自己带她再去找个很厉害的中医老朋友看看，再做定夺。

姐姐和乐正夕都欣然同意，又再次千恩万谢。

就这样，韩正带走了姐姐，乐正夕开始跟韩振理学徒。3年后，韩正带回了乐正夕的姐姐，乐正夕惊喜万分地发现姐姐已然恢复如初。不过，姐姐却说自己的病只是暂时被韩正控制住了，还说这怪病是家族遗传，让他也要格外小心。

韩正留下姐姐，3年后的乐正夕也已有能力养活姐姐。后来韩正被传死于外地，姐姐情急之下旧病复发，还是跟以前一样，所有的医院都查不出生病的原因，只是心力越来越衰竭。乐正夕要去找韩正懂中医的老朋友，姐姐却摇着脑袋说，哪有什么懂中医的老朋友，自己一直就是韩正在进行救治。

姐弟俩又开始跑医院，钱又成了乐正夕眼中最大的问题。

韩振理老了，也没什么积蓄能帮忙的，这时候有个老朋友，突然拿出一笔钱，让韩振理帮助修复韩家的祖先韩墨的老宅，修好之后还有一笔。韩振理心疼徒弟，知道他需要用钱，立刻应承下来，把活儿交给了他。

乐正夕在韩墨的老宅子里十分卖力地工作，其实都是为了修复完成后，拿到另一笔钱给他姐姐继续看病。

杨君浩讲到这里，惜雪错愕地说："那，这照片？"

"这照片，正是韩正带着乐正夕的姐姐回到苏州的时候，在韩振理的家中照的。这些事，都是从韩振理的一个老管家那儿打听来的。"

"啊！那……那韩正……"

"嗯，你在李文轩地下室见到的那个韩老，在小四合院中乐正夕的手机上见到的韩墨，还有这张照片上的这位叫韩正的老人，其实都是一个人！他就是那个民国时期曾经在匠人圈里威震四方、无比神秘、苏派建筑中最厉害的匠师——韩墨！"

惜雪看着照片陷入沉思。如果杨君浩说的这几个人都是韩墨，那他现在应该真的有一百几十岁了。就算他曾经执迷于人面麒麟图腾，但是已经到了颐养天年的年纪，又为什么要再次出来涉险？为什么要空棺入殓？他神出鬼没地到底要做什么呢？

不过这位韩老倒是也没有警告错自己，自从黄金凫雁的事情发生之后，未婚夫李文轩受尽了折磨不说，她最爱的爷爷也突然被绑架。所有的事情开始变得很糟糕，向着不可预知的方向愈演愈烈。

惜雪正想着，胖子迷迷糊糊睁开了眼，发现还没到邯郸呢，就"哎呀"了一声。惜雪看着胖子，拍了拍他的大腿："胖子，把我送到邯郸，你就回京吧。"

"赶我走？"胖子用眼睛斜了一下惜雪，这次脸上却一本正经，"是不是觉得我碍事了？"

"胖子！"惜雪叹了口气，"整件事情充满了未知的危险，你觉得，你这样做值得吗？"

"嗯，实话告诉你，"胖子停顿了一下，坦诚地摊开了手，"杨总带我来找你，真的是个政治任务，这涉及很复杂的事。简单地说吧，就是我有任务在身，不能走！"

"这是什么实话！"惜雪看着胖子哑然失笑，又想起了什么，问道，"你难道跟杨君浩背后的利益集团有关？你为什么就这么信任他呢？"

胖子摇了摇头，想想又点了点头，撇了撇嘴巴，又再次摇了摇头。惜雪看着他额头上逐渐冒出来的汗，心里琢磨着究竟是什么，让瞒不住事的胖子这次竟然对自己守口如瓶了那么久！

吕泽洋的妈妈在他10岁的时候便病死了，他爸爸又娶了个带着两个女儿的后妈之后，家里生活越来越拮据。他从小在家里被爹揍娘骂，在学校因为胖，同学都不愿意跟他玩。他常常一个人躲在操场的角落里发呆，看着满操场形形色色的同学，想着为什么自己要有一个这样的人生，想着他是谁，要做什么的哲学问题。

惜雪从小就高傲孤冷，被京派匠人们捧着，俗气的同学都入不了她的法眼，她也不愿意去交朋友。她看不惯全班同学都孤立吕泽洋，心里也同情不愿意回家去写作业的胖子，所以只要有人来学校接她去爷爷的饭局吃饭，她一定邀请好吃的胖子同去。

就这样一来二去，主动没朋友的惜雪和被动没朋友的胖子凑在了一起。

吕泽洋不在意惜雪平时的冷嘲热讽，惜雪也不在意吕泽洋整日大汗淋漓的热臭味。两人经常在暑假随着爷爷一起外出修复古建。出差的时候，吕泽洋就赖在爷爷的房间跟爷爷一起睡觉。爷爷也并不在意，还时常带着两个孩子去吃地方特色小吃。

用吕泽洋的话来说，跟惜雪和她爷爷在一起，才能享受到家的温暖和快乐。与其回到那冰冷的家，听两姐姐为衣服和帅哥庸俗地争吵，看爸爸拿着酒瓶暴躁地瞪眼，还有避之唯恐不及的后妈嫌弃的眼光，不如赖在惜雪身边让她弹自己脑门儿。

吕泽洋学习一直不好，惜雪进入大建筑公司的时候，他包揽了两个小区送桶装水的业务，之后桶装水的生意不好做了，他又开始送外卖。虽然生活艰难，总算可以自食其力，自己租房出来住。离开了那个家，他每月支付房租剩下的钱，大部分给了老爸去养活两个姐姐，自己留下的仅够简单的伙食费。他总说自己长这么胖，是吃主食太多菜太少的缘故。

惜雪知道，吕泽洋离开这么久，肯定是辞职了。等他回北京，恐怕连房子也租不起了，还要搬回家里看后妈的冷脸。那对胖子来说，不应该是最惊悚的事吗？究竟是什么特殊任务，让他如此义无反顾？究竟是什么让他变得如此执着和有勇气，让他从一个小屁孩儿变成了一个有担当的男人？

惜雪正一门心思地琢磨着胖子，他突然招牌式的中年妇女模样，捂嘴偷笑，眼睛瞄了一下惜雪，神秘兮兮地问："丫头，看你刚才的表情，你是不是觉得我现在也超牛的，特别像你们自己人？"

"什么自己人？"

"你不觉得，我特别像你们匠人吗？有某种深刻的热爱，为了这种感情，可以孤注一掷，可以不怕危险，执着，有勇气……嗯，应该不比那个李文轩差吧？"

惜雪看着胖子发亮的眼睛，又看了一眼熟睡的李文轩，苦笑了一下："胖子，如果有你说的这些特质，就可以成为匠人，那未免也太容易了。匠人也是普通人，又不是不食人间烟火的神仙，柴米油盐，衣食住行，有的时候也是一地鸡毛。"

"丫头，我发现你变了。虽然你小时候就冰雪聪明，但是我总觉得你是不食人间烟火的那种正义女神，嗯，小仙女。现在我发现，你怎么突然接地气儿了。你不再目中无人，谁都瞧不上了。你没发现吗，在假马周墓的时候，就连胖爷我的意见，你也能听进去！这究竟是怎么回事？"

胖子这么一说，惜雪也是一怔。

难道是因为经历了李文轩的失踪，爷爷被绑架，自己从一个任性的小女孩儿变成了一个经常思索生死和他人安危的大人了？又或者是因为遇到了与自己有同样天赋的乐正夕？

惜雪刚要对胖子解释，杨君浩突然打断了两人的交谈，忽地将平板电脑放到惜雪面前，声音中有一种难以压抑的兴奋："我想，我找到那羊皮上的建筑是什么了！"

"什么！"惜雪和胖子立刻惊愕地把眼睛都转向平板电脑的屏幕。在平板电脑上的正是那羊皮建筑图案的一角，羊皮上的线条和那些宏大而雄伟的宫殿轮廓正不可思议地完美契合在一起。虽然那宫殿只是冰山一角，但是雕梁画栋、金碧辉煌的建筑设计，仍能从这一角表现出来。

"天子以四海为家，非令壮丽无以重威。"惜雪看着眼前的建筑，喃喃地说了一句《史记·高祖本纪》之中的话。

胖子也在一边唏嘘感叹着说："这确实好像是皇宫一角，这是阿房宫，还是长安城？为什么你们原来就没想到？"

杨君浩没有搭理胖子，继续兴奋地对惜雪说道："我记得《礼记·礼器第十》中说过：'有以大为贵者：宫室之量，器皿之度，棺椁之厚，丘封之大，此以大为贵也。'"

"你俩又来引经据典，能不能好好说话了！"胖子急得直搓手。他用胳膊捅了捅杨君浩的肋骨："我说，你是不是忘了政治任务啊？"

惜雪拍了拍胖子的肩膀："我们的意思是，我们一直在脑海之中寻找着有影像的建筑的答案，这条思路是错误的。因为，还有一部分建筑，在历史中早已没了影像。但是，对于这部分建筑，我们依然可以根据历史上的建筑规律，把它建构出来。"

"线索？什么线索？你们刚才说天子啊，有以大为贵的啊，统统翻译一下。照顾一下普通民众啊，你们这样做可不地道，一点儿都不亲民！"

惜雪微微一笑："就像你穿鞋吧，鞋子应该比脚的长度大出多少才舒服，什么身份的人，应该穿什么样的鞋子，都暗藏着一些规律吧！那么，即使没见到脚，我们知道这个人常穿的鞋子是什么样的，也能找出他大概是什么身份、什么类型的人。"

胖子看着平板电脑上的建筑的一隅："那这究竟是谁的脚丫子？哪朝哪代？哪位皇上？脚和鞋子在历史上暗藏的规律究竟是什么？"

"贯穿中国历史的礼,一直是统治者治国的根本。礼决定关系、是非标准和规范,是一系列行为的具体规则。而中国的京派建筑,正是基于此而建,宫室器皿大小、死后坟头的高低、棺椁的厚薄都有等级和标准。《礼记》中有以高为贵者。天子之堂九尺,诸侯七尺,大夫五尺,士三尺。"

"是啊,肥仔!"杨君浩也学着惜雪的模样伸手拍了拍他的肩膀,"从古到今,建筑中都有一个礼字。

"唐朝有《营缮令》,其中规定了都城中的每个城门,最多只能开三个门洞。

"只有帝王的宫殿,才能用鸱尾装饰的庑殿式屋顶,而五品以上官吏的住宅正堂,才能用歇山式屋顶,六品以下的官吏和平民住宅的正堂,就只能用悬山式屋顶。明朝时期,在建筑方面,也对各级官员的宅邸规模、形制、装饰有明确的制度规范。在《明会典》中,规定着公侯可前厅七间或五间,中堂七间,后堂七间。一品、二品官,厅堂只能五间九架,依次类推。

"所以,建筑中蕴藏着不同年代不同规制的信息,无处不依托于当时的礼仪制度。找到建筑的独特特征,就能找对它所存在的年代,这就是隐藏在京派建筑之中的年代密码和规律!"

"行!打住!我不想知其所以然了,只想知其然,你们能不能开门见山、一针见血地说说,这个建筑究竟是什么?"

"你看这楼台上的房间的深度和宽度。"杨君浩拿过平板电脑,指着简略线条上的古建模型对胖子说,"你知道'间'和'架'吗?在建筑之中,间说的是房屋的宽度,两根立柱中间算一间,间数越多,面宽越大。而架指的是房屋的深度。架数越多,房屋越深。而庑殿、歇山、悬山、硬山,这些代表房屋由高到低的不同等级。基于所有这些暗藏的规律,从这个羊皮上建筑的间和架两个特征来看,基本上可以得出结论,这是两汉年间的建筑;再从庑殿、歇山、悬山、硬山这代表房屋等级的线索来看,这是皇宫级别的建筑无疑!"

"两汉,我就说阎立德要反唐复汉吧!这羊皮上的宫殿,一定就是那神秘的汉代棺椁的主人曾经住过的宫殿。会不会是长乐宫啊？"胖子不由得咋舌，惜雪却摇摇头。

"不是长乐宫。胖子，你听说过这句话吗？'施，则三台相通；废，则中央悬绝。'我想，这是京派建筑史上的那个巅峰之作，京派建筑无法逾越的经典。三国时期的建筑！"说罢，她用两根手指在平板电脑上向内一抓，杨君浩用羊皮正面的建筑图线契合出来的大建筑轮廓缩小了，赫然显现出了整个建筑。那宏伟的殿堂建筑顶部，有一只栩栩如生的铜雀振翅欲飞。

"啊！这个建筑我在电影里看过，这是三国时期的铜雀台啊！"胖子忙不迭地叫着，一边拍着杨君浩的大腿，"铜雀台正在河北邯郸。我想是乐正夕那小子先猜透了羊皮正面的建筑的含义，前往铜雀台了吧？"

杨君浩躲开胖子不断拍向自己腿上的大手说："写有第一个天机的壁画藏着写有第二个天机的羊皮，写有第二个天机的羊皮里，也许暗中指向了第三个天机。我想，铜雀台可能就是暗藏第三个天机的地方！"

惜雪看着铜雀台，想着中国营造学社、恩陈、韩墨、壁画、小地下室、阎立德的因山为陵设计……喃喃地说："究竟是什么样的秘密，让这千年历史中的匠师前仆后继，义无反顾呢？"

"如果是铜雀台，那会不会是大匠师阎立德，穿越回到曹操身边，帮他盖的？"胖子又开始胡说八道。

"你说反了！"惜雪弹了一下他的大脑袋，"不是阎立德穿越回去的，应该是修建铜雀台的那个大匠师，传承了自己的想法给阎立德。这才有了唐代大匠师阎立德的那个故事。那第三个天机，反过来也许是最初的天机。也许邯郸的铜雀台，真正地藏着这一切问题的最终答案。"

胖子眯起眼睛，看向飞机窗外的落日余晖下那彩色祥云："三国时期、九嵕山汉代棺椁中的大匠师、羊皮中暗藏的铜雀台图案，我看答案再明显不过了。棺椁里的那个人，也许就是修建了铜雀台的那个大匠师！"

惜雪再次拍了一下胖子的脑袋："你聪明了啊！"

李文轩被几个人吵醒，睁开眼有些迷糊地看着惜雪和胖子，又看了一眼杨君浩的平板电脑："我错过什么了？"

胖子收起笑容，问李文轩："我说，木工论坛的大神，你知道修建铜雀台的大匠师是谁吗？"

"相传是马钧啊。他是中国古代科技史上最负盛名的机械发明家之一。曾经在魏国担任给事中，是曹操最信赖的匠师。他发明创造了指南车、水转百戏，改进了织绫机，还发明了用于农业灌溉的工具龙骨水车，改制了诸葛连弩，是个相当神秘的人物。"

"马钧！嗯！"胖子清了清嗓子，又看向仍然在忍俊不禁的惜雪，"丫头，我看是这个汉代的马钧大匠师，将自己的秘密传给了马周！"

"马钧和马周怎么扯在一起了？"惜雪又是咯咯一笑，伸手要弹胖子的脑门儿。胖子向后一躲，委屈地说："我没错可不让你弹啊！马周，马钧，这明显都是姓马的，肯定是一个族的人，有故事在家族中传承，这还不理所应当啊！而且，你们不是说了吗，阎立德的故事里，最牛的不是阎立德。是谁把机关书送给袁天罡的，是不是马周？又是谁帮助袁天罡劝说李世民敲定了因山为陵的大事的，是不是马周？阎立德的《麒麟戏春图》，怎么没有暗指李世民的墓、韦贵妃的墓，偏偏是马周的墓？马周的墓碑里，藏着的怎么是马钧设计的铜雀台的建筑图案？这马钧和马周要是没有关系的话，我吕泽洋的姓倒着写！"

这几句话说得几个匠人都愣在了当场，杨君浩也摸了一下胖子的大脑袋，扭头对惜雪说："他说的话也不是没有道理。本来我们一直都没明白，马周作为一个宰相，跟京派建筑、京派匠师究竟是怎么扯上这么深刻的关系的。而且也没明白，阎立德为什么将《麒麟戏春图》暗指马周墓或者它的镜像位置。如果按照胖子这次的思路去推理，反而符合逻辑了。如果这个马周的老祖宗，是机关术大师、三国时期的大匠师马钧的话，那么一切故事中的不对，不就都变成了顺理成章吗？"

杨君浩这么一说，惜雪在飞机下落的颠簸之中，突然倒吸了一口凉气，突然想起了一件往事。

10年前，惜雪第一次知道《京派秘传》这本书，其实非常偶然。

那次爷爷出差修复古建，本来惜雪和胖子被安排在宾馆里休息等爷爷，但惜雪坐不住，两人就跑去了现场。那天现场有很多人，看起来像有警察协助围场，惜雪从来没见过这架势，胖子想离开，惜雪却好奇地挤了进去。她看到爷爷正坐在屋檐旁那个保护古建用的脚手架上，目不转睛地看着屋檐上的一只屋脊小兽，脑袋上全是汗，一边吧嗒吧嗒地抽烟，一边想着什么事。

下面的人都在等着爷爷做什么动作，紧张万分地在安全线之外观望着。当时的惜雪个子还小，挤在人群之中踮着脚，向里面不停张望。突然，听到几个人交头接耳。因为惜雪从小被爷爷培养了在闹市之中"沉淀"的本事，对那耳语听得比别人真切。

"你说，咱们老爷子是不是有点儿杞人忧天了？他竟然相信那故事！就算那是机关术的老祖宗的传说，就那么靠谱？毕竟也千把年了。"

"你知道什么！京派匠人有哪个不晓得那本奇书？那里面说的东西，确确实实是京派的机杼。据说，很多内容，甚至都涉及皇家机密！毕竟，有不少名闻天下的老皇帝的陵墓，都是京派给修建的呢！"

"拉倒吧！我听说，闽派的武侯藏兵楼，那才叫绝呢！几千人的军队，都能隐藏在一个圆形土楼之中，整个土楼就是一个攻防一体的强大的阵，听说自打中国大地上有闽派出现，就没人攻破过武侯藏兵楼！你们说，几千人那么多，都能到哪儿去？"

"要照你这么说，白居易晚年建的苏派的园林宅邸，那才叫暗藏天下无尽玄机呢。据说还有穿墙透壁、点石成金、化腐生奇……"

"你俩打住啊！别扯淡了。苏派和闽派，在京派面前，那就是一滴水与江河湖海！我听说，那本《京派秘传》背后的事，只有嫡传的大匠师才能通晓其中的无尽奥妙。那本书传承了1800多年，你我这些门外汉，懂什么！"

"什么嫡传的大匠师，咱们老爷子是从他的师父那里知道的。他的师父能是大匠师吗？一个弱……"

　　这个人还没说完，站在最前面的几个警察开始清场。一边清场一边喊着现场不要留人，这样太干扰匠师工作。

　　惜雪当时不知道爷爷那次修复是在做什么事，也没听明白那场对话的含义。现在想起来，那个机关术的老祖宗、传承了1800多年的《京派秘传》，这些信息不正是指向了三国时期的马钧吗！

　　正因为马钧擅长机关，才能传承《京派秘传》给京派匠人，而如果没有这本书的帮助，他们几个也许早就死在了处处暗藏玄机的地下宫殿了。《京派秘传》中曾写到"宣水藏龙，隐气聚精"八个字来自一本老祖宗的机关书。莫非，那本老祖宗的机关书，就是马钧留下的那本？也是阎立德故事里，马周暗藏深意地交给袁天罡的那本吗？

　　惜雪越想越激动，飞机刚落地，她便打开手机，发现爸爸打来了无数个未接来电。惜雪心里咯噔一下，立刻打了回去。

　　爸爸在电话中语气沉重地说："惜雪，你爷爷被确认失踪了！"

　　惜雪的爸爸是爷爷的独子，但他并不是京派匠人。

　　不知道爸爸从小在爷爷的书房里看到了什么东西，打死都不碰京派匠技。赵家人都倔强，因为此事，爸爸不知被爷爷打烂了几次屁股，并数次以自杀威胁，最后爷爷也只能放弃。

　　爸爸一直立志当科学家，30岁的时候已经在中国物理学领域小有建树。经济独立之后就不怎么与爷爷来往，与妈妈结婚后都没怎么回过家。直到惜雪出生，爷爷喜欢得不行，常常去爸爸家里看望，爸爸与爷爷的关系，才慢慢缓和了一些。

　　惜雪与爸爸心情焦虑地交谈了一会儿，爸爸又说："有一件事要问问你。你爷爷在失踪的前两天，曾给我留过一个口信，说你回来的时候，让我给你看一个东西。也不知道，跟他的失踪有没有关系。"

　　"什么东西？"惜雪噌地在飞机上站了起来。

　　"是他书房里的一个盒子，看盒子上的图案，像是一只雁。惜雪，你现在究竟在哪里？赶紧回北京，回爸爸妈妈身边来！你现在非常危险，你知道不知道？"

电话里爸爸的声音颤抖着，自从他成为科学家以后，一直淡定沉稳，惜雪还是第一次听到这样的语调。

"爸爸，你现在立刻把东西用最安全的方式快递给我。"惜雪跟杨君浩用手势要了落地后前往的安全屋地址，再次嘱咐了爸爸要快。爸爸不依不饶地让她速归，惜雪没办法，只好应承着这一两天办完了事就赶回北京。

挂了电话之后，惜雪心绪不宁。

又是黄金凫雁！

爷爷为什么要给自己看那个她从小四合院里拿回来的东西，他不是说已经上交给博物馆了吗？这黄金凫雁究竟藏着什么秘密？

惜雪沉默不语地随几人换了几次车，下午到了神秘人指示的河北临漳县，那个地方距离铜雀台原址也不远了。

几人在杨君浩安排好的地方刚落脚，胖子就嚷嚷着立刻出发去找乐正夕算账。杨君浩不同意，说要先制订一个周全的计划，两人正在争执，门铃响了。

这一声门铃把胖子吓得闭了嘴，杨君浩的脸色也变了。

他用钥匙快速打开电视柜下面的抽屉，从里面翻出了一把枪，悄悄走去门口，趴在猫眼上向外看了一眼，立刻拉开了门。几人看到乐正夕一个人站在门外，面色阴沉。胖子如猛兽一般扑上去。杨君浩一把拉住他，胖子扯住乐正夕不放，两人就这样一起被杨君浩扯进了屋。

胖子大声对乐正夕呵斥道："你还好意思来！羊皮快还给我们！"

"什么？你们把羊皮弄丢了？"乐正夕双眉紧锁，怒目圆睁，瞪着惜雪，"你怎么这么不靠谱！"

"别装了！你以为你能得奥斯卡吗！你怎么找到这里的，是不是神秘人告诉你我们的位置的？还我们羊皮！还我们的爷爷！"

"我没拿羊皮！"

"他没拿羊皮！"

　　乐正夕和杨君浩几乎同时说，惜雪突然冷冷地看着杨君浩问："你怎么那么确定，他没拿羊皮？只有知道答案的人，才会那么果断地说出另一个答案。"

　　胖子一听这话，连忙抢过枪指向杨君浩的脑袋，杨君浩一把夺回枪："别胡闹！连保险都不会开，比画什么呢。告诉你们吧，我的每个安全屋里都有录像，而且我在下飞机之后，已经收到了九嵕山安全屋里的录像！"杨君浩说到这里，逐个扫视了屋里的几个人一眼，似乎在观察每一个人。

　　"有录像你不早说！玩我们是不是？那是谁拿了羊皮？"胖子听到这里，又是咬牙又是跺脚。

　　"乐正夕走得很早，我们睡着他就走了。他自己鼓捣开了门锁，而且什么都没拿，空着手走的。"杨君浩沉默了一下，摊开双手，"不过，监控录像只是门口有，所以，录像只能告诉我们乐正夕是空手离开的，也没有再回来的影像。也就是说，只能排除掉他带走了羊皮的嫌疑！"

　　"什么意思？那羊皮呢？他给藏起来了吗？还在你的安全屋里吗？我们不是把你的安全屋都翻遍了吗？"胖子着急得咆哮起来。

　　杨君浩继续冷冷地说："羊皮，肯定不在安全屋里。所以，我们现在唯一没有检查到的，就是彼此的行李！"

　　"你怀疑羊皮在我或者丫头或者李文轩的行李中？"

　　杨君浩摇了摇头："现在？当然不在了！我们四个出了安全屋以后，这个人已经有足够的时间把羊皮转移走了。"

　　"这下倒好，嫌疑最大的乐正夕，被你洗得白白的。我、丫头、李文轩三个，反倒成了最可疑的人了。"胖子说到这里，目光游移不定地看了一眼李文轩。

　　这时候，一直在旁边没有说话的李文轩，突然开口了："杨君浩，安全屋是你的，你说什么，就是什么了？"

　　几个人面面相觑，似乎每个人都不能排除偷走羊皮的可能。

　　惜雪最后把目光落在了乐正夕的身上："你为什么要走？"

"我不是跟你用短信沟通了吗？你还回复了！"乐正夕拿出手机递给惜雪，果然上面是他们的短信对话。

乐正夕：太晚了，不打扰你和未婚夫休息吧？我要就此告辞了，外叔公韩振理在苏州临终前，托付给我一个任务，我要去完成它。接下来，可能无法与你们同行了。其实，一直都没有告诉你，这个任务也是我出现在九嶷山的原因！

赵惜雪：什么任务？

乐正夕：现在还不能说，等完成了，希望有可以告诉你的机会。你们保重，就此别过吧！

赵惜雪：好吧，珍重！

"我的手机上，怎么没有这段对话呢？"惜雪惊讶地接着看两人的对话，突然，她发现两人联系的最后一条短信，发布时间是一小时前，还是来自惜雪的号码。

"我们也到了河北邯郸，这里与第三个天机有关，速来合议。"短信后面是一串他们现在的地址。

"我根本就没有给你发过任何短信！"惜雪惊讶地拿出自己的手机，给他翻看着空空如也的短信记录。

"这很容易实现，有人复制了惜雪的SIM卡，冒充惜雪叫来了乐正夕。不过这个人只有拿到真的SIM卡才能复制！"

杨君浩一边分析，一边看着胖子和李文轩两个人。

小屋里，曾经在九嶷山并肩作战，一起经历了生死的五个人，互相怀疑地对视着。突然楼下有嘈杂的声音传来，李文轩凑到窗边看了一眼，面色惊悚地说了一句：

"他们来了！"

# 第十六章

## 黄金凫雁的秘密

此刻的惜雪，不断回想着韩墨在李文轩的地下室里临走前说的那句话："不会飞的仿品有什么意思？我要会飞的黄金凫雁！"再看着眼前这振翅高飞的体形独特的黄金凫雁，一个十分可怕的念头，突然在心底翻涌开来……

惜雪跑去李文轩的身边，看到楼下有五个人。

为首的正是在乐正夕的小四合院里见过的那个丑陋的欧洲女人。那女人对着楼门口比画着，似乎示意一个守门，剩下的几个跟她上去。她安排完后，向上望了一眼，正好与惜雪对视，一双淡蓝色的可怕的眼睛里仿佛有恶魔要疯狂地冲出来。

惜雪忙把身体向后一躲，李文轩低声说了句："这下真没的跑了，我们被瓮中捉鳖了！"

"帅炸天，你这儿不是安全屋吗，难道没有暗室、暗道之类的啊？"

"临漳县啊！盗墓胖！你以为都很高端啊？所谓的安全屋，也就是个偏僻一点儿的房子而……"杨君浩话没有说完，庞贝他们上楼的脚步声已越来越近。五个人都操起屋里能作为武器的家伙，东西还没有拿稳，门锁上几声闷响，门被一脚踹开。

庞贝组织，就这样毫无悬念地出现在五个人面前。

为首的那个丑陋的欧洲女人拿着带有消音器的枪，她身后几个人也都举着武器。最后面站着一个中国人。

那满脸横肉、身材高大粗壮的欧洲女人，看了一眼李文轩，脸上的肌肉抽动了一下，用枪把子上去就狠狠给了他一下。接着，她竟说起了发音怪异的中文，虽然发音很蹩脚，却很流利！

"终于又见面了！李文轩，你以为你能逃得了？你还不知道庞贝是什么样的组织吧？"

李文轩的脑袋上瞬间就流出鲜血，惜雪忙冲过来护住他。她这一动，几个欧洲人也冲上来，用枪分别顶住了他们五个的脑袋。

"等一下，等一下！"胖子看着抵在脑袋上的枪，流下汗来，他举起双手，对欧洲人说，"让我捋一捋！是不是李文轩的身上有跟踪器？你们是这么追到邯郸来的吗？"

那女鬼走了上来，竟然对着胖子有些妩媚地一笑。胖子恶心得连忙倒退："你……你离我远一点儿，你笑起来实在太好看了，比哭还好看。"

"胖子！你还不明白吗？惜雪手机里的蓝光、李文轩身上的跟踪器，只要能追得到的地方，这帮人，这女鬼，就一直在跟踪我们！"杨君浩耸了耸肩膀，并没有像胖子那样害怕，他强调的只要能追得到的地方，应该是指九嵕山的地下宫殿庞贝没有追到，暗示胖子不要说漏了。

那丑女人又晃着肩膀，大摇大摆地对杨君浩走过来。

"我知道，女鬼，在你们中国，有两个意思。第一，是很美妙、很神秘。第二，是很丑陋、很恐怖。你说的，是哪个意思？"

"当然是——第一个意思了！"杨君浩看着她握住枪的手上突起的青筋，尴尬地笑了一下，帅气地甩了甩头，"我看你也有中国血统吧？倩女幽魂，你听说过没有，说的就是你这么漂亮的。"说完，他哼起了张国荣版本的那首歌："人生路……"

女鬼上去就给了杨君浩一枪托，打在他的鼻梁上，杨君浩捂住鼻子上流下的血，痛苦地"哎哟"了一声，大声喊道："我这么帅，你竟然打我脸！"

"她是中意混血，有中国名字，叫杨紫易。你们不要乱称呼她，上一次有个人称她洋鬼子，被她活活撞死，压成了烂泥。"站在最后的那个中国人慢慢走了过来，掏出一张手绢，递给了杨君浩。

"你是杨君浩吧？"中国人哼了一声，又看向赵惜雪，"你们几个都是匠人吗？有点儿意思！"

　　那个叫杨紫易的女鬼，踩着响亮的大皮鞋，咯噔咯噔走到惜雪的面前。两个女人这一次的对视，惜雪竟发现对方巧妙地隐藏了刚才凶恶的目光，眼中露出一丝欣赏。杨紫易的嘴角微微向上翘了一下："你叫惜雪？你把羊皮拿出来给我看看！"

　　惜雪一怔，杨君浩跳了起来："我说倩女幽魂，我还想问你们羊皮在哪儿呢！我们要不是为了羊皮，谁来这鸟不拉屎的鬼地方！"

　　"你们弄丢了羊皮？"杨紫易似乎很快确认了杨君浩说的是实话，大喊，"羊皮，是不是又被那美人鱼给拿去了？你不是说千无一失吗，阿四？"她一边说着蹩脚的中文，一边走上前去给了那中国人一个大嘴巴。那中国人捂着脸，大气也不敢出地看着杨紫易。

　　美人鱼？惜雪和胖子莫名其妙地对望了一眼，胖子怯怯地对杨紫易喊道："我说！首先我纠正你一个成语啊，咱们中国没有千无一失这个成语，是万无一失！还有，那美人鱼又是什么东西？你就够美了，还有比你美的吗？还是条鱼？"

　　"你真的觉得我很美？"杨紫易似乎对胖子的话格外在意，听得脸上露出美滋滋的神情。看得惜雪莫名其妙地瞪大眼睛，胖子也捂住胸口做干呕状。

　　"美人鱼是中国一个古老、可怕的神秘组织！你们难道不知道？"

　　"还有比你们更可怕的组织？"李文轩在一旁恨恨地说。杨紫易哼了一声，眼中流露出一丝恨意。

　　"美人鱼，绑架了我最好的兄弟，要我交出三个天机，否则……"杨紫易突然眯起眼，惜雪看出了她眼中真实的焦虑和痛苦。如果杨紫易没有在表演，那么这美人鱼确实存在。

　　惜雪一怔。

　　那让他们交出三个天机，让他们小心庞贝，绑架了自己爷爷的神秘人，难道就是让杨紫易交出三个天机，绑架了她的兄弟的美人鱼吗？

　　惜雪暗中看了一眼杨君浩，想到杨君浩说自己来自一个神秘的利益集团，又十分肯定地说乐正夕没有偷走羊皮，难道这个可恨的内线，是这个贼喊捉贼的杨君浩？

"她在怀疑他！"杨紫易突然把枪指向了杨君浩，吧嗒子弹上了膛，"你们的羊皮，不可能随随便便就丢了，一定是有人把它送给了美人鱼。你怀疑是他对不对？"

赵惜雪错愕地看着眼前的情况，突然想到李文轩说杨紫易似乎能读懂他的心，原来这女鬼也懂微表情和心理观察。这女人虽然长得丑，脑子却十分聪明，深不可测啊！

"我是怀疑他！"惜雪定了定神，看了一眼杨君浩，沉稳地说，"但是我也没有证据证明就是他！不过我还知道一件事，羊皮也许已经在美人鱼手里了。你们现在杀了他，就再也找不到美人鱼了，更加找不到羊皮！"

杨紫易用手粗暴地将了一下头顶如烂草般的枯黄头发："天机，是我来中国的目标！羊皮，是找到第三个天机唯一的线索！现在如果是美人鱼拿走了写着第二个天机的羊皮，还让我把第三个天机找给他，这算不算是一个逻辑悖论！"

"找不到第三个天机，John今天被他割掉耳朵，明天被他割掉手指，后天还不知道他要干什么！"一个金发碧眼系着领带的帅哥也跟着骂骂咧咧地说。

杨紫易听到这里，更加暴跳如雷，开始胡乱地踢翻屋里的家具，对着屋里另外两个正在翻腾房间的欧洲人大喊："找到什么东西了没有？"

两个欧洲人一无所获，对杨紫易失望地摇了摇脑袋。在来河北邯郸之前，惜雪已经藏好了自己掌握了个八成的《京派秘传》，而乐正夕这次前来，也并没有带行李，估计阎立德的古书还在他的酒店。

"阿四，李文轩根本不懂怎么做黄金凫雁，他骗了我两次。我最不能接受的就是欺骗。既然他们几个都是匠人，先给我把李文轩杀了！"

那个叫阿四的中国人听到杨紫易的命令，丝毫不敢怠慢，立刻把子弹上膛，再次用枪顶住了李文轩的脑袋。

这一下猝不及防，惜雪大惊失色，连忙喊道："只要你们不杀他，我能帮你们找到第三个天机！"

杨紫易用手势阻止了就要开枪的阿四，直勾勾地看着惜雪，脸上突然呈现出一副啼笑皆非的表情："上千年来，无论是在中国，还是在世界上，没有人找到过第三个天机，你凭什么能找到？为什么你也要找？"

"因为，我爷爷可能也在你说的那个美人鱼手里！"惜雪从怀里掏出手机，递给杨紫易。杨紫易看着微信里发过来的，惜雪的爷爷被绑在椅子上的那张照片，突然瞪圆了眼睛。

不用多说，惜雪已经从她的表情中读明白了。这照片里的环境，杨紫易一定在自己兄弟被绑架的某张照片里也看到过。她对着凶神恶煞的杨紫易耸了耸肩膀。

"你看，绑架我爷爷的，肯定也是你说的美人鱼。你想救你兄弟，我想救我爷爷，他跟我们两个要的，都是第三个天机！他让我们小心你们，但其实我们可以合作。"

"杀！她在骗我！她根本找不到第三个天机。"杨紫易突然对阿四做了个手势，惜雪忙大声喊："我找得到！"

"你凭什么？"杨紫易凶狠地看着她。

此刻的惜雪，早已经看出杨紫易一直都在仔细观察自己的微表情，她调动起了脸上的每一根神经，开始表演："最终的天机，就在这个地方附近，我们距离它，已经咫尺之遥！"

杨紫易用手慢慢地抚摸着鼻梁，似乎在思考着什么。她走到惜雪的近前，对惜雪扬起了那浓密难看的黄色眉毛，和惜雪的鼻尖相对，好像一只准备进入战斗状态的公鸡，眼睛紧紧地盯住惜雪。她端详了惜雪一会儿之后，挥了一下手，阿四终于把枪从李文轩的脑门儿上拿了下来。

"这个丑女人确实有料！都带走吧，反正我们对他们都是易如反掌！"杨紫易显然还不是很会使用中文，但是她的意思几个人已然明白。

几个人被蒙上眼睛带上了车，关到李文轩曾经描述过的那种黑暗潮湿的地下室里。

地下室里漆黑一片，惜雪闻到一股血腥味，似乎这里是屠宰场，而且好像刚杀了很多活物一般。胖子也闻到这里面令人作呕的血腥味，搂着惜雪哆哆嗦嗦地说："没想到，兜兜转转，还真……真的见到血……血人狂魔了。"

"真奇妙！这美人鱼在我们中的内线究竟是谁？他装得可真是好啊。"李文轩在黑暗之中冷哼了一声，说话的方向竟然是对着惜雪身边的胖子。

"你什么意思？"胖子听出李文轩话里有话，连忙反问。

"能拿到惜雪手机的人，一定是惜雪特别信任的，根本不会去怀疑的人吧？你吕泽洋又不是匠人，胆又小，是什么让你突然有了一种罕见的勇气，敢于跟我们一起来河北邯郸深入虎穴？"

"你是说我绑架了我最爱的爷爷是吧？我早就跟惜雪说你不靠谱儿！"胖子火冒三丈，冲过去就要揍李文轩，被杨君浩一把拉住："现在这个时候，内忧外患，不要内讧了，否则对大家都没什么好处！"

胖子一把甩开杨君浩的胳膊："你别拦着我，我知道你不是内线。你不是内线的话，你说的话就是真相。乐正夕也没拿羊皮，所以也排除了。丫头肯定不是，我知道自己不是，现在就只剩下一个人了！我一直不想说，就是怕丫头她难过……没想到李文轩他自己忍不住了，开始蹬鼻子上脸，转移你们的视线了！"

"你怎么知道杨君浩不是呢？"李文轩又冷哼了一声，"你想拉拢大家信任你是吗？我看只有你是，你才会那么肯定别人不是吧？"此刻的惜雪也觉得胖子的表现似乎不对劲，他怎么会那么肯定杨君浩不是呢？

她突然严厉地对胖子大吼了一声："你给我闭嘴！你难道让我去怀疑，为了我们能逃出地下宫殿，把自己的脑袋都深入毒水中，固定住我的身体，救了我几次的未婚夫吗？！"

胖子不说话了，摸索到杨君浩身边，跟他交头接耳小声商量着什么。

李文轩把自己的衣服脱下来，披在惜雪的肩膀上，握着她冰凉的手说："这是我第二次被囚了，这是我的命吗？"他叹了口气，也逐渐安静了下来。

乐正夕一直都没有出声。不知过了多久，他们几个都饥肠辘辘，困乏难耐的时候，门外突然一阵喧哗。

杨紫易咣当推门而入，脸上是抑制不住的笑容，似乎兴奋得脸都变形了。踩着她的大皮鞋咯噔咯噔在地下室里急速地走了一圈，最后，她紧张地搓着双手，对惜雪礼貌地点了点头。

"你们都饿了吧，我特意来请你们吃地道的意大利大餐！"说完，她又走到胖子身边，伸手要拉胖子的胳膊。胖子一耸肩膀甩开了她。

她并不介意，哈哈一笑："你这个小死胖子！"一句话说得又暧昧，又熟稔，说得大家都一头雾水。

惜雪听着心里十分不舒服。

胖子也被说得脸红脖子粗，对杨紫易大喊："滚！别跟我套近乎！咱们中国有个鸿门宴的故事，你别以为我傻！宴无好宴，你一说吃饭，胖爷我就觉得你要拿我的一身胖肉开刀。"

"红什么宴？"杨紫易又被胖子逗笑了，一只手铁钳般抓牢了胖子的胳膊，硬生生把他拉了出去，"不管什么宴，你吃吃就知道好吃不好吃了。"

几个人被拉上楼，楼上是个废旧的仓库。仓库的窗户都已用木板封上，大铁门从里面牢牢锁着。貌似这地方距离市区很远，惜雪听不到仓库外有任何声音。仓库的正中心，摆放着一张大餐桌，餐椅也都摆放得很整齐。几个欧洲人早已等在餐桌旁了，看到惜雪他们上来，竟然都微微欠身，离开了座位表示礼貌。

豪华的欧式餐桌上，晚餐都已经准备妥当，十分丰盛。

这又是唱哪一出？

惜雪奇怪地抬眼偷看杨紫易，见那双蓝色的冒着鬼火的眼睛也停留在自己身上，忙垂下眼皮。

杨紫易似乎心情特别好，她坐在主位上，一边灵活地切着盘子中的肉，一边用蹩脚的中文笑着说："我妈妈是中国人，毕生钟爱京派建筑。她说中国建筑中藏着中国古老的文化和魂魄，那里面有无穷无尽的力量。以前我和爸爸一直认为她说的都是疯话，只有她自己从来都没有动摇过。"说到这里，杨紫易的嘴角突然抽搐了一下。惜雪看到她眼睛深处的痛楚，似乎还暗藏着一种决绝和狠毒。

"到中国之后，我仍然没有她心里的那份信念。直到今天，我才知道，一直是井底之蛙的人，是我！"

"你这个成语用得倒是对了！"胖子没有顾忌，早就坐下来，一边大口吃着意面，一边问她，"我说，你们这是要我们吃饱了好上路吗？"

"对，吃饱了，上路！"杨紫易认真地点了点头，胖子一口喷出意面，吐在身边的欧洲人的盘子里。那欧洲人也并不恼怒，把盘子随手扔掉，又从桌上换了一个。

"阿四，这小死胖子，为什么吐？"杨紫易一个字一个字挤牙膏一样地挤出这句话，表情迷惑地看向那个中国人。阿四站起来，对胖子和惜雪他们客气而温和地解释说："Sofia说的上路，不是你们平时理解的处死的意思，而是指我们一起去铜雀台原址！我们需要你们发挥匠人的聪明才智。"阿四指了指脑袋上的太阳穴，也是满脸尊敬和笑意。

铜雀台原址？

惜雪心里一惊，几个人都没有说漏过铜雀台三个字，他们怎么找到的答案？她突然冷哼了一声："今天，你们个个都有好兴致，看来是发生了什么特别的事吧？"

"对！"杨紫易直接从桌子下面拿出了一个包裹。看到包裹，惜雪汗毛都竖了起来，杨君浩已然控制不住，站起身来。

"你的眼神中没有惊奇，这是你意料之中的包裹，对吗？"杨紫易从桌上抓了一大把葡萄，一口塞到嘴里，动作十分野蛮。她一边嚼着葡萄，一边狞笑着。嘴里是咯吱咯吱葡萄籽碎裂的声音。

确实是惜雪意料之中的包裹。那正是爷爷留给她的包裹，下飞机的时候，惜雪让爸爸邮寄到安全屋的。没想到庞贝竟然如此缜密，人都抓走了，还没错过这个包裹。

　　杨紫易从包裹中毕恭毕敬地拿出雕刻有雁的图案的黑木盒，小心翼翼地捧出里面的黄金凫雁。

　　这时候，一直安静的乐正夕，也跟着忽地站起身来，脸上的表情十分愤怒。

　　"世界是多么奇妙！"杨紫易看着表情各异的三个人，也学着惜雪冷哼了一声，"你们还不知道吧？我们庞贝去韩墨老头儿的老巢，那个小四合院，其实就为了找到它。可惜最终找了些没用的小兽，扑了个空！我以为韩墨要找李文轩买它，一定是没有它咯！我抓了李文轩，逼迫他做这个，他最终也没把暗藏机关的黄金凫雁给我们做出来！没想到，踏破鞋无觅处，得来不费工夫！"

　　惜雪一眼不眨地看着爷爷留给自己的黄金凫雁，感觉快要窒息。

　　杨紫易嘿嘿一笑，继续说道："为了它，我在中国杀了一打人，甚至还有匠人！"她站了起来，慢慢踱步到惜雪身边："你的爷爷，隐藏得太深了，早知道他有黄金凫雁，那之前一切的一切，惨死的那些人，又何必呢？"

　　惜雪的手微微颤抖着，乐正夕此刻看杨紫易的眼神已经愤怒到了极点。杨紫易得意地看着不知所措的惜雪，放肆地大笑。

　　"你们中国人真够笨的，从唐朝到民国，到现在，始终都不能明白人面麒麟的真相！你们翻越万水千山，不停地找答案，却不知道打开第三个天机的钥匙就在你们身上。"

　　乐正夕愤愤地看着杨紫易，厉声说道："钥匙？那只是我的祖上韩墨制作的黄金凫雁，被这丫头从地下室里面偷走，给了她的爷爷。你不会真的以为那是秦始皇陵里面的黄金凫雁真品吧？"

　　"年轻人！"杨紫易的脸部瞬间变形到狰狞，挑衅地看着他，"你知道你的祖上韩墨为什么要重出江湖，来寻找李文轩仿制的黄金凫雁吗？世界上仿制的黄金凫雁有千千万万个，你又知道为什么偏偏是李文轩放到网上的那一只，引得百多岁的韩墨重新出山吗？"

　　杨紫易高高举起惜雪从四合院里拿出来的黄金凫雁："其实你们脑子里的

真相，才是真正的幻觉！

"黄金凫雁，并不奢华，外形就像是一只普通的雁，比起中国的百鸟之王凤，样貌差着十万八千里。但是，它才是最最关键的无价之宝！

"《三辅故事》里，项羽率30万大军盗掘秦陵，一只凫雁飞了出来，盗掘就终止了，你们知道为什么吗？无名书上的五脊六兽中的凤兽，为什么要用这么丑的一只雁？你们的脑子，现在一定都在飞速地转着吧？"

杨紫易打了一个响指，阿四将她身后的投影打开了。

投影上面连接的，正是杨君浩设了三重密码的平板电脑。

她看着杨君浩和惜雪脸上绝望的表情，得意地操作了一下平板电脑。飞机上杨君浩曾经展示出来给惜雪看的羊皮正面的曲线，被放大到数百倍，出现在惜雪几个人惊讶的目光之中。

胖子喃喃地说道："电子设备太不靠谱儿！这要是过去，没有电脑，我们吃了羊皮，建筑图案就会烂在我们的肚子里，谁又能窃取了去。"

杨紫易哈哈一笑，举起手里的黄金凫雁，一边对比着身后的羊皮上的曲线轻轻地移动，一边说："你们一直以为，秦始皇陵中的黄金凫雁才是整件事情的关键？只有秦始皇陵中的黄金凫雁会飞？你们全错了！

"三国时期，宝鼎元年，有一位在日南做太守的官吏张善，一天，有人给他送来一只金雁……我想你们都听说过这个故事。是的，这是黄金凫雁在历史中出现的唯一一次，但是它并不是秦始皇陵之中飞出来的那只黄金凫雁！那只金雁的制作时期就是在三国，它的制作者是三国时期擅长机关的大匠师马钧。其实，秦始皇陵中的黄金凫雁，并不能飞。仿制的黄金凫雁，也都不会飞。这个世界上，只有一只会飞的黄金凫雁，就是它！！"

杨紫易说到这里，突然将手里的凫雁向上扔了出去，那只雁，扇动着翅膀，在大仓库中，在众人惊愕的目光之下，绕梁盘桓，技巧灵活地振翅高飞。

"这个世界上，只有机关大师，精通机械学的大匠师马钧，才做得出这样灵巧善动的黄金凫雁来！"杨紫易看着所有人的目光，得意地接住了黄金凫雁，小心翼翼地放在桌上，"马钧的第三个天机的故事，就藏在这个会飞的黄金凫雁里！这黄金凫雁的原型，就来自春秋战国时期那本神秘的无名书！"

此刻的惜雪，不断回想着韩墨在李文轩的地下室里临走前说的那句话："不会飞的仿品有什么意思？我要会飞的黄金凫雁！"再看着眼前这振翅高飞的体形独特的黄金凫雁，一个十分可怕的念头，突然在心底翻涌开来……

杨紫易拿起那只雁，夸张地摸摸它的脑袋，出人意料地把它放到惜雪的面前。

惜雪颤抖着手，轻轻地拿起它。想到自己经手两次，却不知这竟然是三国时期马钧的作品，感慨万千。它的身体里应该机关密布，这才是杨紫易他们愤怒地将李文轩那个没有机关的黄金凫雁的脑袋拧断的真正原因吧？

阎立德在修建了契合人面麒麟图腾的昭陵之后，画了一幅暗藏线索的《麒麟戏春图》。

马钧在修筑了铜雀台之后，竟然也造了一个黄金凫雁！

难道这黄金凫雁与《麒麟戏春图》一样，也是解开建筑暗藏谜团的线索？

可是，如果这暗藏谜团的建筑，真的是铜雀台，它是台式建筑，历史又太久远，早已经历了风雨沧桑，如今只剩下一个台基，地上建筑早就荡然无存，又从何谈起那些秘密呢？

如果，三国时期的京派大匠师马钧，真的留下了家族秘密传承给李世民的宰相马周，马周又以非常特别的方式，通过袁天罡把秘密传给了唐代的大匠师阎立德，那么这本春秋战国时期的无名书上画着的上古时期的人面麒麟图腾，到底藏的是什么秘密呢？

从韩墨到李兴宇到恩陈，他们又为什么宁愿一次又一次冒着死亡的危险，去继续接触同律呢？爷爷要把这个东西给自己，又是什么意思呢？

惜雪正在思前想后的时候，阿四走了过来："历史是现实的前提，现实是未来的依据。"阿四低声说，"京派建筑，妙在内空间、中空间、外空间三重空间的结构意向，物境、情境、意境三重境界的审美体悟，以及从传统文化抽象而来的物质性、社会性、知识性三性的和谐统一。虽然铜雀台已经没有了，但是美国社会哲学家刘易斯·芒福德曾经说过，过去不能复制，只能在精神上体现，只要理解了过去的大匠师建造建筑物的精神，我们就能找到那已经消失的建筑中的奥义。"

杨紫易接着阿四的话继续说，此刻脸上的表情仍是夸张的兴奋：

"我最崇拜的建筑大师，是路易斯·康。他是费城学派的创始人，也是新古典主义和新历史主义的建筑诗哲。1955年，他发表于耶鲁大学建筑学报上的一篇文章，名字是*Order is*。order是建筑的创造者无法用语言解释清楚的创作，只可意会。如果我们承认有终极的真理存在，承认真理可以跨越国度，跨越文化的界限，那么order所表述的，就是一种天地之始，也就是一种宇宙的本源。看不见，摸不着，无处不在，无所不包容。"

惜雪一怔，紧接着杨紫易的话说："一阴一阳之谓道，孤阴不生，独阳不长，生生不息，革故鼎新。"

"嗯！建筑永恒地存在于人的精神世界之中，是order在人的精神世界的反映，它存在着某种恒久不变的属性，脱离于建筑的外形和变化万千的外界。这就是路易斯·康所说的order与老子的道曾经在建筑历史上的契合。"阿四淡然地把惜雪与杨紫易所说的东方与西方的建筑灵魂契合在了一起。

惜雪又看向那只一动不动的黄金凫雁，明白了他们的意思。但是，她不能把内心深处的想法说出来。

因为如果自己真的破解了黄金凫雁之中藏着的铜雀台的秘密，庞贝岂不是距离天机更近了？那样自己不但成了整个京派匠人之中可耻的叛徒，还有可能成为整个国家的可耻叛徒！

惜雪沉吟之际，一个欧洲人走过来，将他们早些时候没收掉的惜雪的手机拿到杨紫易面前，杨紫易看了一眼上面的信息之后突然暴怒，将桌子上的东西一把推到地上一大半。她转了一圈，看向周围自己的兄弟，摸了摸鼻梁，大声骂了一句，接着又喊了一句意大利语。

惜雪上大学的时候选修过意大利语，听懂了杨紫易的意思：她的队伍里有叛徒，不然美人鱼怎么什么都知道。

惜雪吃了一惊，抢过自己的手机，上面只有来自爷爷的微信："用杨紫易手里那个黄金凫雁中藏着的修建铜雀台的秘密，交换你爷爷的老命。12小时！"

　　胖子凑过来看到惜雪手机上的微信，发疯了一样冲到杨紫易的身边，抓住她的衣服领子："把黄金凫雁给美人鱼，去换我爷爷的命！"

　　"天真！"杨紫易给了胖子一个大嘴巴，"还有，永远都不要抓我的衣服！"

　　李文轩看过微信，讽刺地说："真是可笑，没想到你们庞贝的组织里，也有美人鱼的内线把一切都告诉了他！"说罢，李文轩又安慰地搂住惜雪的肩膀："别担心！爷爷不会有事，毕竟我们有美人鱼想要的东西。"

　　此刻的杨君浩，却在剑拔弩张的几个人面前，坦然抓起一块肉放到嘴里，一边嚼一边说："都别着急！那个美人鱼要的是天机，不是惜雪爷爷的命，也不是你那庞贝兄弟的命。"说着他慢慢踱到众人面前。"只要我们用第三个天机逐步勾引他上套，说不定还能反败为胜呢。"杨君浩说完，用手扶了扶头上垂下的鬈发，帅气地一甩头。

　　"可是我们第一并没有第三个天机，第二也不知道美人鱼是谁，在哪里，怎么勾引他上套？"阿四在一旁奇怪地说。

　　杨君浩用手指着阿四的鼻子，抖着手眯着眼睛说："你……说得好！"说罢，杨君浩又走到杨紫易面前，低声说："我说，倩女！第一步，我们应该清理这里。你的队伍里有内线，我们的队伍其实也有内线，虽然我有个完美的计划，但也需要执行这个计划的队伍尽量纯洁一点儿！这个，你懂吧？"

　　"阿四！"杨紫易点点头，对阿四使了一个眼色。阿四用意大利语对餐桌旁剩下的几个欧洲人讲了半天，他们都拿起枪，离开了仓库，守在大门外。

　　"你也得走啊！"杨君浩继续看着阿四，阿四掏出枪顶住了杨君浩的脑袋。杨君浩丝毫没有畏惧的神色，反而带着玩世不恭的笑容说："你又怎么证明，你自己不是可耻的内线呢？"

　　"那你又怎么证明你不是呢？"李文轩冷冷地插了一句，"你不是对我们也要清场吧？"

杨君浩没理他，继续对杨紫易说："行了，我们都被搜了身，没有通信工具，我们队伍的内线现在还属于人畜无害的阶段，留他在这里听着也无妨。计划的第二步，你把我们几个绑起来，给美人鱼发个视频，告诉他，你已经控制住了我们，现在你才是离第三个天机最近的人。你跟他说，你要用黄金凫雁交换羊皮。不过，估计他不会同意，你可能得再加上《京派秘传》和我们几个人当砝码！总之，你要让他觉得，他的那张羊皮是你不惜一切代价要换的东西。还有，你要让他觉得，你的兄弟是你的命根子，他手里的砝码也非常重要，非常有效。"

"你是要把一切都拱手交到美人鱼手里吗？"李文轩听到这里，对杨君浩厉声喝道，"你安的什么心？"

"让他说下去。"惜雪阻止了李文轩，她知道杨君浩在利用杨紫易，这一招一石二鸟的棋，下得十分精彩。

事到如今，把美人鱼引诱出来见面，也许是最好的办法。凭杨君浩背后的势力，只要正面交锋，他们赢的概率就要大很多。只要捉住了美人鱼的尾巴，不愁不能顺藤摸瓜找到爷爷。美人鱼如果知道杨紫易完全控制了自己，反而会让爷爷远离危险，暂时避免被要挟和伤害，也缓和了惜雪他们和美人鱼之间的矛盾。而且，这一招还把杨紫易推了出去。

"你以为我傻，还是美人鱼傻？"杨紫易突然冷哼了一声，瞪着杨君浩，"我们根本就没有第三个天机，他怎么会相信我们比他距离天机更近一步？"

"这就只能撞大运了，要不你说点儿玄乎的？毕竟，他让惜雪去找第三个天机，肯定是相信这丫头的脑袋里有什么东西的！"

"不需要撞大运！"乐正夕突然又一声不吭地走了过来，他伸手拿起那个黄金凫雁，用手抚摸着黄金凫雁身上的每一寸地方，低低地说道，"黄金凫雁之中暗藏的机关，跟机关图阵的相似，这是个复杂的密码结构。没有一丝容错的机会，数万条红线之间，只有一条绿线是钥匙，找错了线，黄金凫雁就会自毁，世界上就再没有第三个天机了！"

乐正夕一边说着，一边在众人惊讶的目光之中，慢慢抚摸到黄金凫雁的尾巴。突然，他果断一捏，吧嗒一声，那黄金凫雁尾巴左上角的一根尾骨被他硬生生地给掰断了。

所有人都大叫了一声，包括惜雪。

黄金凫雁并没有自毁，它的尾巴被掰断的地方，内部发出齿轮咬合一样的转动声，这声音大概持续了一分钟，它尾巴的伤口处，开始陆续吐出一根一根火柴大小的青铜棍来。

乐正夕小心翼翼，一边让青铜棍掉下来，一边向后倒退，一步接着一步，让小青铜棍在地面上排成了一条直线。200多根小青铜棍全部掉下来之后，黄金凫雁内部齿轮转动的声音也结束了。

乐正夕把黄金凫雁摆在青铜棍的最顶端，拍了拍双手，站起身来，对杨紫易做了个手势："你把这个拍给美人鱼看，我不信，他会不出来交换！"

胖子咽了一口口水，用胳膊捅了一下惜雪："我说，他怎么从苏州回来之后，就变成这样了？是得了韩墨的真传了，还是突然得道成仙了？"

惜雪突然想到爷爷交给自己木扳指，让自己升为匠人的举动。韩墨有可能让这个乐正夕临危受命吗？

爷爷、韩振理、梁重，他们几乎都是在同一时代的知名匠师。从在小四合院的时候开始，乐正夕就会冷不丁地说出一些爷爷常说的奇怪的充满哲理的话来，难道那是韩振理曾经教给他的？

他们几个老辈，会不会曾有过亲密的过往呢？

如果韩振理认识爷爷，那么他临终前交给乐正夕的任务，会不会跟保护爷爷，或者保护自己有关系？所以乐正夕才会出现在九嵕山，才会在无数危急关头挺身而出。他的特殊任务，难道是保护自己？如果是，他为什么不能坦然相告呢？

惜雪又想起在地下宫殿的时候，乐正夕扶着汉代棺椁哭泣的悲伤，想起杨君浩说乐正夕其实是一个没有身份的人，看着乐正夕此刻令所有人都惊掉了下巴的解密黄金凫雁的举动，不由得倒吸了一口凉气。

他的身上，究竟隐藏着什么秘密呢？

"你！这是黄金凫雁中藏着的暗器？"杨紫易看着一地的青铜棍，脸上是夸张的惊讶。

"这不是暗器，这是马钧修建铜雀台的故事，被他微雕在小青铜棍上传承了下来。你们把它们按照顺序捡起来，就能知道铜雀台的秘密了。千万不要破坏了顺序！"

"乐正夕，你竟然给外国人看这个！"李文轩激动地冲过来，狠狠地给了他一巴掌。杨紫易也明白了李文轩的意思，放声大笑。

就在这时，杨紫易的手机也响了起来，手机那边是电脑模拟音，对方只说了一句"你好"，杨紫易已经开始了破口大骂，说要看自己兄弟的照片，把羊皮交出来，否则就杀了所有人，一个都不留。

杨紫易的表演非常精彩到位，杨君浩对着杨紫易偷偷竖起了大拇指。杨君浩这只螳螂捕蝉黄雀在后的黄雀，这只想要对杨紫易和美人鱼一石二鸟的黄雀，此刻露出了一丝微笑。

惜雪看着杨君浩，心想会不会他真的是美人鱼的内线？如果他假装一石二鸟，实际上是为美人鱼提供线索呢？毕竟乐正夕刚才让整件事情向前迈了一大步啊。

杨君浩来这里的动机一直都没有说清楚，而在整件事情中，他背后的利益集团，究竟是什么？他为什么每次都能准备得如此得当？这也是个谜团啊。

惜雪又把脸转向胖子。

胖子是自己的发小，胆小怕事，要说他有胆量当内线，自己是说什么都不信的。可是，他在爷爷出事了以后，表现出了超乎寻常的勇敢，这也是惜雪想不明白的事情。他竟然能让杨君浩带着他来九嵕山。究竟是什么政治任务？如果杨君浩拉了他做同伙，那么会不会让他的胆量倍增？李文轩有一点分析得没错，从偷走自己手机的角度看，胖子确实是最可疑的。

在惜雪思索的时候，杨紫易显然已经取得十足的进展，美人鱼已上了鱼钩，而与此同时，阿四已让庞贝的技术团队，把微雕的字全部搞到了投影上。

一看投影上的古文字，所有人都傻眼了。那是密密麻麻、排序错乱的文字，没有一句完整的话。

"这就是你说千万不要乱了青铜棍顺序的结果吗？"杨紫易差点儿把电脑给砸了，看着眼前杂乱无章的文字，扭头狠毒地看着乐正夕的眼睛，"你在耍我？我们小心翼翼地把青铜棍一根一根捡起来，可是修建铜雀台的故事，怎么看？"

"这是乱序密码排列？"杨君浩也惊讶地看着屏幕，脸上却藏着一种忍俊不禁的表情，"从概率的角度看，这用上百亿种排列组合的算法，也搞不出一句来吧！"

"除非有破译密码顺序的方法！"阿四看向了乐正夕。乐正夕一目十行地看着投影，似乎也是第一次看这东西。他读了半天，突然哼了一声："我看得懂！"

"你看得懂？凭什么！你又要耍我？"杨紫易暴怒不已，似乎分分钟就要掏出枪毙了乐正夕。

乐正夕对着杨紫易冷笑了一声，说："修建铜雀台的故事，一部分是马钧自己制作的这只机关鸟，另一部分与马钧通过家族传承给唐朝李世民的宰相马周的机关书有关。只有两部分合二为一的时候，才能看明白整个故事。机关书中暗藏着机关鸟肚子里乱字的顺序！"

乐正夕这么一说，惜雪也是愕然。他这次出现在九嵕山，不但带来了韩墨留下的阎立德的故事，还有那本机关书。那是马周曾经送给袁天罡的，马钧家族传承下来的机关书，后来袁天罡又把它送给了阎立德。那是怎样的机缘巧合，最后誊抄本才出现在韩墨手里的？韩墨为什么要装死？他跟唐代大匠师阎立德又有什么关系？爷爷文在自己脖子上的小歪龙，恩陈日记上的机关，最后都成了惜雪用来开启阎立德修建的地下宫殿的钥匙，爷爷跟大匠师阎立德又有什么关系呢？

屋里所有的人都瞠目结舌地看着乐正夕，一下子他成了所有人都不能理解的神秘人物。乐正夕却淡然地环视了一下四周，不紧不慢地拉过了一把椅子坐下，缓缓地对杨紫易说："你给美人鱼发个信息，告诉他3个小时后出来交换羊皮！附加上这样一句话：施，则三台相通；废，则中央悬绝。"

杨紫易照他的话按了发送，5秒钟不到，美人鱼便回复道："好！给我更多的信息，我告诉你地点。"

第十七章

———

# 大匠师马钧的故事

阎立德修建昭陵，是因为要把人面麒麟图腾之中獬豸的形状
契合在昭陵的栈道上。那马钧最终答应修建铜雀台，
难道也是要去契合人面麒麟图腾之中五脊六兽的痕迹，
然后通过这种暗自契合，去造福天下苍生吗？

美人鱼的回复，让这里炸了锅。杨紫易立刻喜笑颜开地将乐正夕奉为上宾。

除了惜雪之外，杨君浩和胖子等人都开始出奇地一致，破口大骂乐正夕就是美人鱼的内线，叛徒，可耻！

不得已，阿四真的把他们都绑了起来，并且还塞住了嘴巴。

惜雪没有被绑，也没有骂。她目不转睛地看着乐正夕开始整理那些零碎的文字信息，她刚才暗中捕捉到了乐正夕脸上的微表情，当杨紫易喜笑颜开的时候，乐正夕脸上浮现出的是一种嘲弄的笑意。

她知道乐正夕心里也有个计划，这个计划也许比杨君浩的一石二鸟还要管用，她想不动声色地看看，那计划究竟是什么。

漫长的两个小时之后，乐正夕点了点头。他没有写出任何一个字，却已经了解了马钧亲自打造的黄金凫雁之中暗藏的故事。

他淡定地看了一眼唯一没有骂他的惜雪，开始一本正经地给杨紫易和阿四讲述起马钧修建铜雀台的故事来。

"赤壁之战，曹操战败。他虽然年事已高，但仍怀有实现统一天下的雄心，征乌桓归途中写下了'神龟虽寿，犹有竟时；腾蛇乘雾，终为土灰。老骥伏枥，志在千里；烈士暮年，壮心不已'的诗句。

"建安十五年，曹操正与将士商讨战事之时，忽然有下官张业来报，说邺城附近有金光发出。曹操即刻派人前往挖掘，竟挖出了一只铜雀。这也就是修建铜雀台的最初原因。所以，后来《三国演义》里说的曹操得铜雀修建高台，还有其他关于铜雀台的传说，都不属实。"

故事讲到这里，乐正夕突然顿了顿，有意无意地看了一眼惜雪，继续说：

"其实，曹操挖到的铜雀，甚至铜雀台的建筑上修建的那只铜雀，均在历史上销声匿迹了，既没有影像，也没有确实的证据。铜雀台曾引领建安文学数十载，无数文人墨客在铜雀台上吟诗作赋，却没有一个描述过那只铜雀。甚至没有历史可以证明，铜雀台上真的有一只铜雀！"

"你这说的不是马钧写的故事！"阿四突然皱起了眉头，怀疑地看着乐正夕。

"我给你们补充一些自己的观点，如果不需要，我可以不说。"

"需要！"已经听入迷的杨紫易大喊了一声。

阿四又喃喃地接着说："不过，我也一直想知道，究竟是什么样的铜雀，可以凌驾于高台之上，可以俯视整个城池，俯视天下？曹操既然有统一天下之心，为什么不学刘邦？创造一个类似斩神龙的传说，不更是天子的象征？为什么他要选择一只雌性的铜雀呢？"

"马钧在故事里说了，铜雀台之上，真的并无铜雀！"乐正夕嘲笑地看着阿四。与此同时，杨紫易手里的盘子嗖地就向乐正夕的身边砸去。站在他身边的阿四，连忙向旁边一躲。

"阿四，你给我闭嘴！"

乐正夕的脸上，丝毫没有畏惧，他见杨紫易冷静了下来，便继续说。

"马钧说他接到曹操修建铜雀台的命令的时候，也是心怀众多疑虑。既想承接下来，又不想承做。"

"哦？为什么不想承做？京派大匠师之中，又有几个有机会打造宫殿？有最强的财力、人力，来自强权的支持，打造出来的宫殿才会真正让大匠师名垂千古，永垂不朽啊。"杨紫易不禁问道。

乐正夕哼了一声，回答说："如果把打造一件绝世建筑作为人生的目标，那才无法称得上真正的大匠师呢！"

　　杨紫易不解地问："难道你们中国大匠师的梦想，不是打造一个绝世的建筑，永垂于世吗？还有什么可以凌驾于这个梦想之上呢？"

　　"不以物喜，不以己悲！真正的大匠师，会在岁月之中慢慢沉淀出一个你无法想象和理解的博大而神秘的精神世界。这个世界，已经远远不是一个旷世的建筑作品所能匹敌的了！我继续说吧！

　　"马钧说自己的师父，也是个汉代非常有名的匠师，他已可以将京派建筑做到出神入化的境界。他在临死的时候，留给马钧一本传承自春秋战国时期的无名书，嘱咐他悉心保管。

　　"那是马钧第一次看到无名书，莫名惊诧，问他师父这是什么书。他的师父暗藏玄机地神秘一笑，对他说，这是一本神书！如果能参透书中暗藏的秘密，可以让天地回归混沌，也可以开疆拓土，成就天下一统；可以让百姓安居乐业，也可以永保天下太平盛世！师父又遗憾地说自己愚钝，毕生未了解书中暗藏的玄机，期待马钧灵心慧智，最终可以解开天机。

　　"马钧在他的师父仙逝之后，专心研究无名书多年，并没有丝毫进展。当时三国鼎立，战火连连，一想到这本书可让百姓安居乐业，成就一方圣土，他便孜孜不倦，查阅古今，夜以继日加以攻读。

　　"通常人们都觉得，大匠师多是呆板书生，他们为了建个宫殿，盖个房子，专一到脑子里没有办法再容下其他的任何事情。其实不然！大匠师多在皇上身边，他们不但有高超的技艺，而且有远大的抱负，心怀的是天下苍生的幸福。百姓两个字，在他们心中的分量，远远高于他们的作品和他们的成就。

　　"不过，我说的这些，像你这种为了一个秘密接连杀了十多个人的黑手党，是永远都搞不懂，永远都不会明白的。"

　　乐正夕轻蔑地瞥了杨紫易一眼，正在对马钧的故事着魔入迷的杨紫易根本没在意这些，一个劲催他赶紧继续讲。

　　可是这时候的惜雪，心里却突然起了一层涟漪。乐正夕话里有话啊。他说，那些杨紫易是不会明白的，那是就是自己有可能听得明白了。惜雪再回头细想乐正夕的讲述，发现了问题。

首先，在刚才的故事里，曹操的那首诗词"神龟虽寿，犹有竟时；腾蛇乘雾，终为土灰。"这里隐藏着的是河图的影子，因为河图正是伏羲从神龟的龟甲之上发现的。

其次，"建安十五年，曹操正与将士商讨战事之时，忽听有下官张业来报……"张业是京派匠师啊，在京派匠人之中这个名字并不陌生，一个匠师，怎么会被称为下官，这应该是乐正夕故意用了匠师的名字，来暗示自己什么吧。

难道乐正夕并没有把马钧的故事真实地讲述出来，而是在讲一个虚虚实实的故事？他在讲述中给了自己许多个暗示，是不是希望只有自己能从中猜透玄机，而在场的其他人不懂呢？

惜雪看了看杨君浩他们，又看了看杨紫易，思索的时候，乐正夕又有意无意地瞥了她一眼，继续说道：

"马钧之所以拒绝曹操修建铜雀台的任务，是因为当时的他，思想上已经升华了。他并不想去完成一个建筑，而是一心想识破无名书的天机，去建立一个令百姓长治久安的天下。

"但曹操是什么人，又怎能容他这样拒绝自己呢！于是，曹操软硬兼施，恩威并重，最后竟以诛杀马钧全家相威胁。没有办法，马钧只好接受了这项任务。

"不过，正因为这个，才有了这京派建筑历史上不可超越的让历代京派匠人顶礼膜拜的铜雀台。也正因为这个，马钧才成为京派匠人心目中的建筑之神。"

"建筑之神？他不过就是一个建造房子的设计师，就算建筑的是宫殿，怎么能奉为神呢？"杨紫易疑惑道。

"你懂京派建筑的宫殿吗？

"与你们西方社会的建筑理念不同，中国的传统文化注重的是巩固人间秩序。京派建筑从类型上可以区分为宫殿、陵墓、庙宇和民居四合院。其中成就最高的当之无愧的就是京派宫殿！

"宫殿，是中国最宏大、最豪华的建筑群！宫殿的形象壮丽，格局严谨，给人强烈的精神感染，凸显王权的尊严，区别于所有其他类型的建筑！

"几千年来，历代封建王朝都非常重视修建象征皇帝权威的皇宫，并因此形成了十分完整的宫殿建筑的体系。我们中国的建筑大师梁思成说过，中国建筑是延续了两千余年的一种工程技术，本身已形成一个艺术系统，许多建筑物是我们文化的表现，是艺术的大宗遗产。"

"你是不是跑题了？"杨紫易听到这里也坐不住了，"一会儿美人鱼来电话让我给他更多信息的时候，我给他讲你们的宫殿吗？"

乐正夕点了点头，把话题从京派的顶级建筑宫殿收了回来。

"你们要找铜雀台里藏着的秘密，就要去理解马钧接受修建铜雀台任务的真正原因。两个其实是一回事！"

杨紫易哼了一声："马钧是因为怕曹操诛杀家人才接受了任务，你刚才不是说了吗？这与铜雀台的秘密有什么关系？"

乐正夕也跟着哼了一声："别在那儿演戏了，难道你不知道，马钧接受修建铜雀台任务的真正原因吗？这个根本不需要马钧写在故事里告诉你们好吗！你们不是一直都在三维模拟建构铜雀台吗？为什么这么做？还有，你们是根据什么去重建铜雀台的？你们怎么知道真正的铜雀台是什么样的呢？如果没有宫殿发展规格变化的规律，你们又怎么能复建出完美又贴合历史的铜雀台？"

"你是怎么知道我们在重新建构铜雀台的？"杨紫易更是一愣，一只手竟然握起了拳头。

"你们认为那人面麒麟图腾的痕迹，就在那铜雀台的建筑之中吧？如今的铜雀台，只剩下一个地基，不重新建构铜雀台，你们又怎么找得到秘密？你刚才举着黄金凫雁，不停地去暗自拟合羊皮正面的建筑的时候，已经把你的心思全部暴露无遗了。"

　　杨紫易被说得干咳了一声。

　　此刻的惜雪，想到杨君浩和自己，正是利用中国宫殿的建筑历史中暗藏的间、架甚至礼仪的规律，找到的对应建筑铜雀台，而杨紫易他们，却在根据宫殿的历史建筑规律重建铜雀台，这难度完全不在同一个水平线上，一时心下骇然！如果乐正夕不说破这件事，自己甚至都想不到，杨紫易一行人已经走得比他们远了那么多！

　　她又有些怪异地看向乐正夕，他回苏州就一个月的时间，怎么突然从一个四处请教京派匠师的小学徒，变得现在这样博学呢？

　　惜雪又在心里暗自琢磨着乐正夕刚才一再强调的，马钧接受铜雀台任务的真正原因，深吸了一口气。

　　阎立德修建昭陵，是因为要把人面麒麟图腾之中獬豸的形状契合在昭陵的栈道上。那马钧最终答应修建铜雀台，难道也是要去契合人面麒麟图腾之中五脊六兽的痕迹，然后通过这种暗自契合，去造福天下苍生吗？

　　这才是杨紫易他们要重新模拟建造铜雀台的真正原因，他们想要找到马钧究竟在这建筑上的什么地方，契合了人面麒麟图腾的痕迹。

　　如果昭陵中獬豸小兽形状的栈道中，暗藏了地下宫殿，里面有第二个天机，那么很可能铜雀台上那只小兽形状的地方，也藏了第三个天机！

　　乐正夕在暗示自己，不能落后于杨紫易他们，也应该迅速地用脑子重建起铜雀台！

　　其实，惜雪曾在爷爷的教授下，重建过不少宫殿的模型，而且是真正地用木模重建。她每做一个宫殿的完整重建，都会用上几年的时间，所以对这种重建技术的理论和实践研究，也是属于专家级别的。

　　如果历史是重建的必要条件，那么京派宫殿的发展历史，惜雪早已烂熟于心了。

　　根据考古发现，早在商代的时候，就有了宫殿的雏形。殷商宫殿中，河南偃师二里头遗址，就是一组廊庑环绕的院落建筑，有人推测其为早商宫殿。河南安阳的殷墟，则被公认是商代后期的宫殿遗址。这些殷商宫殿的特征统一，未脱离"茅茨土阶"的状态，都是在夯土基中埋木柱，屋顶不用瓦。

殷商宫殿，也是惜雪小时候，根据那些考古文献和京派建筑的雏形理论建构的第一个模型宫殿。

虽然西周时期的宫殿遗址还未被发现，但根据战国时期的《考工记》记述，周代宫殿已开始分成前朝和后寝两部分。从已经发现的春秋战国时代的宫殿遗址可知，该时期的宫殿通常是在高7—10米的阶梯形夯土台上，逐层构筑木构架的殿宇，形成建筑群。宫殿外有围墙和门。比如，山西侯马平望古城、河北易县燕下都遗址、邯郸赵城、山东临淄齐城等，都有这种宫殿遗址。

到了秦汉时期，大型宫殿也多是延续春秋战国时期的高台建筑。不过，秦汉之后所建的宫殿规模越来越宏大了，如秦始皇的阿房宫，汉武帝的未央、长乐、建章诸宫，唐代的大明宫，明朝的南京故宫。

惜雪正在脑子里按照历史规律和理法逐步重建铜雀台的时候，美人鱼的电话来了。

乐正夕冷静地对杨紫易说："你告诉他，我们正说到中国宫殿的历史，马钧开辟了都城和宫殿关系的先河。"

杨紫易咬了一下牙："要是我兄弟再掉一根手指，我也剁了你的！"

出人意料地，杨紫易简短地说了几句之后，竟然笑着走了回来，让乐正夕继续讲，还亲自给乐正夕倒上了一杯红酒。

在乐正夕的暗示之下，紧张地在脑袋里构建着铜雀台的惜雪，听了这个信息又是一愣。

马钧开辟了都城和宫殿关系的先河，这又是跟阎立德开辟的李世民因山为陵的先河类似。都城跟宫殿的关系，是自己在构建铜雀台的时候没有想到的。

乐正夕看了一眼眉头紧锁的惜雪，把杨紫易的酒杯推到一边，继续讲述道。

"马钧在接受修建铜雀台任务的时候，提出了一个要求。如果曹操同意他开创一个宫殿建筑历史上的先河，他就接受任务。

　　"曹操问是什么。

　　"马钧对曹操说，从殷商到汉，宫殿都有一个特质，即依托都市而存在。以都市之中中轴对称、规整严谨的城市格局，突出宫殿在都城中的地位。也就是说，都城内的宫殿周边为居民区，居民区包围着宫殿。

　　"曹操说这样才能显示出天子的威严和地位啊!

　　"马钧却摇了摇头。他建议铜雀台修建于整个邺城的北方，同居民区完全隔开。宫殿前干道两侧布置衙署，形成都城的南北轴线。

　　"曹操吃惊地问，这样设计的原因是什么。

　　"他毕恭毕敬地回答说，这样的城市区分，看起来井然有序，互不干扰，更显得皇权的无上高贵。这是他一直以来想设计的宫殿布局，如果曹操答应，他就接受修建铜雀台的任务。

　　"曹操一听，心里犹豫了。三国时期，除了马钧，无人能将他内心深处的铜雀台完美地诠释出来。就算以杀马钧全家来威胁，马钧又怎能有个好心情为曹操打造这种绝世的宫殿建筑呢?

　　"但是，要改变前朝格局，也是一件十分冒险的事情。曹操犹豫了良久，也许是找了几个得力的手下商量了一遍，最终答应了马钧的要求。于是，马钧终于答应上任，开始修筑这个京派宫殿建筑历史上的巅峰之作——铜雀台。"

　　乐正夕说到这里，惜雪已经可以肯定他是在暗示自己了。

　　曹操找了几个得力的手下，这故事与乐正夕讲述的阎立德的故事里，唐太宗李世民找马周商量昭陵的事情如出一辙。

　　阎立德开了因山为陵的先河，马钧开的是宫殿和都城关系的先河。

　　乐正夕正是用相似之处在暗示自己，马钧跟阎立德一样，也在做一个瞒天过海、暗度陈仓的建筑啊!

　　所以，前面他所讲的铜雀台上没有铜雀，还有京派匠人张业告诉曹操发现铜雀的事情，一定也暗藏深意了!为什么一定要说张业这个京派匠人呢?为什么铜雀台那举世经典之作上最终并没有铜雀呢?

　　明白了!惜雪控制着自己激动的情绪。

　　乐正夕刚才说，马钧一直不接受修建铜雀台的任务，真相才不是那样！他只是假装推诿！因为曹操发现铜雀和修建铜雀台，都是马钧自己制订的完美的计划！

　　宫殿毕竟跟陵墓不同，陵墓是一定要修的，而宫殿，尤其是让还没有称帝的曹操修建宫殿，必须要有一个非常有力的理由！所以，应该是在曹操发现铜雀，动意修建宫殿之前，马钧的计划就开始了。

　　不是曹操选中马钧修建铜雀台，而是马钧先选中了曹操，马钧故意让铜雀被曹操发现。只有这样，去报告曹操发现铜雀的人，才被乐正夕说成了京派匠人张业。只有这样，这只暗藏深意的铜雀最终才没有出现在铜雀台的建筑之上。

　　然后，马钧又以并不同意修建为名，逼迫曹操同意改变都城和宫殿的结构关系，实现他开创先河的目的。

　　那么，马钧为什么要选中曹操，继而用铜雀去诱惑他修建宫殿呢？看来还有更早的故事。

　　如果这是马钧自导自演的一个计划，那么他肯定不是一直没琢磨明白师父留给他的无名书。相反，他一定是早就已经得了天机，才会冒着生命危险，去主导修建铜雀台的。

　　想到这里，惜雪不禁在心中暗自佩服起马钧来，要有多大的胆魄和多缜密的思维，才能仅凭一人之力，就干出如此惊心动魄、逆转乾坤的大事。怪不得他因此而被阎立德等后世匠师顶礼膜拜，这确实是一点儿也不为过啊！

　　惜雪终于在乐正夕讲述的虚虚实实的故事里，猜透了其中暗藏的真相，她喜不自禁地对乐正夕扬起了眉毛，点了点头，目光扫过阴冷狠毒地盯着她的杨紫易的眼睛，低声问了句："然后呢？"

　　乐正夕看到惜雪顿悟的眼神，眼里也流露出一丝欣喜，继续讲述说："曹操答应了马钧的要求，马钧开始建造铜雀台。整个修建铜雀台的工程，就好像是一个极其复杂的项目计划管理，其中要涉及建筑、几何、美术、艺术、历史、工程、项目、分组承工等方方面面的安排。细节之处自然要思索周全，仅修建铜雀台的工程簿，就多得不可计数。"

"哼！你们中国的匠师，知识都是杂乱无章无可传承的，之所以他这样费事，是因为每一个建筑，都要重新开始。不像我们，几个公式，几个方法，就能修建举世闻名的建筑奇迹。意大利有那么多建筑极品，哪一个都没有这么费力！"

"你够了！"惜雪突然开口对杨紫易大喊，"你别侮辱我们中国的建筑了！要听，你就好好听，别在这里大放厥词，贻笑大方！我们中国建筑的历史已有6000多年，形成了独立而完整的体系，设计理论与建筑技术均达到很高的水平。中国建筑形式与内容兼备，在形式上有文采，在内容上饱含人性。透过现象看本质。中国古建，从根本上来说，就是中国文化。你这个不明所以的外国人，竟然说我们中国的建筑缺少体系，缺少传承，这是对中国建筑最大的侮辱和误解。"

"确实！"乐正夕也慷慨激昂起来，"中国建筑才是真正的历代一脉相传，千年前的建筑规范仍在为后世所遵循。中国建筑的变化，不像你们，主要在乎外形与技巧之变。你们的建筑五花八门，只不过是激情和想象力驰骋的作品罢了！而中国建筑是深刻地领悟到了万变不离其宗的道理，这是一种超越设计的传承。6000多年的历史中，一个礼字从古延续至今，建筑之中处处蕴含着历史和文化。"

"不错！《史记》中说过，'究天人之际，通古今之变，成一家之言'，一个建筑正是一部立体的历史书，这是你们的建筑绝对无法比拟的！"惜雪也越说越大声。

杨紫易听不下去了，也斗不过两个人，抬起粗壮有力的大腿，用尖锐的鞋后跟对着惜雪的肋骨就是一脚，惜雪猝不及防，只觉一阵剧痛，眼前发黑。

李文轩、胖子等人在后面一阵心疼，一个个都变得怒不可遏。

"丑女人！你给我记住两件事。"杨紫易又踢了一脚，觉得不过瘾，又摔碎了一个盘子，拿出尖锐的一角对着惜雪的脸比画，"第一，绝对不要抓我的衣服领子。第二，绝对不要批评我们意大利建筑！你们的建筑无法比拟？你们的建筑在哪儿呢？我们的石制建筑，经得起千年万年历史的沧桑，斗转星移，它们依然挺立在那里。即使是火山下的庞贝古城，也还残留了很多痕迹。而你们木头做的建筑呢，一次地震、一场暴雨、一次山洪、一把火、一场浩劫，都能让它们毁灭在历史中，踪迹全无！就跟现在的铜雀台一样，只剩个台基！怎么比？你们已经输了！"

杨紫易越说越激动，盘子的边缘已经要割破惜雪的脸，胖子在一边呜呜着乱动。乐正夕淡定地对杨紫易说："你才错了。你们外国人崇尚的是永恒，你们可以用几百年的时间修建一个永恒存在的建筑。而我们中国的哲学讲究的是无常，建筑大师梁思成说过，中国建筑重用木材，乃出于中国人之性情，不求原物长存，服从自然生灭之定律，视建筑如被服舆马，安于兴亡交替及新陈代谢之道理。"

"木作建筑，"惜雪一字一句清晰地说，她丝毫没有因为杨紫易要毁了自己的容貌而屈服，她那小小的身体中似乎隐藏着无比巨大的能量，分分钟就能把杨紫易的盛气凌人烧得灰都不剩，"有很多你们无法比拟的优势！首先，木作建筑的用料取得，比你们石作建筑更加容易。其次，木作建筑的施工更加便捷，易于学习和流传。在古代师徒相传，只凭口诀和实物观摩，就能学得建屋技术。合理的屋架形式，不像你说的没有传承，而是四海皆可运用。中国幅员辽阔，地貌多变，南北各地匠师根据官颁的《营造法式》和民间流传的《鲁班经》就可投入现场工作，完成建筑。第三，在技术方面，中国建筑善用的木结构，将木材建造的技术发挥到极致，为世界其他文明所罕见。木作建筑是艺术极品，是世界瑰宝，在千百年来，影响着中国邻邦，其木作的典章制度更是华夏文化的奇珍！"

"行了，我不跟你们几个偏执的中国匠师，讨论中国和意大利建筑！"杨紫易突然有点儿丧气地举起双手，眼睛又重新看向了乐正夕，"我不像你们几个疯子那么不理智，我还要救我的兄弟。你赶快继续讲！"

乐正夕脸上露出些许得意的神色，顿了顿继续讲述道："经过反复的论证，精心的策划，不计其数的工作计划簿都已经准备好了，马钧却仍是迟迟没有开工。

"曹操屡次催促他开工，甚至勃然大怒的时候，他总是能找到一个理由搪塞过去。但是久而久之，对于不开工这件事情，曹操开始觉得马钧在跟自己打太极，于是对他动了杀意。

"多疑的曹操借故杀了马钧最爱的徒弟，用以告诫马钧拖延的后果。马钧痛心疾首，厚葬了徒弟，几天几夜没合眼。然而，工程仍是继续拖延。"

"怎么他要拖延呢？"惜雪想到阎立德是一定要修建獬豸形状的栈道，而最终获罪于唐太宗李世民。难道马钧也是要修建什么特别形状的建筑，而迟迟不能开工吗？他不是都已经准备得万无一失了吗？

"马钧的拖延，其实是因为，他想要在最小消耗的情况下集合物料。京派建筑的取材原则是因地制宜，因势而生。为的是不过度伤害自然，也不劳民伤财。当时的汉白玉石多产于北方，而修建铜雀台需要使用的木材，又多产于长江上游山林。马钧其实只是想要借助于水的力量来运输物料，而不是靠人工拉运。他熟悉天象，算好了长江涨水的时间。终于拖到了开工日，洪水在他的预料之中如期而至。那一天几乎万人空巷，河岸边人山人海，都想对大匠师的'少工'计划一睹为快。工匠们将事先准备好的木料陆续投入河中，百万根圆木沿河水奔腾而下。那场景简直不能用壮观来形容了，可以说是震撼了所有在场的人。

"也许，当时看得到的场景，是那万木奔腾顺河而下的壮观，而看不到的场景，是工匠和他们的家人脸上的感恩和笑颜。

"后面的石材，马钧又是利用冬天沿途凿井，洒水结冰，让石料在冰道上滑行。马钧实现了商朝以来，历史上耗时最短的物料集合，创造了最节省工力的少工计划。少工计划，也在之后的年代中，被修建皇陵、寺庙等巨大工程的京派匠师们默默地遵守为样板法则。"

"就为了让那些具体去修建宫殿的人，省一点儿力气，就去冒被砍头的风险，这人不是傻是什么？"杨紫易满脸的莫名其妙。

"这是中国古建之中暗藏的人文情怀，怎可能是你们这些以建筑为唯一目标的人所能理解的！所以说，你们的建筑只是建筑，而中国的古建和其背后的故事，都有灵魂！"乐正夕望着杨紫易，轻蔑地笑道。

马钧的这个冒险的举动，来自大匠师悲天悯人的胸怀和仁爱，大匠师的仁爱德行，在乐正夕平淡无奇的叙述之中，震撼着惜雪。为了不认识的人，冒着生命危险，选择了一条仁义的道路。这件事说起来简单，真正能做到的人，又有几个？

惜雪不禁想到了天机的故事之中，麒麟虽然没有参与女娲补天的战斗，但是它不但帮助女娲赢得了最后的胜利，还保住了百兽的性命，无形中与马钧的少工计划相契合，都来自一个"仁"字。难道阎立德的这个天机的故事之中，也暗藏着对马钧冒死拖延事件的无限敬意？

这就是所谓的大道无形吗？

"天地之道，恒而不穷。"惜雪在脑子里默默地重复着第一个天机故事里的这句话，又想到爷爷曾经对自己说过的话。

"虽山岳之坚厚，未有能不变者也，故恒非一定之谓也，一定则不能恒矣，唯随时变易，乃常道也。京派建筑的外在形式，常得自孔孟与佛学，而空间架构的形式，更得自老庄之道。"

"天地之道，恒而不穷。"难道这句话，暗示了更深刻的含义？

惜雪正在埋头思索，乐正夕又接着讲述了起来。

"在马钧搞定了物料之后，铜雀台的营建正式开始了。铜雀台，确实是历史上京派建筑的巅峰之作。

"它并不是单一的高台建筑。邺城之中，金虎台、铜雀台、冰井台三殿立于三台之上，三台有'重台勾阑'。其中铜雀台的设计是台高10丈，台上又建5层楼，离地共27丈。

"铜雀台前，设有玄武池。

"铜雀台下，引漳河水经暗道穿铜雀台流入玄武池，供曹操操练水军。其玄武池水面壮阔，不但可以操练水军，还可以阻隔敌军。

"铜雀台的背面，深挖沟壑，坚不可摧，固若金汤。

　　"铜雀台内，更是错落有致，精致奢华。集中的几个大殿都是经典之作。

　　"宴会台，也是铜雀台的台顶，是曹操用来宴请宾朋下属，吟诗作对之地。台上宾朋对坐，美姬起舞，台下则管弦丝竹，编钟林立。台顶张灯结彩，金碧辉煌。

　　"天谶殿，是铜雀台内的观象台，此天谶殿的作用，相当于周天子时期设计的灵台。天师会在此观看天象，占卜问事。

　　"皇宫大殿，雕梁画栋，既奢华又威严。

　　"寝宫，则是被层层回廊包围，古典又奢华，汉朝风格极其浓郁。

　　"从空中俯瞰金虎台、铜雀台、冰井台三台的时候，可见三殿的屋顶构造主次分明，壮观无双。"

　　惜雪在乐正夕讲述的同时，慢慢填补着脑袋里的铜雀台模型，一个马钧建造的无比壮观宏伟的铜雀台，被她胸怀满腔崇拜地逐渐丰富起来。

　　"等一下，你刚才说开创都城与宫殿的先河，难道就只是为了让铜雀台位于邺城一角，可得奇景，壮观好看，可攻可守？是那么简单的原因吗？"杨紫易似乎对铜雀台的建筑布局和设计并不感兴趣，继续问着刚才那句让美人鱼上钩了的，有关马钧开先河的事情。

　　乐正夕话锋一转，却又跳到了铜雀台所处的邺城。

　　"京派建筑的矩形空间框架，可扩及城市规划。

　　"比如长安城、洛阳城、北京城和邺城。当时的邺城，是最早利用京派建筑的空间设计理论规划成完全对称的都城。作为政治权力集中的都城，邺城采用的也是严密网格街道，建筑与城市的布局，呈现矩形空间的特质。

　　"这与苏派的园林设计是截然相反的，苏派园林，追求自由放任的精神，虚实相生。所以，在建筑领域之中，常说园林与宫殿，阴阳相调，刚柔相济，构成中国建筑空间组织的本质。

　　"而邺城，也就是曹操最后定都的地方，其四周山峰耸立，护城河围绕，入城后是滔滔的漳河水，铜雀台的位置，正是在邺城边界，镇守着整座城池。"

"所以，你刚才说马钧改变城市的格局，把铜雀台建在邺城角落的用意，是为了可攻可守？"

乐正夕微微点着头，看向杨紫易，算是回答了她刚才的问题。

惜雪从他的叙述和他的眼神之中，看出那并不是马钧的本意。把宫殿与民宅区分开来，这件事情，也应该是与马钧冒着被杀头的危险去避免劳民伤财的思路相契合的。

那么，简单地想，是不是因为马钧觉得铜雀台是个危险万分的建筑，所以让百姓远离了它呢？这应该才是马钧坚持要开辟都城和宫殿的对应位置先河的真正原因。

可是，铜雀台，怎么会是一个危险万分的建筑呢？

乐正夕的讲述，也许从杨紫易的角度看没有什么逻辑，但是从惜雪的角度看一直环环相扣。那么，乐正夕现在是在给自己提供更多的关于铜雀台的秘密的信息吗？

乐正夕似乎也觉察到了惜雪的顿悟，两个人的默契实在已经到了心有灵犀的地步，他看自己的目的达到了，又开始继续说："铜雀台的整体设计，是面宽9间，进深5间。"

嗯？

这句话，让惜雪又是一愣，他的这几个字，都说得很重，不过就算他平铺直叙，惜雪也能感觉到这句话存在非常大的问题。

在京派建筑当中，间确实是一个最基本的概念。它不但是各式京派建筑的基本单元，也是度量建筑规制的基本单元。凡京派建筑，都以"面宽几间，进深几间"来规范和衡量大小。

在中国的传统建筑设计的间中，最主要的特点是木结构。其木结构的精深理论，既可以完成一座宏大而复杂的建筑，也可以营建一个简单的民间小屋。在木结构和梁柱之间，最合理的就是直角结构。

《京派秘传》之中也有详述：直角元素，默默地掌控了几千年来中国建筑平面与空间的发展，而直角元素之中的四根柱子上端架以四根横梁，所围成的四方体就是京派建筑的基本衡量单元——间。

紫禁城的三殿设计，应该是面宽11间，进深5间。想到这里，惜雪突然想起了在四合院中发现的乐正夕自己修建的耳房。

按照传统建筑的尺寸来说，铜雀台的宽度应该是3间才符合结构美学。为什么是5间？难道这其中隐藏了什么秘密吗？

想到这儿，惜雪突然想起关于铜雀台中"转军洞"的传说来。转军洞，是在铜雀台的历史传说之中很少被提及的故事，说的是曹操在邺城举行了一个盛大的阅兵式。

当时，他邀请了羁留在军中的，刘备的结义兄弟关羽参与了检阅。

关羽见曹操兵马雄壮，刀枪曜日，阵容十分强大。尤其是行兵布阵，往来反复，好似首尾相衔，变化无常。

关羽那时候是"身在曹营心在汉"，他有心摸清曹兵虚实，掌握他们的兵力，好为日后攻曹做好准备工作。可是，他点来点去，怎么也点不清曹兵的数目。

后来，他心生一计，趁曹操不备，用佩剑将一匹白马的尾巴削掉了一截。接着关羽发现这匹马又转了过来，才弄清了曹操原来在邺城铜雀台下建造了暗道。

如果铜雀台之中暗道秘藏，那么就能够解释，铜雀台之中那不是很合乎建筑规矩的关于间数的长宽比了。

铜雀台，是镇守邺城的重要建筑，易守难攻，固若金汤。难道它不只是有叹为观止的结构设计，还因为其设计者马钧是机关大师，所以其中还有转军洞之类的玄机暗藏，机关重重？

铜雀台是个危险的建筑，所以马钧才把铜雀台和百姓居住区分开？惜雪又想回了刚才乐正夕的暗示。

"你在想什么，赵惜雪？"已经观察了惜雪半天的杨紫易，突然厉声问道。她把大腿跷了起来，放到桌子上。

"我在想，关于铜雀台，历史上被传言最多的是它是曹操金屋藏娇的地方，又曾有'揽二乔于东南兮，乐朝夕之与共'的词赋。"

"你是说，曹操很花心，将铜雀台变成了他的风流场所？"杨紫易眉头紧锁，盯着惜雪问。

惜雪点了点头，心里暗笑，其实这所谓的金屋藏娇和锁二乔的传说在京派匠人的体系中才是笑谈。因为小乔与曹操素未谋面，也没有任何瓜葛。

杨紫易怀疑地瞪了惜雪一眼，示意乐正夕继续。乐正夕似乎也并没有关注惜雪和杨紫易刚才的对话，继续讲。

"在马钧的故事里，讲述了一些关于铜雀台建筑的细节处理。这里的建筑细节十分晦涩，用了很多专业的术语和词汇，算是纯粹的技术传承和讲述。我想应该对破解铜雀台的秘密，丝毫没有什么帮助。你确定要听吗？"

"废话！快说！"杨紫易突然又来了暴脾气，将手中的一把葡萄向乐正夕扔了过去，"我兄弟的命，就在你的讲述里，你给我一个字都不要落下！"

"好吧！"乐正夕无奈地耸了耸肩膀。

"第一个细节，是铜雀台的台基。

"铜雀台的台基，是婀娜曲线的束腰形状，上下吐莲，上仰下合，底下是圭脚。马钧用了不少篇幅来描述这台基的设计，还叙述了工匠们创作抱鼓石的时候发生的事情，以及抱鼓石上那龙的九子之一椒图形象的完成过程。"

"马钧讲建造台基的小工匠干吗？"杨紫易又满脑袋问号地看向乐正夕。

"对你来说，这些细节都是废话。"乐正夕默然一笑，"因为你根本不懂什么是匠人！你也根本不懂，一个大匠师，为什么会用那么多笔墨，去记录那些只是认真创造了建筑物的一个细枝末节的工匠。

"马钧为什么用很多的笔墨，描述修造台基和抱鼓石的工匠以及那些枯燥、严谨、执着的过程呢？因为虽然他们在设计和建造这些在你看来很普通的东西，但是他们在过程中不仅融入了自己的情感，更渗透着自己的审美趣味和品格意志。他们会用自己的修养与眼光去看待那些简单甚至枯燥无趣的工作，他们会用自己的全部理解去点滴滋润着手中的物件，使它们焕发出不一样的夺目的光彩，在不知不觉之中，把自己的思想注入其中。在你们看来是冷冰冰的钢筋水泥的设计和操作，在他们看来却是创造世界、创造灵魂的过程；在你看来无所谓的建筑设计的细枝末节，在他们看来有可能就是珍贵的一生；在你看来是片片砖瓦的再普通不过的东西，在他们看来却是在孕育着生命的神奇。整体都是由细节组成的，有了这些不知名的工匠与古建筑的交汇和相知，才有了那些经久不衰的宫殿建筑的传奇。

"择一事，终一生。有些你永远都不可能知道姓名的小工匠，他们跟马钧不一样，他们的一生也许都在那个你认为很不起眼的抱鼓石上！他们对那每一道雕刻的纹路、弧度，甚至龙的每一个鳞片，都追求完美，他们忘记时间，辛苦疲惫，只为完成一个建筑的角落。只有这些小工匠的忘我的创作和传承，才能让那些建筑整体拥有灵魂和生命。

"纯粹的物件是死的，但是人的情感是活的。建筑是有灵性的，当我们用叹为观止的崇敬之情去体悟建筑巧夺天工和精妙绝伦的细节的时候，当我们跨越历史的时空，与古代的匠师们进行对话的时候，我们才会明白，什么叫作真正的不朽！这些小工匠，他们给这个世界留下的，不是自己的名字，甚至没人知道这些东西是他们完成的。但是，他们的灵魂已深深注入了这些东西里并闪闪发光。所以，如果你不能理解马钧为什么要浪费笔墨记录下修建台基的小工匠，你就无法明白，铜雀台的真正秘密！"

乐正夕重重地又重复了"台基"两个字，终于把惜雪从心潮澎湃的匠人心绪中拉了回来。

乐正夕在暗示台基。他刚才说，铜雀台的台基，是婀娜曲线的束腰形状，上下吐莲，上仰下合，底下是圭脚。

不！这是不可能的！

在建筑结构之中，台基就犹如建筑的脚，有其历史变化和发展的过程。

先秦时期，台基形式十分简单。

到了汉代，画像砖上的建筑已可见之。佛教艺术传入中土以后，受中亚和印度方面的影响，产生了一种被称为须弥座的台基形式。原来多用于佛像的基座，后来逐渐成为建筑设计的元素。

宋辽时期的佛塔，已经广泛采用了须弥座的形式。

到了明清时期，须弥座台基成为宫殿和重要建筑的标准设计，不但适用于殿堂之中，就连照壁、城墙也常可见。

明清时期须弥座的台基外观，最明显的特征是具有曲线的束腰，上下吐出莲瓣。向上的莲瓣是仰莲，向下的为合莲，也就是刚才乐正夕所说的上仰下合，台基的最下缘做成脚状，称为圭脚。

所以，从台基的演变历史来推断，虽然汉代已经有须弥座，但铜雀台的须弥座的形态，似乎已经超出了当时流行的台基形态的范围。

难不成，这个默默无闻的工匠，还有着超前的设计思想，并把它引入了铜雀台的台基设计之中？又或者，这根本就是无中生有的台基？

想到刚才乐正夕一并说起的抱鼓石，应该也是超前了。

抱鼓石常常建在栏柱之前。抱，本身有贴附的意思。因其形如扁圆之玉石，古时也称为石球。在中国建筑历史中，明清时期的牌坊、石桥、寺庙、宅邸才开始喜用精雕的抱鼓石。在乐正夕刚才的讲述之中，怎么铜雀台中也有精雕的抱鼓石了？

惜雪把脸转向了乐正夕，有些疑惑地问："那铜雀台的台基前面，有御路吗？"

惜雪口中的御路，又称为螭陛，原为中国宫殿建筑形制之中，位于宫殿中轴线上台基与地坪之间的坡道。这也是古时候，供马车出入的斜坡，后来逐渐转变为比较陡峭的御路，并做"云龙"或者"海上三仙山"等题材的浮雕。明代以后，天子所走的御路尺寸，开始规范，长16米，宽3米。惜雪这句有关御路的问题，完全是为了测试乐正夕的暗示。

乐正夕立刻点了点头："有，长16米，宽3米！"

惜雪心想不可能！那是明代之后才有的御路尺寸。他故意说错一些不符合历史建筑的信息是想暗示自己什么呢？

阎立德的地下宫殿之中也有一些超前的图案和设计，难道跟乐正夕对自己的暗示有关系?

惜雪秀眉紧锁,想不明白,不由得望向了乐正夕的眼睛。

刚才杨紫易起了疑心之后,乐正夕更多的暗示都放到了话里,而不是眼神。他这次也没有看惜雪一眼,只是继续认真地讲道:

"马钧描述的第二个细节,是铜雀台的角楼。

"铜雀台的角楼,既可登高眺望防卫,又呈现优雅与气势兼具的外貌。

"马钧在故事里说,角楼的造型玲珑秀丽,展现的是与城内重重殿宇不同的设计韵味,并且也用了不同的建筑形式。

"角楼立于铜雀高台之上,平面呈十字折角,这样的设计,使得室内的光线变化十分明显。角楼的中央,是三重檐的双向歇山顶,交汇成十字脊屋顶。角楼面对铜雀台外的方向加歇山顶,是个山花,总计使用了72条屋脊。

"总之,铜雀台的角楼,是整体美观而复杂的建筑。它取精用宏,结构严谨,其中的梁柱结构也非常巧妙。角楼之中的所有屋顶,重量都通过如枝叶一般向上自由生长的斗拱与水平的梁柱,均匀地传递到20根柱子之上,这样的结构,使得角楼的室内,没有一根立柱,形成了一个完美无柱的空间。角楼四周也没有使用高墙,而是安置了格扇门窗,来引进自然明亮的光线。"

乐正夕的平铺直叙,俨然道出了一座力学与美学结合得完美无间的建筑杰作,平淡的语气生动再现了角楼极尽华丽繁复的辉煌。

利用乐正夕刚才在叙述之中,形象描述的那些细节,惜雪已然在自己的脑海中丰满了很多建筑细节上去。但是,当惜雪按照乐正夕给自己增补的知识,给脑袋里重建的铜雀台盖上顶子的时候,突然建不下去了。她心里又是一怔!

不对!又不对了!

一个没有一根立柱的角楼,主要依靠的是斗拱和梁柱。

惜雪又把思路聚焦到了乐正夕刚才过度描述的斗拱上。乐正夕对她描述了一个错误的斗拱知识结构。

斗拱的重要性不言而喻。它是建筑特有的一种结构,在立柱顶、额枋和檐檩间或构架间，从枋上加的一层层探出成弓形的承重结构叫拱，拱与拱之间垫的方形木块叫斗，合称斗拱。

斗拱的产生和发展也有着非常悠久的历史，实例最早见于战国时期中山国出土的错金银四龙四凤铜方案。它是中国建筑上特有的构件，由方形的斗、升、拱、翘、昂组成，也是较大建筑物的柱与屋顶间的过渡部分。

它的功用主要在于承受上部支出的屋檐，将其重量或直接集中到柱上，或间接地纳至额枋上再转到柱上。

它不但在美学和结构上拥有一种独特的风格，而且常常会使人产生一种神秘莫测的奇妙感觉。在建筑结构之中，建筑物主要依靠斗拱和榫卯两种结构搭建起来。榫卯结构用于连接，方式是通过榫和卯的咬合。斗拱结构用于支撑，加强梁柱节点之间的固定，延伸檐的深度，缩短梁的长度。

拱如手肘，斗如关节，斗与拱交替重复叠高，就能发挥无限神奇的撑力功能。斗拱的技巧虽然艰深复杂，却运用得十分广泛，魅力无穷。从宋代的《营造法式》中所用名词来看，斗拱的发明，有可能是借鉴于树干与分枝的结构和功能。干粗枝细，越向上越细，而且分叉增多。南方建筑的斗拱，不会强调《营造法式》的严格比例，仍保持早期的自由形式，如枝叶向上生长一样，所以细观汉代石阙与陶楼的斗拱，都是具备这种灵活性的。

惜雪发愣地想着脑袋里重建不起来的铜雀台模型，心想如果角楼的斗拱和梁柱真的像乐正夕叙述的那样，那角楼的屋顶就不应该是汉代历史中的那个建筑形态了。

"装够了吗？"杨紫易突然对着两个人，面色阴冷地哼了一声，"别以为我不知道铜雀台是个机关暗藏的建筑，别以为我不知道秘密就藏在这铜雀台角楼的斗拱之中！"

一句话震惊了惜雪和乐正夕两个人。惜雪的眼睛瞪得老大，杨紫易暴怒得一只手伸过去又要打她，乐正夕一声怒喝制止了她："斗拱不过是建筑的炫技，后面还有更精彩的，你还听不听？"

杨紫易举在半空之中的手突然停住，一把拍到桌子上："反正你们都是案板上的驴肉，你倒是说说！"

乐正夕清了清嗓子，继续讲道：

"马钧故事里的第三个细节，是屋顶。

"马钧带领着铜雀台的工匠们一起，修建起了铜雀台的梁柱，安装了梁架与屋顶之间的斗拱，使得铜雀台的斗拱整体起到了悬挑与稳固的功能。整个梁柱和斗拱的设计和实施，都在非常精密和细致的计划下逐步进行，每一寸梁，每一个微小的角度，马钧都是亲力亲为，不允许有半厘的差池。最终，一个史无前例的震撼世界的铜雀台的大屋顶便建成了。"

"花费这么多时间，这么多精力，就是为了一个大屋顶？"杨紫易疑惑地抬头看着乐正夕，满脸怒容。

"对！就为了铜雀台之上的这个大屋顶！你懂什么是中国古建的屋顶吗？

"在《营造法式》中，曾经举出过许多种屋架，称为草架。在京派建筑的大屋顶下，可以容纳几个小屋顶，处理排水与室内空间的层次问题，两者相合，将木结构的技术发挥到极致。很多京派建筑，梁柱和斗拱的精妙设计和结合，最终目的只是支撑起一个大屋顶！

"古建的屋顶，有很多重要的作用。比如遮阳、挡雨、保暖、防风、祭祀。从形式上说，以不同等级选择庑殿、歇山、悬山、营山、卷棚等式样的不同屋顶。

"从寓意上来说，古建的屋顶，重檐除了通气采光之外，也有文化上的意义。多重檐也意味着承天接水的神圣功能。在你们西洋的文化中，中世纪的教堂的尖塔指向天空，意味着通往天堂。而中国屋顶则强调的是承天，就是承接天降恩泽，雨水自天而降，经过多层屋顶，终及于土地，这整个接水的过程也是仪式化的经过。

"所以，在京派建筑之中，屋顶常常象征天盖，也就是承受天降之恩泽。屋顶的建筑，表现的是敬天和顺乎自然的道家思想。从古至今，匠师在古建之中，最重视的就是这个大屋顶。"

"所以，我们要说到重点之中的重点了吗？"杨紫易满怀期待地看着乐正夕。乐正夕却长出了一口气，双目微闭起来："不，马钧的全部故事，三个细节，台基、斗拱、屋顶，就是这么多了！"

"什么？这就没了？"阿四在旁边阴沉着脸说，"这算什么？"

乐正夕冷笑了一声："我们猜不出来，不能怪马钧没说吧？"

杨紫易大骂了一声，走到惜雪面前，指着她的鼻子说："赵惜雪，经过他这样一说，你已经在脑袋里完整地重建出铜雀台的建筑了吧？而且我相信，你脑袋里的建筑，比我们庞贝重建的要契合马钧的思路好几倍，对不对？"

一句话又是说得惜雪和乐正夕面面相觑，瞠目结舌。

杨紫易又狠狠地踢了惜雪一脚："丑女人，跟我斗？你以为我看不懂你们的微表情吗？你以为我看不见你们两个眉来眼去吗？你以为你卖力表演，我就能被你骗了吗？你怎么知道我不是在卖力表演呢？

"你们两个，以为我是笨蛋吗？庞贝是一个什么样的组织，你们还不知道吧？寻找天机，这么重要的任务，为什么可以交给我来指挥？我是靠什么爬上今天的位置的？你们觉得，我真的自恋到认为自己长得像聂小倩吗？还有，你们别忘了，我妈妈曾经也是疯狂地迷恋京派建筑！"

说完之后，杨紫易十分得意地搓了搓手，对阿四喊道："让团队准备一下，她脑袋里有他暗示完成的铜雀台，我要立刻去铜雀台！"

"不跟美人鱼交涉了，那John的手指……"阿四错愕地看着杨紫易那张已然变得狰狞的面孔。

"这个丑女人已经在脑袋里重构出铜雀台了！我们还有黄金凫雁，还有马钧的真真假假的故事，我现在还需要美人鱼的羊皮做什么呢？"杨紫易狞笑了一下，"你们以为我真的很在乎我的兄弟吗？我只不过是表演骗她而已，我唯一在乎的，只有第三个天机的故事。"

杨紫易看着错愕万分的惜雪，发狠地补充了一句："愿John和她的爷爷，在天堂好好安息！"

# 第十八章

## 恩陈的钥匙

"恩陈骗了李兴宇！

李兴宇用命救了说要回建筑之中挽救自己的那本日记的恩陈，

实际上，恩陈回去并不是为了挽救日记，

而是去取那个建筑之中暗藏着的、打开铜雀台天机的钥匙！"

　　十多分钟后，几个人被一起押到一辆加长的林肯车里，庞贝的队伍，包括这车的司机，都还在忙着收拾装备，没有上车。

　　车上只坐着乐正夕他们五个。杨君浩、胖子和李文轩，甚至都没有被解除捆绑，还塞着嘴巴就直接被塞进了车里。惜雪解开了他们三个身上的捆绑，乐正夕看着惜雪沮丧的表情，突然把嘴放到了她的耳边，用气若游丝般的声音小声说："别担心！我刚才说的事情，对第三个天机来说，都不是关键。还有最关键的一段话，我没有说。"

　　"什么话？"

　　"是关于马钧的死！马钧是在临死前将秘密留在黄金凫雁之中的。留下故事的时候，曹操派来的赐死他的人，就在门外。"

　　"曹操为什么要赐死他？难道他发现马钧修建铜雀台的意图了？"

　　"曹操不是唐太宗李世民，他的野心和洞察力，早就远远超出了马钧的意料。在铜雀台修建过半的时候，曹操就已经识破了马钧要修建铜雀台的真正原因。但是他假装不知道，重新修改了马钧的设计，要他照着执行。马钧曾经偷偷做过微小的改动，都被曹操一一识破，威胁他改回去。这修建铜雀台的故事里，还有一部分，是马钧和曹操斗智斗勇的过程，那是修改铜雀台的设计与坚持原设计的精彩斗争。最终，马钧还是修改了设计，破了曹操的局。所以，死，早就已经是他料定的必然的结局了。

"这牵一发而动全身的铜雀台建成，并且无法再做任何微小改动的时候，曹操发现了马钧的修改。于是，他赐死了马钧，并在历史的案卷之中，抹掉了马钧修筑铜雀台的痕迹。"

"所以，马钧是因为这个无名书的秘密而死？"

乐正夕点了点头。

"我接下来要说的事情，才是关键。你听好了，我这次回苏州，在得到了阎立德古书的同时，外叔公还给我讲了一段野史，是关于马周和阎立德的故事。

"马钧虽然获死，但是他藏在铜雀台建筑之中的天机，在马钧的家族之中守护了下来。正如我刚才所说，天机的线索分成两个部分，一部分是黄金凫雁身上的乱序故事，另一部分是马钧传下来的机关书。这家族的秘密传承到马周的时代，马周通过唐太宗李世民，认识了关陇集团之中聪慧仁心的阎立德。马周对阎立德一见如故，十分欣赏。他认为，马家的家族中一直等待的机会终于来了。他看到阎立德已经对建筑的形十分通晓，就暗中拿出马钧传承下来的描绘有人面麒麟图腾的那本机关书送给了当世高人袁天罡。

"紧接着，他又通过势力十分强大的关陇集团，与阎立德的父亲一起，促成了袁天罡教阎立德学习建筑的神的事件。让阎立德对'千尺为势，百尺为形'有更深刻的理解，可以做到形神兼备。

"然后，他又委托袁天罡对阎立德进行各种考验，与此同时将星象周易的知识对他点到为止。于是，阎立德终于开悟，最终完成了人面麒麟图腾中的建筑任务。

"之后，挚友马周离世，阎立德以为天下大同，太平盛世已经来到，百姓安居，国泰民安，准备与马周于黄土之下安然相聚。但当他仰望这沉稳岁月的时候，却突然发现他们并未成功。

"因此，才有了后来阎立德上书力争拆掉了暗藏昭陵建筑玄机的栈道。接着阎立德远走他乡，暗自修建了契合人面麒麟图腾痕迹的下一个神秘建筑。当然，他还是失败了，最终他选择了放弃。他把马周家族传承的打开铜雀台第三个天机的最宝贵的钥匙，牢牢地藏在了那个建筑中，然后永远离开了那里。

"之后，阎立德用毕生去寻找师父袁天罡，想知道究竟是哪里出了问题，为什么他和马周会看到与预想的不一样的情景。就像袁天罡预言的一样，他最后郁郁而终，生命中最大的失败重击着他，至死，他也没有想明白。"

"阎立德既然知道钥匙，又知道铜雀台，他为什么不亲自去用马周家族传承的钥匙，打开第三个天机寻找失败的原因，而是藏起钥匙，又去寻找袁天罡呢？"惜雪问道。

"我想，他选择不这么做，与他偷偷在昭陵修建了地下宫殿，去供奉马钧的尸体有关系吧。也许跟李兴宇在1970年终止同律的原因是一样的。"

"你也知道李兴宇？知道同律？"

"当然，他和我家祖上韩墨是忘年交，我不但知道他，还知道他的很多事情。你想不想知道，阎立德最终藏起马周钥匙的那个建筑是什么？"

惜雪点了点头，满怀期待地看着他。

"那是一个已经彻底自毁，灰飞烟灭了的建筑。跟着那建筑一起毁灭的，是一些满腹才华的匠师，他们都死在了沙漠中。那是他们社团最大的一次事故……"乐正夕说到这里，眼睛发亮地看着惜雪。

惜雪无比错愕地看着乐正夕。

爷爷的师父恩陈，在日记之中描述过的那悲伤的、最终导致中国营造学社停止对人面麒麟图腾同律项目研究的事故，也正是发生于沙漠中。

去九嵕山之前，爷爷对自己说过，恩陈他们在这次事故之中，感觉自己是在与古代的大匠师斗法。难道，他们遇到的就是阎立德设计的建筑？正因为他们有了那一次的经验和教训，所以爷爷才改进了破解机关的方法并传授给自己？所以自己于九嵕山再次面对阎立德的机关时才能找到正确答案？是恩陈他们用血的教训总结了经验，传承到自己的身上，才使得他们在地下宫殿之中成功地逃了出来？

乐正夕看着惜雪发亮的含泪的眼睛，继续说："你知道吗？正是沙漠里的那场事故，终结了即将找到答案的中国营造学社同律研究的进程。"乐正夕的嘴角微微向上翘起,这是他脸上很少出现的微笑,这微笑带着一种孩子般纯真的幸福和快乐,又带着一丝猛兽伏击动物时暗藏着的快意和凶猛。"阴错阳差,天不遂人愿!李兴宇并不知道,那场沙漠中的灾难,毁了阎立德的建筑,杀了他的同事,却没有毁坏那把可以打开铜雀台天机的钥匙。"

"什么?"惜雪大吃一惊,"打开天机的那把钥匙没有被毁掉?那在哪里?"

"恩陈骗了李兴宇!李兴宇用命救了说要回建筑之中挽救自己的那本日记的恩陈,实际上,恩陈回去并不是为了挽救日记,而是去取那个建筑之中暗藏着的、打开铜雀台天机的钥匙!"

"那个时候的事情,你又不在现场,你怎么知道得这么清楚?"惜雪瞪大了眼睛,看着此刻一脸正气的乐正夕,突然想起爷爷说韩墨神出鬼没,从韩墨的年纪来看,应该跟恩陈差不多吧?难道是韩墨告诉他的?

乐正夕没有回答惜雪,继续说:

"大概是因为后来,李兴宇决定终止同律让恩陈特别伤心吧,恩陈也没有告诉李兴宇她拿到了钥匙。

"在抗战时期,战火纷飞,时局混乱。恩陈把她和李兴宇一起用命换来的钥匙藏了起来,却把自己记录的关于同律的宝贵日记送给了李兴宇。其实,她给李兴宇留下了一个暗示。因为她把自己藏起的那把钥匙,也暗自写在了日记之中。可惜的是,李兴宇收存了几十年日记,竟然没有发现这个秘密。直到他把日记丢了,恩陈写了一封信问他,他才恍然大悟,才知道了,原来恩陈把钥匙的所在地,暗藏在了那本日记之中;才知道了,当时恩陈早就猜到他不会放弃同律项目,而只是想把自己踢出同律项目组,但恩陈最终还是选择了把自己用命换来的钥匙的线索暗示给了李兴宇;才知道了,恩陈与他分别的时候,对他说的那句'若有缘,再续前缘'原来是这个意思!他整日痛心疾首,险些悲伤过世。"

惜雪听到这里,无比错愕地倒吸了一口凉气。她本来一直认为李兴宇对恩陈的爱深沉无私,却没有想到,恩陈对李兴宇也是这么真挚!

　　她那样热衷于同律，李兴宇说不继续研究，她也含泪同意放弃！她甚至把自己用命换来的藏匿钥匙的地方，也告诉了李兴宇。

　　她不愿意拆穿李兴宇，却把选择的权利留给了他。如果李兴宇真的不继续研究了，同律只是一个记忆；如果李兴宇只是想踢出自己，他仍然继续探索秘密……

　　他们两个之间的情谊，也太让人震惊了。

　　惜雪正万分激动之时，乐正夕又压低着声音说："不过，现在恩陈的日记最终也不知去了哪里，那日记中藏匿的钥匙，应该也不知所踪了。所以，不管是庞贝、美人鱼，还是我们，谁都不可能知道马钧究竟在铜雀台藏起了什么天机。你也不用担心，庞贝会拿到天机，因为他们拿不到钥匙，美人鱼也拿不到，没人可以拿到！所以，我们还是安下心来想个办法，骗出美人鱼，救出你爷爷吧。"

　　这一次，惜雪没有说话，她的脑子里跟放电影一样，回顾着所有跟同律有关的细节。

　　最后，她把记忆定格在爷爷拿出的那张应县木塔的照片上。

　　爷爷说应县木塔之中有跟同律一致的图案，按照现在惜雪他们所了解到的阎立德和马钧建构同律建筑的特性分析，应县木塔是绝对不可能通过一个那么简单的图案细节去耦合同律的。

　　那爷爷当时拿出应县木塔照片，究竟是什么用意呢？

　　惜雪曾经在去昭陵的路上，仔细研究了一下跟应县木塔以及中国塔建筑相关的事情。中国的塔，虽然在建筑结构上也属于京派，但是没有那么明确的派系划分归属。因为塔的结构原型，大都来源于印度。

　　中国早期的塔，受印度的影响较多，塔内供奉佛舍利，信众须绕塔环行以示崇敬。

　　出于这种观念，中国早期的几个发展成熟的大型寺庙，如北魏洛阳的永宁寺，都是采取中心立塔四周由堂阁围成方形庭院的布局形式。

　　到了唐代，中心塔的寺庙布局发展已经非常成熟，其中轴线配置都为天王殿、塔、大雄宝殿、藏经阁或讲经堂等，两旁则为钟鼓楼、配殿。典型的代表是西安的慈恩寺。

之后，随着佛教思想的不断转变，对具体神像的膜拜和义理宣讲也变得非常重要，所以，以祭祀神佛的大殿和讲经的法堂为主体的建筑布局日渐盛行，佛塔退居到中轴线之外，寺院的后侧。

不但塔的位置有所变化，塔的构建方式也在逐渐演变。

在《洛阳伽蓝记》中有所记载，北魏洛阳的永宁寺塔为9层楼阁式塔，内部土台，外部架木，高达90丈。但是，由于木造楼阁式塔不能防火，保存不易，后代改用砖石，仍模仿楼阁形式。

但楼阁式塔仍然为中国佛塔的主流，楼阁式塔中，无论使用何种建材，每层都设柱、梁枋、斗拱、门窗以及平坐栏杆，就单层看，仍然具有传统木构建筑的一切特征。通常在塔内设楼梯，让人可登塔远眺，所以又发展出了料敌塔、风水塔、文峰塔等不同功能的塔。

应县木塔，可以说在中国塔建筑的发展历史中，有着非常特殊的地位。首先，它是以塔为中心布局的后期典型。其次，它还是中国的古塔中所占数量最多的楼阁式塔。

彼时的塔建筑文化，经历了长期的发展，与中国的木构楼阁已经可以完美而紧密地配合。它比唐塔更加细腻、优美又壮丽，结合印度的石造佛塔和汉代楼阁而成，是佛教建筑汉化的典型代表，也是世界木造高塔建筑的代表。在无数自然灾害和战火的摧残之中，屹立不倒，不但体现了中国古代匠师出神入化的高明的创造力，也是一个令全世界都震撼的奇迹。

惜雪回忆到这里，又重新回顾了一遍到昭陵、邯郸以后了解和经历的事件，思绪恍然。

马钧劝说曹操改变铜雀台在都城中的位置和格局，建立前无古人后无来者的铜雀台。阎立德劝说唐太宗开创因山为陵的陵墓格局，建立世界上最大的墓陵和陪葬陵。而应县木塔又改变了中国历史中以塔为中心的布局，成为世界现存最高的木造建筑的代表，历经历史变迁，仍屹立不倒。

这三个建筑既是中国的，又是世界的。其在中国历史上都有革新建筑的痕迹，都跟人面麒麟图腾有关系。马钧留下的修建铜雀台的故事，虽然没有提到跟机关相关的字，却处处暗藏玄机。阎立德的昭陵本身就是暗藏人面麒麟图腾的有机栝的地方。那么应县木塔呢？

难道应县木塔中契合同律的那部分，是与昭陵相似的机栝设计？

如果是一般的建筑，那恐怕是经历风吹雨打，历史变迁，怎么也藏不住什么东西的。那神秘的契合人面麒麟图腾的暗藏玄机的应县木塔，却可以一直屹立不倒，似乎它契合了某种神秘的天人合一的力量一般。

而恩陈，又是营造学社之中，应县木塔的探索成员之一。

一切的一切都暗示着，恩陈把钥匙藏在应县木塔，这里应该是最安全的地方，也是最好的选择。也许这才是爷爷拿出应县木塔照片的真正用意吧。

那么应县木塔，除了有个契合同律的机栝之外，除了也开创了一个建筑结构的先河之外，还能有什么玄机呢？惜雪又在脑袋里迅速闪动着关于应县木塔的一切，寻找着所有能找到的蛛丝马迹。

应县木塔，又被称应县佛宫寺释迦牟尼塔。它立于佛寺的中轴线上，保存了辽代以佛塔为核心的布局特性。木塔的底层直径宽度30.27米，逐层略为收敛，至顶层以攒尖顶接近10米高的塔刹终结，总高67.31米。整体比例壮硕雄伟，是世界上现存最高的木塔。

应县木塔采用的是八角形平面结构，八角形塔其实在结构及光影变化上都优于四角形塔。应县木塔，坐落在奇特的亚字形转八角形的双层石砌台基上。楼高5层，塔身第一层因为外附廊道配以重檐屋顶，其他各层都为单檐。所以形成了5层楼、6重檐的外观。

虽然应县木塔的外观为五层六檐，内部实为9层，每两层之间，都夹着一个暗层，并加以许多的斜撑木柱，以强化结构。塔从上到下分别为攒尖顶、明层、暗层，暗层中都可见斜撑梁环绕一周。

木塔的底层平面分为三环，最外侧是副阶周匝，然后以双层的八角形墙形成密封的内、外槽空间，开南北二门。二楼以上也分内外槽，内槽设坛台，有

8根柱，外槽环绕朝拜的通道，有24根柱子，两者之间通透，格扇窗门外以斗拱挑平坐，可凭栏远眺。

为了增加结构的刚性，木塔每两层之间设计了一个具有交叉檐架的暗层，形成明五暗四的格局，这是应县木塔的一大特点。

木塔的壁画，集中在底层的内槽，南北门的两侧绘有四大天王，姿势微蹲，更显造型宽大厚实。衣带飘起，弱化了威猛刚烈的形象。内槽门额壁板上有三位女供养人，均侧身而立，装扮华丽。内墙有六幅持有不同手印的如来佛像。爷爷曾经给自己看的，说是与同律关联的，应该就是那画。

不，等等！不是那里！

惜雪陡然一惊，当时是自己把照片转了方向，并不是爷爷。当时自己关注的重点，全部都在那同律的图形之上，却没有发现，那张照片是自下而上45度角拍摄，照片中拍摄的重点和构图，都在那斗拱之上。

应县木塔之中的斗拱，一直是京派建筑的传奇。各层斗拱千奇百样。它依不同楼层及部位所安置的斗拱变化达54种之多，可谓集辽代以前斗拱设计智慧之大成。木塔的每层，以层层出挑的斗拱将梁、枋、柱结合为一体。内槽及平坐借由斗拱承接楼板，所以斗拱停在同一高点。外槽则要调整出各层屋坡以及面宽的变化，特别是檐口还要呈现结构之美。所以搭配"昂"形成更为丰富的斗拱组合。基本上，每边除转角辅作外，中间还安置了三朵斗拱，并按照不同楼层不同位置的需要，设计形态各异、功能不同的斗拱组合。这些多重斗拱在地震发生的时候，可大量分散且消耗摇晃的外力，起绝佳的抗震性，这是木塔得以屹立近千年的重要因素。

让马钧完成那神奇的无柱角楼的，也是那被乐正夕过度描述的斗拱。让木塔经历了近千年风霜的，不是那与同律同形的壁画，而是那神奇的支撑木塔的斗拱。

"你在想什么？"乐正夕发现了惜雪的表情变化，轻轻问她。

惜雪胸脯起伏，不知从何处说才好。她坚信，如果应县木塔的玄机在斗拱，那么只要现在把她放到应县木塔中去，不需要半个小时，就能找到斗拱之中的玄机所在。因为，虽然她不是非常熟悉应县木塔，但是她太熟悉那应县木塔的斗拱了。

要知道，爷爷自己设计的书房，在斗拱上曾经花了几年的时间。而爷爷书房中那个斗拱的结构，正与他拿出来的那张应县木塔照片上的斗拱结构一模一样。

"难道你有钥匙的线索？"乐正夕看着惜雪的表情，忙不迭地问。

惜雪点了点头，又摇了摇头。她似乎在这错综复杂的古建线索之间，看到了那一条通往正确答案的红线，可是最终还是差了点儿什么，让那条红线断在脚下……

乐正夕刚要说话，汽车的车门打开了。

杨紫易咧着大嘴坐了进来，看来他们已经把一切都准备妥当了。她还换上了一身黑色夜行皮衣，由于身材高大臃肿，身上的肥肉在皮衣的包裹下非常显眼。她的目光扫过了几个人，停留在乐正夕身上。

"年轻人，你一直都瞧不起我。你现在倒是睁开你的眼睛看看，是谁来帮我了！"杨紫易话音未落，乐正夕的眼睛就直了。她的身后一个精神矍铄的老人也跟着挤上了车。他看起来有80多岁，两眼十分有神，眼神闪烁不定地看着乐正夕。

"外叔公！您……您不是已经……"乐正夕这下呆若木鸡，话都说不利索了。

惜雪奇怪地看向老头儿，他的长相跟韩墨有几分相似，但是看起来并没有韩墨那么苍老，整个人都很有精神。是杨君浩给自己看过的照片上那个乐正夕的外叔公的模样。乐正夕不是说他已经去世了吗？他不是90多岁离不开苏州本地了吗？看来他们韩家，家族遗传诈死啊！

韩振理，也把目光停到了惜雪的身上，眼睛眯成了一条缝。

"没想到啊，赵歪龙长成那样，还能生出这么水灵的小孙女，你可一点儿都不像他那个老丑样！"说完，他在惜雪身上打量个没完，看起来竟还有些着迷的样子。

韩振理的突然出现，真是让惜雪大跌眼镜。而且他的言语之间，竟然还透露着似乎跟爷爷比较熟稔的信息，更是让惜雪吃了一惊。赵歪龙这个称呼，惜雪还是第一次听说，爷爷怎么跟自己脖子上的这条小歪龙，还扯上关系了呢？

韩振理似乎觉得自己刚才说得很有趣，哈哈大笑了一声，没有人回应他，他的目光又严肃了起来。

"丫头，韩正不是说了，让你远离黄金凫雁吗？现在倒好，你卷进来不说，还把那老歪龙的一副老骨头也给搭进去了。我看，你这长相没遗传他，脑袋也没遗传他啊！"

韩振理这么一说，惜雪突然想起去九嶷山临行前爷爷诀别的眼神，难道爷爷早就知道，自己任性来九嶷山找李文轩，会闹出这么大的事？想到爷爷在书房前目送自己离开时的不舍，爷爷在那张微信照片里被折磨得苍老衰弱的样子，惜雪一时心如刀绞。

"老爷子，我们敬你是匠人之中的老前辈，你竟然跟庞贝的人勾搭结伙，出卖我们老祖宗传承下来的东西给外国人。你……你真是匠人的耻辱！"李文轩忍不住了，怒声对韩振理大骂。

杨紫易隔岸观火，脸上喜不自禁。

"嗯，我人老了，看事情跟你们这帮年轻人就不大一样。"韩振理对李文轩皮笑肉不笑地说，"战国时期有合纵连横，敌人的敌人反而是朋友。现在，那美人鱼才是我们要面对的最可怕的敌人。为了救出老歪龙，与国际有实力的友人合作，联手对付美人鱼，这才是上上策。"

"拉倒吧，老爷子！你看我们现在在这加长的林肯车里面坐的位置吧，一看你就是汉奸，我们就是战俘！当然，我们的战俘队伍也不纯洁，里面还有个特务！"胖子揉着被勒了半天的嘴巴，硬着舌头说。

"胖子，你说错了！"杨君浩嘿嘿一笑，"老的是汉奸，小的就是什么好东西了吗？我看，我们的队伍里，不但有美人鱼的内线，还有庞贝的叛徒呢！"

"啊？帅炸天，你说得也太复杂了！我们一共就5个人，还有一个庞贝的叛徒，一个美人鱼的内线，这是历史上最奇特的团队了吧！"

此刻乐正夕的脸上，惊疑的表情未消，丝毫不在意杨君浩和胖子的冷嘲热讽。他两眼疑虑重重地看着外叔公韩振理，眼神之中还有一丝莫名其妙的担心。

"行了，别听他们瞎贫嘴了，没时间了！"杨紫易一挥手，司机开动了车子。杨紫易又是奸诈地一笑。

"这个韩老说了，要对你们客气一些。我也这样想，我们现在，毕竟是一个床上的！你们都是专家，而且年轻有为，前途无量。等我们集中精力对付了美人鱼那个老狐狸，什么事情咱们都好商量。"

"滚！我死都不跟你在一个床上！"胖子呸了一声。

"为什么？你怎么知道我不好？"杨紫易把大手伸过来，要拍胖子的肩膀，胖子闪开，杨紫易哈哈一笑，不再理他。

"胖子，我看你是杨贵妃的身子，宁采臣的命啊！"杨君浩看到杨紫易屡次对胖子区别对待，情不自禁地对他调侃道。

"滚！我都杨贵妃的身子了，怎么就不能杨贵妃的命了。"

"杨贵妃有好命吗？还不是上吊了？你没事也跟乐正夕一样，多学学历史。"杨君浩哼了一声。

"那……那我也不要宁采臣的命！再说，我遇到的是聂小倩吗？分明是丑陋恐怖的老鸨子……"胖子说到这里，看着已经掏出了枪在手中玩弄着的杨紫易，停住了嘴巴嘟囔了一句，"你看我干什么！你信不信我让你过来打死我！"

杨紫易被胖子逗笑了，却把枪指向了李文轩的脑袋。

"干什么！"惜雪连忙大喊。杨紫易冷笑一声："赵惜雪，是你说，能帮我找到天机，我才留下了他的小命。你这么健忘？"

"怎样？"

"出发的时候，我说过，你脑子里建构出铜雀台了。"杨紫易把平板电脑递给了她，"这个软件，你一定用过，你要在我们建构的铜雀台上，修复出你脑袋里的那个。"

惜雪看着平板上建构出的铜雀台，他们所使用的软件自己在建筑公司中常用，又看了一眼此刻就要流下眼泪的惊恐万分的李文轩，颤抖着手在上面拨弄和修改着铜雀台的建构模型。

突然，车里一声闷闷的枪响，吓得惜雪一颤。抬头一看，李文轩的手掌中了一枪，鲜血直流。

惜雪举起手里的平板电脑，就要狠狠地向杨紫易的脑袋砸过去，杨紫易又把枪对准了李文轩的脑袋，凶狠地看着惜雪："你刚才那个斗拱弄错了！我再提醒你一句，我妈是多么热爱京派建筑，你想骗我，也得看看自己有没有那个本事！你错一下，李文轩就中一枪，我看他这体格，能不能坚持到抵达铜雀台！"

惜雪紧咬牙关，又重新把平板电脑放回腿上，抹了一下眼泪，关切地看了眼李文轩，无可奈何又认真地建构和修改着铜雀台的建模。

车速很快，几个人从临漳县城出发，驱车20千米，到达铜雀台时，正是夜里10点，惜雪这时已经完成了铜雀台建模的修改。

这会儿铜雀台景区已经关门了。黑夜里远远向景区看过去，一片苍凉。韩振理看着远处的铜雀台，不由叹了口气。

"想当年，铜雀台的窗户都是用铜笼罩装饰，日出之时，流光照耀。《邺中记》之中有记载，铜雀台殿室120间。房中不但有女监，还有女妓。正殿上安御床，挂蜀锦流苏帐。"韩振理瞥到大家看他的眼神，突然收住了自己的描述，话锋一转，"雕栏玉砌，何等壮观！当年那铜雀台的大门内，还有浮雕壁画墙。曹操与文人骚客，在铜雀台上宴饮赋诗，与姬妾宫女歌舞欢乐。在这里，曹操接见和宴请了从匈奴归来的著名诗人蔡文姬。蔡文姬回想着自己的颠沛流离，唱出了十分有名的《胡笳十八拍》。"

阿四听着又是尴尬地轻咳了一声，韩振理又恍过神来，再次话锋一转："台下不远的铜雀苑是建安七子吟诗作赋圣地。五言诗最初就是在此繁盛。曹植也曾于此挥笔立就《登台赋》，至今传为美谈。后赵、北齐时铜雀台又加以修筑，素有'铜雀飞云'的美称。只是可惜啊，连年的战乱和当权者人为掘开的漳河水，冲毁了铜雀台，邺城的大部分都淹没于漳河的泥沙下。所有的故事和辉煌都淹没在河水和黄土下。铜雀三台，早已不见踪影。你们到这里来，什么都看不到了。"

杨紫易顺应着韩振理说："韩老说的正是！北齐天保九年的时候，曾征发工匠30万，大修三台。到了明末，铜雀台的大半被漳水冲没。如今的铜雀台，只剩一个不足10米高的夯土堆，雕栏玉砌，锦衣玉帛，都已被历史掩埋。"杨紫易这一番话，充分显示了她对铜雀台的了解，与在乐正夕讲述的时候装不懂的样子判若两人，甚至与韩振理刚才的吟词作赋相比，都丝毫没有逊色，让众人十分惊诧！

"我们还是别浪费时间了，开始吧！"韩振理似乎想起了什么，低声对杨紫易说。

"开始？难道我们连景区都不进就开始？不会又是要挖盗洞进入铜雀台吧？"胖子被说愣了，惜雪等众人也是一脸惊讶。杨紫易的林肯车，所在的位置，其实是三台村中距离铜雀台原址一千米处的地方。

韩振理一声"开始"，庞贝的技术团队立刻紧张忙活起来。

杨紫易看着几个人惊讶的眼神，狞笑了一下："我们来中国，并不是为你们的古建，也无意去破坏它。我们只为那人面麒麟图腾之中暗藏着的神秘力量。那与庞贝古城之中暗藏的一个天地秘密是相似的。我们这一路所做的事，都是为了找到这本春秋战国时期无名书中暗藏的秘密。而那无名书中的秘密，应该就藏在马钧修建铜雀台时隐藏的最后的天机中。所以，事情并不是你所想象得那么糟糕。我们只需要找到天机，就会自动离开中国，没人要盗墓，我们也并不会破坏你们古建之中的一草一木。"

杨紫易说话的时候，一道光束穿过了惜雪的身体，他们的周围，豁然出现了那金光闪闪振翅欲飞的雁的影像，那正是人面麒麟图腾上画有的那只黄金凫雁，也是马钧暗自设置了机关的黄金凫雁，也是那小四合院地下室中被惜雪顺手拿走的黄金凫雁，更是李兴宇与恩陈用生命在探索的同律项目中的黄金凫雁！

那金光闪闪的黄金凫雁在影像之中，越来越大，越来越高，栩栩如生，似真的活动起来。它扇动翅膀，带着周身闪烁的金色光芒飞向了远处的铜雀台原址。

"这……这是什么高科技？比三维动画还厉害！"胖子瞠目结舌地在一边唏嘘不已。

黄金凫雁落到本应屹立着铜雀台，如今却只剩一个台基的高处位置，张开双翅，固定不动了。

李文轩错愕地大声叫道："难道，一直以来在传说之中的铜雀台上的大鸟，并不是铜雀，而是这个貌似铜雀的黄金凫雁？"

"对，就是你仿做的那只黄金凫雁。"韩振理意味深长地看了李文轩一眼，"黄金凫雁再次出现，天下大乱。整件事情对中国匠人来说，好比山崩地裂，天漏之灾！"

惜雪心里一怔，天漏之灾，莫非他在暗示一场天劫？韩振理把目光转向了惜雪："你这丫头，虽有龙凤之志，却无麒麟之心，庸才！"

"哎呀，你这老叛徒，自己脑袋里一堆见不得人的想法，还骂别人庸才。"胖子不干了，惜雪一把拉住他，面色阴沉地看着韩振理。

这个韩振理，竟然跟乐正夕一样，在暗示着自己什么。

在第一个天机的故事里，龙凤虽然有勇有志，帮助女娲应对天劫，但是最后是麒麟以最少的伤亡造出了补天石，以仁和智挽救了这场浩劫。难不成这个韩振理在暗示自己不要轻举妄动，暗示自己他是在扮演着忍辱负重的麒麟的角色，暗示自己他是为了伤亡最少而这么做的吗？难道他一个手无寸铁的老头儿，能把他们几个从这么恐怖的庞贝组织里救出去？

惜雪思索的同时，他们身边的被自己刚才修改过的铜雀台的虚拟建构还在继续着。那巨大的黄金凫雁之下，雄伟壮阔的铜雀台等三台，都慢慢地在原址之上建立了起来。

"哈哈，人进不去的地方，光可以！景区里面的人都搞定了吗？"杨紫易兴奋地扭头看向阿四，阿四点了点头："对！他们肯定什么都看不到！"

杨紫易咧嘴一笑，又是一挥手："先下手为强！开始！"

"你就别说歇后语了，行吗！"胖子一皱鼻子，身边突然又出现了立体的人面麒麟图腾的影像，跟杨君浩上次重建昭陵，找到马周碑位置的方法一模一样。

杨紫易看着惜雪的神情，冷笑了一声。那巨大的人面麒麟图腾就在她身后立体建立了起来，麒麟尾巴上的黄金凫雁的部分已经完全契合了铜雀台上黄金凫雁的大小和形态。

"万事俱备，只差东风！阎立德留下的《麒麟戏春图》连接了昭陵和人面麒麟图腾，指出了那暗藏第二个天机的位置。现在我们需要的就是找到马钧留下的连接人面麒麟图腾和铜雀台的那把钥匙，找到最后一个天机！"

"钥匙！"惜雪想着刚才乐正夕给自己讲述的钥匙，看着眼前气势磅礴的光影重现的图案，忧心忡忡地想着美人鱼会不会伤害爷爷，如果庞贝真的找出了天机，那么自己应该怎么拼死去保护它呢？

慢慢地，惜雪眼前的铜雀台和人面麒麟图腾的建筑轮廓双重复位了。众人在这庞大的人面麒麟图腾与铜雀台的契合之下，寻找着可以发现天机的蛛丝马迹。这次惜雪之前采用的星象的办法看来也行不通了，整个铜雀台与人面麒麟图腾之间，似乎没有任何关联。杨紫易又开始暴躁地咒骂惜雪复建错了铜雀台，在她就要开枪崩了李文轩的时候，惜雪突然大喊了一声"等一下"。

她的眼睛最终停留在复建出的铜雀台的双桥之上。

爷爷给惜雪讲了很多古建的故事，铜雀台却讲得很少，只说过铜雀台上两桥的故事。

"施，则三台相通；废，则中央悬绝"，说的正是三台之间两桥构成的巧妙效果。刚才，乐正夕也正是用这一句话，取得了美人鱼对他掌握了必要信息的信任。

这两桥，虽然在铜雀台的模型里，没有什么特别的，但是它们嵌合在人面麒麟图腾的模型里的位置太特殊了。它们正位于人面麒麟大脑中的一个机栝上。

在那个用黄金凫雁的比例大小定位出的人面麒麟图腾之中，那麒麟大脑中对应的机栝的形态简直可以说是与双桥严丝合缝，长短、高矮、形态全都一模一样！也就是说，哪怕是双桥长出一分来，都不会与那机栝如此一致！

阿四看惜雪的目光停在了两桥，忙继续分析道："铜雀台、金虎台、冰井台三台是当时邺城的标志性建筑。因为马钧更改了都城和官殿的格局，所以三台是以邺北城的城墙为基，沿着邺城边沿而建，三台中间相隔60步，一步不多，一步不少。三台用桥连成一体，实际长度将近500米。三台之间有浮桥式阁道相连，两桥一宽一窄，被称为大桥和小桥。"

惜雪点了点头："是的，看来这三台相隔60步、长度500米的尺寸，绝对是马钧有意契合人面麒麟图腾之中的那个麒麟脑部的空间尺寸而为之的。"

惜雪继续看着金光闪闪的二桥，又想起自己刚才戏弄杨紫易的时候，引用的《三国演义》中孔明篡改的曹植的那个《铜雀台赋》。孔明将曹植的那句"连二桥于东西兮，若长空之蟏蛛"改成了"揽二乔于东南兮，乐朝夕之与共"。

"施，则三台相通；废，则中央悬绝。" "连二桥于东西兮，若长空之蟏蛛。"在惜雪的脑子里，这两句话突然挥之不去，反复鸣响。

蟏蛛？在祝元膺的《梦仙谣》之中有："蟾蜍夜作青冥烛，蟏蛛晴为碧落梯。好个分明天上路，谁教深入武陵溪。"

连二桥于东西，就会有长空之虹出现。这不是京派古建之中屋顶的作用，连通天地之间的意思吗？

难道说，马钧真正用的是这二桥，代替了屋顶的寓意，建立了连通天地的桥梁，而那错综复杂的角楼、斗拱和屋顶，都是他的虚晃一枪吗？那么他不但开辟了都城和官殿位置的先河，还开辟了用特殊的建筑部位去体现建筑寓意的先河。

如果没有昭陵那立体的獬豸，就没有办法准确定位出空间立体的人面麒麟图腾；如果没有铜雀台传说中那展翅欲飞的黄金凫雁，也就没有办法定位出空间立体的人面麒麟图腾！莫非那一直在历史中没有出现的铜雀，其实只是起定位空间之中的人面麒麟图腾的作用？

这才是马钧修建铜雀台的真正用意吗？

而这位于人面麒麟图腾之中十分显眼位置的二桥，明明就是马钧留下的机关图中的一个机栝啊！这机栝一动，一定会引起人面麒麟图腾的一个动作。

惜雪又豁然想起了天机中的第二个故事，那麒麟说："一物两面，远却非不可达！"如果玄机就在眼前的这二桥之中，那么二桥早已经烟消云散，那个最终的天机又能藏在哪里？难道那机栝将要引发的麒麟的一个动作，会暗示着那个地方？恩陈藏起的那把钥匙，究竟又能打开哪里的锁呢？

众人安静之时，杨紫易的电话突然响了。

电话里的声音很大，还是那难听的电脑音。杨紫易一挥手，重建的铜雀台的金光模型，全部消失。

"你先来，不代表你能赢！"电话中毫无感情的电脑音很大，黑暗中惜雪他们也听得见，"感谢你帮我建构的铜雀台和人面麒麟图腾，不过你还是棋差一招。恩陈藏起的钥匙，我已经拿到。我们之间，已经没有什么交换可谈了。还有，再送你最后一句话，我跟你右边那没原则的老头儿不一样！我们中国老祖宗的东西，神圣不可侵犯，绝对不允许你们外国人染指，滚回欧洲去！"

"你？"杨紫易蹦起了老高，被激怒得在原地团团打转，"什么恩陈？什么钥匙？你不是说，让我把赵惜雪他们五个人全都杀光，一个都不留吗？"

电话里传来一阵机械地怪笑："你身边的所有人，对我来说，都不过是棋子，你杀就杀了。还有，最好先杀你右边那个老色鬼韩振理！"紧接着又是一阵怪笑后电话就挂断了。

气急败坏的杨紫易发出了一声嘶吼，阿四神情紧张地说："Sofia，他说你右边，他看得见我们，他也在这里！"

"废话！立刻给我找到他！！！"杨紫易一声令下，欧洲人拿出高精尖的设备和武器开始搜索。

杨紫易掏出枪指着杨君浩的脑袋，扭头对胖子喊："我现在就要杀死一个，你说崩了谁？"

胖子一听，在原地一蹦，摸了摸脑门儿："究竟是什么情况？为什么问我？不！不要！他不能杀！"

杨紫易对胖子的信任已经过了头，这让本来就已经怀疑胖子的惜雪心里咯噔一下。莫非，胖子的政治任务，是卖国求荣的任务？想到如果胖子拿到一大笔钱，他就能脱离那个可怕的家，惜雪双眉紧皱，怀疑地看着胖子。

"Sofia，他们在那里！"阿四看着同伙发过来的信号，指向了一个地方。

惜雪看向那里的时候，大吃一惊！

刚才杨紫易建构起来的人面麒麟图腾和那双桥之中，如果双桥是麒麟脑子里的一个机栝，那么双桥的连接和断开，正是触发人面麒麟眼睛运转的一个机关，那机关如果让人面麒麟的眼睛移动了，正是看向阿四现在指的那个地方。

难道美人鱼真的抢先一步，已经找到了那个地方？那么，美人鱼说已经拿到了恩陈的钥匙，也是真的了？那爷爷他……

惜雪已经不敢往下想了，杨紫易狠狠地吐了一口唾沫，狞笑着一挥手，所有人一起向那个地方狂奔而去。

第十九章

# 无名书的真正作者

无名书是春秋战国时期出现的，
前半部分是人面麒麟图腾，后半部分是最强的机关设计。
写无名书的人，一定既是木匠中的翘楚，
也是机关暗器的大师。

　　庞贝的团队训练有素，分兵三路，一路打前站，直接前往美人鱼所在的位置；第二路到达适合狙击美人鱼所在位置的隐蔽地点；第三路拥着惜雪他们跟随杨紫易走在最后。

　　美人鱼所在的位置，也不在铜雀台的景区里，不过距离也不远，地处荒僻。庞贝的第一路很快开火了，全部都是消音武器，黑暗中只能听到闷声枪响。第二路也很快到达了狙击地点。

　　第三路，由杨紫易大摇大摆地带着走近那里。惜雪看到几个头戴黑口罩的黑衣人躺在地上，身中数枪。他们的身边是一个深不见底的一人宽的坑。

　　看来美人鱼到这里的时间，比庞贝还要早很多。

　　杨紫易踢了死人几脚，又蹲下来看那深坑，阿四也俯身蹲在了她的身旁："这坑像盗洞啊。"

　　阿四将狼眼手电筒照向坑内，里面还有一些浮尘飘动。阿四在坑中更深的地方，看到了一些石砖的痕迹。他用意大利语对身边的欧洲人喊了一句话，两个欧洲人跑了过来，系上绳索进入了深坑内。过了几分钟，下面传上来几句意大利语。杨紫易吃惊地问韩振理："这下面的石砖，砖龄是两千多年前的。"这一句话听得惜雪他们都目瞪口呆，韩振理却摆出了一副意料之中的神情。

　　"有什么大惊小怪的！你们一直想的是铜雀台、三国、曹操，却忘了一件最重要的事情。这里是古邺城，我们脚下的土地上曾经的城池，是始建于春秋的齐桓公时期。邺城前临河洛，背倚漳水，虎视中原，是真正能做到'隐气聚精'的地方。春秋之后，这里先后成了曹魏、后赵、冉魏、前燕、东魏、北齐的六朝都城。邺城，作为黄河流域政治、经济、军事、文化中心长达4个世纪之久，这里可不是什么普通的地方。"

"春秋时期？那不正是无名书出现的时间？"一直沉默的李文轩突然问了句。

与此同时，那两个查看深洞的欧洲人爬了出来，刚露出头就闷声倒地。阿四忙上前查看，发现两人已然毙命，身上有两根铜制暗弩，从后胸穿透心脏。

"还有人在！"阿四惊讶地喊了一句。现场的几个欧洲人立刻围成一圈，将杨紫易保护在圈内，举起枪警惕地对着外面。这时，杨紫易的电话又恐怖地响了起来，还是那尖锐难听的电脑音，杨紫易打开了扬声器。

"丑鬼！我们中国有句古话，螳螂捕蝉，黄雀在后。你懂不懂？"

杨紫易脸上发狠，一挥手刚要发出对外射击的命令，身边又一个欧洲人被铜箭穿心，倒地毙命。

"我可以立刻射穿你们所有人的胸膛！想杀死谁，就杀死谁！而你的狙击队根本找不到我。你们一直以为我是一个人？一个古老神秘的组织？你们实在太小瞧我们了！"电话中的电子音情不自禁地哈哈大笑。杨紫易心痛地看着那倒下的欧洲人，咬牙切齿地说："你难道不想知道天机了？"

电话里又是一阵怪笑："你手里没有任何王牌，跟我谈什么天机！明天官方发现这里的命案，还有这春秋时期的盗洞，就会封锁这里。这里将会挤满了考古人员，还有警察，你什么都得不到。哈哈哈！"

杨紫易抓狂地哇哇大叫，暴跳如雷地给狙击队下达找出美人鱼的命令。正在她无计可施的时候，韩振理地默默走过去，抢过了电话。

"美人鱼是吧？傻鱼！你的钥匙是假的！"

电话那边安静了几秒钟后，又喊了出来："你个老色鬼，你在骗我吗？"

韩振理淡定地说："我没骗你！我早就从应县木塔三四夹层狻猊机栝对应的斗拱之中，拿到了钥匙。我换上去的假钥匙，你不但不能用来开锁，还可能与锁同归于尽！你也知道，《京派秘传》中的机栝，都没有容错功能，剪错一根红线，就会死无葬身之地！还有，我再提醒你一句，你身边已经布满了不怕死的京派匠人，只为救出老歪龙。我没什么好威胁你的，你要是动那老歪龙一根指头，我立刻就毁了真的钥匙！"韩振理的几句话不但震惊了美人鱼，也震惊了惜雪他们在场的所有人，更彻底改变了此刻的局面。电话中沉默了片刻，传来几声干笑的电子音。

"老色鬼就是老色鬼，崇洋媚外，诡计多端……"没等美人鱼说完，韩振理就毅然挂断了电话："他现在不敢轻举妄动，让你的人赶紧去找他。"

杨紫易一挥手，身边又有几个人走了出去。

黑暗中一片寂静，杨紫易在焦虑地等着她的队伍找到美人鱼。

这时候，电话又来了："那老色鬼爱玩花样，让他证明，他有钥匙。否则，我先射穿你的大肥胸！"

杨紫易扭头看向韩振理，韩振理却慢慢悠悠地走到了惜雪的身后，用手指了指她的脑袋。

杨紫易立刻用枪顶住了惜雪的脑袋，子弹上了膛，一切都来得太快，胖子和李文轩惊呼着就奔了过去，韩振理冷笑了一声："你们外国人，脑子真简单。你杀了她，我们就算有钥匙也没用了。"

"什么？钥匙还跟她有关系吗？"杨紫易错愕地看着韩振理。

电话中又传来怪笑："算这老色鬼靠谱儿！让那丫头赶紧拿着你们的真钥匙开锁！告诉那丫头，只要动作慢一点儿，她爷爷和你们所有人，都会一起死掉！"

"他什么都能看到，他就在这附近，你的人可真是饭桶！"韩振理向四周望了望。惜雪声嘶力竭地大声喊："我怎么知道我爷爷有没有事？我爷爷在哪里呢？"

这回电话里，惜雪爷爷的声音，突然代替了那个电子音："丫头，一切都不是你想的……"爷爷的话没说完，又被一阵电子音的狂笑取代了。

"丫头，你爷爷，你未婚夫，你的朋友，所有人的命，都在你手里了。爽不爽啊！哈哈哈哈哈！"

电话又断了，杨紫易走上去给了惜雪一个嘴巴："你这个骗子，还说什么都不知道。"说罢，她又对着李文轩的腿上来了一枪，李文轩立刻痛苦地单膝跪地。惜雪尖叫一声，怒目圆睁，恨恨地看着韩振理，心想自己怎么知道锁在哪里，钥匙是什么，开什么锁！韩振理这个老浑蛋，既然已经在多年前从应县木塔拿走了钥匙，干吗还把这责任推到自己身上？

"开锁！否则我先一枪崩了他的脑袋！"杨紫易走到跪着的李文轩跟前，又狠狠地踢了他一脚。

看着李文轩痛苦的神情，想着爷爷刚才焦虑的声音，惜雪闭上了眼睛。所有的秘密、信息都在她的脑袋里转动个不停，她只能"沉淀"下来。

如果这个麒麟看向的地方，最终是藏着天机的那把锁，那么钥匙又是什么呢？

屋顶是连接天地的祈福的地方。铜雀台中的二桥是通天的长虹。二桥在人面麒麟脑子内部的机枢开关，能让麒麟的眼睛看向这里。而这里是什么地方？怎么会有个春秋时期的盗洞呢？

爷爷刚才是不是想说，事情并不像她想的那样？

不，重新返回来再想一遍。

爷爷曾经拿出应县木塔的照片，是想让自己看那斗拱，而不是同律的痕迹。

爷爷的书房里，有跟应县木塔一样设计的斗拱。

自己就是在书房的斗拱和梁架之中，找到恩陈的日记的。

恩陈把钥匙藏在了应县木塔之中，而恩陈给李兴宇的日记之中，又藏着钥匙的位置。

想到这里，惜雪脑子里灵光乍现。

韩振理说，钥匙就在自己的脑袋里，原来是这个意思！

　　爷爷书房中，有跟应县木塔一样的斗拱设计，书房的斗拱之中，藏着恩陈的日记，恩陈的日记里，暗藏着钥匙的位置。爷爷知道钥匙在哪里，才会在自己的书房中修建了一个暗藏钥匙的应县木塔结构的斗拱。也许早先从应县木塔之中拿走了钥匙的人，根本就不是韩振理，而是爷爷。

　　爷爷拿走了钥匙，在书房之中重建了应县木塔中的那段斗拱，在斗拱之中藏起了恩陈的日记。

　　这一切都是映射啊！这才是爷爷要把书房的斗拱修建成应县木塔那样的真正原因吧！

　　"我知道了！"惜雪大吼一声，所有人都看向了她。

　　"把你刚才铜雀台模型的重建打开！"

　　惜雪也学着杨紫易的模样，挥了一下手。辉煌夺目的铜雀台和人面麒麟图腾又出现了。惜雪在那闪烁着金光的古建和人面麒麟图腾的模型之间，微微转动着自己的身体。

　　"人面麒麟图腾是复杂的机关图，牵一发而动全身。有人面麒麟图腾痕迹的古建中，很可能都有对应的机栝连接着它。"

　　"如果恩陈真在沙漠的古建之中，发现了阎立德留下的，马周的祖先马钧那把打开铜雀台天机的钥匙，她又会把这把钥匙藏在哪里？"所有人都惊愕地看着惜雪，惜雪把后面这句话又咽回了肚子里。

　　钥匙就是恩陈的日记，恩陈的日记就是钥匙！钥匙就在恩陈一笔一笔画下来的机关暗藏的人面麒麟图腾的结构里。可是那么复杂的机关图，那么多的机关结构，究竟哪个机关才是钥匙呢？

　　惜雪开始仔细回忆着恩陈的日记本，那些建筑测绘图并不完整，有些测绘图和假设的机关切面所在的位置已缺失。惜雪又想起了那张日记中夹着的空白的纸。

　　"同律项目历时5年，其间无数波折磨难，实难细表。始料未及，营造学社于1937年在沙漠中探索同律之时，遭遇重大灾难，曾并肩作战的社友，意外死亡，其惨相于脑海挥之不去，至今仍历历在目。事已至此，吾只望同律可永深埋地下，天地相应。同律之秘，必××××，与麒×××××，××××，于人××××××××，愿秘×××，谨记××××××××。"

一本保存完好的日记本，为什么会有这样一页布满破洞的纸呢？除非这是一页暗藏玄机的空白纸。

"把我的手机给我！"惜雪又吼了一句，杨紫易乖乖交出了她的手机。惜雪翻到了上次用手机拍下来的恩陈画的人面麒麟图腾的机栝的照片，她把记忆之中那张有窟窿的纸，覆盖在手机上的这张机关图上，那些窟窿，完美地呈现出黄金凫雁机关中一连串可以启动人面麒麟图腾的机栝。

惜雪又想到整件事情开始的时候，韩墨说过的那句"我要会飞的黄金凫雁"，恍然大悟！

马钧制作的黄金凫雁，不只是将自己修建铜雀台的故事藏在了里面。与阎立德的《麒麟戏春图》的作用一样，这黄金凫雁，就是三国时期的铜雀台和人面麒麟图腾之间的链接，也就是打开第三个天机的那把钥匙！

所谓的钥匙，只是启动黄金凫雁的一个信息，一个密码！

她又仰头看着头顶那只虚拟的黄金凫雁，大声喊道："把马钧做的那黄金凫雁给我。"

阿四立刻把那只黄金凫雁放到了她的手上。惜雪眯着眼睛，根据恩陈日记中窟窿里暗示的那些机关，按照先后顺序，用手连续拨弄着黄金凫雁的身体。那黄金凫雁，突然再一次振翅高飞起来。它飞到空中的某个位置，悠然地转了一个圆圆的圈，停止了扇动翅膀，直直地落了下来。惜雪连续尝试了两次，它都是同样的高度，同样的旋转。

阿四接住了掉下来的黄金凫雁，莫名其妙地看着惜雪，不知道她在搞什么。

黄金凫雁每次飞的高度虽然一样，但是并没有对应到人面麒麟图腾中的某个位置里。

惜雪没有找到对应的答案，又陷入了沉思。

双桥启动了麒麟的眼睛，麒麟看向了这里，那把打开天机的锁就是这里，位置没错。可是怎么钥匙跟锁配不上呢？

惜雪又看向重建的那个人面麒麟图腾，眉头紧锁。

"把你们那个铜雀台的重建，从原址处平移到这个位置来。"乐正夕似乎明白了惜雪的意思，他指着脚下的那个春秋时期的盗洞，喊了一句，"铜雀台里，曾经有一口井，叫命子窟。就用这个盗洞重合那口井做定位吧！"

阿四忙亲自调整电脑，重新定位重建的铜雀台模型。这一下，几个人立刻置身于那无比雄伟壮阔的铜雀台的建筑内部了。而此刻，他们那金光闪闪的头顶，正是惜雪根据马钧留下的故事复建的铜雀台中的那个无比神奇的角楼。

惜雪再次拨动了黄金凫雁，这一次它振翅高飞到铜雀台角楼之上的一处斗拱的地方，再次转了一个圆圈，又直直地落下。

惜雪感觉自己仿佛穿越回到千年前，看着马钧在建成的铜雀台的角楼之中，舞弄着手里的黄金凫雁的模样。

"我说丫头，你是不是傻了！爷爷有难，你怎么能一个劲在这里玩鸟呢！"胖子急得不知道该说些什么好，大汗淋漓地看着若有所思的惜雪。

惜雪没理他，看着铜雀台重建的模型上那一圈斗拱。好像找到了四合院抄手游廊之中的那块青砖，又好像在爷爷的书房里找到了恩陈日记一样，她在脑子里，慢慢地抽出了重建的影像中，那根金色的，看起来有些特别的，本来不应该在这角楼的屋顶建筑力学结构里面出现的，在乐正夕的讲述之中她就觉得疑点重重的，斗拱上的木梁。

古建是用斗拱支撑起来的力学体。惜雪想着爷爷曾经利用一根斗拱拉倒了一整个古建的事，她在脑子里迅速地模拟着，整个重建的模型中，抽出那根木梁之后，继而会发生的一系列的结构变化。

惜雪最终在脑子中完整地完成了那一连串的，铜雀台角楼斗拱中的力学模拟变化之后，又看向了契合铜雀台建筑的人面麒麟图腾。

这一次，她长出了一口气，然后是淡然一笑。

惜雪慢慢凑到韩振理的耳边，指着自己的颧骨的地方，轻轻问："老爷子，人面麒麟的脑袋里，右眼附近的下方，有一个奇怪的扇形机关，你可知道动了那个机栝，会引发它的什么动作吗？"

韩振理听了这句话，大惊，用苍老的手指指向了自己的颧骨，看着乐正夕。乐正夕对着韩振理用力点了点头，向着不远处的一个地方跑去。韩振理又对杨紫易使了一个眼色，杨紫易立刻跟着乐正夕，匆忙带上了整个队伍跟了过去。

韩振理和惜雪他们走得慢一些，但也从后面远远地看到乐正夕镇定指挥的背影，听到杨紫易发狂的得意忘形的尖笑，他们似乎已经在乐正夕的指挥下开始了挖掘。惜雪错愕而心痛地对韩振理大喊："你个老浑蛋，我还是看错了乐正夕，看错了你！你根本就不是什么麒麟之心，你可耻！"

与此同时，韩振理身边的一个庞贝成员的对讲机里，传来狙击队那边的通话。说的是意大利语，大概意思是：狙击队已经找到了美人鱼在这附近的老巢，杀了他们中的几个人，但是没看到被他绑架的John和惜雪的爷爷。还有，杀的几个人都是雇佣兵。

美人鱼跑了？爷爷呢？

惜雪的脑子正一片混乱，突然听到背后一声闷响，原来是杨君浩打倒了在他们身边看着他们的唯一一个庞贝成员，杨君浩捡起那庞贝成员的枪的同时，韩振理突然一把将惜雪向后一扯。

惜雪用力甩开他带着哭腔喊着："你个老浑蛋，你还不如跑了的美人鱼，咱们老祖宗的东西，你怎么能……"

惜雪话还没有说完，突然轰隆一声巨响，杨紫易和几个欧洲人，包括阿四，一起沉入地下，不见了踪影。

"有机关！"胖子瞪大了眼睛，走到他们消失的近前，蹲下来小心翼翼地摸着脚下的土地，惊叹地喊。

韩振理也走上前来，看了看，轻哼了一声，对几个人说："明天他们都会被警方发现，这才叫真正的瓮中捉鳖呢！"

"啊呀，老爷子，其实我早就知道你是来救我们的，但是没想到你救得这么帅啊！那我们的爷爷……你快带我们去救他吧！"胖子说。

"老歪龙是京派建筑的泰山北斗，还怕没人管吗？你还是担心一下我们吧！那些狙击手还在外面，很快就会赶过来，现在还不到庆祝胜利的时候！"韩振理沉着脸说。

杨君浩嘿嘿一笑："我一直以来的计划就是引出美人鱼，你们不要小看了我背后的力量。"他的话音未落，只听得远处又传来几声闷响，杨君浩搓着手又是哈哈一笑："你们看，我帅到没朋友的一石二鸟计划如何？成功捉获庞贝组织，还借助他们打得美人鱼元气大伤，仓皇逃跑。"

"帅炸天，这是你的计划吗？我看你的计划实施得有些怪异啊！"胖子一看危险解决，心情大好，又开始跟杨君浩臭贫。这时候乐正夕已经从远处跑了回来，他看着韩振理的目光，只是点了点头，又跑去了另一个地方，蹲在那里鼓捣着什么。

看来乐正夕也早就知道韩振理是来干吗的，他的演技真好。没准他在四合院里什么都不知道的样子，也是装出来的。

惜雪有些愤愤地看着乐正夕的背影，问韩振理："刚才我说的那个机关触发的位置，是不是乐正夕现在所在的那个地方？"

韩振理不置可否地笑笑："丫头，你被胜利冲昏了头脑吗？你们的队伍中，还有美人鱼的内线呢！"

一句话说得几个人都神情紧张地互相看着，惜雪扶起了受伤的李文轩，看着胖子和杨君浩说："你们两个！"

"干吗？你不是想说我们是内线吧？"胖子举起了双手，竟然做了个投降的姿势。

"帮我把他绑起来吧！"惜雪咬牙说道，李文轩大惊失色地看着惜雪，杨君浩已然动作麻利地完成了捆绑。

"惜雪，你疯了吗？"李文轩看着惜雪，满脸疑惑。

惜雪阴沉着脸，忧伤地缓缓地说："整件事情是很可怕。我的最可怕的念头，其实也不知道从什么时候开始的。他们都不知道，我为什么一直留着那破碎的手机，因为那是你送给我的。那手机里面究竟是跟踪装备，还是窃听器，只有你知道吧。"

"那手机是他送你的？难怪你摔碎了都还宝贝成那样呢！"胖子摸了摸脑袋又说，"我说，丫头，你可真是被感情冲昏了头脑啊。不过，就凭手机，你就认定他是内线了？"

"惜雪，你这是瞎猜！"李文轩痛苦地捂着腿上的伤口说。

"好吧，那我们还可以再说一下屋脊小兽。"

"什么屋脊小兽？"李文轩的脸色突然变得有些难看，目光闪烁不定地看着惜雪。

"文轩，你别忘了，你可以轻易拿到我的手机，复制我的SIM卡，我也能轻易拿到你的。屋脊小兽是把我们引向韩墨四合院的线索，没有这个神秘的屋脊小兽，一切都不会开始。对不对？"

"你看到我关注屋脊小兽了？那是因为他在说关于我的事情啊。"李文轩的声音越来越小，底气也不足了。

"是的，你是可以关注他，但是你不能用他的账号登录吧？"

"他就是屋脊小兽？那么在抄手游廊里引你进去的那双眼睛还真的是他？"胖子又惊讶得捂上了嘴巴，"还有在地下室里，给我们打开第一个铁门的人，也是他吗？"

惜雪没有回答胖子，继续冷冷地说："乐正夕是个有洁癖的人，他是不会把粉末留在桌子上的，录像中他也没拿羊皮。还是你，把我们的目光引向了桌子上的粉末！

"从始至终，你都是你的失踪案的最完美的导演，你把你失踪后发生的一切，都讲得无懈可击。也许就是因为太完美了，才会让人觉得有些不真实。

"文轩，你为什么要这么做？是不是你比我们都更早知道人面麒麟图腾的秘密？是不是你在爷爷的书房看到黄金凫雁的时候就已经知道了？这一切都是你的计划对不对？你把黄金凫雁发到木工论坛上，就是为了引韩墨出来？可是，为什么？为什么？你本是我心目中，最完美的匠人，比那个天地不管的乐正夕，比这个骄傲的杨君浩，不知道好多少倍！可是，在关键的时刻，他们挺身而出，不计较自己的得失和安全，那么无私，而你，你……"

"我是不如乐正夕和杨君浩。"李文轩的目光突然露出了一分决绝和凶狠，嘴角微微抖动了一下，"你这种蜜罐子里长大的人，永远不会懂什么叫没钱。我爸爸的病，放疗、化疗、用美国进口药，至少需要100万。我花3年做一个小东西，又能赚多少，3万？5万？有了500万，我能风风光光地娶你，能让我爸爸去美国治疗，而我只需要……"李文轩欲言又止，"我又没有跟庞贝同流合污，我又没杀人，我只是偷了张羊皮，做了个陷阱。"

"陷阱？"杨君浩一步走上前去，抓住了李文轩的脖领子，"你这个自私的陷阱，害了多少无辜的生命！你这个陷阱，害得我的，不是，害得惜雪的爷爷现在还在美人鱼的手里！你一句简单的陷阱，就完了？"

"文轩，你还记得3年前，一个浙江的土豪来跟你炫耀自己有多好的收藏的时候，你说过的话吗？你说看一个器件，就好像在看一个人。匠师，是用人的品格来要求这个器件的。古人讲究格物，就是以自身来观物，又以物来反观自己。拥有一个古物，不是用来炫耀的，而是用来体会古人的品格和智慧的，是用来深刻理解古人做这件事的时候所持有的心态的。马钧作为大匠师，可得到天下财富，他却选择了为了百姓，为了别人，牺牲了自己的生命。你和他都是计划周密，却有天壤之别！"

"你们够了！"李文轩暴躁地打断了惜雪，"在这个真实的世界，我高尚不起来。如果我爸爸没病，我也能跟你一样，用心做一件事情，不计较回报和收益。如果我有钱，我也能像你一样，专心讲那些大道理给别人听！"

"这世界上不是人人都有钱，我也穷，可我没像你那么垃圾啊！"胖子愤愤地走了过来，给了李文轩一个嘴巴，"这一巴掌，是替至今生死未卜的爷爷打的！"

李文轩还没反应过来，胖子的第二个嘴巴又扇了过去："这个，是替把整个心都交给了你，为你哭了一个多月的丫头打的！"

紧接着第三个又打了过去："这个，是替我和杨总这个老铁的超级组合打的！"

胖子说到这里，扭过头对表情错愕的惜雪眨了眨眼："怎么，没猜出来吧？杨总之所以带我去九嶷山，是因为背负了一个政治任务，这个任务，当然是你爷爷强行安排给他的啊。他身后的神秘组织，一方面是他老爸老妈的关系，另一方面，就是你们京派匠人集团本身啊！"

"什么？他是京派？他不是梁重的徒弟吗？"在匠人组织里，惜雪还是第一次听说，一个跟了徽派师父的人，还在京派匠人组织中有位置。虽然，这也不是说不可以，可是，爷爷能强迫杨君浩，让他带上胖子，难道杨君浩也认识爷爷？

难怪他总是对自己信任和照顾有加，难怪他对自己从来没有任何暧昧，难怪胖子总是十分坚定地跟他站在一起，原来他们两个之间藏着的那个有威信的人物，竟然是自己的爷爷！

几个人说话之间，突然乐正夕所在的地方传来了咯噔一声巨响。

惜雪大叫了一声不好，跟韩振理等人向声音传来的方向跑去。

当他们赶到乐正夕刚才所在的地方，却发现那地方已然了无痕迹，就连乐正夕挖的那个坑也找不到了。

"这里也有机栝？"胖子捂着嘴巴瞪着眼睛，看向韩振理。韩振理蹲下摸了摸脚下松软的泥土，突然流下一行泪来："完了。刚才听你们说话，听得太专注。而且，我以为以小乐的本事已经可以应付了。完了完了，我看这孩子，恐怕是凶多吉少了！"

"那个扇形机栝的启动，能引发麒麟的什么动作？"惜雪紧张地在周围寻找着可以打开机栝的办法，可什么都没有找到。

"是那人面麒麟的前爪拍向这里，就是这个地方！"韩振理道。

"那……那还有什么办法？《京派秘传》中有吗？"惜雪转动着身体，脑子里搜寻着《京派秘传》中的方法和理论，心急如焚地推演着人面麒麟图腾那巨大的脑袋里复杂的机栝。

韩振理带着哭腔，摇着脑袋说："这里比《京派秘传》要早太多了。"

"什么？"几个人异口同声。惜雪想起刚才那个春秋时期的深坑，又想起这里曾是春秋时期古邺城的遗迹，倒吸了一口凉气。

"韩……韩老，您知道无名书是春秋时期的谁写的吗？"

"废话！用脚想想都知道！无名书是春秋战国时期出现的，前半部分是人面麒麟图腾，后半部分是最强的机关设计。写无名书的人，一定既是木匠中的翘楚，也是机关暗器的大师。这本无名书在皇族之中十分避讳，却让古往今来的无数匠人笃信到骨子里，最终成了一种信仰。一个既懂建筑又懂机关的人，一个在春秋时期就成了神的人，一个让后世所有匠人的信仰都牢不可破的人！春秋时期，你还能找出第二个这样的人来吗？"

"是……是木匠的祖师爷，机关暗器的老祖宗，是那个会各种秘术，甚至可以窥破天机，至今仍存留很多谜团的大匠师鲁班！"

"原来，这里是鲁班的设计啊。难道，马钧是在鲁班设计的基础上，叠加了自己的设计吗？"胖子也惊讶地问道。

"也就是说，在鲁班所处的春秋时期，就已经修建了那巨大的人面麒麟图腾了。那个是什么建筑？在哪里？那后世的马钧、阎立德等人，只是用图腾上的五脊六兽的痕迹，去耦合鲁班建立的那个人面麒麟图腾？那第二个天机之中的故事，说的是在中国的江山之中，有这样一个暗藏着的、以江山为图的巨大的联动机关吗？这才是阎立德把《麒麟戏春图》那画着万里江山的画作称为机关图的原因吗？那马钧在铜雀台藏下的天机，应该就在鲁班设计的这个地方吧？那天机究竟是什么呢？"

面对着惜雪一连串的迫切的问题，韩振理刚要说话，几个人脚下就开始晃动起来，晃动越来越大，最后大到犹如小地震一般。

韩振理抹了一把眼泪，干脆地说："留得青山在，不怕没柴烧。我们是绝对斗不过鲁班他老人家的，赶紧离开这里，再从长计议吧。那老歪龙还没救出来，我们不能现在就全军覆没了。"

惜雪含着泪看了看乐正夕失踪的地方，扭头又去寻找被他们留在原地的绑缚着的李文轩，却发现他已不见了踪影……

第
二
十
章

# 最后一个天机

女人挥了挥手，踩着高跟鞋咔嗒咔嗒地离开了。

每一声咔嗒，都好似那小四合院中的机关被启动的时候发出的声音
一般清澈响亮。惜雪和胖子听着，感慨万千，恍如隔世。

惜雪小心翼翼地收起了那个宝贵的木扳指，

对胖子打了一个响指。

"走，去徽州……"

一个月后，北京，老舍茶馆。

惜雪和胖子，已经在这里喝了一下午的茶。

胖子一直在惜雪旁边喋喋不休地给她讲着四九城那些关于茶文化的故事。

"丫头，这个茶道，其实也需要匠心，跟你们匠人的心态，也有相通的地方。你还记得在乐正夕那小四合院看到的茶杯吗？那时候，就能看出，他是个懂得牺牲、懂大义的好同志，没想到，他……"胖子正滔滔不绝，看到惜雪开始发红的眼睛，干咳了一声。

"丫头，他能死在中国木匠的祖师爷鲁班设计的机关之下，也算是生得伟大，死得光荣了。你也不用太难过，你想想，爷爷被京派匠人组织救出来了，这也算大好的消息啊，对不对？不过，那可恶的美人鱼竟然没找到。你说，他究竟会是谁呢？"

惜雪拿起茶杯，轻轻抿了一口。

美人鱼在电话里叫韩振理老色鬼，也认得自己，应该是韩振理熟悉的人。可究竟是谁呢？

李文轩从铜雀台再次失踪了，他又跑到哪儿去了？

铜雀台到底藏着什么天机呢？

一切都无从知晓了。因为那里跟韩墨的小四合院一样，已经被封锁了。

至于庞贝，前段日子，又传出了他们从警察手中逃走的新闻……

这一个月，发生了太多事。可是，惜雪无论如何也忘不了那个坚强执着，曾经一次次被自己误会，又一次次宽容了自己，一次次无私地救了自己和胖子的乐正夕。

惜雪满腹心事地拿起茶杯，突然看到一个非常漂亮的中年女人，踩着高跟鞋，脸上浓妆艳抹，慢慢向他们走来。走到惜雪和胖子身边的时候，她嫣然一笑，拉开惜雪身边的椅子，不客气地坐了下来。

"你谁啊？"胖子警觉地瞪圆了眼。

那中年女人又是咯咯一笑，脸上的小酒窝渐渐显出，甜美可人。惜雪感觉这女人似曾相识，却又一时在记忆之中找不到她的影子，有些错愕地看向她似乎过于白皙无瑕的脸。

女人也在偷偷打量着她。

"你长得很漂亮！清纯不妖，有如出水芙蓉！从长相说，满分！"女人看着惜雪，竟然露出一种欢喜的神情，惜雪看着一怔，胖子不满地在一旁问："你也太自来熟了吧，你究竟要说什么啊？"

女人哈哈一笑。

"我是来给你们讲故事的！"

"讲故事？"惜雪警觉地扬起眉毛，与女人四目相对，女人目光如水，点了点头。

"嗯，讲故事！在桂西一带，曾经流传着一首民谣，你们有没有听说过？那民谣是这样唱的：'盘古开天地，造山坡河流，画州来住人，造海来蓄水。盘古开天地，分山地平原，开辟三岔路，四处有路通。盘古开天地，造日月星辰，因为有盘古，人才得光明。'"

女人还真唱了起来，虽然她的底气不足，却曲调悠扬迷人，字正腔圆。

唱者有意，听者更有心！这一首悠扬的曲调，惜雪却听得心惊肉跳："您唱的这个，是'盘古开天辟地'的神话吧？"

"对！造海来蓄水，海中才有了龙。盘古顶住了天，天上才有了凤。有了海中之王龙，百鸟之神凤，上古的三个神兽，怎么能缺少了百兽之王麒麟呢？"女人意味深长地看了惜雪一眼。

"造日月星辰，人才得光明！"惜雪心里一惊，咬着下嘴唇，情不自禁地重复着刚才的民谣，"开辟三岔路，四处有路通。"

"啊呀，你们又来了！别看诗词我听不懂，民谣可以。你这故事里，也没有麒麟啊！"胖子坐直了身体，殷切地看向女人。

惜雪却喃喃地代替女人回答了胖子："不，有麒麟！盘古就是麒麟，麒麟就是盘古。盘古开天辟地，这是最初的上古神话。而之后，正是盘古变成了上古的三个神兽，守护天、地和水域的凤、麒麟和龙！"

"你确实很聪明！"女人又露出迷人的小酒窝，继续说。

"天日高一丈，地日厚一丈，盘古日长一丈，如此万八千岁。天数极高，海数极深，盘古极长。盘古就是沟通天与地的桥梁。可是，什么又是真正的天呢？天是一种什么样的神秘力量呢？伏羲通过龟甲，推演出先天八卦，龟甲上有上古时期最神秘的星图，正是这个星图，让伏羲成了上古时期最厉害的人，让我们的老祖宗最终开辟了一个日新月异的崭新的世界，直到演变成我们不可思议的今天。也许，当初伏羲也想象不到，他开创的新纪元，会变成现在的世界这样美好吧？"

"河图洛书？"胖子又跟着惊叫了一声。

女人表面上波澜不惊，惜雪却一眼看出了她内心深处的风起云涌。

"叫什么都好吧，它的名字，并不重要。也许，这一切都是来自遥远的宇宙星河的一次顿悟；也许，这一切现在科学还没有办法解释，但是是真实存在于我们身边的能量源泉；也许，这一切就是盘古开天辟地的力量；也许，在那个遥远的上古时代，咱们中国人的老祖先，偶然得到了某个只可意会不可言传的天机！"

天机两个字，把胖子和惜雪都说得坐不住了。

"你是说5000多年前，伏羲从龟甲上河图洛书的宇宙星图中，发现了某个可以开天辟地的神秘力量？然后，两千多年前春秋时期的鲁班，又通过自己的设想，明白了如何连通到这种神秘的力量？之后，得知了这个秘密的京派大匠师们，分别在中国的宏伟建筑之中，去连通鲁班的人面麒麟图腾，以获取到那种神秘力量？这才是，人面麒麟图腾上有河图洛书星图的真正原因？"

"那这些大匠师，为什么看起来是在冒险地秘密地做着这些事，马钧还被赐死了？"胖子似乎听懂了惜雪刚才的分析，奇怪地问。

"因为他们的目标！"女人看向了远方，"你们想过没有，天子穿的是龙袍，坐的是龙椅，建筑之中也雕龙刻凤，为何麒麟一直都站在门外守护？为何同为上古三神兽之一，麒麟却这么亲民，是寻常百姓家里才有的摆设和设计呢？龙在海中深渊，凤在九天之上，只有百兽之王麒麟，踏踏实实地生活在陆地上。"

"因为麒麟就是百姓，就是现在在这个世界上生活的普普通通的你我！"惜雪倒吸了一口凉气说，"没想到，鲁班的人面麒麟图腾并不是乞求天神赐福，图腾就是真真实实的万千普通人，所以那人面麒麟，才雕刻成女人的脸。

"鲁班追求的，后代的大匠师们追求的，是立足于百姓的力量，是以人为本的力量。它的立足点，是踏踏实实生活在这片土地之上的人，不是皇权，不是少数人，不是财富，不是战争，不是一个时代的长久，而是这片土地上长久居住的居民的幸福。他们祈求的是能够造福于人的力量！

"鲁班想要通过木匠的秘法，通过他暗中参透的伏羲河图星象中奇诡的力量，通过大型的宫殿或者皇陵的建筑，制造出这种'开天辟地，天人合一'的力量！孔子悲伤麒麟不再出现之后，鲁班重新在世界上拟合了一个永远不会被伤害，永远不会消失，永远都在孕育着立足于百姓幸福的美好愿望的麒麟！"

惜雪不由得连连惊叹，胖子也啧啧地说："马钧改变了都城与宫殿的布局，阎立德创造因山为陵的先河，应县木塔成为世界上最长久存在的木塔。这些大匠师，用自己精湛的匠艺，卧薪尝胆，建筑着造福天下百姓的通天的力量啊！"

女人不再微笑了，表情严肃了起来："是的，这些匠师，忍辱负重，从表面上看，其立足点是一个皇权朝代的长久，而其真正的用意却是现世安稳。这也正是为什么历代匠师，既能够骗得过当权者，制造祈求朝代长久的假象，又能暗度陈仓，为百姓谋福。他们勇敢坚韧，佛心慧智，胸怀天下苍生，真正地把仁爱放到了建筑之中！"

"可是，如果这样，韩墨、李兴宇和恩陈他们上一代人，为什么要隐藏同律呢？他们把我们中国的房子，统一地都建成连接人面麒麟图腾的神秘力量的建筑，我们的生活不是就可以更好了吗？"胖子又发出了疑问。

"也许是有些事情，他们还没想明白吧！"胖子提到韩墨，女人突然有点儿动容，叹了一口气，"你们知道，韩家曾经得罪了大军阀而败落，但你们又知道是为什么败落的吗？韩墨曾经日进斗金，家财万贯，但是，他为了中国匠人手艺的传承，游走于徽派、苏派、京派和闽派之间，为他们提供发展匠人、学习匠技的大量钱财。正是因为有韩墨这样的人的执着，才有了今天四大匠人门派的繁荣，老祖宗传承下来的东西才得以保留下来并发扬光大。韩墨也因此得罪了大军阀，韩家才败落了。韩老先生无比钟爱中国的古建，你们知道梁思成先生在保护北京城古建的时候，曾经含泪写下的联名请愿书吗？韩老先生的名字也在那封书信之上。"

"可是，那小四合院地下室里的《古帝王图》壁画，那韩墨亲笔的藏头诗，说明老爷子也没有放弃啊！"胖子表情错愕地说。

"择一事，终一生！除了保护匠人和古建，韩墨把这一辈子都交给了同律。在那小四合院里，他用了大半辈子的时间，根据中国营造学社田野调查时偶然得到的阎立德留下的古书，重新设计了一个完整的带有机关的人面麒麟图腾。你们知道他为什么要这样做吗？因为他想要明白，图腾究竟是如何获取能量的，古代大匠师又是如何建立链接的。

"他们知道，这是可以获得来自宇宙中的某个神秘能量的秘密，却不知道怎么去获得它。他们知道，这个秘密会造福天下，却不知道怎么去造福。很多中国营造学社的成员，到死都没有放弃思考这件事情。他们为了理想，历尽了艰苦，共同度过了多少个不眠之夜，他们相濡以沫，肝胆相照，那是属于他们那一代人的最光辉又最黑暗的岁月。一个图腾，怎么去变成一个科学公式？这到底是科学，还是只是出自古人的美好的愿望？如果只是愿望，为什么各个时代的大匠师，都要前仆后继地去暗自耦合？他们的建筑，又是怎样配合着人面麒麟图腾去运作的？这力量到底是什么？有多大？怎样才能实现它？这也许是他们毕生都想要去弄明白的真相吧。"

惜雪想着那地下室中的藏头诗留言，想着韩墨警告自己的黄金凫雁出现，将带来天下大难，也跟着唏嘘感叹："是不是，因为他们发现了不了解同律而去运作同律的话，将会带来无比大的风险，甚至灾难？"

女人对惜雪点了点头："是的，灾难！同律可以创造的能量，与其可以带来的灾难是正比的。那是他们绝对不愿意看到的结果，也违背他们的初心。他们本是为造福天下，造福普通人而努力，所以肯定不愿意看到与他们的愿望相违背的结果发生啊！说真的，我很佩服这样一群不忘初心，不被神秘的力量诱惑，悲天悯人的匠师。庞贝那群疯狂的亡命徒，还有美人鱼那可怖的神秘组织，他们在这些匠师面前，简直渺小得看不见。"

"拿得起，放得下！真乃大丈夫也！"胖子也跟着唏嘘感叹道。这时候，惜雪又想起了韩墨的小四合院里看到的属于韩墨的那首藏头诗。"寒藏风雨木成舟，陌起花开影成愁，亲其善恶乾坤道，笔林诗雨述难休。"在这首诗中第二个字的藏头，竟然还组成了一句话——藏起麒麟！

从李文轩用黄金凫雁骗韩墨出山，到韩振理出面帮助他们斗败庞贝，韩墨一直在做的，都是保护人面麒麟图腾的秘密，都是要藏起麒麟！想到这里，惜雪忽然站了起来。

"你知道这么多韩墨的事，你脸色苍白，说话底气不足，身体不好，现在又来给我们讲最后一个天机的故事，你是不是乐正夕的姐姐？"

女人也站了起来，看来，她的任务，已经完成了。

惜雪继续说："最后一个天机的故事，是不是乐正夕在铜雀台的那个地方发现的？他是不是没有死？让他遁形消失的骗局是不是也来自韩振理的整个计划？这才符合韩墨藏起麒麟的最终目的。"

女人又是不置可否地一笑："工农商学兵，匠人自古以来并不是非常受尊重，但是，匠人的很多品质，是我们这些平常人无法比拟的。你们坚强、执着、认真、细致、隐忍、仁慈，而且还很聪明睿智！"

"啊？小乐同志没死？他为什么要遁形啊？你为什么要千里迢迢从苏州过来，把最后的天机告诉我们？不是韩墨要藏起麒麟吗？"胖子看到女人已经转身要离开了，也忙站起来追问。

"因为，美人鱼不会放弃，庞贝还在中国，那么，韩墨也不会放弃，赵老爷子、韩振理也不会放弃啊！"

"放弃什么？"胖子拉住女人，女人淡然一笑，从包里拿出了一个古旧精致、雕刻着栩栩如生的黄金凫雁图案的木扳指递给惜雪。

"差点儿忘了，这个送还给你。这是民国时期京派传承的木扳指，里面藏着你爷爷和韩振理的很多恩怨情仇。"女人对惜雪眨了下眼睛，"在小四合院里，你和乐正夕，也算是代表了你爷爷和韩振理，京派与苏派两个学术派别，斗了一次。不过，你可没赢啊！期待你们下一次，在苏派地盘上的交锋！"

惜雪错愕地接过木扳指，看到内部竟然雕刻着一个已然模糊不清的名字——恩陈。

"你怎么会有这个呢？韩振理给你的？为什么要把它给我？为什么韩振理管我爷爷叫赵歪龙呢？"惜雪一着急，脖子上的小歪龙文身又变了颜色。

"若有缘，再续前缘！"女人对惜雪和胖子微微一笑，重复了恩陈交给李兴宇自己宝贵的古建日记的时候说的那句话。

"正夕现在在徽州，出发前他对我说了一句话，让我转告你们。他说你和胖子，还有那个杨君浩，将来一定能成为莫逆之交……"

女人挥了挥手，踩着高跟鞋咔嗒咔嗒地离开了。

每一声咔嗒，都好似那小四合院中的机关被启动的时候发出的声音一般清澈响亮。惜雪和胖子听着，感慨万千，恍如隔世。

惜雪小心翼翼地收起了那个宝贵的木扳指，对胖子打了一个响指。

"走，去徽州……"

图书在版编目（CIP）数据

大匠师 / 雪漫迷城著. —长沙：湖南文艺出版社，2018.6
ISBN 978-7-5404-8627-3

Ⅰ.①大… Ⅱ.①雪… Ⅲ.①长篇小说—中国—当代 Ⅳ.①I247.5

中国版本图书馆CIP数据核字（2018）第054358号

上架建议：畅销·长篇小说

DA JIANGSHI
大匠师

作　　者：雪漫迷城
出 版 人：曾赛丰
责任编辑：薛　健　刘诗哲
监　　制：于向勇　秦　青
策划编辑：徐　娅
文案编辑：苏会领
营销编辑：刘晓晨　刘　迪
版式设计：潘雪琴
封面设计：VIOLET
出版发行：湖南文艺出版社
　　　　　（长沙市雨花区东二环一段508号　邮编：410014）
网　　址：www.hnwy.net
印　　刷：三河市百盛印装有限公司
经　　销：新华书店
开　　本：787mm×1092mm　1/16
字　　数：318千字
印　　张：22.5
版　　次：2018年6月第1版
印　　次：2018年6月第1次印刷
书　　号：ISBN 978-7-5404-8627-3
定　　价：49.80元

若有质量问题，请致电质量监督电话：010-59096394
团购电话：010-59320018